СЕРГЕЙ ГОРЛОВ

ЦАРСКАЯ РАТЬ

ALTASPERA
PUBLISHING & LITERARY AGENCY INC.

ISBN **978-1-7947-0753-5**

В тексте сохранены авторские орфография и пунктуация.

Published in Canada by Altaspera Publishing & Literary Agency Inc.

О книге. Фантастическая повесть, взятая из жизни параллельной реальности – то есть, другого среза на Круге Вечности – а именно, на его стыке (Конец/Начало). Действие на безлюдной планете Ильма в периоде плейстоцена, со скрытой базой противника. Не зная об этом, на ней случайно оказываются два сухопутных боевых крейсера Флота с минимальным экипажем (вместе 6 человек), в разных концах планеты. Повесть отражает обстановку в Римской Империи в 434 г., но в космическом масштабе. Обе части Римской Империи части действуют согласованно против общего противника – считающего Неузнанного Христа Лжепророком – Федерации - архетип северной гото-гунннской империи готского короля Аттилы и прочих, с центром в современной Чехии (в нашей цивилизации). По этому окну в иную реальность можно судить о том, кто настоящий Антихрист – Красная Звезда/воплощённый в ней Крест Распятия или Старая Церковь любого вероисповедания? Последняя часть трилогии.

ЦАРСКАЯ РАТЬ

Автор приносит извинения за довольно сумбурное изложение материалов, которые изначально не предназначались для печати – служа (и не только они) лишь неоторым пособием для написания Трилогии – но которые возможно помогут читателю войти в достаточно чуждый ему мир (совершенно иной срез Реальности: которые бывают ведь и очень сильно похожи, как близнецы), а также за публикацию нескорректированного компьютерного текста – скорректированные тексты оказались ещё хуже.

1
Крейсер Криса

Крис вытер вспотевший лоб тыльной стороной ладони. Одна из массивных гусениц трактора чуть нависала над песчаным берегом. В ней каким-то чудом застрял кусок обыкновенного камня.

„Похоже на манганит", - подумал он.

Гусеница была шириной метра в три. Под второй гусеницей в середине днища был виден просевший грунт с редкими травинками. Вторая, третья и четвёртая гусеницы были в порядке.

Как и задние, впрочем.

Вечерело.

Время от времени слышался тихий плеск о пологий песок. В некотором отдалении ниже по течению река заворачивала за покатый бок тёмно-зелёной горки над спокойной вечерней водой. Из осоки на противоположном от неё берегу крякая взлетела пара уток со светло-коричневыми лапами. Их головы красиво отливали зеленью в свете низкого солнца. Крис вспомнил восхитительный вкус жареной на костре утки. Ещё вчера их здесь было восемнадцать человек, включая трёх механиков. А сейчас его оставили сторожить тяжёлую машину, вместе с Ириной и Тимом Горкиным.

Да ещё этот камень тут...

– Вылезай, Тим, - сказал Крис в воздух. - Прихвати с собой какое-нибудь долото.

У него в наушнике был микрофон.

– Какое долото? - услышал он в левом ухе и поморщился.

Он не любил этого писка.

Обычно ему было плевать, но сейчас он был в дурном настроении. „Скуллеа" был в соседней системе, а планетолёт - на Ильменне. Месяц назад мимо Ре прошёл линейный дозор Флота, и оставил сообщение об Альфе Вирина.Так что неизвестно, сколько им здесь ещё торчать.

– Сам увидишь, - сказал он.

Отойдя к воде, Крис сел на какое-то полусгнившее бревно. Иссиня-чёрная громада трактора возвышалась рядом, как продолговатый зуб дракона величиной с пятиэтажный дом.

Впереди над средней гусеницей открылась дверца и на траву спрыгнул Тим. Оглядевшись, он пошёл вразвалочку к Крису. В руках у него был переносной пульверизатор в кожухе. Подойдя к Крису, он тоже сел на бревно. Красное солнце стояло прямо над зелёным лесом вдали за рекой.

– Ну, что? - спросил Тим.

– Камень застрял, - сказал Крис.

– Большой?

– С тумбочку.

– Без повреждений?

– Угу, - кивнул Крис.

Над безмолвной гладью реки носились какие-то мошки. Она была шириной метров двадцать. Крис опустил в мелкую воду кончики пальцев. Она показалась ему тёплой, как парное молоко. Чуть дальше в серо-зелёной глуби над песком шмыгали стайки мальков.

Им обоим не хотелось вставать и заниматься этим дурацким трактором.

– А что Ирина делает? - спросил Крис.

Откровенно говоря, он надеялся, что им оставят Катю, но Карелин сказал, что Ирина подходит больше. По специальности... А лечить кто будет?

– Как обычно.

– Пишет или готовит?

– Не заглядывал, - лаконично ответил Тим.

Трактор был длиной тридцать шесть метров. Его поддерживали на двухметровой высоте четыре пары филоновых гусениц с резистентными металлошипами. Безуглеродная пластмасса.

– Слушай, - сказал Крис. - А ты не слышал, что сказал Готрих перед отлётом?

– Что?

– Ирина сказала, что-то насчёт Федерации...сегодня утром.Что у Леи закончена перекличка.

– Александр Митрофаныч говорил, что войны не будет до 450-го, - безмятежно сказал Тим.

- Что ты понимаешь, дурик, - сказал Крис.

- Сам ты дурик, - сказал Тим.

Они без энтузиазма посмотрели друг на друга. У Криса появилось желание столкнуть его с бревна. Но он удержался. Опять Ирина крик поднимет. Он ещё не привык к тому, что их всего трое, после вчерашней ночной суматохи.

– Слушай... - начал он.

Позади что-то пошевелилось. Крис оглянулся, шлёпнув ладонью о рукоятку мини-бленгера на груди в защитной гимнастёрке.

– Вам не холодно? - спросила Ирина позади Тима.

Он тоже оглянулся.

В её голосе чувствовалась почти незаметная ирония. Она была старше их обоих. Ей было двадцать восемь лет.

Ирина стояла, уперев правую руку в талию. Другой она держалась за шишковатый запор гусеницы на высоте плеча.Той самой, которая остановилась и была в приподнятом положении.

− Во, пушку наставил, - сказала она, весело улыбнувшись, хотя Крис и не тронул оружие с места.

− Дверь закрыла? - спросил он мрачно.

Устав был нарушен, но не будешь же ей говорить об этом.

− Закрыла, закрыла, - сказала Ирина, повторив его интонацию и подходя к ним. - Вы чего не чините?

− Так просто, - сказал Тим, вставая. - Садись сюда. Я пошёл. Камень дробить.

− Вот ещё, - сказала Ирина ему в спину.

− А что это у вас? - вскрикнула она удивлённо, встав над бревном и уставившись на него сквозь очки своими круглыми зелёными глазами.

− Чего? - обернулся Тим.

Крис подскочил с бревна как ужаленный и теперь, смотря на повёрнутое к нему правильное лицо с круглыми глазами и парой веснушек возле носа, не знал, злиться ему или действовать. Тим повернулся к ним и нерешительно потоптался на месте. Он успел отойти только на три шага.

− Ты чего? - спросил наконец Крис.

− Откуда бревно-то? - понизив голос, спросила она.

- Ну... - промямлил Крис, теперь не зная, смеяться ему или злиться.

Он посмотрел на бревно у них под ногами. И вдруг увидел... один конец был явно отпилен. Да и другой, пожалуй, тоже. Да и сучков не было...

− Эх вы, специалисты, - сказала она, слегка постучав костяшками пальцев по лбу Криса.

Он не успел отклонить голову, так быстро и неожиданно она это сделала. Крис ощутил лёгкую досаду, то ли на себя, то ли на неё. Скорее всего, на обоих.

− Я сейчас, ребята, - крикнул заходя за крайнюю гусеницу Тим.

Действительно, солнце уже почти скрылось за верхушками далёкого леса. Через пятнадцать минут начнутся сумерки. С затихшей реки поднималась сырая прохлада.

− Пошли, что ли? – сказал Крис.

– Посмотри, обтёсано оно? – попросила Ирина.

Крис, ухватившись двумя руками за конец и поднатужившись, перевернул бревно, свернув его со старого места. Из-под него побежали маленькие зелёные ящерицы. Ирина ойкнула и оказалась на шаг дальше от бревна.

– Не бойся, они не кусаются, - сказал Крис.

– Вот ещё, - сказала Ирина. - Не насмехайся.

– Старое больно, - сказал он. - Не видно.

– А чем обтёсано? - спросила она, снова подойдя.

Крис не ответил и стал серьёзно осматривать дерево, встав на колени.

– Сучёк чисто спилен, - сказал он. - Но вообще не скажешь...

– Ладно, отрежь мне этот кусок, - попросила она, показав на него кончиком сапога.

Крис пожал плечами и встав, побрёл к переду трактора, недоумевая, как это ей всё время удаётся командовать. Он был капитан группы. Девушка посмотрела ему вслед, задрав голову на верх трактора в двенадцати шагах от берега. Как крутой чёрный холм. Из-за правой гусеницы доносилось шуршанье пульверизатора. Он работал уже минут пять. „До сумерек окончим", - подумала Ирина.

Она имела в виду тёмные сумерки. Посмотрев на свёрнутое с места бревно, она поморщившись ткнула его ногой. Бревно чуть пошевельнулось.

Из-под днища пахло сырой землёй.

Крис нажал на нарукавный вызов и уже карабкался по скинутой с лёгким звяканьем лестнице из алюминиевых звеньев. Передние люки были на высоте второго этажа.

Сразу за откинутой вбок овальной крышкой был коридорчик общего этажа со светильниками вдоль потолка. Он начинался тремя пологими ступеньками с плоскими нашлёпками из чёрной резины. Коридорчик был узкий, но достаточный, чтобы разойтись в полном снаряжении. Под потолком на высоте двух метров блестел ряд антресольных ручек.

Крис открыл боковую дверцу, спустился по лесенке с красным резиновым узором на ступеньках и попал в переднюю кладовую, под номером девять. Здесь горел дневной свет. Энергию экономить не приходилось. У трактора был собственный преобразователь. Он снял с пупырчатой салатовой стены проволочную пилу и полез обратно по внутреннему трапу за открытой овальной дверью. Она была выдвижная, с ручками для ручного режима.

По дороге он думал о бревне. Период раннего плейстоцена... жалко, оно было старое. Но Ирина выяснит, на анализаторе. Её хлебом не корми, только дай заниматься такими штучками.

„Шерлок Холмс", - подумал он.

Когда он подошёл по мягкому жёлтому песку к берегу, было уже явно темнее. Хотя нет, скорее просто показалось по контрасту с внутренностью трактора.

„Сейчас чайку попьём", - подумал Крис.

Но вообще-то в данную минуту желание отправиться пешим порядком куда-нибудь в дальний лес за рекой было сильнее. Как и почти всегда.

– Принёс наконец? - сказала Ирина. - Вот здесь отпили.

Крис прошёлся проволокой, как лобзиком, в гущу древесины. По своей гнилости она показалась как масло.

– Вот, - сказал он.

– Ну, пошли, - сказала Ирина.

Солнце уже совсем зашло. Река на поворотах стала чуть туманной. Позади Криса она скрывалась влево за зарослями осоки и одинокой рябиной.Скорее всего, горькой как полынь. Впрочем, полынь он никогда не пробовал. А вот ягоды на новых планетах...и всегда приходилось плевать.

Почти.

– Готово, - сказал Тим, выходя из-за крайней гусеницы.

Кусок дёрна в чёрных зубьях гусеницы застрял выше его головы.

– Так быстро? - удивилась Ирина.

- Да это обыкновенный известняк, - сказал Тим.

Пульверизатор с толстым дулом лежал у него на плече.

– Откуда ты знаешь? - буркнул Крис.

Ирина, покачав головой, укоризненно посмотрела на него сквозь большие как бабочка-кружевница очки. Крису стало совестно. Тим был механиком, а не курсантом.

– Сам посмотри.

Они обошли назад торчащую над низким берегом гусеницу и пошли к задней двери. По дороге Крис пнул кучу тёмного трухлявого камня. На манганит было непохоже.

– Песчаник, - сказала Ирина, не оглядываясь.

Крис пожал плечами. Попробуй такой разбери. Прибрежная поляна с короткой травой полого поднималась к недалёкому лиственному леску с примесью более тёмных хвойных деревьев вроде кипарисов. Казалось, что он уже готовится к осени. Или это просто погода?

Вчера туда ходила группа Палле. А сегодня никого нет, кроме их троих. Ирина наступила на откинутый стальной порог и скрылась в овальной двери нижнего этажа. За ней последовал Тим.

– Эй, где ты? - сказал он.

Это был служебный этаж. Здесь было много коридоров и мало помещений. От наружной двери вели два коридора, более узкий, изгибающийся вдоль борта и второй пошире на ту сторону. Но он был не сквозной, а всего метров пять. Он был ещё шире, чем наверху, и с округлыми стенками, как прямой тоннель. На мягком кожаном потолке кремового цвета горели круглые плафоны. В трёх шагах от входа в полу поблескивала стальная полоса тамбура.Тим повернул направо, чтобы оставить инструмент в ближайшей кладовой.

Крис залез после него и автоматически нажав большим пальцем светящуюся глубоко в стене зелёную клавишу, подождал пока поднимется трап с решётчатым порогом и затворится внутрь толстая дверь. Внизу броня у трактора была толще.

Клавиша была размером с пирожное.

– Эй, Тим! - крикнул он. - Я на кухню.

– Ладно, - послышалось глухо из бокового прохода.

Для начала Крис занёс кусок бревна в открытую лабораторию, на втором этаже. Ирина была уже здесь. Из широкой двери в почти тёмный обводной коридор падал свет.

Обводной коридор шёл овалом метрах в четырёх от бортов второго этажа. Из него вели двери с обеих сторон - в две лаборатории позади, два лазарета в середине, две рубки, салон, запасные каюты, склады и другие помещения. Лаборатории были здесь же, в самом конце.

– Ты чего в коридоре свет погасила? - спросил Крис, поднося кусок дерева к белому анализатору у стены.

Анализатор был величиной со шкаф, только другой формы. Серый обзорный экран на задней стенке не светился. Крис огляделся.

– Для порядка, - сказала Ирина из того угла, шагах в семи от него.

Там было полутемно. На полу валялись коричневатые обрывки какой-то упаковки. Крис положил свою ношу на чёрную резину стола.

– Включать? - сказал он.

– Давай, - сказала Ирина, открыв крышку сбоку и вставляя графитовый диск. - Только внизу переоденься. Ужин в духовке.

– А ты? - буркнул Крис, проглотив „сам знаю".

У него никак не получалось показать, что он командир. То ли оттого, что она старше… Хотя вряд ли. Он побывал в разных переделках.

– Я сейчас, ладно? - сказала она, посмотрев на него сквозь очки.

Кусок тёмного бревна скрылся в утробе анализатора. Крис умыл руки и вышел в полутёмный обводной коридор второго этажа.

Переодевшись в деревянном предбаннике душевой и пройдя по полутёмному коридору с аварийным освещением мимо двери в тёмную столовую, он поднялся по трапу на жилой этаж. Тим был уже на маленькой кухне, в своих салатовых брюках механика и футболке. На плите в углублении стены горел синий огонёк. За стеклом что-то подогревалось.

– Чего там? - спросил Крис, показывая рукой на плиту.

– Сейчас посмотрим, - сказал Тим.

Он сидел спиной к тёмному „окну" обзора и лицом к плите. Длинный стол одним торцом выходил из стены около двери. Крис уселся напротив него и коснулся кнопки нарукавника. Он любил смотреть наружу. К его удивлению, там было всё ещё так же светло. Экран открывал вид на зелёное поле, смешанный лесок за ним и длинный поросший травой срез почвы высотой не больше метра, идущий от зарослей лозняка в низине где-то посредине. Крис перевёл обзор ниже.Теперь стало видно, как будто со второго этажа. Издали послышалось одинокое кряканье.

Перед экраном было ещё два маленьких столика.

– Скоро она? - спросил Тим.

В открытую дверь слева вошла Ирина в рейтузах и джемпере. Правая дверь была закрыта. Это был запасной выход в обводной коридор.

„И чего она не женится? То есть не выходит замуж", - подумал Тим.

– Кофе сделали? - спросила она.

- А… мы не знали, - сказал Тим.

– Тефтели подогрели?

– Ага, - кивнул Тим.

Ирина подошла к плите, сняла с крючка кофейник и стала наливать воду для кофе.

– Ну ничего, потерпите, - сказала она, поставив кофейник на конфорку.

Она вытащила из духовки глубокий противень с крышкой и поставила его на стол. Потом достала тарелки и всё остальное. Крис не выдержал и встал, чтоб помочь.

– Не мешайся, - сказала Ирина.

Из двустворчатого холодильника появились сыр с маслом и „витамин" - давленая чёрная смородина с сахаром. Они были в фиолетовой фарфоровой посуде с магнитным дном.

– Накладывайте, - сказала Ирина, сев за стол рядом с Крисом.

– Уэрр не звонил? - спросил Крис.

– Ты что? - сказала Ирина.

Тракторы действовали в оперативной обстановке.

„На всей планете только две маленькие группы по три человека..." - подумалось Крису.

И двое из них тут, за столом.

Тим весело накладывал поджаристые тефтели в томатном соусе. Жизнь была прекрасна. Он вспомнил сегодняшний день. Встали необычно поздно, после восьми. В тракторе никого не было. Почти. Первое время он чувствовал себя как „Палле один на свете". В сказке про мальчика, который проснулся и оказался один в городе.

И делал, что хотел.

У Ирины на тарелке было четыре тефтели с соусом. Крис непроизвольно остановился, раздумав брать больше. По зелёной траве совсем близко от них стайка из пяти бурых зверей вроде собак с неприятными голыми мордами без звука гналась за низкорослой лошадкой. Лошадка была типичным эоппиусом.

− Во, совсем обнаглели, - сказала Ирина.

Крис обхватил правой рукой левое запястье и нажал несколько кнопок в жёлтом ряду. Хищные звери на самом краю экрана покатились вразнобой по земле.

− Спасибо, Крис, - сказала Ирина. - Так им и надо, уродам.

− Кто это там? - спросил, оглянувшись назад, Тим.

− Волки, что ли, - сказал Крис. - Типа титанотеров.

Тефтели пахли так вкусно, что Крис пожалел о своей умеренности. Ирина ела только вторую. После недолгой борьбы Крис положил себе ещё штук шесть. Ирина проводила их ироническим взглядом. Тим тоже начинал вторую порцию.

− Тимофей, - сказала Ирина, покачав головой с гладкой причёской и пучком позади. - Кофе убежит.

Тим ринулся было из-за стола, но она встала сама.

− Мне полную, - сказал Тим, выставив свою кружку.

− А молоко есть? - спросил Крис.

− Есть, есть, - повторила Ирина тем же тоном, что он.

Она вытащила из дверцы в стенке над столиком у плиты глиняную кринку.

− Топлёное, - добавила она.

Это было именно то, что нужно. А ведь до позавчерашнего дня они были почти не знакомы. На „Скуллеа" Ирина служила в научном отделе, на первом ярусе.

Когда Крис допил своё кофе, снаружи начало неожиданно быстро темнеть. Слегка утопленное окно обзора занимало почти всю верхнюю половину задней стены, метра четыре в длину. Было такое впечатление, что сидишь на веранде на даче. Показались первые бледные звёзды. Ирине вдруг стало зябко.

– Тебе холодно, Тим? - пожаловалась она.

– Не-а, - сказал рассеянно Тим.

Он думал о чём-то своём. Может быть, о своём доме. Он был из Егорьевска. Парню было всего девятнадцать лет. Он ещё ни разу не был в отпуске. Первый год службы.

- Это тебе кажется, - сказал Крис, смотря на мигающие звезда.

Незнакомое небо.

– Стемнело уже... - проговорила Ирина.

Совсем рядом, почти впритык, влево к реке прошёл в полутьме крупный зверь. Ирина увидала его мохнатую спину в самом низу экрана.

– Кто это? - спросила она тихо.

– Ну, кто... - сказал Крис.

Из окна раздался пронзительный писк. Как будто они были снаружи. Ирина инстинктивно поёжилась в своём толстом джемпере.

– Да сделайте вы его потише, - попросила она, оглянувшись вбок на Криса.

Крис молча нажал несколько раз на пару зелёных кнопок. Он сидел у тёмной лакированной стенки справа от неё. За его спиной в двух шагах была плита. Машина действительно что-то намудрила с погодой: стало явно холодней и повеяло свежей сыростью.

– Холодно, - сказала Ирина, смотря на Тима круглыми глазами в очках.

Оправа была из прозрачного стеклопластика, а стёкол почти не было видно. - Ты на какую программу поставил?

В её голосе звучало скорее осуждение, чем вопрос.

– Натуральную, - сказал Тим, чувствуя себя как-то виновато. - А что?

– Не придуряйся. Холодно, вот что. - Пойду спать, - сказала она в виде наказания и встала с места.

Свои четыре тефтели она уже съела. Только полкружки кофе осталось недопитым. Но она могла допить его в каюте, на кровати с книжкой.

– Подожди, Ир, - сказал Крис, чуть повернувшись к ней на круглом вертящемся стуле.

Ему было немного неловко.

– Чего тебе? - она смотрела на него круглыми зелёными глазами.

– Анализ уже готов, как ты думаешь?

– Поменяйте программу, тогда останусь.

– Я уже поменял, - виновато промолвил Тим.

– Ладно, будете знать, - сказала она и села на своё место. - Дай мне пульт, Крис.

Она показала тонким пальцем на настенный дежурный пульт. Стена была обшита лакированным дубом. У Криса возникла смутная мысль о педагогичности поступка Карелина.

Вернее, наоборот.

Он снял маленький пульт и подал его Ирине. Она набрала привычными пальцами зелёную комбинацию информатики. На экране возникла схема бревна. То есть, его куска. Слева были сокращения, справа от него - заключение.

–Понятно? - сказала она.

Бревну было девять лет, срезы обоих сучков сделаны сталью, острота орудия - 10 - 200 микрон. На широком ночном экране вновь появились звёзды. Но стало заметно теплее и суше. Все замолчали...

–Спасибо, Тим, - сказала мягко Ирина.

–Надо вызвать Уэрра, - произнёс Крис.

–Надо, надо, -сказала Ирина, положив на стол ненужный пульт. - Давно пора.

Крис набрал вызов у себя на манжете. Эти кнопки реагировали только на нажатие пальца. Ирина посмотрела на обзор и опустив глаза, растерянно сказала вслух:

– Там же ночь...

– Ну и что? - искренне спросил Тим.

Он уже пересел с противоположной стороны на стул слева от Ирины, зачем-то отодвинув его от стола. На экране по-прежнему мерцали крупные звёзды. Но ночная жизнь была почти не слышна. Только заунывный писклявый вой, как будто далеко-далеко. Крис лишь теперь его заметил .

– Воют ещё... - сказал он недовольно.

- Как хотите, - сказал Тим в футболке и совсем отключил звук.

– Додумались, наконец, - сказала Ирина.

Она сидела, так и не допив своё кофе.

– Что он там делает, - сказал себе под нос Крис.

Внизу экрана горела зелёная надпись: „приём".

– Слушай, Ир, - вспомнил Крис то, что хотел сказать Тиму на берегу. - Как ты думаешь, может это учение, а?

Она задумчиво смотрела на него, не отводя глаз.

– А чего тебе? - спросила она.

Крис не нашёлся, что ответить и вновь посмотрел на обзор. Ему было не так уж уютно под взглядом словно вечно изумлённых глаз. На экране не было ничего интересного. Низко над лесом вышла половина луны, слегка осветив его край серебристым светом. Он казался дальше, чем днём.

- Ир, - сказал всё же Крис, отвернувшись от обзора.

Ему давно уже хотелось выяснить одну вещь, и было жалко упускать такой случай, вдалеке от начальства. Со знающим человеком, и к тому же девушкой... - Ты слышала о наблюдательной службе?

Она смотрела на него выжидательно и с какой-то неуловимой иронией.

– И?

– Ну.. слышала?

– Я много чего слышала.

– Что ты об этом думаешь?

– Что ты ещё молод такие вещи спрашивать, - сказала она, и легонько ткнула его вытянутыми пальцами в лоб.

Пальцы девушки были упругие и холодные. Непостижимым образом Крис не успел увернуться. Тиму даже стало смешно.

– Я пойду, что ли, - сказал он, поднимаясь.

– Ты чего?.. - сказала Ирина.

Уже ставшая привычной чуть туманная звёздная ночь средне-русской равнины Ильмы пропала и вместо неё оказалась уютно освещенная каюта-купе в натуральную величину. Как будто её с кухней разделяло только окно.

Ирина остановилась от неожиданности.

С двух сторон были видны аккуратно застеленные кровати с зелёными одеялами вместо покрывал, между ними обычный столик с лампой под зелёным абажуром, а за ним - доктор Уэрр в белой гимнастёрке.

Он смотрел на неё и улыбался своим длинным лицом.

– Добрый вечер, Ира, - сказал он. - Добрый вечер, молодые люди. Что у вас приключилось?

– Ментор, мы нашли бревно со следами обработки. Культура второго уровня, - доложил Крис.

– Без чинов, Крис.

– Они на нём сидели, - пояснила Ирина.

Вообще-то, она просто хотела рассказать доктору, как это случилось. Но не так начала. Тим взглянул на неё, слегка удивлённый её тоном. Он сидел слева и чуть позади. Но доктор видел её глаза.

В них было что-то новое для него.

- Выкладывайте, Крис, - сказал он и помешкав, посмотрел на Криса.

Крис нажал кнопку, переведя данные на экран Уэрра.

- Ага, - сказал Уэрр, взглянув чуть пониже. - Возможно ли естественное передвижение, как по-вашему?

– Только по реке, - сказал Крис, машинально пожав плечами.

– Значит, нашли на берегу?

– Да, доктор.

– Там же, где сейчас, - предположил доктор Уэрр.

– Да.

– А есть ли следы на берегу?

– По-моему, нет, доктор. Мы не смотрели.

– А что, было уже поздновато?

– Ага.

– Так-так…

Доктор Уэрр потёр двумя пальцами лоб и внимательно взглянул на Ирину синими как море глазами. Длинное лицо с рыжими бакенбардами было серьёзно.

– Ира, что вы думаете о назначении бревна?

– Постройка, - сказала она коротко.

– Ну а... вообще, так сказать?

– Я не знаю, - сказала Ирина, запнувшись.

В воздухе повеяло тайной.

– А вы? - обратился он к Крису и Тиму.

– Наверно, культивация? - ответил Крис как на уроке.

Его никак не покидало ощущение учения.

– Орудие - сталь, - добавил он. - Но мы ещё не всё проверили.

Только один кусок.

- Хм... Похоже, вы правы, Крис, - сказал рассеянно доктор Уэрр. - А почему вы сразу не позвонили? - спросил он, посмотрев в нижний угол экрана.

- Да мы сразу, - сказал Крис.

– После анализа, - кивнула Ирина.

– Но понимаете, - добавил Уэрр, чуть задержав свой задумчивый взгляд на Тиме, - эта планета у нас в разряде „А".

Он посмотрел на Ирину в тёмно-синем джемпере грубой вязки.

– А девять лет - довольно большой срок. На стереографии, как вы знаете, ничего не обнаружили. Придётся вам перейти на боевой режим, ребята.

У Криса с Тимом вытянулись лица.

- Я приму меры и буду двигаться к вам. Походным порядком. - То есть, маршевым, - поправился он. - Действуйте в боевом режиме. По обстановке.

Крис кивнул.

– Ну, что скажете, Ирочка? - спросил Уэрр, встретившись с ней взглядом, но как-то не так, как ожидал.

Вернее, как совсем не ожидал.

– Сама не знаю, - сказала она.

– А о чём вы думаете, Ирочка? Как вас лучше звать, Ирочка или Ира?

– Наверно, Ира, - смутилась она.

– С удовольствием, - сказал доктор Уэрр. - О чём же вы думаете, Ира?

– Сама не знаю... - сказала она.

– А как настроение? Наши молодцы вас не обижают? Не очень непривычно?

– Нет, доктор, - сказала Ирина с немного озадаченным лицом. - Они смирные.

– Ага, - неприветливо подтвердил Крис.

– Тогда у меня всё, молодые люди, - сказал Уэрр. - Пойду будить своих товарищей. Что им передать?

– Привет, - сказал за всех Крис.

– Спокойной ночи, - сказал Уэрр и отключив связь, потеребил свой бакенбард с чувством глухого неудовлетворения.

Он посмотрел на свою кровать и задумался.

Вместо стены снова блестели звёзды. Половина луны поднялась выше над тёмным лесом. Зелёные стрелки в углу обзора показывали без пятнадцати девять.

– Что он, не спал, что ли? - спросил Тим.

– Догадайся, - сказала Ирина, сложив губы трубочкой и беззастенчиво округлив зелёные глаза.

Как будто в ожидании гениального ответа. Она сидела и смотрела на него, положив локти на стол и подперев руками голову.

Тим мигнул.

– Одевался, - сказал Крис.

Где-то там, в безлесых саваннах доисторической Манчжурской равнины, сидел ночью в своей каюте доктор Уэрр. И сейчас его трактор двинется в их сторону, на ходу рассчитывая маршрут. Наверно, ребята уже проснулись... Стекло обзора не отражало света, поэтому Ирине казалось, что они на веранде без стёкол. Свет в кухне падал непосредственно на столы и предметы обихода, оставляя в полутени всё остальное.

В отличие от столовой, это был скорее маленький кафетерий.

– Ира, - спросил Тим, - ты по какой специальности работаешь?

– Ботаника, - проговорила она вполголоса, о чём-то задумавшись и посмотрев на него искоса.

Он был уже снова напротив.

– Давайте думать, что будем завтра делать, - сказал Крис. - Я считаю, надо идти вверх по течению.

– На „капле" или на тракторе? - спросил Тим.

– На „капле", конечно, - сказал Крис. - Мы с тобой пойдём, а Ирина посторожит. Ладно, Ир? - он повернулся к задумчивой девушке.

Она сидела, и вытянув стройные ноги, сравнивала носки своих тапочек.

– Дудки, - сказала она. - Пускай Тим остаётся. Он механик.

- Вот именно, - многозначительно сказал Крис.

Но не стал уточнять.

– Давайте чай пить, - сказал Тим обыденным голосом.

У него было приятное открытое лицо. Но сейчас оно было слегка затуманено. Ему тоже хотелось в поход… по новой планете.

– Вам ещё мало? - подняла брови Ирина и оглядела Тима с высоты своих двадцати восьми лет. - Не бойся, ещё наездишься.

– Конечно, - непонятно на что сказал Крис и встал, чтоб собрать кружки. - Ты будешь?

– Не-а, - сказала Ирина. - Я не хочу.

– А давай все вместе махнём? - предложил Тим, оживляясь.

– На „капле"? - удивился Крис.

– Не, на тракторе.

– Нет, нельзя, - сказал Крис. - Тебя после возьмём.

Он сполоснул свою и Тимову кружку и налил кипяток из блестящего краника в стене, как из самовара, в заварочный чайник на столике возле плиты. В звёздном небе во всю стену бесшумно падал, сверкая, метеоритный дождь. Как будто на землю где-то за тёмным лесом капали брызги текучего огня.

Ирина смотрела на ночной огненный дождь, затаив дыхание.

– Красота... - прошептала она.

– Иди наливай, - сказал Тиму Крис и застыл.

Тим стоял и смотрел с кружкой в руках, а Крис - у шкафчика с посудой. Сверкающий дождь где-то далеко за лесом кончился.

– Ты успел загадать, Тим? - спросила мягко Ирина.

– Ага, - сказал Тим.

Он наложил в чай смородины и теперь по-деревенски наливал его в блюдечко.

– Чего? - спросил Крис,

– Во даёт, - сказала Ирина. - Ты что, не загадал?

– Чего загадывать-то? - пожал плечами Крис.

Он вспомнил этот обычай и теперь немного жалел.

– Ребят, а у вас много приключений было, а? - сказал Тим.

До „Скуллеа" он служил на лунной базе возле Земли. Всего месяц назад. А базы Звёздной Стражи - не то, что Флот. В основном - женатый персонал из тех, кому ещё рано в имперскую Стражу на Родине.

– У кого как, - сказала Ирина, поглядев на него округлыми глазами.

Её губы чуть приоткрылись.

– Много, - сказал Крис.

Он думал, как бы к ней опять подступиться.

– Расскажите что-нибудь, а?

– А ты вообще-то уши не развешивай, - посоветовала молодая научная сотрудница.

– Слушай, Ир, - сказал Крис. - А ты кого-нибудь знаешь из этих... из наблюдательной службы?

– Ты чего это? - поинтересовалась она. - Может, у тебя аморалка?

Тим смешливо хохотнул. Это был от природы весёлый голубоглазый деревенский паренёк, крепкий как огурчик и ростом с Ирину - на пол-головы ниже Криса.

Крис что-то пробормотал, покраснев до корней волос.

Ладно, не переживай, - сказала она, смотря на него с некоторым любопытством научного свойства.

– Я просто хотел спросить, кого туда берут, - сказал он хмуро, стараясь спасти свою репутацию.

Особенно в глазах Тима.

– В сексоты? - сказала она.

– Угу.

- Кого надо, того и берут. Много будешь знать, скоро состаришься.

Крис в который раз помянул „К-А" Карелина.

– Да хватит вам, - сказал Тим.

Ему хотелось поговорить о Земле.

- Слыхали о восстании на Севере?

Крис и девушка насторожили уши. Внутренняя политика Флота сокращала новости до минимума. До известий о выпуске новой техники, списков погибших по легионам и подвигов реставраторов.

– Ну и? - уронила Крина, посмотрев мимо него в чёрное звёздное небо.

– В Данмарке уничтожена местная база и сбит глиссер береговой охраны. В Норланде вообще пришлось целый город торпедами раздолбить.

Как всегда в таких случаях, Крис почувствовал острое сожаление, что его не было там. Когда сообщали о поражениях Рати. Победы как-то не так его задевали.

– Какой? - спросила не дыша Ирина.

– Какой-то там, - сказал Тим. - Большой… По-ихнему называется. Вроде осла.

– И чего им только надо... - непонимающе сказала Ирина. - Жили бы себе...

Они с Тимом почему-то посмотрели на Криса.

– Бросьте, - сказал он. - А кто там был, староцерковники или белые христиане?

– Ну и какая разница? - сказала Ирина, склонив голову набок.

– Староцерковники - в катакомбах,.. - начал он.

Девушка с гладкими волосами и пучком позади смотрела на него слегка ироническим взглядом. Её это не интересовало.

– А ещё чего ты знаешь? - сказала она Тиму.

– А чего тебе хочется? - спросил он, как будто на завалинке в „Деревенских каникулах".

– Ничего не хочется, - отрезала Ирина. - Вот скажу Крису, он тебя спать отправит.

Тим посмотрел на Криса.

– Будешь знать тогда, - добавила она, посмотрев, какое впечатление произведут её слова.

Тим захлопал глазами. Тем временем Крис докончил вторую кружку чая с чёрной смородиной и стал доедать остатки ложкой.

– Ладно вам, - сказал он, впервые почувствовав себя командиром.

Правда, всё равно благодаря Ирине.

– Я пошёл спать, - сказал он. - Ты здесь уберёшься, Ира?

Он встал и отнёс свою кружку в раковину справа в кухонной нише.

– Спокойной ночи, - сказала Ирина. - Я в лабораторию, ладно?

– Ага, - сказал Крис. - Пока, Тим.

Он вышел в полутёмный коридор за открытой дверью и пошёл налево в свою каюту. По случаю малолюдности у каждого из них осталась своя двухместная каюта. Густая ковровая дорожка загибалась вместе с коридором. В скупом аварийном свете она была неразличимо-синеватого цвета.

«««»»»

Крейсер Уэрра

– Ой, смотрите! - вскрикнула Кира, показывая на вогнутый экран боковой рубки.

За невидимым трёхметровым стеклом компьютер создавал довольно хорошую имитацию открытого пространства между потолком и изогнутым пультом.

– По саванне с травой по грудь шли гуськом диковинные животные из отряда копытных. Они были светло-жёлтые, с длинной как у жирафа шеей и изогнутыми серпом вниз рогами над тупорылой мордой.

– Ты что, не видела? - сказал Торстен. - Это археобелисы.

– Типа археобелиса, - уточнил сзади Уэрр.

Он сидел в светлом кожаном кресле в нише около двери. Пол мягко покачивался на внутренних рессорах. Машина шла по саванне со скоростью тридцать километров в час.

С двух часов ночи.

Она проложила довольно недурной маршрут через южную Сибирь, в обход громадного моря на месте киргизских степей. Правда, с изрядными вихляниями по местности. С потолка и из-за пульта шёл душистый напоённый солнцем воздух. Пахло травами и ещё чем-то.

„Может, этими археобелисами", - подумала Кира.

Она ещё не была на планете позже третичного периода.

Равнина была не ровная, а волнистая, как пологие складки на неразглаженном одеяле. До горизонта было от двух от десяти километров; а с высоты третьего этажа, откуда они смотрели - от трёх-четырёх до пятнадцати. Это указывали словно глянцевые зелёные цифры понизу экрана. Правда, они белели, попадая на зелёный цвет.Там же была скорость, температура, высота над уровнем моря и другие параметры движения. Торстен любил быть в курсе событий. А доктор Уэрр не возражал. Торстен посмотрел на время.

Оно приближалось к одинадцати.

Он закрыл глаза и представил себя на нагретой солнцем крыше „капли". Вокруг колышатся безбрежные травы... Или нет, лучше на нагретом солнцем гладком камне над плеском и шуршаньем вечного прибоя... Эта саванна выходила прямо на первозданную синеву ещё закрытого Японского моря. На виртуальном глобусе оно было узкое, как Байкал. С двумя проливами на севере.

– Долго ты ещё будешь спать?

Голос Киры вывел его из дремоты грёз. Она покачала рукой его кресло у пульта. Они сидели рядом и наискосок друг к другу из-за мягкого изгиба пульта. Эта рубка была в правом верхнем углу трактора. Он повернулся на мягком сиденье в форме чаши и посмотрел на неё такими же юными синими глазами. Они не были одногодки. Зато день рождения почти совпадал: седьмого января и на пять дней позже у Киры. Но она была Водолеем, как и Мак.

– Ну, чего тебе? - спросил он.

– Ничего, - сказала она. - Доктор, а скоро мы приедем?

– Надо полагать, скоро, моя милая, - улыбнулся доктор. - Видите вон ту цифру с краю? - Он показал на левый край светло-жёлтого от саванны обзора. - Это предполагаемое время в пути.

Кира посмотрела на Торстена, как будто в первый раз его видела.

– А ещё что у тебя там? - сказала она.

– Что хочешь, - коротко ответил тот.

Большого ума тут, конечно, не нужно. Просто ей неохота было разглядывать цифры. Они её мало интересовали… вообще.

– Доктор, можно я пойду обед готовить? - спросила Кира, ещё немного посидев и понаблюдав за неизменным пейзажем вдали, со стадом мастодонтов возле маленького баобаба.

Довольно часто неподалёку попадались небольшие стада и стайки различных животных, иногда по одному или парой. Некоторые убегали прочь, а некоторые провожали машину взглядом. Кира представила себе несущуюся над травой чёрную махину. С высоты третьего этажа слегка колышащиеся травы с метёлками были видны как на бреющем полёте. Хищников совсем не было видно. В безоблачном небе как чёрные точки парили стервятники или орлы.

– Охотничий рай, - сказал Торстен и переключил одну из точек в небе на крупный план.

– Так рано? - с сомнением спросил доктор Уэрр.

В круге увеличения появилось пернатое существо с уродливой кожаной головой розоватого цвета. Оно было как будто в тумане; потом круг слегка дрогнул и туман рассеялся. Птица была как на картинке в учебнике.

Тераторнис, - с удовлетворением заключил Торстен. Он вообще любил играться с обзором.

– Уже пора, доктор, - сказала она. - Я должна сделать тефтели.

Это было чистое совпадение.

– С чем? - спросил Торстен, убрав доисторическую птицу.

– С соусом.

– Хорошо, Кира, - сказал Уэрр.

Кира вышла в обводной коридор жилого этажа и пройдя несколько шагов, скрылась налево в широком продольном коридоре, выходящем к овальной двери средней рубки. Все переходы были ярко освещены. И везде был такой же запах пампасов, иногда с лёгкой как мысль примесью хлева. В коридоре довольно сильно качало, не смотря на гусеничные рессоры, и ей пришлось пару раз упереться рукой в светло-коричневую кожаную стенку с такими же пуговицами.

Этот трактор класса Р-10 модели Аэциус носил собственное имя „Верона" и был в отличие от трактора Криса совсем новенький, всего полгода как со стапелей в Мекленбурге. Хотя для планетохода это приличный срок.

- Ну-с, товарищ, - произнёс доктор Уэрр бархатным баритоном, поднявшись минут через пять и явно пресытившись увлекательными, но однообразными картинами первозданной природы. - Пойду-ка и я в свою лабораторию. А вы пока подежурьте… ладно, Торстен?

Местность за „окном" начала изменяться уже к концу этих суток. Торстен целый день просидел в кресле у обзора и к вечеру он ему надоел до чёртиков. С ним произошло то же, что с человеком, объевшимся клубничным мороженым. Его немного тошнило, хотя и не в буквальном смысле этого слова.

– Хватит с меня, - пробормотал он, вставая с сиденья из-за пульта. - Доктор, можно я Киру позову?

Уэрр внимательно изучал картинки с воздушного шара на пультовом экране слева, у самой стены. Они были теперь в средней рубке, и экран обзора занимал всю переднюю стену, слегка вогнутую по форме корпуса. Было пять часов вечера.

Золотистое солнце склонялось над саванной.

− Торстен, посмотри-ка на эту вещь, - сказал доктор вместо ответа и поманил его пальцем.

Чубатый белобрысый парень приблизился с видом человека, которого позвали посмотреть на котёночка. На пультовом экране было изображение примятого круга на светло-жёлтой саванне под довольно острым углом. Изображение стояло на месте, но слегка меняло очертания, как будто покачиваясь на волнах. Внизу экрана шли мелкие зелёные слова и цифры: „расстояние - 200 м., реальное расстояние - 3,2 км., усреднённый абсолютный наклон - 3°...”

Угол зрения колебался от 5° до 25°.

Изображение повернулось к ним лицом и обратно, на секунду вытеснив голубое небо жёлтой равниной немного электронного происхождения. Но Уэрр ткнул пальцем в середину экрана, и на нём появился ровный круг.

Реконструкция.

− А ближе? - спросил Торстен, всё равно уже открыв рот для другого вопроса.

У него приятно похолодело внутри. Вообще говоря, он не так уж любил спокойную жизнь. Едва заметный узкий овал на степи приблизился и занял весь экран. Складной экран был толщиной и размером с большую книгу. На нём чуть колыхалась такая же трава с метёлками и зонтиками белых цветов. Уэрр перевёл изображение вправо, и они увидели край круга.Трава внутри была ниже всего ладони на три.

− Поехали, док? - спросил Торстен.

− Надо сообщить Крису, - кивнул Уэрр, озабоченно подёргав себя за рыжий бакенбард. - Импульсной связью.

Короткая бородка и бакенбарды были заметно ярче его шевелюры. Он нажал голубой светлячок кнопки внутреннего вызова. Волнистая равнина перед ними стала плавно поворачиваться вместе с трактором.

Торстену снова стало весело.

− Это срочно, доктор? - спросила Кира со стороны обзора.

- Да, - сказал Уэрр, приподняв одну бровь и переключая тумблер дальней связи.

У него появилось виноватое чувство.

„И так всегда", - подумал он про свои отношения с молодёжью.

Слишком фамильярные… но не по его вине.

– Иду, доктор, - сказал ясный голос откуда-то из глубин трактора.

После обеда она решила заняться уборкой.

- Крис, - сказал Уэрр, обращаясь к голубому небу над бескрайним простором. - Говорит Уэрр. Идём по саванне. Координаты прилагаю, - он нажал одну из кнопок под левой рукой. - Нашли круглый отпечаток на траве диаметром сто пятьдесят метров, в трёх километрах в стороне от курса. Идём к нему. План задержки - двадцать минут. Связь особая. У меня всё.

Особая связь - когда противник подстерегает из-за угла.

Овальная дверь сдвинулась, впустив девушку с короткой стрижкой. Как будто прозвенел тонкий колокольчик. Встав у входа, она вопросительно посмотрела на оглянувшегося Торстена. Уэрр уже подводил трактор к не такой уж заметной цели.

Впрочем, машина ехала сама.

– Посмотри, Кира, - сказал Торстен, показывая в воздушную ширь „окна".

Он сидел справа.

– Что? - сказала она, недоумённо оглядывая его самого.

– Вот запись, Кира, - сказал Уэрр. - Крис, говорит Уэрр. Идём по саванне... - продолжил он своим мягким баритоном.

Кира не сразу поняла, где началась запись. Она слегка прыснула и подойдя к пульту, стала стоя смотреть на равнину за креслом Торстена. Вездеход сверхтяжёлого класса „Верона" плавно замедлял ход.

– Без выхода, молодые люди, - сказал Уэрр.

Кира почувствовала огорчение Торстена, хотя просто держалась за спинку его сиденья. Она доходила ей до пояса.

Дома она всегда ходила в шароварах. Чубатая голова упёрлась русыми волосами в сквозной подголовник.

„И кто только его стриг", - подумала она.

– Есть, доктор, - сказал Торстен, слегка отодвинув назад сиденье и вытянув ноги под пульт.

Он знал Уэрра уже как минимум года три.

– Чего ты толкаешься, - сказала Кира.

– Извини, - сказал белобрысый поджарый парень в белой гимнастёрке.

Доктор Уэрр сам дал команду машине на забор грунта и травы, сначала до чуть примятого круга, а потом, чуть проехав, - внутри него.

– А теперь займёмся анализом, - сказал он, когда вездеход вновь направился к далёкой цели.

Почти точно на запад, по краю пра-монгольской степи, с выходом на север между Тянь-Шанем и молодой горной системой Алтая. Как плод в утробе матери проходит одинаковые стадии, так и бесчисленные земли Вселенной. Но как и люди - каждая имеет своё лицо.

– Можно я пойду убираться, доктор? - спросила Кира, держась руками за кресло Торстена.

Трактор, плавно покачиваясь, повернул и пошёл вдоль невысокого обрыва. Внизу была тоже саванна, простираясь до самого горизонта. Она представила себе эту безостановочную качку в течение двух недель, и ей стало немного не по себе.

– Тогда Торстен сделает, - согласился Уэрр.

– Ну я пошла, - сказала она, отпустив спинку кресла.

– После ужина? - спросил Торстен, слегка закачавшись.

Дверь задвинулась. Она была на автоматическом режиме. Они остались вдвоём в светло-серой рубке жилого этажа.

Четвёртый этаж был особый.

– По своему усмотрению, - сказал Уэрр. - Только сегодня, сделай милость.

Машина шла вперёд, прощупывая пространство боевыми и навигационными сенсорами. В том числе на воздушном шаре, плывущем за ней на высоте полёта ястреба.

Было уже шесть часов вечера.

После светлой кухни в рубке было полутемно. В потемневшем небе уже зажглись звёзды, и автоматика привела освещение в соответствие с наружным.

– Садись сюда, Кира, - позвал Торстен, усаживаясь перед почти невидимым пультом с мерцающими светлячками пастельных кнопок.

Доктор Уэрр ещё не пришёл.

– Я лучше здесь, - сказала она и ощутила прикосновение прохладной глубины кресла в тени кожаной ниши.

Она была в шортах и рубашке с короткими рукавами. Эту форму называли „пляжной". Форма № 7. Для конторской работы в зонах жаркого климата. Рубка по-прежнему покачивалась, как морской трамвай на слабой волне. Внутренние рессоры в основном гасили толчки.

„Интересно получается, - подумала Кира, забравшись с ногами в гостеприимное кресло, - эта штука на равнинах качается точно, как корабль… степной корабль."

Перед ними синело тёмное небо с редкими и невообразимо яркими звёздами. А внизу покачивался всё ещё видимый травяной простор. Был самый конец сумерек.

Эта система была на краю ветки.

„Вот ведь как бывает", - подумала она.

Она попыталась представить себе тех, кто будет здесь обитать через сотни тысяч лет. А точнее, через миллион триста тысяч лет.

„Сотни тысяч лет", - медленно повторила она про себя, стараясь вникнуть в смысл этих слов. - „А может, и не будут, - подумала она вопреки всем урокам и учителям. – “Мало ли что.”

Торстен за высокой спинкой был виден на фоне звёзд. Она только теперь заметила, что внутренний свет совсем иссяк. Постепенно, по мере наступления ночи снаружи.

„Как ручеёк воды из пересохшей лужи… или моря. Нет, геоплан всё-таки лучше", - подумала девушка в кресле.

– Сумерничаете? - спросил доктор Уэрр, остановись посередине рубки.

„Торстен звонок отключил", - подумала Кира.

Несмотря на незаметно спустившуюся ночь, было всё так же тепло. Уэрр неслышно прошёл к пустующему сиденью слева от Торстена, и оно слегка закачалось в полутьме. Со своего места Кира видела две тёмные головы за кольцами подголовников. Одна из них чуть покачивалась на фоне серо-синего неба. Уэрр сразу же перевёл своё кресло в жёсткое положение.

А больше всего он любил сидеть на стульях.

Тишину нарушал лишь шелест ветра и шорох потемневшей саванны. Едва слышный рокот машины уже не воспринимался сознанием.

„Скоро будут сутки, как мы едем, - подумала Кира. - И чего они молчат?.."

− Доктор Уэрр, скажите, это ваше имя или фамилия? - спросила она.

− Фамилия, Кира, - сказал Уэрр.

− А какое ваше имя?

− Лингамар, - сказал Уэрр.

− Можно, я вас буду так называть?

− Не стоит, Кира, - ответил Уэрр своим мягким голосом.

− А почему?

Доктор в полутьме ничего не ответил. Вероятно, он и сам не знал, почему. Ну, может быть, догадывался… но не очень чётко.

- А почему, доктор? - повторила Кира.

Молодёжь иногда бывает очень настырна.

− Чего пристала? - сказал Торстен. - Меня тоже все не по имени называют.

− Это было бы непедагогично, Кира, - мягко сказал Уэрр.

− При чём тут ты? - возразила Кира из темноты позади.

Звёзды были такие яркие, что освещали серебристую саванну не хуже луны. Было новолуние. Издалека раздался трубный рёв, и через три секунды повторился. Он был такой же тихий, как их разговор, и девушке показалось, что к ним прибавился ещё один собеседник.

„С хоботом", - подумала она.

Сверху на неё повеяло ветерком. Действовала программа естественной вентиляции. А на кухне пахло печёными яблоками.

За ужином.

– А почему непедагогично? - спросила она.

– Потому что я старше вас в два раза, Кира.

– В два с половиной, - добавил Торстен.

– В два с четвертью, - сказала она. - Тридцать восемь плюс шесть.

– Математик, - хохотнул Торстен. - Тогда уж в два с третью.

– Сам ты математик, - серьёзно сказала она.

Доктор Уэрр сидел и смотрел вперёд, а Торстен повернулся на кресле к нему лицом, и Кира теперь видела в свете звёзд его точёный профиль.

„Как на монете", - подумала она.

– Доктор, как вы думаете, а в чём счастье? - спросила она.

Раздался истошный визг, похожий на мяуканье, и вездеход почти незаметно покачнулся. Машина шла в маршевом режиме.

То есть, скрытно.

„Переехали кого-то", - подумала Кира.

Доктор Уэрр поморщился в темноте.

Рука Торстена мелькнула как тень к пульту и осталась лежать на нём. Пульт спокойно мерцал слегка разноцветными светлячками кнопок. Начавшийся трубный зов вдруг стал вдвое тише и дальше.

– Ты хочешь сказать, в работе или любви? - спросил доктор Уэрр, не оборачиваясь.

Но он бы и так её не увидел.

- Да, - слегка запнулась она.

Она этого не ожидала. К Торстену он иногда обращался на „ты", как своему старому товарищу. Но к девушкам – никогда.

– И там, и там, Кира, - сказал Уэрр. - Насколько я знаю по опыту.

- А что вы думаете? - спросила она.

„Вот ненормальная", - подумал Торстен.

Перед ним на ленточном сенсорном экране пульта стояла зелёная надпись „32 км./час" в тонкой светящейся рамке такого же цвета.

– Я думаю, сначала мы спросим у Торстена, - промолвил доктор.

Его голос показался ей вкрадчивым.

– В данном вопросе я как и вы, - сказал в темноте Торстен.

Кира опять видела его чёткий профиль.

- Только я ещё не влюблялся, - добавил он. - Бог миловал.

Все дружно рассмеялись, включая и самого Торстена.

– А теперь пусть она сама скажет, а, доктор? - сказал он, как будто на собрании.

– Нет, так нечестно, - сказала она. - Я первая спросила.

– Ну мы тебе и сказали.

– А я спросила теоретически, а не практически.

– Это как понимать? - добродушно поинтересовался Уэрр и всё же повернул своё кресло так, чтобы видеть и Киру и Торстена.

Теперь они составляли узкий равнобедренный треугольник во главе с Кирой в обширной и тёмной кожаной нише позади них. Вообще-то здесь был такой же свет, как снаружи от звёзд. Но горел только ночник. С потолка шёл его голубоватый свет.

– Не на опыте, а просто, - сказала она.

– Кхм, - кашлянул Уэрр.

Торстен повернулся и лёг локтями на пульт, оставив их разбираться в этом вопросе. Низкий потолок ниши над Кирой плавно переходил в стенку. В темноте его почти не было видно. В нём была лампочка для чтения, но сейчас она не горела. Кира сидела и молчала, недоумевая, сколько ей ещё ждать.

– А не кажется ли вам, что между призванием и любовью есть какая-то связь? - наконец нарушил молчание Уэрр.

– Какая? - спросила Кира, чувствуя, словно она растворилась в звёздном свете.

– Кто любит свою работу, в того и влюбляются, - хрипловато ответил Торстен, не поднимая головы.

Ему даже нравилось качаться, как на корабле. А перед тобой - тьма освещенной звёздами неведомой равнины на неизвестной планете.

- Ну, по большому счёту это тоже верно, - сказал Уэрр. - Но я имел в виду не то.

Он видел, что девушка в углу широкого кресла в нише смотрит на него. Но обернувшись, не мог различить её лица или глаз в звёздной полутьме рубки.

- А что? - снова спросила она.

– Я и сам не знаю, Кира, - сказал он задумчиво. - Но мне кажется, тут что-то есть.

– Интересно, кто здесь был, - подал голос Торстен. - Враги или странники?

– Так по-вашему, это не жиды, Торстен? - спросил доктор с интересом.

– Конечно, нет, - убеждённо ответил Торстен, как будто защищал теорему Пифагора.

„И почему он такой?.." - с досадой подумала Кира.

Ей совсем не хотелось обсуждать такие пустяки.

– А почему вы так думаете, Торстен?

- Потому что отпечаток на равнине, - ответил Торстен, не поднимая головы, а только повернув её в левую сторону. - А во-вторых, в отчёте ничего нет.

В отчёте НУ действительно ничего не было. Кроме „шести рас приматов на стадии скрещиваемости". Без жидов во главе племён.

Как ни странно.

„Если только они их с жидами не перепутали", - подумал про себя Торстен и громко хмыкнул.

Кира обиженно молчала у себя в темноте.

– Кира, вы не могли бы дать мне сока? - попросил вдруг доктор Уэрр, обернувшись в её сторону.

– Какого? - спросила она.

– Виноградного.

– Сейчас, - сказала она со вздохом и спрыгнув из темноты, шагнула к дверце холодильника в стене у ниши.

Ручка фосфорецировала, как зелёные стрелки на „командирских" часах с механическим заводом. Впрочем, она бы и так её нашла. В холодильнике было светло как днём и блестели коробочки из фольги с забавными цветными картинками.

− Спасибо, Кира, - сказал Уэрр.

Высокий холодный бокал с толстым дном был немного вытянутой и округлённой формы. На нём были разноцветные продольные линии. Кира знала, что их двенадцать.

− Спасибо, Кира, - снова сказал доктор Уэрр, подняв голову в звёздном свете.

Она забыла сесть и всё стояла возле него и Торстена, слегка качаясь, как на плоту. Саванна была ровная как стол, но при такой скорости качку было заметно.

Несмотря на все рессоры.

− Доктор, а почему вы взяли меня вместо Ирины? - спросила девушка, сев на краешек кресла на прежнем месте.

Бокал мягко позвякивал в глубоком гнезде на пульте.

− Понимаете, Кира, - сказал Уэрр, - мне показалось, что она там будет нужнее.

− Почему? - спросила она немного растерянно.

− Она ведь старше Криса… на шесть лет. А впрочем, наверно, просто интуиция. Или предчувствие. Вы верите в предчувствие, Кира?

Кира машинально кивнула головой в темноте позади. Ей было трудно не верить в то, во что верил доктор Уэрр. Тем более, в предчувствие.

− У меня есть один хороший знакомый в Главупре, - продолжал Уэрр мягким задушевным голосом. - Зегельфюрер Марин. Из германского легиона „Аустра". Может, слышали?

Кира снова машинально качнула головой. На этот раз доктор Уэрр оглянулся назад. Он сидел, немного откинувшись на спинку и повернувшись лицом к Торстену. Тот лежал локтями на пульте и смотрел вперед, в качающуюся ночную темноту под звёздным небом Ильмы за пределами массивного трактора.

− Нет, доктор, - спохватилась она.

– Это всё равно, что зегельмастер в Пармии, на Марисе.

– Я знаю, - сказала она.

– Ну так вот, у него было предчувствие перед броском у Флоренты… что им конец. Он просто знал это, вот как вы знаете, что сейчас пойдёте спать. Ну и... там была только одна когорта из Провинции. И она погибла.

- А как назывался его звездолёт? - повернул голову на пульте Торстен.

Кира даже забыла, что он тут. Он как будто спал. На самом деле он смотрел в звёздное небо, вдыхая воздух ночной саванны.

Не поднимая головы.

„Как же он спасся?" - мелькнуло у неё.

- А сколько ему лет? - наивно удивилась она.

Это было из области истории. Четыреста пятый год... битва за Терру и Марис. Задолго до того, как она родилась. В то время её мама была девочкой.

– Шестьдесят, - ответил доктор Уэрр.

Она была симпатичной девочкой. Впрочем, он не помнил, чтобы кто-нибудь был ему несимпатичен. Кроме командора Карелина. Но тому было под пятьдесят. Он был чистый солдат, типа Помпея или Суворова. А отчасти и Скалозуба. И ещё одного учителя, лет двадцать пять назад...

Да и при чём тут они?

Девушки…

Эта проблема была ему знакома, в том числе и как ментору. Но в жизни бывает разное, как и в сказке. Бывает, что пройдёшь мимо веточки розмарина в саду, а бывает, что набредёшь на спелую яблоню. А вот тогда уже точно как в сказке.

„Сама не знаю", - почему-то вспомнилось ему ночное совещание и простодушные круглые глаза.

Спросонья он кажется был не в форме.

– „Шутцштаффель", - ответил он Торстену. - Когорта Римелера. Впрочем, вы не знаете.

Торстен снова повернул голову вперёд. Часы в самом углу обзора слева показывали 9:14. Больше никаких цифр не было.

– А сколько сейчас легионов у биармийцев? - спросил он у доктора.

Ему казалось, что он летит в тёмные воздушные просторы утыканные звёздами наверху. Скорость машины выросла до девяноста километров в час.

„Охота ему приставать", - снова подумала Кира.

– Уже два. А может, и три, - ответил Уэрр. - Имперские поселенцы очень быстро поднимаются. В системе Флоренты они уже обогнали по силе наши базы. Когда-нибудь они и нас подомнут.

„Дудки", - лениво подумал Торстен.

- А вы там были? - спросила Кира, сидя на краешке кресла.

- Да, - задумчиво сказал Уэрр. - В моём чине это неизбежно, Кира. Вы имеете в виду Терру и Марис?

– Не-ет, - сказала она. - Чужеземные страны.

- Да, - сказал он и снова о чём-то задумался.

Все замолчали.

„Наверно, „Скуллеа" вернётся через полтора месяца, - думала Кира. - Или два".

Скорость войн в Космическую эру - как во времена древней Романской империи. Это говорил их учитель истории. Кира была на три курса младше Торстена. К предвкушению двух месяцев без учёбы и утренних линеек примешивалось лёгкое беспокойство о том, чем они будут здесь заниматься. Её не увлекала практическая геология. А также теоретическая. Хотя случайные каникулы - всегда хорошо...

Сейчас силы Флота стягивались к арианской БеллЬгаре. Назревала стычка с полчищами Федерации… Но ей почему-то не приходили в голову мрачные мысли.

„Хорошо, что мы едем к Крису", - подумала она.

А потом вдруг вспомнила, почему. А потом посмотрела на фигуру доктора Уэрра, полулежащую впереди на сиденье с высокой откинутой спинкой, в серебрящемся ночном свете. Торстен чем-то занимался на пульте. Был виден только тёмный силуэт чуть повёрнутой головы.

„Что он там делает?.." - подумала Кира, снисходительно улыбнувшись краешком губ.

Совсем в другом настроении.

Она даже забыла про Криса... на время. Машину мягко покачивало. Доктор Уэрр решил не взлетать… чтобы не искушать судьбу.

„Жалко, что мы туда едем", - подумала она. – “А не в Африку… там наверно ещё драконы.”

Ей вообще нравились южные страны… с детства. Может, оттого, что она была с севера – из советской столицы Ленинграда. Хотя на самом деле... Она вспомнила красно-жёлтую листву вдоль изгиба осеннего канала и заскучала. И кружевные решётки родного двора...

Она уже давно скучала по родителям.

„Как они там, бедные", - подумала она.

Её папа был пропретором Скандинавии. В его распоряжении было четырнадцать легионов имперской Стражи. Из военных ему не подчинялась только Охранка Патриархата. Кира помнила, как он иногда ругался по телефону с иеросхимонахом Лаврентием. Сухонький и седой старичок, в чёрной рясе смотрел спокойными и совершенно прозрачными глазами. Несмотря на бороду, он был чем-то похож на портрет Борманна у папы в кабинете, куда она не раз лазила в детстве рассматривать древние фолианты и карты. Особенно ей нравилось карабкаться вверх по сдвижным лесенкам у высоких тёмных шкафов. Лепной потолок над верхней полкой казался ей небом. Он был цвета мороженого „крем-брюле".

Кира не знала, кто из них был прав.

„А может быть, оба?" - подумала она.

„Тот, кто рождён был у моря.." - поплыла у неё в голове мелодия песни, которую часто пел папа.

Колышущаяся ночная саванна вдруг показалась ей морем. А Крис с ребятами - где-то на другом конце этого бесконечного колышущегося моря. Она вспомнила о том времени, когда они ходили в походы с разведгруппой Мака и затосковала. Линка, Дурелла, Местра… потом стычка с колонистами Герры на Аквабеске в системе Кинты - Каппы Эридана. А потом - когда их подобрала „птица" после смерти Джека, десять месяцев назад.

„Где-то сейчас Мак с Питом", - подумала она.

Тогда они ушли со „Свеа" на заслон у Геи, а она осталась на временной базе ждать Криса. Этих колонистов было тысяч двадцать. И планета их называлась „Серая Лошадь", на их германском наречии. Они были какие-то странные. Во-первых, они были жёлтые. Не граждане, а все подряд. Ну, это понятно. Это были гвинны, и подчинялись они Генеральному Штабу на Сканде, как говорил Перпетус на политзанятиях. Но они все были в каких-то кожаных жилетах и штанах. И жили по двадцать человек в длинных железных ангарах. А их жёны и дети жили в отдельном лагере. Так ей объяснил потом Мак. Ментор Кьянчелло сказал, что это была временная база для ударной дивизии вспомогательного войска Ордена. Они нарвались на неё случайно. Когда „Мириа" вышел на курс, на её месте не было даже земли. Только оплавленный как стекло камень.

А потом была Риамелло и гибель Джека...

Кира вытерла слезы и стала думать о планетолёте „Ромашка" на Ильменне. Наверно уже начали строить заводскую Базу. Длинная шахта с подземными помещениями в рудоносной породе. И аннигиляционные установки по тектоническому периметру наверху. Внизу на полукилометровой глубине давление как на уровне моря.

И белесые просторы марсианских трав...

“Нет, лучше бы они сюда", - подумала она, совсем забыв про бревно. – “Ну и что, а у нас отпечаток, - сказала она сама себе, вспомнив о нём. - Бревно какое-то."

– Кира, - окликнул её доктор Уэрр.

– Что? - вздрогнула она.

Она сидела на краешке кресла, сложив руки на прижатых друг к другу коленках. В рубке было всё так же полутемно от звёздного света.

– Вы не хотите спать?

– А сколько времени? - спросила она, посмотрев на него затуманенными глазами.

Он увидел в них звёздную искорку.

– Вы, наверно, устали, - сказал он. - Уже девять сорок три.

Она перевела взгляд на левый нижний угол экрана. С его верхнего края дул ночной ветерок. В нём было что-то совсем древнее и незнакомое. Словно дыхание ледника и острый как бритва скребок из кремня. Сейчас, правда, здесь был период потепления. Планета и система прошли через очередное облако в межгалактическом пространстве.

Доктор Уэрр повернулся к ней лицом и выпрямил спинку кресла. Цифры в углу обзора показывали 9:43. Они горели зеленью на тёмном фоне почти невидимой саванны. Ей показалось, что снаружи стало темнее.

– Ладно, доктор, - сказала она и поднялась с кресла. - Пойду.

В кабине вспыхнул неяркий свет. Сразу всё стало другим. Обыденным и очень милым. Торстен тоже повернулся на сиденье и смотрел на неё, моргая от света.

– Спокойной ночи, Кира, - сказал он немного сонно.

Доктор Уэрр встал.

– Я вас провожу, Кира, - сказал он. - Вы пока посидите, Торстен?

– Ага, - кивнул Торстен.

- Вы знаете, Кира, - чуть помолчав, сказал Уэрр, когда она пошли рядом по мягко освещённому и сводчатому как тоннель продольному коридору. - Мне кажется, мы попали в очень неприятное место. Я послал сигнал на Ильменну, но не уверен, что он дойдёт. Хгм… и у меня нет уверенности, что я поступил правильно.

Они дошли до половины длинного коридора. Кира шла, медленно шагая по чуть пружинистой светло-коричневой плитке. Её дверь была совсем рядом слева.

– Почему это? - не поняла она.

Они остановились у овальной двери каюты. Дверь была такая же кожаная, как и стенка. Кира повернулась к ней лицом и нажала ладонью на дверь, чтобы сдвинуть её в сторону. Дверь автоматически отъехала влево.

– Есть вещи, которые не положено знать рядовому, Кира, - сказал Уэрр мягким голосом. - Особенно барышне. А иногда и командиру. Пока они с ними не встретятся.

Такой голос мог заворожить и жену Сократа, а не только юную и непрактичную девушку. Кира посмотрела на него, чуть нагнув голову, и вошла в каюту.

– Садитесь, доктор, - сказала она, присев на кончик кровати.

Кровать была без спинки, как тахта. Это была двухместная каюта с запасными верхними полками, убирающимися в стенки. По стенкам на высоте лица тянулись кожаные ремни.

– Хорошо, - согласился Уэрр.

Он зашёл и сел на кончик второй кровати, напротив Киры.

– Нам угрожает серьёзная опасность, девочка, - сказал он. - Если я не ошибаюсь… А я чувствую, что не ошибаюсь. Так что будь начеку. - Я пойду к Торстену, - сказал он, поднимаясь.

Взяв её за руки, он пожал их и вышел, чуть сгорбившись. Эта дверь была для него низковата. Когда дверь задвинулась за его долговязой фигурой, Кира бросилась на кровать и горько расплакалась. Кровать покачивалась, как черноморская шаланда на слабой волне.

– Пока это только предчувствия, - сказал доктор Уэрр. - Но они основаны на фактах.

- На одном бревне, - сказал Торстен.

– Иногда одна лишняя вещь на столе говорит обо всём.

– Н-да... - протянул Торстен.

За всё время практики он был в настоящей переделке всего один раз. Когда они спасались из нижних отсеков „Калинки" у Бетельгейзе, а их „птица" сгорела от метеорита на подлёте к луне Мирингиленны. Бревно, действительно... Но это могла быть и случайность. Может, жиды вымерли от болезни?

Бывает же такое.

– Доктор, а у жидов врачи есть? - спросил он.

На политзанятиях эта тема охватывалась слабо. У них же ведь нет боевого флота. А наземная оборона - на самообеспечении. Но зато их и не сразу найдёшь. Правда, бывают рядом и посты Федерации. А вот уж в этом недостатка не было. Все уши прожужжали. И плакаты скандийца, со зверской мордой занёсшего кирзовый сапог над лицом упавшей на колено девушки с луком. „Вперёд, за Белльгару!"

В рубке было опять темно. Точнее, светили яркие звёзды и туманности. Так было привычнее смотреть в открытую ночь впереди.

- А кто их знает, - сказал Уэрр.

Торстен удивился.

– А разве... - сказал он.

– Я не специалист по жидам, Торстен, - немного устало сказал доктор. - Но полагаю, что и им не чуждо нечто человеческое. А вот об уровне не скажу. Думаю, что невысокий.

– Может, они вымерли? - сказал Торстен.

– Исключено. У них полная совместимость с расами неандертальского типа. Но это вопрос скорее богословский. Ты ещё не проходил. Поэтому они их и используют.

– А мы? - сказал Торстен.

– А мы не можем.

Уэрр посмотрел немного иронически на бледное от серебристого света лицо молодого солдата. Хотя он был тоже врачом. Но разница была скорее в цвете гимнастёрки. Белом.

– Ты ещё долго будешь? - спросил он.

– Нет, - сказал Торстен.

– А я посижу. Потом меня сменишь, часа в три.

– Ладно, - сказал Торстен, не очень удивившись.

Где-то слышался совсем тихий вой.

Зайдя в каюту, Торстен умылся в ванной кабинке, посмотрел на свою физиономию и лёг спать. После ночного разговора с Крисом Уэрр поместил его в запасной каюте на общем этаже. Через минуту Уэрр разбудил его тонким зуммером с экрана. Торстен вскочил и сел на жёсткой кровати флотского образца. Он спал сверху одеяла, не раздеваясь.

– Пора, Торстен, - сказал Уэрр.

– Что? - спросил он, ещё не проснувшись, и вдруг увидел, что зелёные стрелки над дверью показывают три пятнадцать.

– Сейчас, - сказал он.

Овальный портрет доктора на экране исчез, и за окном были по-прежнему лишь тёмные безлесые холмы. Юноша заметил, что трактор движется немного вверх.

„Сейчас как ухнет", - подумал он просто так.

Трактор не мог ни провалиться, ни перевернуться. Когда он поднялся по узкому трапу на жилой этаж, трактор начал катиться вниз. Склон был довольно крутой.

– Заходи, заходи, - бодро проговорил доктор Уэрр, когда увидел не успевшего умыться и причесаться Торстена.

В рубке горел свет, и синие глаза доктора были такими же яркими, как вчера утром. Он был свежим и бодрым, как огурчик.

– Как спал? - спросил он.

– Не заметил, - сказал Торстен. - Я думал, вы сразу меня разбудили.

– Кхм...поздравляю, - сказал Уэрр, поглядев на него с весёлым интересом, и вдруг хлопнул его по плечу. - Принимайте дежурство, товарищ.

– Что нового? - спросил Торстен, расположившись в своём облюбованном кресле.

– Пока ничего, - сообщил доктор. - Кроме стада телеоцерасов. Вы слышали шум? - Впрочем, вряд ли, - добавил он.

– Это такие, вроде носорогов?

– Угу, - сказал Уэрр. - Ну я пойду.

– Спокойной ночи, - сказал Торстен.

Он убрал свет и развернулся лицом к экрану. В глубоком гнезде на пульте сиротливо стоял пустой бокал. Торстен подумал про Киру.

Кухню заливал яркий солнечный свет.

Она была точно такая же, как на тракторе Криса, только отделана светлым деревом. На широких лакированных досках играло солнце.

– Очень остроумно, - сказала Кира, увидев стебелёк с белым соцветием в своём стакане и поставила обжигающий чайник на стол.

Доктор Уэрр предпочитал наливать кипяток из чайника, если уж не было самовара. Она вынула цветок из тонкого стакана в мельхиоровом подстаканнике и понюхала.

– Как медуница, - сказала она и села напротив них.

Было семь тридцать утра.

Подъём был в шесть тридцать, по солнцу. Кира пришла чуть раньше, чтоб приготовить овсянку с молоком.Тем более, что Уэрр освободил её от зарядки. Он почему-то считал, что зарядка нужна только мужчинам. И это тоже было одной из причин его прохладных отношений с Карелиным. Стебелёк с цветком был из биоанализатора внизу. Торстен запрограммировал его ещё вчера после обеда.

На забор пробы.

– Ну-с, посмотрим, - сказал Уэрр, с удовольствием отхлёбывая горячий чай с коньяком.

Кира конечно не забыла вытащить его из буфета с резным как хрусталь окошком. Она перекрестилась и положила себе каши. У неё за спиной из широкого обзора слышался сплошной мягкий треск и хруст. Трактор качало, как на волнах, и приходилось рисковать, отпивая обжигающий чай. Все тарелки и стаканы были примагничены к столу и болтались вместе с ним. А также и плоская бутылка коньяка из зелёного матового стекла. Возле фарфоровой миски Торстена уже расплескалась лужица чая и с каждым наклоном подходила всё ближе к краю стола.

– Что ж ты? - покачала головой Кира и вытянула салфетку из зажима под столешником.

Внутри каждого предмета на кухне был магнит на случай сильной качки.

Трактор ехал по хвойному лесу высотой пятнадцать-семнадцать метров. Даже отсюда было видно мягкую, мясистую и длинную хвою, с шишечками как у кипарисовых. Торстен с интересом смотрел, как макушки деревьев впереди трясутся и качаются, словно от ветра. Лиственницы были корявые и разлапистые. Уэрр поднял обзор до верхнего уровня, так что они видели в основном подминаемые и уходящие вниз кроны и стволы с красноватой корой, а за ними серое облачное небо.

Скорость была совсем небольшая, километров пятнадцать в час. Почти сплошной массив леса тянулся на карте от безымянных снежных гор на севере прото-Монголии, обтекая большое внутреннее море и далее до самого Северного океана. Трактор пересекал его в самом удобном месте.

Карта была в верхнем углу обзора справа. А в середине внизу появились и медленно пошли белые буквы отчёта анализатора.

– Надо меньше наливать, - сказала Кира, вытерев лужицу крепкого чая.

– Так-так, - промолвил доктор, с удовольствием вдыхая воздух хвойного леса.

У него вообще было хорошее настроение.

– Три недели назад, - сказал Торстен. - Ровер.

- Сейчас посмотрим, - сказал доктор, нажав на пару клавиш. - Да, ты прав... - пробормотал он через несколько секунд.

– А размеры-то, - сказал Торстен.

– Ты забываешь о карликах, - заметил доктор.

– Ну, если специфики нет...

– Всякое бывает, - сказал доктор.

– Будем Крису передавать? - спросил Торстен.

– Нет, - качнул головой доктор.

Вездеход двигался, словно прокладывая перед собой дорогу во глубине зелёных волн, которые расступались с двух сторон. По веткам падающих деревьев иногда пробегали красные сумчатые белки и другая живность.

– Смотри, Кира, - воскликнул молодой парень, двинув её тарелку.

Девушка оглянулась. В поваленных ветках и стволах запутался гигантский бурый мегатериум с толстым мохнатым хвостом как у кенгуру и клыкастой медвежьей мордой. Обречённый зверь отчаянно изворачивался.

– Ешь лучше кашу, - сказала она.

– Ага, - сказал он и подложил себе масла в середину глубокой фарфоровой миски.

Молочная овсянка дымилась, и масло таяло довольно быстро, образуя желтоватое озерцо посреди белой каши. Торстен посмотрел на него и принялся есть.

««««««»»»»»»

Крейсер Криса

В салоне был зелёный ковёр с салатовыми разводами.

– Не опаздывай, - оглянулся Крис на вошедшего Тима.

Зарядку делали под музыку, быструю и ритмичную.

– „Раз-два, три-четыре", - говорил убедительный голос.

Тиму казалось, что говорит доктор Уэрр. Но он его ещё совсем не знал. Он встал сбоку и сходу начал делать нагибания, по дороге кинув „привет" Ирине. Она стояла позади, в нежно-сиреневых рейтузах и футболке такого же цвета, но чуть потемнее. Без очков она казалась какой-то наивной со своими двумя веснушками. За ней, в тёмной глубине низкого паркетного подиума, чуть поблескивал серый изгиб экрана во всю стену, от колена до потолка.

Салон был длиной двенадцать метров, а шириной шесть, и они стояли далеко друг от друга.

– Приступим, приступим, - пообещала Ирина распрощавшемуся диктору, гибко поднявшись с пола после последнего упражнения на спине.

На тёмно-серой стенке в дальнем конце зала зелёные стрелки показывали шесть двадцать три. До неё расстилался зелёный ковёр, как сказочная поляна в тускловатом свете утренних светильников. На нём так и хотелось порезвиться и поваляться. Молодая женщина вспомнила детство.Такое далёкое...

Ей стало жалко всего.

Компактные стулья с прямыми спинками стояли вдоль стен. Когда нужно, они укреплялись в тёмно-зелёных резиновых гнёздах, рассыпанных крапинами по ковру, и могли соединяться в длинные скамьи. Они были сделаны из обрезков толстой лаковой доски тёмного медового цвета.

„Не могли ничего лучше придумать", - подумал Крис.

– Крис, пойди сюда, - позвала его Ирина.

На голом запястье девушки был тоже пультовый нарукавник.

– Чего тебе? - сказал он, подходя.

– Может, ты останешься, вместо Тима? - сказала она, понизив голос до полушёпота.

– А что? - спросил Крис почти нормальным голосом.

– Я пошёл, Крис, - сказал Тим.

– Ладно, - сказал Крис. - Я сейчас.

– Ты слышал, что Уэрр сказал? - Ирина серьёзно посмотрела на него зелёными глазами без очков. - Боевая обстановка.

Она говорила тихо, хотя Тим уже вышел.

– Ну ладно, - нехотя сказал Крис. - Я подумаю.

Хотя думать тут было особенно нечего.

– Ага, - согласилась она, разглядывая его.

Как молодая учительница, поймавшая с поличным пионера в лесу во время мёртвого часа. Она вообще обладала способностью вгонять человека в смущение.

„Чего это она?" - не понял он.

– Ну ладно, я пошла, - сказала она и повернулась, чтобы уйти.

– Ага, - сказал ей в спину Крис.

– С лёгким паром, - сказала Ирина, округлив глаза за большими и лёгкими стёклами очков.

Она уже сидела за столом, аккуратно расставив все тарелки, фаянсовые кружки и прочее. В середине ещё дымилась на сковородке яичница с зелёным луком и грудинкой. Сковорода была размером с сиденье табуретки.

– А тефтели где? - спросил Тим, усаживаясь на своё старое место.

– Тефтели на обед, - сказала Ирина.

– Тебе ещё мало? - удивился Крис.

– Я так просто, - сказал Тим. - Вкусные были.

– Ничего, у нас тут всё вкусно, - сказала Ирина. - А ты не очень-то увлекайся, а то толстый будешь.

Крису опять вспомнился пионерский лагерь.

– Не буду, - сказал Тим, уже жуя.

А речка была полна ещё утреннего тумана. Кто-то перевёл обзор намного левее. Солнце всходило сзади. Между ним и далёкими лесами был уже наверно синий проём неба толщиной с руку.

Начинался новый неведомый день.

– Хотите, сон расскажу? - спросила Ирина.

– Хороший? - поинтересовался Тим.

Он был в той же одежде, что и вчера.

– В каком смысле? - спросила Ирина.

– Ну, в этом... в прямом, - сказал он.

– Не особенно, - сказала Ирина. - Ни в прямом, ни в косвенном.

– Переносном? - уточнил Крис с набитым ртом.

Яичница была состряпана со знанием дела. Ирина, очевидно, собиралась кормить их на убой. Она мельком взглянула на него, не удостоив ответа.

– Про вас с Крисом, - сказала она, - Что вы влипли в какую-то глину и застряли.

– Правда? - спросил Крис, повернув голову, чтобы убедиться.

Она сделала то же, и он увидел рядом грустное и белое лицо с чуть надутыми губами. Лицо было в тени от восходящего солнца.

- Правда, - сказала она коротко. - И не могли вытащить ноги. А я как дура плакала о вас.

Её тарелка была ещё пуста.

– Ха, - весело осклабился Тим.

Жизнь была прекрасна. И яичница с грудинкой тоже. Он съел уже половину своей порции. А она была довольно приличная.

– И сейчас ещё жалко, - сказала она.

– Ладно, Ир, - сказал Крис. - Ерунда это всё.

– А если сбудется? - спросила она жалобно.

– В буквальном смысле, что ли? - грубо сказал он.

- Я всё равно здесь буду... - вздохнул Тим, старательно намазывая себе хлеб с маслом и вареньем.

Дно сковороды на две трети блестело ровным светло-серым чугуном. Крис тоже заканчивал свою порцию. Тарелка Ирины так и осталась пуста. Она уже некоторое время смотрела на Тима с Крисом, кусая чёрный хлеб с маслом.

– Нет, - сказал Крис. - Я тебя с Ириной пошлю.

– А ты? - остановился Тим, не донеся до рта свою кружку с чаем.

Ему хотелось поехать, но без Криса было как-то не то.

– А он здесь подежурит, Тим, - отказала Ирина.

Крис виновато пожал плечами. Он должен был сидеть в тракторе. Как ценной боевой единице. Это была теперь его прямая обязанность.

„Торстену хорошо", - подумал он.

Хотя они сейчас и едут без остановки… Но лучше ехать, чем сидеть на месте. Торстен не был старшим в своей группе.

– Ты долго вчера работала? - спросил Крис у Ирины.

Он хотел сказать „сидела", но почему-то передумал.

Она была в той же одежде, что и на зарядке. На этот раз на кухне было тепло и уютно. Не то, что снаружи. А туман на реке расползался клочьями. Смотреть на него было холодно, но ясное голубое небо предвещало жаркий денёк. Над тихим утренним полем низко пролетела серая птичка.

По каким-то своим делам.

Тень от вездехода сократилась и не доходила до кустов там, где поле снова полого спускалось к лесу. Издалека на кустах еле виднелись красные ягоды.

„Градусов 25", - подумал Крис про наступающий день.

А сейчас за окном было всего 12 градусов.

– До пол-двенадцатого, - ответила Ирина.

Она пила вместо чая холодный морс и смотрела в широченное окно. Оно было почти во всю стену, за Тимом и двумя столиками. В нём было утреннее небо, поле и лес вдали. И наполовину чистая от тумана сизая река.

– А чего ты там по ночам пишешь? - спросил Тим.

– Характеристики на вас, - сказала она, не оглядываясь.

– Партийные, что ль? - хохотнул он.

Крис представил себе, как Тим сидит на скамеечке где-нибудь в тихом зелёном дворе в своём Егорьевске, с такими же полу-деревенскими ребятами. Он говорил, что у них там шестьдесят тысяч. Совсем маленький городок...

Вроде Лланмайра.

Вообще, парень совсем новичок. Ещё больше, чем Кира. Кира с ними уже год ездит... всякого навидалась. Он незаметно для себя чуть пожал плечами.

– А почему бы и нет? - сказала Ирина, проведя взглядом по Тиму на фоне лесов и полей.

Его лицо было слегка в тени. Освещение было яркое, но как в пещере. Обзор создавал полную иллюзию широкого окна.

„Похоже на пикник", - подумал Крис.

– Нас и так возьмут, - отшутился Тим.

– Возьмут... - подтвердил Крис, взглянув на него малость иронически.

– Вот захочешь жениться, а тебе не дадут рекомендацию, - сказала она, оторвавшись от окна и уставившись на Тима.

– Мне ещё рано, - сказал он, широко и простодушно улыбаясь. - Это тебе можно.

– Хочешь на мне жениться? - спросила она, с любопытством расширив глаза.

Как учительница математики у Криса в пятом классе. Вот на неё-то она и была похожа. Только вопросы были немного другие.

– Не-е, - ответил Тим, неуверенно улыбаясь.

– Треугольник не утвердит, - вставил Крис, чтоб его подбодрить.

– То-то, - сказала молодая научная сотрудница. - Не дорос ещё.

– А я и не говорю... - сказал Тим.

Солнце уже разогнало туман и блестело на мелкой ряби реки. На слегка поднимающемся берегу колыхались от ветра среди травы высокие кисточки тёмно-сиреневых цветов типа львиного зева. Тёмная птица вроде коршуна бесстрашно захлопала крыльями совсем близко от них. Она придвинулась и как будто провела когтями по стеклу, снова отлетев в сторону. ЭВМ подавала на экран реальную картину.

Практически.

Вчера они ходили по этой траве... Ирина далее нарвала себе букет. Он был на столике в лаборатории. А другая половина, наверно, в каюте.

– Ладно, ребят, - сказал Крис. - Хватит вам. - ...А правда, чем ты вчера занималась, Ир?

– Вчера вечером?.. - сказала она, слегка вытянув губы в задумчивсти. - Тектоникой. Порядок швов в Атлантике отклоняется в сторону Англии и Исланда. Вы понимаете, что это значит?

Она ожидающе посмотрела на Криса. Он знал, что Англия здесь пока ещё полуостров, а Исланда вообще нет. Мало того, Западный материк был разделён морем.

– Нам не положено, - буркнул он, взглянув исподлобья на Тима.

– Ага, - подтвердил Тим.

У Ирины еле заметно приподнялся краешек губ.

– Вам бы только из пушек палить, - сказала она, констатируя факт.

– А у тебя задание, Ир? - спросил Крис.

Он допил остаток своего крепкого чая с лимоном и с некоторым сожалением заглянул в кружку. На его кружке был какой-то золотой вензель. Он привёз её из отпуска.

- Конечно, Крис, - мягко сказала она, увидев, что по его лицу пробежала лёгкая тень.

Она положила руку ему на запястье и чуть потеребила его.

„А вот это ни к чему", - подумал Крис.

Впрочем, она это знала лучше него.

Практика Флота. Тем более - в тайной Наблюдательной службе. Девять процентов списанных и полтора - изгнанных из каждого набора...

Крис про это, конечно, не знал.

Просто она пожалела Криса, который тосковал по друзьям. Один, кажется, погиб... Уэрр их знал лучше, уже около года. Во всяком случае, Криса. Она решила порасспросить об этом у Криса подробнее вечером.

Сегодня.

– Большое? - спросил Крис, всё ещё чувствуя её прикосновение.

„Флюиды", - подумал он.

Вообще-то он не очень от них страдал. Тут только что-то нашло. Ещё со вчерашнего дня... когда он рассмотрел Ирину поближе.

„Воздух здесь вредный", - сказал он про себя, как говорила его мама в самых неожиданных случаях жизни.

– Большое, большое, - собезьянничала Ирина. - Мы ведь не то, что вы, бездельники.

– Механики или солдаты? - спросил Тим.

– Оба, - сказала она.

– Я пойду „каплю" проверю, - сказал Крис, вставая.

„Опять я налопался, - подумал он. - Эта Ирина нас закормит."

Не то, что Кира.

Правда, с Кирой ему не приходилось оставаться на тракторе. Возможности здесь были больше. Но она просто не могла сделать такого завтрака. И в таких количествах. Она до сих пор наивно удивлялась, видя, что мужчина голодный после чая с двумя печеньями.

– Я тоже, - сказала Ирина. - Тимофей, уберись, пожалуйста.

Она так и не съела ни кусочка яичницы. На её месте на столе были крошки от чёрного хлеба и пустая кружка из-под морса.

„Я механик, а они проверяют", - подумал Тим, угрюмо кивнув головой.

Над летней поляной перед трактором летали бабочки. Реки уже не было видно. Обзор был на высоте одного метра. То есть сидящего на траве человека. Трава доходила до половины колена.

– Любишь кататься, люби и саночки возить, друг мой, - проговорила Ирина, увидев его постную физиономию и скосив глаза на закрывшуюся дверь.

Как будто ему было лень убираться. Тим начал молча собирать тарелки и кружки. Вездеход стоял недвижимо, как дом. Он был размером со старинный четырёхэтажный дом городского типа. Например, на улице Молотова в центре Егорьевска.

Когда она вышла, Крис был уже в середине коридора. Он шёл на корму, где были верхний и нижний гаражи. Услышав мягкий щелчок, он оглянулся и остановился. Ирина догнала его, и они пошли вместе.

– Ну, чего ж ты не даёшь инструкции? - спросила она, встав спиной к мягкой стенке в лифте.

– Тим один остался, - выразительно сказал Крис, посмотрев на неё.

Порядок подчинения пультов был Крис-Ирина-Тим. Сейчас трактор был под командой Тима. Потому что они оба были в лифте. Без нормального обзора.

– Ну и что? – возразила Ирина. - Стрельнёт куда надо, не бойся.

Крис уже во второй раз за два дня удивился её искренней легкомысленности в военных вопросах. Точнее, убеждённой. Он не нашёлся, что сказать. Лифт ухнул вниз и сразу начал тормозить. Во время торможения Ирина придержалась рукой за поручень на высоте талии. Такой же кожаный, как серая стенка.

– На сколько ехать-то? - подсказала она ему, видя, что он молчит.

- До сумерек, - удивился он.

Ему это было ясно как день.

– А куда?

– По течению, - буркнул он.

Как будто на экзамене. Дверь лифта давно открылась, но Ирина всё так же стояла, прислонившись спиной к серой стенке.

– Я вижу, из тебя инструкции надо клещами вытягивать, - промолвила она певучим голосом и вышла первой.

В полутёмном коридоре горела только нескончаемая матовая полоска аварийного света под чуть вогнутым потолком. Крис доставал до него рукой, а Ирина - нет.

„Опять она свет погасила", - подумал Крис.

Из раздвинутой рядом двери лился матовый дневной свет.

Серебристая длинная „капля" слегка сияла под матовым светом. Колпак был прозрачный как, воздух. Только взади была видна загнутая царапина на прозрачной броне. Она была длиной с руку, от шаровой молнии на полюсе Аквабески. Крис уже знал эту машину, хотя и не ездил на данном тракторе.

Отец Евлампий сказал тогда, что ребята дёшево отделались.

Длинный как „капля" гараж был весь в продольных чуть выпуклых полосах гладкой стеклорезины сиреневого цвета. В промежутках между сиреневыми полосами блестел матово-белый металлический пол. Гараж был чист, как комната. Только на полу в середине резиновые полосы были почти стёрты.

Посмотрев внутрь машины, Крис проверил зелёный огонёк контроля и оглянулся на Ирину. Она стояла, прислонясь к блестящему корпусу и обнимая рукой прозрачную крышу. Вездеход был пониже её поднятой руки. Ниже пояса он был серебристого цвета.

- А может, ночью поехать? - сказала она.

– Не… не стоит, - хмуро сказал Крис.

– Ты думаешь, Тим не подведёт?

– Да у него реакция 0,15, - сказал Крис.

– У тебя только стрельба на уме, - констатировала научная сотрудница.

– Не-ет, - слегка удивился Крис.

Она наклонила голову, смотря на него.

– А ты сколько раз была на задании? - спросил он, помолчав.

– Два раза, в этом году, - сказала Ирина, заморгав. - Только не на „капле".

Она чуть наморщила нос с тремя веснушками.

– Два раза... - сказал Крис.

Они посмотрели друг на друга.

– Слушай, - сказал Крис, - съездите часа на два-три, а потом обратно, ладно?

– Два-три в одну сторону? - переспросила она.

– В обе, - ответил Крис.

„Не посылать их, что ли", - подумал он. - „Свалились на мою голову."

Ещё ни разу за свою долгую жизнь он не был в таком положении. Новичок механик и почти не бывавшая в походах практикантка.

Посылать или не посылать?

– Ты же сказал, „и обратно", - сказала Ирина с сомнением.

Она стояла, не меняя позы. Длинный утопленный экран под потолком осветился. На нём появилась кухня и Тим, убравший со стола.

– Крис, чего делать-то? - сказал он.

Он сидел за тем же столом.

– Одевайся, - сказал Крис.

– А кто дежурить будет?

– Я в машине посижу, - сказал Крис.

– Ладно, - обрадовался Тим и исчез с экрана.

На довольно узком экране под потолком появились зелёный лес, поле и река. По небу ветер гнал белые как барашки облака.

– Ну что, пойдёшь собираться? - спросил Крис у стоящей Ирины.

Он нажал пару кнопок у себя на запястье и прозрачный люк мягко поднялся вверх. Ирина не двинулась с места. Она чувствовала, что он не привык командовать.

Да и не любил.

– Если ЧП, выходить на связь или нет? - спросила она.

– Сразу сообщай, - сказал Крис, готовый залезть в машину. - Всю боевую информацию.

Ступенька была за Ириной.

– Ладно, - сказала она, наконец отойдя от вездехода. - Ну я пошла.

– Ага, - кивнул Крис и поставил ногу на гусеницу.

- Ну, с Богом, - сказал Крис и длинная машина, мягко взвизгнув гусеницами, прыгнула на свободу зелёного поля с облетевшими одуванчиками.

Полосатый гараж сразу показался Крису пустым, и ворота без паузы начали быстро задвигаться. Они задвигались сверху. Только Тим успел оглянуться и махнуть рукой. Он был за рулём. Крис посмотрел на экран наверху и пошёл в рубку. Он уже нарушил боевой устав. Провожать надо было оттуда.

„И Ирина ничего не сказала..." - подивился он по дороге.

Ему сразу стало как-то скучно. В рубке он налил себе в стенном холодильнике узкий стакан клубничного сока, уселся, задрав ноги на пульт, и начал обозревать окрестности, переведя обзор вверх по течению реки.

В глаза ударило утреннее солнце.

У самого поворота реки вдалеке он заметил сверкнувшее на солнце стекло колпака, чуть выступающее из пахнущей осокой речной воды.

Машина плыла, не касаясь дна.

Сзади клубились тучи от поднятого ила, но впереди и по бокам было довольно сносно видно, метра на полтора. В стекло уткнулась большая рыбина явно из осетровых, и медленно поплыла вбок, в зелёную тьму.

– Плыви, плыви, - сказала Ирина.

Она сидела сбоку от Тима, слегка откинувшись возле прозрачной стенки. Между ними был проход и одно пустое сиденье. Взади было тоже два места справа и одно слева, а за ними -полупустое пространство багажного отделения. Они взяли с собой в основном брикеты горючего в ящиках и установку особой связи. Ну и четыре ящика боеприпасов, по настоянию Тима. Оружие этой „капли" было импульсное и торпедное.

Рядом с Ириной торчал второй штурвал. Он ей не нравился, и поэтому она села к стенке. Ниже колен стенка была обтянута бежевым ковром. Пол был освещен нижним светом. Головы разведчиков были сейчас в тени. Одна с короткой стрижкой, а другая - с хвостом позади.

– И для чего этот свет здесь, - пожала плечами Ирина, насмотревшись на свои сапоги.

– Чтоб лучше видно было, - рассудительно сказал Тим, держась за пока ненужный штурвал.

В своей голубой форме Ирина почему-то казалась тоньше, чем обычно. Она качнулась на сиденье и положила одну ногу на маленький столик перед собой. Боевой полусапог соединялся со штаниной толстой молнией, пока расстёгнутой. На них была полевая форма № 3, которая была на полтора килограмма легче, чем полевая форма № 2. С вентиляцией и обогревом, но без охлаждения.

Ирина оглянулась назад, о чём-то вспомнив. Пол багажного отделения был на ступеньку ниже, чем впереди. Ящики с горючим слева доходили почти до спинки заднего сиденья. За ними виднелась дверца у самого пола, а над ней невидимый округлый колпак открывал полосу заднего обзора с непрозрачной зеленоватой водой. В ней играли мягкие солнечные блики.

Дверца тоже вела вниз, в сидячую душевую кабинку.Она была на ступеньку ниже багажного отделения. Сбоку от неё за той же стенкой находилась торпедная установка и второй двигатель. Основной двигатель, бустеры и всё остальное было впереди и под передним полом.

– А ты разрядник взял? - спросила Ирина.

– Ага, - сказал Тим.

Кабина вездехода была освещена таинственным переливающимся зеленоватым светом. Река стала глубже, и вездехода не было видно.

Примерно через час Ирина сказала Тиму:

– Ну хватит, выезжай.

Река здесь была мельче. Кабина была уже некоторое время залита солнечным светом с иногда налетающей тенью от облаков.

– Так быстро? - удивился Тим.

– Слыхал, что Крис сказал? - посмотрела на него Ирина.

Вездеход, зарокотав чуть сильнее, легко проехал по дну и травянистому берегу, накренясь и остановившись на пологом прибрежном пригорке. С широких приземистых гусениц стекала вода. Ирину слегка прижало к прозрачной стенке с полукружием контура прозрачного дверного люка наверху. Тим оказался заметно выше неё, как и нос стоявшей наискосок по склону машины.

У этой машины было четыре люка.

– Ну чего ты остановился? - сказала Ирина. - Встань ровно.

Машина, послушно зарокотав, отъехала чуть дальше от берега и снова остановилась. На этот раз встав почти ровно. Пейзаж был почти такой же. У самой реки над водой склонилось большое старое дерево с чуть серебристыми листьями. На том берегу у поворота желтел песчаный обрыв. Он был на расстоянии брошенного камня... если бросать как следует. Машина стояла в лощинке в невысокой траве, которая поднималась вверх на округлую вершину пригорка, чуть выше развесистого дерева с серебристыми листьями, толстой бугристой корой и большим дуплом в середине ствола. Слева трава поднималась более полого. Вдалеке за обрывом на той стороне синели леса.

Трава была немного истоптана, но не копытами.

– Ну вылезай, - сказала Ирина, застёгивая сапог на поднятой ноге.

– А оружие? - спросил Тим.

– Бери, бери, - сказала она с почти незаметной иронией. - Возьми лазер.

– А ты?

Ему больше хотелось взять свольвер, с разрывными пулями первого калибра. Как в эпизоде с птеродактилями в „Давным-давно".

– А я разрядник, - сказала она, застегнув второй сапог.

Тим открыл люк и легко выпрыгнул наружу. Люк тут же автоматически закрылся. Ирина, порывшись, достала в багажном отделении довольно тяжёлый разрядник и тоже вышла, из заднего люка. Оба были в лёгких легионерских шлемах, обтянутых голубой материей и с прозрачными щитками впереди. Ирина с интересом осмотрелась, обратив внимание на помятую траву.

Лицо обвевал летний ветерок.

– Слушай, Тим, - сказала она, не опуская поднятый щиток. - Вообще-то один должен сидеть в машине.

– А сразу чего не сказала? - спросил он. - Ну говори, что делать.

– А ты не хочешь сам посидеть? - просительно сказала она. - Ты ведь лучше умеешь.

– Ну ладно, - сказал он, немного помолчав.

Передний люк со стороны водителя снова плавно поднялся и Тим забрался внутрь. Усевшись, он закрыл прозрачный люк.

– Следи хорошенько, - сказала Ирина, обернувшись к нему лицом, и повернулась к берегу.

Тим махнул ей в своём прозрачном пузыре и нажал на штурвале кнопку включения двигателя. Он слышал всё как снаружи, а Иринин голос - с расстояния видимости, в пределах пяти километров. По колебаниям металлопластинок на форме и короткой антенны на шлеме, похожем на каску. Рации работали в слепом режиме, подключаясь только по сигналу голосом.

Машина не спеша развернулась на одной гусенице и как жук поползла за Ириной, которая пошла к берегу с разрядником в опущенной руке, задевая стабилизатором травинки.

Возле самой воды она провела взглядом по берегу, начиная от дальнего поворота реки и рассматривая его, как следователь сцену любопытного преступления. Тим видел сбоку нос и очки слегка веснушчатой научной сотрудницы, под поднятым прозрачным забралом.

За небольшой камышовой заводью река уходила вправо, и на том берегу далеко-далеко на зелёном пространстве перед синеющим лесом виднелось грязно-белое стадо малоразличимых животных.

„Козы, что ли", - подумалось Тиму.

Мимо него стрелой промчался зверь ростом чуть ли не с телёнка. Он успел разглядеть только клочковатую серую шерсть и капающие изо рта слюни.

– Ира! - крикнул он, не замечая, что жмёт кнопку огня на штурвале.

Ирина обернулась и в последний момент отскочила от уже прыгнувшего зверя. Тот тяжело шлёпнулся в тихий омут под деревом и словно нехотя ушёл под воду с небольшим бурлением на поверхности. Вода окрасилась в красный цвет. Научная сотрудница с отвращением смотрела на кровавую воду, упруго упёршись ногами в берег и крепче сжав тяжёлый разрядник.

У неё чуть дрожали губы.

Широкая волчья морда с большими клыками и розовым пятачком. И красные как у чёрта глаза. Зверь был ей прекрасно знаком, только не в такой обстановке. Она даже не услышала выстрелов, раздавшихся после прыжка.

Первого и контрольного.

Она инстинктивно оглянулась и увидела Тима под колпаком. За вездеходом никого не было. Слегка побледневший Тим посмотрел на только что крутнувшийся съёмный свольвер на крыше и стал решительно вылезать из плавно поднявшегося люка.

– Я и отсюда могу управлять, - громко сказал он, спрыгнув с боевым лазером и подходя к Ирине у берега.

– Чего ты лезешь, - сказала Ирина, благодарно взглянув на него.

Как учительница, которую выручил догадливый ученик. Машина слегка дёрнулась и остановилась. Ирина пошла ему навстречу, со всё ещё поднятым прозрачным забралом. Ей нравился нежно обдувающий лицо ветерок с запахом летних полей. Местность была уж очень похожа на тамбовские поля и леса. Конечно, здесь гораздо больше пихты и вообще хвои...

Она была с южной окраины Тамбова, под названием Посад. Реставраторы уверяли, что город и область были в основном в состоянии XIX века прошлой эры.

– Что делать-то будем? - спросил Тим, которому казалось, что Ирина недостаточно энергична.

– Охраняй, раз уж вылез, - сказала она, одарив его обаятельной белозубой улыбкой. - Вообще-то, надо было по берегу ехать.

– А чего ж ты? - спросил он.

– Крис сказал, - коротко ответила она. - Поехали в лес.

– Зачем? - спросил Тим у направившейся к серебристой машине младшей научной сотрудницы.

– Много будешь знать, скоро состаришься, - сказала она, наступая на широкую гусеницу.

Задние люки открывались вверх, а не вниз. Тим что-то проворчал и пошёл к переднему люку. До машины было совсем близко.

– По расчётам, это самое вероятное место происхождения бревна, Тим, - сказала Ирина, когда машина тронулась и поехала, покачиваясь и быстро набирая ход по мягкой луговой земле.

- А кто его сделал? - спросил Тим, на этот раз слегка руля штурвалом и широко объезжая невидимые пологие неровности луга.

Они сразу выехали на обширное поле, густо усыпанное мелкими синими цветочками вроде гречихи. В полукилометре от них оно подкатывалось к широкой дуге тёмно-зелёного бора, а левее за острым концом этого бора бесконечное поле простиралось в необозримые дали, плавно уходящие то вниз, то вверх своими округлыми складками, и кончалось синей ниточкой леса.

– Не знаю... - немного растерянно сказала Ирина. - Наверно, питекантропы.

– Здесь же нет жидов, - недоумённо заметил Тим.

– Ну и что? - сказала Ирина. - Отстань… ехай лучше.

На правом краю поля оказывается паслось небольшое стадо мускусных быков с длинной красновато-коричневой шерстью. Из-под машины юркнуло какое-то мелкое животное с рогом.

„Река", - подумала Ирина про две широкие складки луговых пространств вдали.

Но машина покачиваясь ехала по полю с метёлками полыни, и эти складки у невидимой реки вдали уходили за край тёмно-зелёного бора. Уже видны были разлапистые ветви древнего северного кипариса и кое-где между ними более высокие кроны широколиственных осин. Одну из них спокойно обдирал на краю леса громадный бурый мишка.

– Браконьер, - сказала Ирина.

– Конец августа, а столько цветов, - сказал вслух Тим.

Он уже подъезжал к лесу.

– А ты думаешь, здесь климат как в России? - спросила Ирина с подвохом.

– А что? - сказал Тим.

– Эх ты, тюря, - сказала она.

Она уже снова сидела справа от него, у прозрачного борта, положив разрядник рядом на свободное сиденье. Сиденья были широкие и слегка вдавленные по форме, с холщовыми чехлами.

Дремучий лес был полон бурелома и цепких зарослей шиповника с тёмно-малиновыми ягодами. Машина пробиралась по нему как большой жук, иногда протискиваясь сквозь заросли под поваленными и застрявшими деревьями, а иногда долго объезжая их. Здесь было полутемно, но совсем не сыро. Почва была покрыта мягкой пожелтевшей хвоей и пучками тоненькой стреловидной травы.

Ирину немилосердно качало, несмотря на мягкие рессоры сидений. Она держалась рукой за подлокотник, слегка откинувшись назад и уперев ноги в панель перед собой, чтоб не елозить по сиденью. Сапоги были теперь застёгнуты. Тим нагнулся вперёд, протянув руку к фляжке в гнезде возле ноги и вытащив, потряс её.

Она была пустая.

– Дай попить, Ир, - попросил он девушку.

Всё это было очень похоже на экзамен. Но Ирина знала, что это не экзамен. И вспомнила, что не проверила машину на оснащённость.

– Сейчас, - сказала она и нагнулась за своей фляжкой, в гнезде у правой ноги.

Просто на всякий случай.

– Вот балда, - пробормотала она, покачав головой и слегка покраснев.

Как хозяйка, забывшая посолить тесто в пирожках.

Да-а… она забыла проверить машину.

Понадеялась на Криса. Впрочем, она знала, что он проверил всё, кроме фляжек и бутербродов. Потому что их тоже не было.

– Ой! - вскрикнула она, пробираясь обратно по проходу.

Сбоку от вездехода по земле прошмыгнула противная толстая чёрная змея на лапках и скрылась в густых зелёных папоротниках.

– Чего там? - спросил Тим, протянув руку назад.

– Змей, - сказала Ирина. - Eunepodia murinus.

Она села на своё место, подав ему одноразовую бутылку из цветной фольги, покрытую испариной от холода. Перед Тимом поднялся на задние лапы громадный тёмно-бурый медведь с тупой мордой. Такой же, как на краю леса. Машина не успела остановиться. Оглушительно взревев, медведь обрушился на Тима всей своей мохнатой коричневой тушей. Тим физически почувствовал, как упругий колпак едва заметно прогнулся под чудовищной тяжестью удара.

- Агриотериум, - прошептала Ирина, расширив глаза и слегка подпрыгнув на сиденье от толчка.

Тим, сообразив, что стрелять теперь поздно, мягко рванул машину вперёд, заодно нажав и на гашетку. На штурвале загорелся красный огонёк, а машина, подмяв под себя половину зверя, забуксовала и опасно накренилась. Рёв достиг невыносимой мощи и вдруг отдалился, став тихим, как жужжание мухи. Вездеход подпрыгивал, словно шлюпка на зыби. Ирина держалась за штурвал, искоса поглядывая на Тима.

Ей было смешно и страшно.

Это было всё равно, что наехать на сорокавёдерную бочку. Машину повело в сторону на заднем ходу, упёрло в дерево взади, она ещё больше накренилась на правый борт, так, что Тим чуть не съехал на Ирину, - и уже начав опрокидываться, подняла правый борт с негромким свистом включившихся бустеров, выровнялась, проплыла между деревьями на высоте человеческого роста и опустилась на мягкую хвою, спружинив в самом конце, как будто на воздушной подушке.

Стало тихо.

– Машина-то умнее, - сказала Ирина.

Ей всё ещё было смешно.

Она увидела в зеркале заднего обзора разъярённую морду в голубоватой лесной тени. Раненый зверь с немного ободранной и обгорелой шкурой уже настигал их. На экранчике перед ней загорелся жёлтый огонёк.

– Тарань, - быстро сказала Ирина, крепче вжавшись в сиденье.

Она всё ещё держалась за штурвал, справа через проход от Тима. Красный огонёк на штурвале не отключался. Свольвер на крыше был слегка свёрнут набок.

Мягко и коротко разогнавшись, лёгкий вездеход сшибся с тёмно-бурой махиной, тут же отъехав обратно и остановившись, словно отскочившее ядро. Удар был впечатляющим.

Хоть и не в полную силу.

Обтекаемая „капля" не очень годилась для тарана. Приглушённый рёв не прекращался, но на этот раз тёмная коричневая туша осталась ворочаться на земле. У зверя были явно перебиты передние лапы.

– Поехали, - облегчённо заключила Ирина.

Тим послушно тронулся с места.

Они снова ехали, лавируя в голубоватой дымке между деревьями. Сверху в землю упирались пучки рассеянного солнечного света.

– Чего ж ты? - сказала Ирина, отпустив второй штурвал и снова отодвинувшись к прозрачному борту.

Тим насупившись молчал.

– Я думала, ты по нему торпедой вдаришь, - призналась она.

– Не дурее тебя, - мрачно сказал он.

– Ладно, не обижайся, - сказала она, поглядев на него сбоку.

Тим слегка откинулся на сиденье.

– Ты можешь его починить? - спросила она, кивнув вверх на свольвер.

– Могу, - сказал он.

– Давай остановимся, - сказала она.

– Где?

– Где-нибудь на полянке.

Они уже видели одну раньше.

– А когда обратно? - сказал Тим, вспомнив, что они обещали Крису.

– А чинить долго? - спросила она.

– Полчаса, - сказал Тим, поглядев вверх сквозь крышу.

– Тогда езжай обратно, - сказала практикантка. - Только через ту же полянку.

– Ладно, - кивнул Тим.

– А говорили, что у тебя реакция 0,15, - сказала она через минуту-две, отвернувшись от непроходимо дремучего леса.

– Кто?

– Догадайся, - сказала Ирина.

– Ты ж мне ничего не сказала, - попрекнул Тим.

Он имел в виду медведей.

– „Не сказала", - передразнила она. - Сам должен соображать... если б не я, ты бы оглох от рёва.

Она нажала двумя пальцами на запястье, чтоб вернуть старый звуковой режим. Надо было слушать лес. Тим молча съехал в сухое каменистое русло. Под гусеницами защёлкали камни. Местность шла с небольшим уклоном.

„Реакция...." - подумал он с обидой на себя.

Но дело было не в этом. Просто он замечтался. Просто он не успел ещё научиться мечтать и вести вездеход одновременно.

– Ты куда это едешь? - спросила Ирина.

Это русло они не проезжали. И уклона не было... Она хоть и не особенно запоминала дорогу, но кое-что осталось в памяти.

– Параллельным путём, - буркнул Тим, нахнув куда-то вбок. - Не бойся, не заблужусь.

– А полянка? - спросила Ирина.

– На кой тебе эта полянка? - сказал Тим. - Чинить что ли хочешь?

– Там ягоды, Тим, - сказала она серьёзно. - А обезьяны их любят.

– Вон видишь, - показала Ирина на густые кусты, за которыми просвечивало яркое солнце поляны. - Rubus Simili… ой постой, - растерянно сказала она. - Они там, - прошептала она, как будто снаружи могли услышать.

Она и сама этого не ожидала.

– Стой скорей!.. - прошипела она, полуобернувшись к Тиму, и схватив с сиденья разрядник, высунулась в медленно раскрывающийся люк.

Люк раскрылся до половины и остановился. Ирина целилась из разрядника, встав сапогами на мягкое холщовое сиденье. Тим только теперь увидел что-то рыжеватое за густыми мелколиственными кустами высотой примерно в человеческий рост.

Мешало солнце.

Он вдруг увидел почти целиком морду насторожившегося питекантропа. На кусте чернели ягоды. До обезьяны было всего метров пятнадцать. Прямо как в кино.

На поляне возникло движение.

Со стабилизатора разрядника слетела короткая искра. Ирина спрыгнула, повалившись на сиденье и закрыв люк рукой.

– Жми! - крикнула она.

В кустах больше никого не было. Машина рванулась вперёд и с треском проломившись сквозь заросли, резко остановилась. В траве перед её серебристым носом валялся оглушённый питекантроп с рыжеватой шерстью.

– Предок геррянина, - пробурчал Тим себе под нос.

Ирина вспомнила, что так дразнились, когда она была маленькой. В третьем классе. На Герре это было довольно расхожее мнение.

– Чуть не задавил, олух, - неблагодарно сказала она и выскочила из люка, не дожидаясь, когда он откинется до конца.

Тим открыл свой люк и поднял с пола в проходе лазер модели Б-6. Рыжеватый питекантроп действительно валялся в траве перед самой машиной.

– Ну вылезай же, - сказала Ирина, оглянувшись на Тима.

Она стояла около тела в густой зелёной траве. Высунувшийся из люка Тим стал вылезать со своим внушительным оружием. Питекантроп пошевелился. Он лежал носом вниз на слегка перебираемой ветром траве с высокими стеблями белых пушистых одуванчиков.

− Ну скорей, - поторопила Ирина.

Она неуверенно подняла разрядник в опущенной руке. Второй удар мог его повредить. Питекантроп дрыгнул ногой и вдруг живо вскочил на четвереньки. Ирина сделала то же, что сделала бы любая женщина.

Отскочила на полтора метра назад.

Подошедший Тим не долго думая опрокинул обезьяну ударом сапога в живот и встал над ней с прикладом наготове. Питекантроп согнулся на траве и только разевал пасть, задирая звериную губу и как будто скаля зубы. Он был довольно хорошей породы, типа неандертальца. Тёмные глазки неприятно блестели. Тим огляделся и положил лазер на землю.

- Чего ты пинаешься, - упрекнула Ирина и подала Тиму эластопетлю. - Свяжи ему руки.

Ветер чуть шевелил волосы девушки сзади. Она не успела одеть свою каску. Та осталась валяться в проходе между сиденьями.

− Осторожно! - вскрикнула она. - Он же кусается.

Тим еле успел отдёрнуть руку от морды обезьяны. Она вывернулась и вскочила на ноги. Раздался звучный удар, и неандерталец полетел в траву. Тим нагнувшись вытер кулак о штаны. Неандерталец лежал навзничь в двух шагах от него.

- Ты что, убить его хочешь? - вскипела Ирина.

− А чего он? - хмуро сказал Тим, нагибаясь над ним.

В следующую секунду Тим с обезьяной покатились по траве. Обезьяна старалась ободрать ему пальцами шкуру, а он душил её, отпихивая от себя её пасть. Но у Тима было преимущество. Эту форму не так-то легко было разодрать. Тим слегка придушил врага, уткнул его мордой в траву и завернул за спину мохнатые руки.

− Он же вшивый... - проговорила Ирина, смотря на него и качая головой.

– А теперь что? - спросил Тим, распрямляясь.

„Тебе бы так", - подумал он.

Неандеталец очнулся и заголосил. У Ирины в руках был лазер, а защитный разрядник валялся рядом на траве.

– Давай мой лазер, - сказал Тим.

- Я сама подержу, - сказала Ирина. - Теперь подними его и держи сзади за петлю. Только разрядник возьми. Здесь тебе не питомник.

Тим исполнил указание.

Покрытый рыжеватой шерстью неандерталец с низким заросшим лбом стоял на полусогнутых ногах и продолжал довольно громко голосить.

– Тресни его по затылку, - сказала Ирина. - Только тихонечко, - спохватилась она.

Тим легонько стукнул обезьяну по макушке стабилизатором разрядника. Но питекантроп грязно-рыжего цвета продолжал визгливо голосить.

– Что он говорит? - прислушалась Ирина.

– Откуда я знаю, - буркнул Тим. - Советует, как его пристрелить.

– Послушай, - сказала она, направляя свой лазер на питекантропа.

Тим недоверчиво покосился на повидавшую жизнь практикантку. Она стояла шагах в пяти от неандертальца в прозрачных выпуклых очках, чуть расставив ноги, как на утренней зарядке, и смотрела не только на обезьяну и Тима, но и на края поляны за ними. Очки были огромны, как глаза стрекозы. Невысокая трава скрывала только до половины чёрные полусапоги. По штанине из голубой джинсовой материи полз большой красно-чёрный шмель.

Несмотря на боевой устав, она тоже была без перчаток, как и Тим.

Питекантроп, увидев блеснувшее дуло лазера, вдруг утих. Испустив последнее „хархар", он слегка обвис, сделав попытку упасть вперёд.

– Он уже видел людей, - сказала Ирина, задумчиво глядя на затихшую обезьяну с оголённой кожей неопределённо-грязного цвета на морде, ладонях и животе.

Это был самец ростом примерно с Тима, а может быть и чуть выше, если бы он не сгибал ноги в коленях. Остальное стадо давно смылось.

– Скажи ему что-нибудь по-германски, - сказала Ирина.

– По-какому? - уточнил Тим.

– По-верхне-германски, - сказала она мелодичным голосом.

– Ви меня понимайт? - послушно сказал Тим по-скандийски.

Обезьяна подняла голову.

– Ну, спроси что-нибудь.

- А ты почему?.. - спросил он.

– Ты что, не знаешь, что у них женщин не берут? – сказала Ирина, состроив ему смешную рожицу с надутыми щеками, как в детском саду. Настоящих, - добавила она.

– Говорийт ко мне, - послушно сказал Тим обезьяне на том же наречии.

Он не был отличником в языках.

Да и вообще тоже… кроме своего предмета и физподготовки. У механиков были свои курсы... Питекантроп нелепо вывернул к нему голову.

– Хархар, - дохнула та совсем по-звериному.

– Всё ясно, - сказала Ирина. - Поехали отсюда скорей.

– А чего? - сказал Тим.

„Вот телок", - подумала Ирина.

И вспомнила свою школу в Тамбове.

– Пошли, пошли, - сказала она, поворачиваясь к словно прижавшейся к земле машине.

Та стояла позади, чуть наклонившись вперёд на бугорке.

– А с ним что делать? - спросил Тим, с занятой рукой.

Он смутно надеялся, что она не потащит его с собой. И подозревал, почему она стояла в пяти шагах. Это был его первый выход на иную планету.

– Ликвидировать, - сказала Ирина, оглянувшись уже у машины.

Два люка с двух сторон были уже откинуты.

- Быстрее, Тим.

Тим толкнул страшноватое двуногое существо, пустил в него полный разряд и побежал к машине. Ирина стояла возле люка, прикрывая его.

«««»»»

Крейсер Уэрра

Они ехали по лесу уже больше суток. Но местность стала меняться. Лес шёл то вверх, то вниз, и среди деревьев попадались торчащие из земли огромные острые камни, а крутые подъёмы иногда кончались обрывами, с которых трактор уже пару раз осторожно спустился на бустерах, взревев, как целое стадо слонов. Хотя внутри рёв был не очень слышный.

Когда они ехали вниз по крутому склону и пол наклонялся так, что почти нельзя было ходить, взору открывались острые складки холмов, поросших всё тем же хвойным лесом. Только здесь он был выше и с преобладанием кедровых пород. Гор поблизости не было.

Вчера они весь день почти не встречались, кроме завтрака, обеда и ужина. Доктор Уэрр спал и сидел в лаборатории, Торстен спал и дежурил, а Кира занималась своими делами, и после ужина сразу пошла спать. Впрочем, перед сном она два часа читала „Ратаралло", с подзаголовком: „Повесть о космических путешественниках".

В этом импрессионистском произведении главное было настроение, а не фабула. Как еле уловимый аромат тонких духов, от которого теряешь связь с реальностью.

С земной реальностью .

А повествовалось в нём о двух расах космических путешественников: голубоглазой, сухощавой и стройной - на длинных как иглы звездолётах серебристого цвета, расширяющихся в самом конце, и кареглазой, приземистой и плотной - на чёрных звездолётах с овальным концом впереди, как короткий колпачок от пипеточной авторучки.

Жизнь первых была скорее увлекательна, чем уютна, а жизнь вторых - хозяйственна, основательна и солидна. И ещё они воевали между собой.

Когда Кира погасила свет, доктор Уэрр как раз заступил на своё дежурство.

− Сейчас будет река, Кира, - сказал доктор Уэрр, посмотрев на пультовый экран.

Было утро. Торстен спал после завтрака у себя в каюте на жилом этаже. Завтракали все вместе, как и положено по уставу.

− Какая? - спросила Кира, невинно раскрыв глаза.

Она сидела перед пультом справа от Уэрра, в средней рубке. Он не успел ответить. На огромном обзоре вдруг возникло синее небо во всю стену, трактор покачнулся, чуть клюнул носом в пустоту, и включив бустеры, поплыл, явно оторвавшись от земли. Секунды четыре было видно только небо. Кира почувствовала себя, как на воздушном шаре. И ещё как на качелях, перед тем, как они ухнут вниз. Но трактор не собирался ухать.

Звук бустеров был не громче нормального голоса.

Наконец показались верхушки серых скал с кривыми деревьями в трещинах, потом их основания, и в следующее мгновение в экран ударила зелёная волна, растёкшись по нему, как по стеклу.Трактор потащило немного вбок, но он повернулся к берегу и поплыл, оставив над водой только метра три. На экране была бурливая река непрозрачного светло-зелёного цвета и узкий каменистый берег метрах в стах, покрытый щебнем и галькой. Над берегом вздымались отвесные скалы.

− Пороги, - озабоченно проговорил Уэрр. - Вот видите, Кира.

Ему не нравилась эта гористая местность. Ведь трактор не самолёт. Он мог летать… но только девяносто часов до ремонта на базе.

Да и рискованно…

− Странный цвет... - сказала она, смотря на бурунчики и непрозрачную воду салатового цвета.

И вспомнив, какая там глубина.

– А вы никогда не бывали в Альпах, Кира? - спросил Уэрр. - Или вообще в горах?

– Н-нет, - сказала она, подумав, что поездки на поезде можно не считать.

– Где-то выше меловые отложения. Обычно это бывает в горах. Я имею в виду, подобные реки… такого ненормального цвета.

– А почему она зелёная? - сказала Кира.

– Так далеко мои познания не заходят, - сказал с улыбкой Уэрр.

Ей показалось, что он похож на доктора Айболита.

„Как прекрасна юность", - подумал он.

- А вот скажите мне, барышня, откуда она вытекает? - спросил он на правах ментора и начальника.

– Из Байкала, - сказала она, что пришло в голову.

Она видела большое синее море на глобусе на месте Байкала. И выходящие из него голубые ниточки рек. Одна из них шла на юг.

– И течёт до самого океана, - продолжил Уэрр задушевным голосом, как будто рассказывает сказку. - Река Хуангхо, или Синий туман, в своём древнем варианте. Так её называли крестоносцы. В широко раскрытых глазах девушки неуловимо отразилось удивление.

– Нет, не наши друзья из Федерации, - сказал он тем же сказочным голосом. - А крестоносцы королевы Мелисенты, двенадцать веков назад… на Земле.

Кира хотела что-то сказать, но трактор совсем далеко от берега коснулся дна, и оба не замедлили это почувствовать. Кресла ощутимо покачнулись.

„Вот и поплавали", - подумала Кира.

Доктор Уэрр тоже замолчал. Их начало неумолимо поднимать. На обзоре появилось синее небо и кончики скал с лесом.

– Глупая машина, - пробормотал он, что-то нажав на штурвале.

На дне были большие камни. Машина, как гигантский чёрный кашалот, подняла тупой нос и шлёпнулась в воду, смягчив удар бустерами. Кира чуть не клюнула носом в пульт. По реке пошли крутые зелёные волны. По обзору растекались крупные брызги.

Берег приблизился.

„Как на качелях", - подумала Кира.

Перед самым берегом их опять начало поднимать, но на этот раз обзор показывал ту же гальку с камнями и подножие скал, только сверху. Кира схватилась за края сиденья, но в конце приземлились ещё мягче, чем прежде на воду. Да и камень был теперь не такой большой. Снова стал слышен звук ветра и волн.

Машина остановилась.

На штурвале и на пульте замигали сразу два красных огонька. Один из них и мигал, и пищал. Тот, который на пульте. Уэрр, ничего не говоря, придвинулся к пульту и посмотрел на складной экран, отведя вбок руку со штурвалом. Его длинные ноги упирались коленками в серую панель. На экране уже разворачивалась схема трактора с двумя малюсенькими красными звёздочками на одной из средних гусениц.

- Ох, - вздохнула Кира.

Её штурвал был задвинут в панель.

Огонёк на пульте перед водителем всё пищал. Не обращая на него внимания, Уэрр откинулся назад, нажав на штурвале зелёную кнопку кругового обзора. Перед Кирой поехала вбок панорама отвесных скал, матово-зелёной реки меж громадными будто набросанными в неё замшелыми камнями, с гладкими салатовыми буграми быстрого потока над глыбами под водой и безмолвным синим небом в вышине, переходя на круто поднимающиеся к скалам тёмно-зелёные корявые сосны на том берегу, опять гладкую реку с белыми бурунчиками вокруг подводных камней, и снова серые скалы, уходящие ввысь.

Обзор разделился во всю длину на верхнюю и нижнюю половину, но Уэрр положил свои длинные сухощавые пальцы с рыжими волосками на светло-зелёную клавиатуру слева и обзор слился, охватив всю окружность с двумя берегами, смотря вверх по течению с середины реки.

Вездеход стоял на берегу у самой воды, а до острых серых скал было ещё шагов тридцать. Он стоял наискосок на влажной гальке.

– Что теперь делать, доктор? - спросила Кира.

Она и сидела здесь, чтобы проходить практику.

Сверхтяжёлый вездеход „Аэциус" шёл на соединение в боевой обстановке. А в двух звеньях седьмой гусеницы износилась твёрдая смазка.

Чинить, - сказал он в некоторой растерянности. - Но вы понимаете, Кира, - добавил он, посмотрев на неё немного простодушными синими глазами, - тут нужны двое...

Она послушно кивнула, мимолётно представив себя больной. Но она никогда не болела. Она обругала себя за это дурой.

– М-да... - сказал он задумчиво.

За свою долгую жизнь он не раз бывал в таком положении. Посылать или идти самому? По уставу или по обстоятельствам?

– Надо разбудить Торстена, девочка, - сказал он. - Ты будешь его прикрывать.

– Хорошо, доктор, - обескураженно сказала она, легко вставая с низкого сиденья. - Собираться?

– Да, Кира, - сказал Уэрр. - Я скажу Торстену.

– Ладно, доктор, - сказала она и повернулась к двери, взглянув ещё раз для надёжности на температуру за бортом.

Там было $18^{й}$.

– Форма № 3, - сказал Уэрр, заметив её взгляд. - И возьми, пожалуйста, Б-4, - добавил он, повернувшись в кресле, чтобы проводить её глазами.

Он так и не встал со своего места. Хотя и думал, что это свинство. Но… он не имел на это права. И не только по уставу. На его ответственности были все...

Оба трактора.

– До свидания, доктор, - сказала Кира, уходя и посмотрев на него с совершенно детским выражением.

Вода лизала гальку и исполинские чёрные траки. Сзади гусеница была по колено в меловой зелёной воде. Кира посмотрела наверх, чуть наморщив лоб под защитным шлемом.

– Борода, - покачала она головой.

С чёрной гусеницы над ней свисали мокрые плети водорослей.

Вода накатывала на берег мелкими салатовыми волнами. Торстен нагнулся и попробовал её рукой. Он был без перчаток.

– Холодная, - сказал он.

Даже в руке вода была зеленоватой и полупрозрачной. Вездеход возвышался на берегу, как одна из тех огромных глыб, что торчали в середине реки. Но совершенно гладкая и чёрная. Кира ждала Торстена шагах в двадцати, у начала задней гусеницы.

У неё в руке был средний лазер Б-4.

– Не отвлекайся, Торстен, - сказал Уэрр по звуковому каналу.

– Слушаюсь, ментор, - сказал Торстен.

Он окинул взглядом реку и каменистый берег и пошёл к Кире, положив свольвер на плечо. Вокруг было пусто… не было даже птиц.

– Ну что, начнём? - сказал он, подойдя и посмотрев в пронзительно синие глаза под поднятым прозрачным щитком.

Где-то там, за миллиарды миллиардов километров отсюда, в системе Понти, у него была почти такая же сестра, Уэлла. Она служила в сторожевом легионе “Астромедина", на заставе у Венды.

В соседней ветке Галактики.

Рёбра траков были вдавлены в гальку. Совсем близко была скальная порода. В зазоры между толстыми как буханка чёрного хлеба рёбрами гусениц могла свободно проскочить крыса.

„Если повезёт", - подумал Торстен с неясным сожалением.

– Не выпендривайся, - сказала Кира.

– Ха, - сказал Торстен, как пират в „Острове сокровищ".

Доктор Уэрр сидел, развалившись в кресле у пульта и размышлял о том, что через месяц ему стукнет сорок пять. Он думал, чего ему не хватает, чтобы стать Наставником. Он положил длинные ноги на пульт, полулёжа в чашеобразном кресле.

У этой планеты был сдвиг по фазе на четыре месяца с небольшим. Его день рождения был двадцать пятого января. То есть, через месяц.

„Сдвиг по фазе", - подумал он.

Не хватало многого.

Он не чувствовал себя ровесником Карелина или Карра. И в глубине души думал о женитьбе. Правда, больше по привычке.

„Сама не знаю", - вспомнил он чуть удивлённое лицо с двумя веснушками.

Ему почему-то стало досадно.

– Как дела, Торстен? - спросил он.

За экраном слышалось какое-то пыхтенье. А прямо на пульт текла холодная салатовая река, загибаясь за скалы горного ущелья.

Метров на двести дальше него.

– Всё в порядке, док, - ответил невидимый Торстен, отдуваясь. - Вторую спицу делаю. Здесь какая-то дрянь набилась.

– Какая? - спросил рассеянно Уэрр.

– Водоросли, - ответил голос, пыхтя.

– А ты что там делаешь? - полюбопытствовал Уэрр, прислушавшись.

– Устанавливаю компрессор, - пробубнил недовольно запыхавшийся голос Торстена.

– А-а... ну-ну, - сказал Уэрр после небольшой паузы.

Его мысли вернулись немного назад. Он скептически взглянул на сжатую как в линзе картину реки и серых скал. В левом углу слегка вогнутого экрана сияло солнце на фоне синих небес. Уэрр пробежал тремя пальцами по пульту, задержав указательный на крайней клавише. Солнце исчезло, как будто его слизнули, и на обзоре оказался уходящий вдаль берег с рекой и небом. Обзор был переведён на боевое слежение.

„Вот так", - без слов подумал Уэрр.

У него было такое чувство, будто он что-то забыл. Вездеход как будто приподняло и опустило. На экране всё было по-прежнему.

– Торстен, обратно! - крикнул Уэрр, сжав штурвал.

По экрану бежали красные буквы и цифры.

Торстену показалось, что уже установленный компрессор подпрыгнул, как живой. Он оглянулся на стоящую на колене Киру.

„Торстен, обратно!" - крикнул Уэрр ему в ухо.

Кира почувствовала лёгкий толчок и через секунду поняла, что это такое. Они это проходили не только по практической геологии.

Но и на практике.

– Беги, я сейчас! - крикнул Торстен, разъединяя тяжёлый компрессор.

Она была уже на ногах, ожидая нового толчка.

– Пошли, он сам поедет, - потащила она Торстена за белый рукав.

Земля под ногами заходила ходуном.

– Сейчас... - проговорил Торстен сквозь зубы.

– Ты что, ненормальный? - изо всех сил дёрнула его Кира, стукнув по белому шлему лазером в свободной руке.

„Торстен, брось инструмент!" - раздался у неё в ушах какой-то холодный голос Уэрра.

Он должен был нажать на пуск через шесть секунд.

Зажим компрессора наконец отцепился от паза. Торстен разогнулся и схватив валявшийся свольвер, рванул к люку, взяв за руку Киру. Она бегала быстро, но он чуть не свалил её, добежав до люка за три секунды.Так ей показалось. По дороге он что-то крикнул Уэрру.

Они прижались друг к другу, став на маленький „пятачок", и Кира увидела, как массивный компрессор поехал обратно к идущему в глубину машины колодцу, раскачиваясь на гибком кабеле. Его освещали маленькие выпуклые лампы вдоль низкого коридора между гусеницами.

Но их не было видно.

– Обормот несчастный, - сказала Кира, глядя почти впритык на чумазое лицо парня.

Они были ещё в трубе лифта.

Трактор чуть вздрогнул, и послышался приглушённый удар. Позади Торстена вбок отъехала дверца, открыв родной коридор нижнего этажа.

– Ну, чего застрял? - сказала Кира. - Выходи.

У него похолодело внутри.

Приближался толчок в семь баллов. Мигающая красная цифра на экране указывала шестьдесят пять процентов риска серьёзных повреждений от обвала в ближайшие двадцать секунд. Сиденье снова слегка качнуло. Надо было уходить.

По закону долга.

– Торстен, брось инструмент! У вас двадцать секунд! - крикнул он незнакомым голосом.

Из салатовой реки выпорхнула стая серебристых летучих рыб и зашлёпалась обратно в воду. По реке шли бугристые волны.

Послышалась возня и плеск воды.

– Бежим, доктор! - раздался голос Торстена.

Уэрр набрал обратную связь с подъёмником и поднял голову. Весь экран кроме середины был вкруг испещрён красной информатикой. В ухо нашёптывал незнакомый женский голос. Уровень воды под днищем - от пяти до двадцати девяти сантиметров. В левом нижнем углу замигал белый сигнал и помигав, остался гореть.

– Все целы? - спросил Уэрр с интонацией прерванного сказителя.

Они были в лифте.

– Ага, док, - ответил голос Торстена. - Выходим.

– Срочно в запасную рубку, оба. Перевожу на автоматику.

– Есть, док.

Уэрр качнулся и потянул себя за ус. Он и не заметил, когда пристегнулся. В рубке почему-то пахло спелыми персиками.

Торстен с ходу плюхнулся в капитанское кресло. Оно закачалось, как карета на рессорах. Кира прошмыгнула на сиденье справа.

Он опять оказался быстрее.

– Готово, док, - сообщил парень в белой гимнастёрке.

Кира скептически посмотрела на него.

– Измазался весь, - сказала она.

Они были уже пристёгнуты.

Вездеход повело в сторону и наклонило под углом в тридцать градусов. Он оторвался от земли. У них в обзоре верхушки скал качнулись вниз, открывая салатовую полосу реки меж отвесными скалистыми стенами.

– Знаю, Торстен, - ответил откуда-то мягкий баритон.

Из рубки наверху.

А прямо перед ними, чуть ниже, по реке шёл матовый вал светло-зелёной воды. Это было потрясающе. Вездеход вздрогнул, чуть упав вниз, и снова пошёл вверх и назад. На секунду на просторном как небо обзоре осталась одна небесная синь.

– У-ух, - невольно выдохнула девушка со снятым шлемом в руке.

Ей показалось, что он сейчас перевернётся. Торстен весело смотрел вперёд. Он любил приключения... хоть и опасные.

Особенно опасные.

– Семь баллов, - сообщил он. - Ещё толчок идёт.

Откуда-то смутно послышались тупые удары, как камешки по песку. Всбесившийся поток бросал в вездеход град тяжёлых глыб.

– Сделай звук, Торстен, - сказала Кира.

Она шевелила губами, читая красные надписи на экране. Их стало гораздо меньше. В середине ушла в сторону светло-зелёная река и дальний берег с тёмными карликовыми соснами.

И скалами.

На обзоре осталась одна небесная синь, сразу сменившись картиной ущелья с бурлящим салатовым потоком далеко внизу. Торстен набирал комбинацию на пульте.

Вездеход поворачивал.

– Готовность к бою, ребята, - сказал голос Уэрра.

Торстен недоумённо посмотрел на Киру. Она ответила ему взглядом наивных синих глаз. Торстен понял… он вспомнил про геонаводку.

– Есть, док, - сказал он.

Кирин шлем качался пристёгнутый к подлокотнику. На экране вместо неба разворачивался приближаясь хвойный лес. Вездеход неровно шёл на снижение, слегка опустив корму. Мягкий ковровый пол бледно-вишнёвого цвета в нижней запасной рубке шёл вниз к двери позади них. Громадный кедр с чешуйчатой красноватой корой закрыл ветвями обзор, и под чётко различимый хруст, сминая вековые деревья, трактор осел на землю, немного накренясь вперёд и вбок.

– Приехали, - сказала Кира.

Но красные надписи не погасли.

ЭВМ не могла определить вероятность нового толчка, метаясь между нолём и половиной, на полукруглом зелёном графике внизу окна. Торстен пожалел, что нет времени на разработку.Трактор дёрнулся и поехал. Склон шёл вниз, но экран перед Кирой то поднимался, то падал. Снова началась медленная качка, и на экране снова появились словно мохнатые тёмно-зелёные хвойные дебри на высоте двенадцати метров от земли. Они уходили вниз, частично открывая небо и заменяясь такими же мохнатыми дебрями. Вездеход с лёгкостью ломал деревья в три-четыре обхвата, качаясь словно на ухабах.

– Идите сюда, - проговорил мягкий голос Уэрра.

Кира начала отстёгиваться, посмотрев вправо на серую стенку с кожаной дверцей лифта. До неё было метра два. Она взяла свой оцарапанный шлем и встала на качающийся как в бурю бледно-вишнёвый ковёр пола.

– Пошли, - сказал Торстен, ухватившись за спинку её кресла, чтобы не упасть.

– Садитесь, Кира, - пригласил доктор Уэрр, увидев показавшуюся из лифта девушку.

Вездеход полз вверх по дремучему вековому лесу.

Она отпустила края дверного проёма и перебралась в ближайшее кресло.Торстену пришлось добираться дальше. Кира с интересом смотрела, как он балансируя и ни за что не хватаясь идёт по вздымающемуся как палуба полу. Доктор проводил его взглядом и отвернулся к экрану. Дверца лифта мягко защёлкнулась. Этот лифт был такой же, как и наружный, - освещенная труба с подъёмником. Только „пятачок" не с алой резиной, а с зелёной.

Кира привесила на спинку свой шлем, а Торстен первым делом уставился на красные цифры внизу экрана. Машина наконец определилась, установив вероятность толчка в двенадцать процентов на следующие два часа.

– Какая точность, - съязвил Торстен.

– Записать ему поощрение или порицание? - задумчиво сказал доктор, глядя на обзор.

– Почему? - притворно спросил Торстен.

– Вот и я так думаю, - сказал доктор, скосив глаза на Киру.

– Ничего ему не надо, - сказала она. - Лучше оставьте его без ужина.

– Вы же первая, барышня, понесёте ему тайную передачу, - грустно покачал головой доктор. - Но я подумаю.

– Я и так худой, - сказал Торстен, слегка порозовев. - Не то, что некоторые.

– Ты на кого это намекаешь? - возмутилась Кира.

Позавчера она показывала Торстену свой фотоальбом, в котором был её дядя, сорокалетний здоровяк в форме Имперской стражи.

– На свою бабушку, - огрызнулся Торстен.

– Ты не прав, мой друг, - сказал доктор Уэрр. - Это невежливо.

Он ожидающе замолчал.

– Извини, - буркнул Торстен.

– Обещай, что больше не будешь, - сказала Кира.

– Чего? - спросил парень.

Доктор Уэрр подтвердил вопрос, заинтересованно оглянувшись.

- Ну... не слушаться старших, - сказала она, не поняв вопроса.

– Обещаю, - невольно улыбнулся Торстен. - И тебя тоже, поняла?

– Угу, - кивнула Кира.

- А в этом что-то есть, - сказал доктор Уэрр, посмотрев на них по очереди с довольной улыбкой. - Хотя и стилистика хромает. - Будем считать, что вопрос исчерпан, - добавил он.

Трактор ехал, чуть накренившись на левый бок. Торстен опустил взлохмаченную голову, сосредоточенно рассматривая свою руку. Свой шлем он бросил в нижней рубке.

– Доктор, у меня синяк, - сказал он.

– Ты свободен, - сказал Уэрр.

Он изучал сиреневую информатику повреждений. Обшивка была цела, хотя кое-что и пострадало внутри под вмятинами от глыб. Особенно большая лучевая пушка на корме.

– Ты что, спятил? - сказала Кира, добравшись до Торстена и вцепившись в его кресло. - Идём в лазарет.

Ладонь между большим и указательным пальцами наливалась густой синевой.

– Давай лучше лёд положим, - сказал он.

– Пошли, - потянула его Кира за измазанный рукав.

– Торстен, - оглянувшись, чуть покачал головой Уэрр.

– Слушаюсь, - пробурчал Торстен.

– Не забудьте про аврал, - сказал Уэрр, ещё раз обернувшись.

Дверца лифта защёлкнулась за ними. Снова явственно запахло персиками. На спинке Кириного кресла болтался её шлем.

– Мистика, - пробормотал доктор Уэрр, слегка откинувшись назад и поборов искушение задрать ноги на пульт.

Он всё ещё изучал список повреждений, держась за штурвал правой рукой, с большим пальцем на вогнутой жёлтой клавише. Большую пушку можно было исправить. Но только остановившись часа на четыре и послав Торстена с Кирой на крышу. А трактор был в боевой обстановке второй степени.

Учитывая сегодняшнее...

Он посмотрел в левую сторону экрана, где мелькал отчёт о землетрясении. ЭВМ пока допускала искуственное происхождение с такой же лёгкостью, как и естественное.

Вездеход снова двигался вверх по заросшему могучими тёмно-зелёными кедрами склону. Уэрр вгляделся в потемневший экран и вдохнул полной грудью живительный лесной воздух. За окном собиралась гроза.

Наклон пола дошёл до 40^{р}.

„Камень, что ли", - подумал Уэрр.

Машина подрезала стволы, чтоб не становиться на дыбы. Вообще-то они не представляли трудности для девяти миллионов лошадиных сил, но иногда ей просто не хватало собственного веса, особенно на подъёмах. На экране был значок СВЧ, а на штурвале горел маленький оранжевый огонёк.

Уэрр хотел спросить „как дела", но решил не беспокоить лишний раз молодёжь.

„Пускай сами", - подумал он.

– Это хуже, чем ты думаешь, - сказала Кира, повернув поудобней его ладонь.

За время своей не очень долгой службы она прекрасно усвоила одну вещь: любой солдат боится остаться калекой, а не смерти.

– Ты думаешь? - с тревогой произнёс Торстен.

– А теперь ложись в постель, - сказала Кира, быстро сделав три укола и обмотав руку специальным пластырем.

– Ты чего? - упавшим голосом сказал Торстен, ещё не сознавая до конца сказанного, но уже с нехорошим чувством внутри.

Проснулись смутные ассоциации с деловито жужжащими пчёлами за низкими окнами и воблой под подушкой. Настроение было испорчено.

Как будто его отправили спать в новогоднюю ночь.

– Отстань, - сказал он.

– Доктор, Торстен не хочет ложиться, - сказала Кира, нажав на кнопку у себя на запястье.

– …Зачем? - не сразу отозвался доктор Уэрр.

– Ну... ему надо лежать в лазарете, - объяснила Кира.

- Это необходимо? - спросил доктор Уэрр.

В его голосе было лёгкое удивление.

– Я же здоров, - вставил Торстен, чувствуя искреннюю обиду.

Как в далёком детстве, когда его обманули, подсунув пустой фантик вместо конфеты. После ёлки в МИДе, где работал его папа.

– Замечание, Торстен, - сказал доктор Уэрр.

– Ему нельзя шевелить рукой, - сказала Кира. - А мы с вами и так справимся, - добавила, она, показав Торстену язык. - Без него.

– Ну, потерпите, товарищ, - сказал Уэрр тоном искреннего сожаления. - Только будьте начеку. Считайте себя на дежурстве. И слушайте своего доктора.

Воцарилось молчание. Кира укоризненно глядела на Торстена. Он молчал, уставившись сквозь серую кожаную стенку кабинета.

– „Доктор", - фыркнул он, встретившись с девушкой взглядом.

Как две стрелы из одного колчана.

Они сидели за процедурным столиком в небольшом углублении стены. За Кирой соединялся с потолком гладкий медсканнер желтовато-серого цвета. В отверстие сканнера за её плечом виднелась овальная дверь лазарета.

– Переставь нарукавник, - сказал он, положив на стол руки и прислонясь плечом к серой стенке.

– Ну, чего ж ты не ложишься? - спросила она, пристегнув ему нарукавник и встав.

– Мне и так хорошо, - сказал Торстен.

Она остановилась, не зная что делать.

– Сейчас, - буркнул он, увидев упрёк в её глазах. - Куда?

– Куда хочешь.

Она балансируя подошла к тумбочке, включив общий экран. Вездеход опять полз вверх, чуть накренясь на левый борт. Пол стал покатым, как горка. Он подскакивал под ногами, ощутимо передавая неслышимый треск. На экране стояла серая стена ливня. Сверкнула первая молния.

– Подожди, - сказала Кира, уцепившись за ручку на гладкой поверхности тумбочки и случайно ткнув пальцем в какую-то кнопку.

На обзоре внизу замигал красный сигнал. Вездеход ухнул вниз, уменьшив наклон. Кира спружинила ногами, как на качелях.

− Пошли, - сказала она, подойдя к Торстену по прыгающему полу.

Торстен взял её за руку и спокойно дошёл до своей кровати, которую она ему выбрала. Ловко подогнув колено, он поддержал девушку, когда пол снова вдруг пошёл вверх.

− Спасибо, - сказала она.

− А теперь что? - сказал Торстен, сев на кровать.

Кира села на кровать напротив, и держась за тумбочку, набрала комбинацию на её округлом кожаном боку. Сверху на тумбочке был вдавленный столик в виде серого эмалевого подноса с бортиками. На нём одиноко стояла шахматная пешка.

Кровать Торстена начала изгибаться, образовав нечто вроде кресла.

− Я тебя пристегну, - сказала Кира. - Только тебе нельзя шевелить рукой. - Подожди, - сказала она и пошла в операционную за лёгкой раздвижной дверью.

− Угу, - сказал пристёгнутый Торстен. - Принеси заодно кеды! - прибавил он, войдя в свою роль.

Пол снова начал вздыматься, и его ноги оказались на уровне головы. За экраном свирепствовала буря. Там было почти темно, по сравнению с уютным светом лазарета.

− Не болтай, - сказала Кира, скрывшись за открытой раздвижной дверью из тёмных лакированных планок.

Чёрные сапоги девушки неслышно ступали по мягкому серому ковру. Они были высотой до половины колена. Такие же, как и у него.

− Наклонись немного, - сказала Кира с повязкой в руках, схватив его за плечо, чтобы не упасть.

Торстен оторвался от рассматривания своих чёрных сапог с тупыми носами и дал ей повязать себе руку. Он немного задумался.

− Тебе никуда не надо, Эрик? - спросила она, стоя возле кровати и чуть нагнувшись к ручке на тумбочке.

– Не беспокойся, без тебя доберусь, - сказал он. - Спасибо, Кира, - добавил он, пожалев девушку. - А кеды принесёшь?

– Я тебе лучше тапочки дам, - сказала Кира.

Вездеход чуть съехал вбок, как будто на огромных брёвнах, и снова упорно пополз куда-то, накренясь на левый борт. Достав тапочки из стенного шкафа, Кира села на кровать, сменила ему обувь и положила сапоги в стерилизатор под кроватью, время от времени хватаясь за что попало. Стерилизатор был похож на холодильник со сдвижной деревянной дверцей.

- Ну, я пошла, - сказала она. - А то меня Уэрр ждёт.

– И долго мне здесь торчать? - полюбопытствовал Торстен.

– Сутки, - сказала Кира, держась за спинку его кровати. - А там видно будет.

– Я тебе обед принесу, - сказала она, поглядев на зелёные стрелки.

– Передавай доку привет, - сказал Торстен, устраиваясь поудобнее.

– Да ну тебя, - сказала Кира и ушла.

Уэрр что-то мурлыкал себе под нос, время от времени поглядывая на складной экран перед собой. Там Кира возилась с Торстеном в уютном салоне лазарета. А на обзоре шумел лес в тёмной пелене дождя, с оглушительным треском возникающих из тёмно-зелёных ветвей двухметровых стволов и белыми вспышками молний.

„Крутится, вертится, хочет упасть..." - напевал он, наблюдая разбушевавшиеся стихии.

Вероятность толчка упала почта до ноля.

„Если машина не врёт", - подумал он.

– Вот и я, доктор, - сказала Кира, появившись из лифта.

Вездеход завис в пустоте и начал падать. Секундное состояние невесомости сменилось ощущением погружения, как будто они нырнули в воду. Ещё через мгновение погружение закончилось, они закачались, как на волнах, и машина пошла ровно вниз. На экране за серой мглой, в необозримой дали над сплошной тёмной зеленью качались миниатюрные верхушки лесных великанов. Кира смотрела на них, широко раскрыв глаза. Словно она сама парила под такими далёкими облаками. И ей надо было вон на ту крохотную качающуюся верхушку, насквозь промокшую от дождя, с еле различимым красноватым стволом.

Она стояла и смотрела, слегка раскрыв рот.

Дверь лифта под её рукой послушно оставалась открытой. Чёрная громадина в сером ливне шла на снижение плавно, как самолёт.

– Садитесь, Кира, - предложил доктор, обратив к ней длинное доброе лицо с рыжими бакенбардами .

– Я... ну ладно, - сказала она и прошла к своему сиденью.

Пол под ногами почти не колебался.

– Ну как там наш товарищ? - спросил Уэрр мягким голосом.

В нём было что-то от вкрадчивого экзаминатора.

– Сильное повреждение тканей, с двумя трещинами, - робко сказала она. - Я думала, может быть омертвение...

– Не стесняйтесь, Кира, - сказал Уэрр., как-то по-детски улыбаясь. - Я ведь не хотел вас смущать.

– А какая густота? - спросил он, чуть помолчав.

– 0,3, - ответила Кира.

– Ну, я думаю, обойдётся, - добродушно сказал он.

– Торстен, включи себе рубку, - добавил он, обратившись к экрану.

- Есть, док, - бодро отозвался голос Торстена.

Он что-то жевал.

– Чего ты там жуёшь? - спросила Кира.

– Что в тумбочке нашёл, - сказал голос Торстена.

– А рукой не шевелил? - озабоченно сказала она.

– В пределах разумного, - ответил Торстен из недр сухопутного корабля.

– Доктор, - растерянно сказала Кира.

– Торстен, я подтверждаю лечение, - строго сказал Уэрр, повернувшись к складному экрану на пульте. - Изволь слушаться.

– Есть, док, - сказал Торстен не так бодро.

Чёрная гора трактора приземлилась на лес, ломая с треском могучие трёхсотлетние кедры. Девушка и не заметила, что в рубке был включён звук. „0,2", - прочитала она на экране внизу. Зелёные буквы переливались, точно жидкий малахит. „Вот оно что", - подумала она про ровный шелестящий шум.

Вездеход снова поехал, с еле заметным наклоном пола вперёд. Дверь рубки позади стала немного выше них. На экране появились сразу три тёмно-красных ствола и почти одновременно хрустнув, стали падать вперёд в серую пелену дождя. Стало немного светлее. На одном из стволов Кира заметила мохнатого зверя.

Обзор был на уровне трёх метров от земли.

Хруст стал гораздо слабее. Кира покосилась на Уэрра. Полыхнула ослепительная молния и почти тут же раздался несильный гром.

„Вполголоса", - подумала Кира.

Уэрр молча смотрел вперёд.

„Вот странно... и здесь то же самое", - подумала она про девственный хвойный лес.

Но деревья были какие-то тонкие, всего полметра толщиной. Стало ещё светлее… Уэрр молча смотрел вперёд на сереющий дождь над кочковатой зелёной степью. Прибитая дождём трава вдруг поднялась вплотную к ним, и внизу на экране появилась чёрная, местами мутная полоса. В ней что-то барахталось.

У Киры появилось ощущение зыбкости.

Впритык к стеклу лежали под дождём длинные широкие травинки болотных растений, как будто она смотрела на них, лёжа на пузе.

-Хм, - смущённо сказал Уэрр.

Пол под ногами слегка задрожал, и вездеход со слабым чавкающим звуком снова чуть поднялся и поплыл над травой, словно древняя машина на воздушной подушке.

Кира поняла, почему он смутился.

Она очарованно смотрела на звездолётчика в белой форме. Перед ними расстилалась кочковатая равнина в серой пелене дождя.

«««««««»»»

Скрытая глубоко в коре планеты вражеская База Федерации

– Надеюсь, вы понимаете, что от вас требуется, - сказал советник первого ранга Лунц. - Рота охраны в вашем ведении.

– Знаю, - развязно сказал обер-лейтенант Родлин.

– Почему же ваши солдаты что-то болтают? Намекните им при случае, что вам всё известно.

– Ладно, - сказал Родлин. - Этот Арвидас у меня в печёнках сидит. Если б не он...

– Без него нельзя, к сожалению, - отрезал Лунц, подняв на него бесцветные глаза. - Вы свободны.

– Вы сегодня будете в салоне? - спросил Родлин, встав.

– Нет, - сказал Лунц. - У меня много работы. Кстати, проверьте сегодня Швammера. Не забудьте .

– Есть, херр полковник, - сказал Родлин, щёлкнув каблуками.

Лунц проводил его взглядом и устало потёр лоб и морщинистые веки. Сегодня ему предстояло писать годовой отчёт и очередное донесение в Центр. Он придвинул к себе тонкое табло логоса. Оно загорелось нежно-зелёным светом.

„Канцелярия Министра по Техническому Сотрудничеству..." - начал он.

Рука привычно набирала стандартные строчки заголовка.

„Годовой # 16", - закончил он и посмотрел в распечатку учёного совета.

„Экспериментальная часть", - пробормотал он про себя, пошевелив мягким носом словно от понюшки табаку. - „Результаты за 434 г. А”

“За истёкший год особи первого поколения обоих полов достигли 15-16 лет. Вывелось второе поколение первичного, вторичного и перекрёстного происхождения с межвидовыми вариациями. Результаты по физическим, психическим и интеллектуальным характеристикам были весьма интересными..."

„Это мы выпустим", - пробормотал он себе под нос, почесав сероватую лысину.

Под потолком нежно прозвенел сигнал гонга. Было пять часов вечера.

Вздохнув, Лунц поднялся с места и мягко ступая коричневыми юфтевыми сапогами, подошёл к выпуклым дверцам встроенного буфета. Они матово поблескивали эмалью болотного цвета.

„Родлин уже в биллиардной ошивается", - подумал он.

Отворив левую половину, он достал оттуда закрытый поднос из лёгкого пенопластика. Поднос приятно грел руку. Мысли советника отвлеклись.

Он вспомнил об Улле и немного разомлел.

„Слишком много прыти у этого молокососа, - подумал он. - Надо будет его укоротить".

Кабинет главного советника Станции был в форме неправильного кренделя. В глубоком зеркале вогнутой стены он видел слегка изгибающуюся двустворчатую входную дверь с блестящими как золото краями. Она была обита изумрудным бархатом.

На обширном поле серого стола с тёмно-красным и зелёным квадратами для бумаг ароматно дымились тефтели с густой красной подливкой. Советник благодарно потягивал носом от удовольствия. Руперт и на этот раз постарался исправить положение.

Советник был на диете.

- Херр Лунц, к вам Ульфилас, - приглушённо сказал голос с окаймляющего стол серого пульта с двумя тёмными экранами по бокам.

– Меня нет, - сказал слегка поморщившись Лунц.

– Понял, - тихо сказал голос.

Эти армейские повадки вызывали в нём брезгливое раздражение. Помедлив, он снова принялся за восхитительные тефтели, разрезая их на половинки и аккуратно накалывая на вилку с округлой серебряной ручкой. Он был чем-то недоволен.

„Надо доложить о нём в Центр", - подумал он, жуя мягкую сочную тефтелю с чесночным соусом.

У него не выходило из ума неуловимо нахальное лицо с чёрными усиками. Советник не любил делиться своим добром, включая доминату. Во всяком случае, не так.

Шёл третий год его пребывания в этой дыре. Условия здесь были неплохие, но... в системе не было ни единого линейного астролёта. А ещё эти... Лунц невольно поёжился от явственного ощущения лёгкого морозца вдоль спины. Левый экран на пульте бледно осветился, тихо прозвенел сигнал, и по нему пошли буквы.

„Легки на помине", - подумал Лунц, суеверно подув через левое плечо.

Он не верил в сказки про ад, но многолетние привычки брали своё. Ещё с детства, когда противная строгая нянька пугала его Букой и Чертякой.

Он пошлёпал мясистыми губами.

Это была внеочередная связь. Ощущение морозца слегка усилилось. Но к этому он давно привык. За это здесь и платили тройную ставку, не говоря уже о других льготах. „Sine qua non", как любил выражаться опер-интендант Ференц Магер, откупоривая очередную бутылку.

„Противная сторона, - прочитал он. - Лунные спутники закрыты. Лунная станция закрыта. Связь с планетой 4 закрыта. Земные спутники заменены. Планетоход А движется к планетоходу Б. Планетоход б1 движется к планетоходу Б. Конец сообщения."

Лунц проглотил очередную порцию и протянул руку за изящной белой чашкой в нишу стола. В ней было горячее кофе со сливками. Совсем немного, пол-порции. Лунц откинулся в мягком кожаном кресле со спинкой до головы и с наслаждением отхлебнул густой ароматный напиток.

Он не любил пить кофе во время еды.

Приятно расслабившись, полулёжа в мягком кресле как в тёплой пуховой перчатке, он поразмышлял некоторое время о будущем назначении в стольном городе Рагнахайме. Если всё будет, как сейчас. Осталось уже немного... Скорее всего, в башне короля Локка.

Советник слегка прикрыл глаза.

Громадная квадратная башня из массивных почерневших камней светится узкими глубокими окнами кабинетов и залов. И прохожие молокососы изредка оглядываются на далёкий желтоватый свет, замирая от сладкого любопытства и сознания своего ничтожества. На миг он как будто вернулся в далёкое прошлое.

А у него будет своя гостиная...

Допив кофе и вложив чашку в глубокую нишу, он оглянулся на мягкий как лепёшка чёрный кожаный диван в уютном тупичке кабинета у себя за спиной и снова принялся за работу. Но мягкий диван со складками и нежные лайковые подушки в форме округлых квадратов ещё некоторое время оставались в его воображении, так что он сладко причмокнул, слегка навалившись на подлокотник. Справа от него был полукруглый закуток для работы с логосом, с низким вогнутым потолком из разбитого на квадраты матового стекла.

Матовые квадраты были белые и пастельно-розовые.

Жирные пальцы советника побежали по клавиатуре. Предстояло посидеть ещё часа два-три. А потом ещё сходить в нижний уровень к Морданчику. Доктор Хайзе докладывал на прошлой неделе. . . но сначала надо посмотреть самому. Отчёт может подождать до субботы.

Думая о своём, Лунц почти автоматически набирал на логосе годовой отчёт. Собственно, его дело было только проверить и подписаться, как куратору Станции. Ну и вставить пару-другую замечаний и выводов. Тут и была вся соль.

По лицу главного советника скользнула тень самодовольной улыбки.

„Хорошо бы успеть с Морданчиком", - подумал он. - „Если это включить в итоговый рапорт…"

Конечно, перспектива здесь сидеть ещё год не приводила в восторг, но дело стоило того. Тут уже пахло Рейхсканцелярией… Если не опередят на других станциях или ещё где-нибудь. В „Плутоне" или „Нептуне". Как главный советник „невидимого" Министерства, Лунц был осведомлён о многом, хотя и не официально. И поэтому носил в себе неотключаемый вживлённый терминатор. Как и все советники суб-коллегиального уровня.

Справа появилось длинное и чуть ленивое лицо фон Шницзекера.

– Лунц, вы пойдёте сегодня вниз?

– Часа через полтора, - сказал Лунц, взглянув на время внизу экрана.

– Я с вами, если не возражаете, - сказал советник СИС.

– Не возражаю, - коротко ответил Лунц.

„И чего ему надо?" - подумал он.

– Зайдёте в бар? - спросил фон Шницзекер, улыбнувшись ленивым лицом.

– Хорошо, - сказал Лунц и отключил связь.

Скучающий адъютант внутренней службы вскочил на ноги и вытянулся, красиво отдав честь. Это был Харриер, всегда дежуривший во вторую смену. Кивнув, Лунц вышел из приёмной в подъездную нишу ярко освещенной улицы. Ниша простреливалась насквозь не только микрокамерами, но и оружием трёх видов. Вдоль стен, плавно переходящих в потолок, горели два ряда круглых плафонов. Время от времени левая стена отступала, образуя широкие ниши с ведущими в кабинеты администрации двустворчатыми дверями. В ста саженях от него улица упиралась в массивные двери малого зала.

Общие помещения располагались выше, на втором уровне.

В это время все кабинеты были обычно пусты, кроме кабинета дежурного куратора и адъютантов в приёмных. На улице никого не было.

– У него губа не дура, - донёсся до советника зычный голос из ниши регулярной охраны на правой стороне напротив приёмной Лизингофа.

Раздался смех.

„Кто это там так разорался?", - мстительно подумал он, неслышно ступая мягкими сапогами.

Двое солдат сидели за столиком лицом к улице, а третий развалился на полукруглом диване в глубине во всю ширину ниши и явно спал. Диван был длиной в три человеческих роста, и нарушитель разлёгся в аккурат посередине. В момент, когда Лунц его увидел, от головы спящего отскочила метко пущенная пробка от стоящей на столике бутылки с лимонадом „Киршвассер" .Впрочем, бутылки были три. Через секунду верзила саженного роста стоял, осоловело уставившись в лицо советнику и нащупывая руками отсутствующее оружие.

– Встать, - тихо сказал советник, хотя все уже стояли, вытянувшись в струнку.

– Херр полковник, капрал Зиммлиц. На посту происшествий нет, - отчеканил левый у столика.

– Вы, - указал Лунц пухлым пальцем на верзилу.

– Ваппенлейтер Линц, - громко и хрипло отчеканил тот, щёлкнув каблуками.

– Под арест, - произнёс Лунц тем же голосом, дёрнув губой и внимательно посмотрев на двоих у дежурного столика. - А вам - взыскание. За болтовню на посту, - добавил он, повернувшись ко второму солдату у столика. - Исполнить после смены.

– Ваппенмейстер Роде, - зычно отчеканил тот, не пошевелившись и не отводя от лица советника отсутствующий взгляд.

– Знаю, - без выражения сказал Лунц и скользнув глазами по верзиле у дивана, пошёл дальше .

Капрала Зиммлица он знал по вечеринкам у доктора Гроссе. И знал, что это он бросил пробку. Он был племянником какой-то шишки в СД.

В следующей нише справа был уже открытый заказанный лифт. Слегка мигнув светящейся малиновой полоской вдоль потолка, он плавно пошёл вниз. Между первым уровнем и нижними этажами было двадцать саженей скальной породы - чёрно-серого гранита.

Здесь внизу был широкий коридор немного другой конфигурации - как тоннель под аркой моста. Вогнутый потолок светился белым матовым светом. А далеко наверху под синим осенним небом колосилась доисторическая алтайская степь. До неё было так же далеко, как от неё до облаков.

Отсюда.

Свернув в сводчатую нишу, Лунц оказался в полутёмном зале бара. Он был почти пустой. В круглом закутке в дальнем углу скучал фон Шницзекер, лениво пересчитывая кисточки на бахроме своего кошелька. Он сидел у круглого стола посреди закутка, вытянув под него длинные ноги. Полированный стол блестел красным деревом.

Этот закуток называли „пятачком".

- Моё почтение, - сказал он, сделав вид, что привстал к отклонившему деревянную дверцу коллеге.

Дверца была как в древних салунах киностудии „Свартборд".

– Всё играетесь со своим кошельком, - заметил двусмысленно Лунц, садясь напротив на красный кожаный диван.

Диван опоясывал закуток вдоль бежевой стены и полукруглой красной перегородки из лакированного дерева, почти в рост человека.

– Безобразие, - проворчал себе под нос Лунц, покосившись в сторону бара шагах в двадцати от них.

Домината сидела на крутящемся табурете по ту сторону стойки, полуразвалясь спиной к буфету с резными окошками, и полузакрыв глаза, казалось, дремала. В ушах у неё были невидимые наушники.

„Ниела", - отметил он про себя.

Он знал по именам всех обитателей своего пункта.

- Как у вас дела с теми двумя? - негромко добавил он.

Бар был виден за низкой крутящейся дверцей закутка.

– Эти? - протянул долговязый Шницзекер. - Пока никак, - щёлкнул он языком и замолчал, словно ожидая дальнейших расспросов.

„Вонючая привычка", - подумал Лунц, зорко следя за Шницзекером колючими глазками.

Он был уверен, что у того считывающая машинка. К сожалению, этот выскочка майор был особоуполномоченным СИС. По-настоящему он подчинялся только своему ведомству на Сканде.

– Что будете пить? - услужливо спросил фон Шницзекер.

– Ничего, - холодно сказал Лунц. - Я занят. Вы пойдёте со мной?

– Если вы не возражаете, - протянул тот, потягивая из соломки свой розовый коктейль.

– Ну пойдёмте.

Из неосвещённой ниши светлого коридора в бар забрели двое в бежевой форме Оперативного отдела Министерства. Вообще-то отдел был штатский, но в проекте „Уранус" учёная братия зачислялась на военную службу. В Министерстве далеко не все знали о существовании этой формы, не говоря уже о том, чтобы видеть её.

Тот, что повыше, мельком осмотрев уютный полумрак помещения, заметил в кабинке большую полуосвещённую лысину Лунца. Он что-то пробормотал про себя, и они с товарищем направились к доминате. Это был Поппензайдер и один из его молодых сотрудников. У стойки витал лёгкий запах дорогих ароматических сигарет.

– Пойдёмте, - согласился фон Шницзекер и словно нехотя поднялся, выпростав свои длинные ноги из-под тяжёлого крутящегося стола из красного дерева.

Проходя мимо стойки, они издалека кивнули двум учёным мужам. Молодой был слегка под хмельком. Но в „Уранусе" на многое смотрели сквозь пальцы, хотя и неофициально.

„Старый х..", - подумал Лунц про Поппензайдера.

Ему тоже нравились доминаты с Донны. Такие, как Улла. Но в Ниеле было нечто... особенно большие простодушные голубые глаза. В каждой женщине есть своя прелесть, как любил говаривать его батюшка.

„Интересно, кто их отбирает?" - подумал Лунц.

Доминат присылали по направлению какого-то секретного отдела в Центре. Во всяком случае, главными критериями были внешность и самостоятельный ум. Почти все относились ко второй группе. Причём тут внешность, Лунц не знал... и это его мало интересовало. Наука не была его страстью. А проект был секретным.

– Вы уже послали отчёт? - спросил Шницзекер по дороге к служебным лифтам.

– Нет, - сказал Лунц.

„Всё вынюхиваешь", - подумал он с внезапной злобой.

Они вышли с другой стороны, через задний ход, и теперь шли по светло-серому коридору в два раза уже улицы. Допуском в эти коридоры обладали только советники.

– Погодите, - проговорил фон Шницзекер, проходя мимо оружейной ниши.

В рассеянном свете ниши сияли металлические ручки скрытых в белой кожаной стене шкафов с мерцающими кодами. Долговязый советник внешней безопасности вложил большой палец левой руки в углубление ручки вверху и щёлкнув дверцей, достал новый магазин для своего карманного разрядника. Отделив рукоятку, он вставил её в опустевшее гнездо внутри шкафа. Лунц машинально пощупал разрядник у себя на поясе под форменной фуфайкой на молнии. В улицах подвальных ярусов было как всегда полутемно. Пройдя мимо решёток первого питомника, они дошли до второго и Лунц жестом подозвал солдата в песочно-жёлтом пуловере.

– Ваппенмейстер Густавсон, - звонко доложил тот, щёлкнув каблуком и не спуская глаз с Лунца.

Ему нравилась вышколенность Внутренней охраны. Она входила в особые части Министерства, но это было совсем другое дело... не то, что регулярная охрана. Две роты Внутренней охраны находились в двойном подчинении у Лунца и начальника СИС.

– Откройте, - приказал Лунц.

„Быстрее бы отвязаться", - подумал он, посмотрев на светящиеся цифры на шлеме солдата.

Было уже восемь часов с минутами.

Главный советник даже в молодости не любил шумные компании и сборища. Он был не особенно общителен, а теперь на склоне лет стал немного домоседом. На курсе в институте у него было прозвище „Паук", и оно как-то закрепилось за ним, перейдя неведомыми путями из института в Академию Министерства. Лунц был магистром

Целевой стратегии - дисциплины малоизвестной за пределами Министерства, даже в Военном ведомстве. Генералы представляли себе Цивилизацию как нечто вроде ещё одной Федерации из глубин Метагалактики, только более древней. Для них этого было достаточно, за исключением особых случаев.

Которыми занималась СД.

...Лунц знал, что младший персонал, особенно из оперативного сектора, частенько называет его „Пауком", и это льстило его самолюбию.

Нажав на запястье, солдат с негромким лязгом поднял калитку в решётке. Стальная решётка до потолка отделяла просторную овальную нишу от полутёмной улицы.Три большие решётчатые двери вели из ниши во внутренние сектора второго питомника. Яркий свет из ниши освещал улицу светлым пятном.

– Кто на дежурстве? - поинтересовался Шницзекер.

– Бакалавр Кох, - ответил ваппенмейстер Густавсон, всё так же прямой как столб.

– Ладно, - кивнул Шницзекер и зашагал за Лунцем, с ленивой ухмылкой подмигнув незаметным глазкам наблюдательной связи в стене.

За пультом в фойе первого сектора сидел ещё один охранник.

– Капрал Эриксон, - отчеканил он, замерев столбом.

– Откройте, - приказал по-хозяйски Лунц.

По нему было совершенно незаметно, что он знает о присутствии Шницзекера.

Солдат нажатием кнопки поднял вверх блестящую никелем гибкую секцию ещё одной решётки. Внутри в большой нише наподобие алькова сидел за конторкой Бальтазар Кох и ел бутерброд с длинной селёдкой. Это был тщедушный молодой человек лет тридцати с зачёсанными на лоб редкими рыжеватыми волосами. Он был в белом халате с погонами капитан-лейтенанта Научной службы. Оторвавшись от селёдки, бакалавр без энтузиазма отдал честь и вяло протянул руку Лунцу и его спутнику. Внутренне поморщившись, Лунц бесстрастно пожал протянутую руку, не снисходя до улыбки. Главный советник умел обращаться с подчинёнными.

В проект брали только лучших без права перехода, а Кох был не последним из них, получив статус магистра аккордата в двадцать четыре года.

− Мы сами, херр Кох, - сказал Лунц, получив из рук дежурного биолога листок дневной сводки .

Вдоль широкого и низкого как подземный переход коридора тянулись светлые вольеры с уходящим вверх потолком. За шарнирной решёткой из тонких блестящих прутьев сидела поодаль человекообезьяна в комбинезоне и игралась с логосом подпредельной системы.

− Ксаверий, - негромко позвал фон Шницзекер, взявшись обеими руками за прохладные гладкие прутья.

Тот сразу оглянулся, приоткрыв рот... или пасть. Уродливость почти безволосого лица была одновременно чем-то притягательна и отталкивающа.

„Человеческая сметливость на зверином лице", - подумал фон Шницзекер. - „То есть, морде."

Чем-то он напоминал его бывшего шефа.

„Absit invidia", - лениво подумал он.

На мимику Морданчика было любопытно смотреть, как на голову урода в большой банке в кунсткамере. Или на опыты особого допуска. Человекообезьяна серии „Ролинда" вскочила с роскошного кожаного табурета и чуть вразвалочку подошла к блестящей решётке. На розоватом лице, шее и руках виднелись редкие белые волоски. Морданчик был альбиносом.

Культиваторы уже получили от него потомство различных вариантов, от ноля до восьми лет. А генотехники - необходимое количество двойников. Серии выводились только по мужской линии, ввиду неперспективности женской. „Отклонений нет", - прочёл Лунц в сводке.

− Ксаверий, хозяин, - проговорила человекообезьяна с хитрой улыбкой.

Фон Шницзекер как всегда слегка ухмыльнулся. Человекообезьяна говорила с лёгким акцентом, и он сильно смахивал на медийский.

„Подставить бы тебя по 58-ой", - подумал с ненавистью Лунц.

Но подставить резидента СИС на тайной базе было так же трудно, как умереть от удара молнии. И главное, почти так же опасно.

– Докладывай, - кинул Лунц обезьяннику.

- Очередную программу тренировок прошёл успешно. Руководил бакалавр Визенталь. Дай сыру, хозяин, - проговорила человекообезьяна, слегка открывая верхние зубы у краёв рта.

Рот был большой, как башмак, и такой же формы. Фон Шницзекер с интересом смотрел на розоватую морду. Её ужимки производили странное впечатление: за хитрым блеском в глазах был явно человеческий взгляд. Морданчик пошёл внешностью в отца, а умом - в мать.

„Очень интересный генотип", - как любил приговаривать доктор Брогеманн.

– Показывай, - приказал Лунц, немного любуясь своим подопечным, как хороший дрессировщик на арене.

Обезьяна чуть вразвалочку пошла к симулятору А. Руки под белым комбинезоном были слегка длиннее человеческих, а спина - явно шире. Отец Морданчика был из гориллоподобных седьмого вида. Этому экземпляру было шестнадцать лет. Он был произведён ещё при первом главсоветнике, Армане.

Машина так всегда тихо загудела похожим на человеческое „а-аааа" звуком, и через полминуты по коже Лунца поползли мурашки. Но он жадно наблюдал, как Морданчик в белом комбинезоне управляется с запредельной системой.

Годфри и Скевац кончили молиться далеко заполночь.

А завтра было их дежурство у первой шахты. От боепоста до первой нижней площадки было всего двадцать восемь саженей грунта и сланцев. Шахта четырёх саженей в диаметре выходила под скальную глыбу ледникового происхождения высотой в тридцать локтей. Наверху глыбы рос барбарис и цветущий репей. А также скрывались оружейные люки.

…Они познакомились с Эйринной в „аппендиксе" пятого яруса. Здесь были два магазинчика, парикмахерская и буфет. В одном магазинчике продавали разную мелочь, а в другом - только книги, журналы и музыку. Эйринна сидела в буфете за круглым столиком и плакала. Всем троим было по двадцать восемь лет.

Вообще-то это было почти незаметно, но Годфри заметил и подошёл. Он просто попросил разрешения присесть за её столик, а Снидур Скевац уже присоединился на правах его спутника. Оба оказались здесь сразу после смены, не успев ещё снять немного громоздкие боевые комбинезоны со встроенными магнитными отражателями. Шлемы они оставили наверху в „голубятнике".

„Плачем?" - спросил Годфри у молодой женщины с чуть припухлыми губами.

„А вам-то что?" - сказала она.

Перед ним была просто ровесница.

Годфри был белокурый молодой человек с невинньми голубъми глазами и нежной как у девушки кожей. Его отец был старый адмирал Хевдур Годфри, куратор группы армий „Север" в штабе Военного ведомства. Старик был твёрдокаменным последователем Лютера и с холодцой относился к Унии. Всё это вместе взятое обеспечило его сыну место на одной из станций „Урануса", несмотря на систему сверхсекретных тестов Министерства.

Ибо Хельмар Годфри был таким же фанатиком и романтиком, как и его отец.

− Как что? - сказал Скевац и поднял беспомощно лежащую на коленях руку.

Она не сопротивлялась в непривычно грубой руке солдата.

Ёе хозяином был куратор научной части Мейнар, довольно въедливый и плешивый старикашка лет шестидесяти. И не очень-то опрятный. Свой возраст он ей не догладывал.

Через минуту они уже недоверчиво слушали историю о „контрольном опыте" и переводе". Эйринна чувствовала, что говорить нельзя - и что это её единственный шанс.

А какой, она не знала.

Потому что эти парни ничего не могли сделать, даже если бы и захотели. А лицо белокурого Хельмара расплылось в слегка недоверчивой улыбке. Но он был очень внимателен. Эйринна видела, что он не пропускает ни единого слова. И это придавало ей надежды.

А солдаты наивно полагали, что вне каюты их никто не слышит. Но на этот раз они не ошибались. Оператор просмотра пятого яруса уполномоченный Хайманн немного отвлёкся, занявшись подпиливанием своих ногтей. Правда, он уловил кое-что из разговора, но счёл это обычными сальностями. Поэтому окончив последний ноготь на левой руке, он внимательнее вгляделся в лицо молодой женщины, приблизив изображение в левом секторе длинного как полукольцо экрана. Перед ним были простодушные голубые глаза и чуть припухлые губы.

– Ядрёна мать, - смачно выговорил он, покачав головой и машинально протянув руку к кнопке повтора записи.

– Шлоссе, к тебе шеф идёт, - раздалось у него в ухе.

– Ага, - сказал он и быстро осмотревшись, смахнул с пульта перед собой пару обрезков ногтей и поправил стоячий воротничок серой гимнастёрки.

Лицо Снидура Скеваца было залито нежным румянцем. Эйринна невольно засмотрелась на него. Холодная голубизна горного озера и чуть квадратный подбородок. Он считался красавчиком, со своими чёрными кудрями.

- А... ты.. - промямлил он.

Они были уже на „ты". Эйринна на секунду опустила глаза. Она знала, что он в неё влюбился. В неё часто влюблялись.

Но что толку…

– Подожди до завтра, - сказал Годфри с каменным лицом.

Он уже знал, что это не пустые россказни. Он довольно хорошо разбирался в людях. Эйринна чуть заметно покачала головой, рассеянно убрав со лба за ухо несколько выбившихся волос.

– Не беспокойся, - добавил он, взяв её за руку.

Перед ней на столе с мраморными прожилками стоял пустой белый стакан от кофе. Она почувствовала, что для него ничего не значила смерть. Как будто прикоснулась взглядом к чему-то массивному и недвижимому, как вечность.

– Сам сказал.. - всё ещё непонимающе проговорил Снидур.

Алый румянец уже начал бледнеть. Эйринна задумчиво взглянула на него. Он был всего лишь солдатом из Внешней охраны и ничего не знал о том, зачем на базе доминаты.

По-настоящему.

– Дура ты, - сказал он.

– Сам ты дурак, - возразила она, как нечто само собой разумеющееся.

Ребята конечно иногда отпускали разные шуточки, но Снидур был лучшего мнения о человеческой натуре. А доминаты в сущности такие же люди, как и свободные. Только обращенные из еретиков.

У них в каюте было шесть человек, в основном из Западных земель. Доминаты там были почти в каждом доме. А Годфри и Скевац были родом из Рагнахайма.

– Дело не в этом, - невинно сказал Хельмар. - Ты когда выходишь?

Снидур подозрительно покосился на него.

– Завтра, - тихо произнесла Эйринна.

На несколько минут она позабыла тошнотворное отвращение и страх приговорённого к смерти. А теперь они вернулись.

– Со своим? - спросил он.

Она кивнула.

В салонах и коридорах пятого яруса появились солдаты второй смены в лёгкой форме Внешней охраны. За столиком поодаль у стены расположилась шумная компания из трёх парней. Один из них был из соседней двадцать пятой каюты.

– Привет фанатикам! - крикнул он.

– Здорово, Олаф, - кинул Годфри через плечо.

Он сидел к ним спиной.

- Вот девку отхватили, - вполголоса сказал другой, с завистью окинув взглядом Эйринну и её спутников.

Они знали по именам почти всех ребят своей роты. А в регулярной внутренней охране служили в основном гвардейцы из Маркграфства. У них был почти незаметный и чуть мягкий северный говор. „Пехота" их не любила и редко появлялась в шестом ярусе.

- Хм, - хмыкнул Олаф и налил себе пива. - Можешь не завидовать.

Воздержавшись от дальнейших объяснений, он отхлебнул сразу пол-кружки „шведского". Он знал набожных Хельмара и Снидура как облупленных.

– Этот козёл меня сегодня достал, - сказал он, отдуваясь.

– Виндимир? - хрипло пробасил верзила слева от него.

Эйринна видела только его широкую спину в гимнастёрке такого же цвета, как у её защитников. У внешней охраны была маскировочная форма.

Они загалдели.

К оператору СИС присоединились два оператора СД. Только совсем в другой части пункта и в другой обстановке. Они работали за пультом друг против друга в полутёмном и круглом как диск помещении в особом подвальном ярусе, о котором мало кто знал. Операторы двух служб знали о существовании друг друга, но почти никогда - в лицо или по имени.

СД работала в другом режиме.

А их запись просмотра хранилась „вечно". Только оператор СИС Шлоссе этого не знал. Впрочем, и операторы СД не могли знать, что это на самом деле так.

Только не у людей…

Годфри смотрел на Эйринну и думал. Вообще-то у него давно были сомнения по поводу этой Станции… а может, и всего проекта „Уранус". Но главного он не мог понять. И чувствовал, что вряд ли это ему удастся. Кто такие чужие? И за кого они? И что стоит за Мейнаром? Он не знал, в чём состоит задача проекта и конкретно их Станции. А если и подозрения Эйринны о „переводе" - правда, то значит, замешано всё начальство?

И главное, что тогда делает СД?

− А почему ты не сказала... - он умолк, сам не зная почему.

Эйринна смотрела на него, чуть расширив глаза.

На парня с нашивками взводного на миг вдруг повеяло совсем иной жизнью. Он вспомнил, что перед ним домината. Девушка из подчинённого сословия.

„Ну и что?" - подумал он, пожав плечами.

Ему вдруг пришла в голову мысль подать Ульфиласу рапорт о женитьбе. И точно такая же идея пришла в голову Снидуру. Оба ещё раз бросили взгляд на сидящую за столиком Эйринну.

„Молодая козочка", - почему-то подумал с досадой Хельмар.

Синие глаза Эйринны непонимающе раскрылись. Она перевела взгляд с одного на другого. Она пока не понимала, что они будут делать.

И что они могут…

„Хм", - усмехнулся про себя Хельмар.

„Ничего не выйдет", - с досадой подумал Снидур.

И он думал не о своём, отце, а о Мейнаре. И его компании. Вот если бы знать обо этом заранее… хотя бы за три месяца.

Или месяц.

− Я пойду, - сказала Эйринна, взглянув на часы с крышечкой.

Она встала, и синее платье в горошек слегка обвилось вокруг круглых колен. Снидур и Хельмар тоже поднялись в своём громоздком одеянии, словно рыцари в доспехах.

− Приходи сюда завтра в свободное время, - предложил Хельмар. - Как сейчас.

Эйринна потупилась и подняла на него полные слёз глаза.

− Я наверно не смогу, - сказала она обречённо.

„Как это так может быть?" - подумал Снидур, невольно залюбовавшись его. - „Опыты... и Мейнар."

– Возьми мой номер, - сказал он, неловко коснувшись своим запястьем её.

На эластичном браслете Эйринны на миг вспыхнула зелёная звёздочка.

Она повернула налево и скрылась в боковом коридоре. Ребята за столиком у стенки на секунду замолкли, проводив её глазами. Годфри и Скевац были уже под низким белым сводом аппендикса, направляясь к себе в каюту. Пол еле заметно тронулся под ногами от далёкого землетрясения.

А ночью они молились о том, чтобы Господь научил их, что делать.

– Я не имею ничего против, но наши друзья не могут с ними работать, - говорил тщедушный чернявый человечек Советнику СД фон Глезенаху. - Вы поймите меня правильно. Успешная работа Станции для нас на первом месте. А мне поручена связь, как вы сами хорошо знаете. Так что вы уж постарайтесь. Мне нужны результаты не позднее пятого числа. Он откинулся на слегка опустившейся спинке сиденья и молча уставился на грузного и мрачного фон Глезенаха, чуть приблизив его лицо на большом экране. Экран был на стене перед ним на расстоянии вытянутой руки, если придвинуться вплотную к столу.

Глезенах сидел насупившись и ничего не отвечал. В его колючих глазках на широком чуть жабьем лице не отражалось никакой мысли. Он взвешивал, кто ему дороже обойдётся, Годфри или контролёр. Контролёр сидел на Западном континенте, а сынок штаб-министра - в Дунгарии. Контролёр Станции по штату никогда не выходил наверх, насколько он знал. А ещё эти „друзья"...

„Приходится терпеть это глупое животное", - снисходительно думал контролёр Педерсен, как думают о ползающей на столе мухе.

Конечно, для Годфри не подходила смерть от неизвестной болезни. Да и вообще смерть в небоевой обстановке. Но контролёра это не волновало. У него были свои установки, и остальное не имело значения. Он был не последний в Братстве, хотя и не был главой ячейки. Но это всё впереди. Он знал, что Братство не ставило своих людей на видные места в СД, да и в других ведомствах, потому что это могло открыть их для случайного удара со стороны диких, ещё не обузданных сил в Церковной коллегии, Синоде или в СИС. Или вот как сейчас.

„Мы - армия Ночи", - как объяснял наставник. - „И наша сила - в покрове темноты".

Контролёр Педерсен чувствовал некоторое злорадство, разглядывая Глезенаха, как бывало в детстве при виде лягушки на пути маршевого автобуса.

Он был родом с Герры.

Он гордился своей тайной властью. В сущности, он был здесь первым лицом, а не Лунц. И тем более не этот шпенёк Арвидас, который даже не подозревал о его существовании. Только три человека на Станции были официально осведомлены о его роли, кроме него самого - Лунц, Шницзекер и Глезенах. А его заместителей не знал даже десятый отдел, по линии которого он был формально направлен. Это были члены его ячейки.

И он знал, что ячейка здесь не одна.

– Я сообщу вам о решении до пятого сентября, - сказал фон Глезенах и отключился.

Но изображение на стене у Педерсена лишь слегка дрогнуло. И Глезенах прекрасно знал об этом. Потому что в руках контролёра была внештатная оперативная система „Кронос". Единственная запредельная система вне подвалов научного сектора.

Фон Шницзекер со скучающим видом смотрел на полупустые ряды тёмно-красных лакированных скамей. Чуть впереди него справа от прохода виднелась плешь тихого как мышка Кристоферссона. Пастор уже закруглялся. Лунц и его подручный Мюлау были как всегда слишком заняты, чтобы заглянуть утром по дороге на службу в часовню директивного яруса.

Утренняя пятиминутка в уютной мягкой гостиной Лунца, за чашечкой кофе со сливками и последними похабными анекдотами. Мюлау был чем-то похож на своего шефа фон Глезенаха. На длинном лице Шницзекера играла чуть ленивая презрительная улыбка.

Он уже чувствовал слюнявое предвкушение этих кабанов. Опыт особого допуска был назначен сегодня на девять вечера. У него он вызывал лишь лёгкую брезгливость. У фон Шницзекера была другая слабость. У него был научный склад ума.

Мюлау и Лунц ехали в спецлифте с застывшим охранником. Он был как восковой. По своему обыкновению, Лунц исподтишка наблюдал за ним. У того не шевелились даже глаза.

„Уколоть бы тебя в зад", - подумалось Лунцу.

У него было игривое настроение после удачной ночи.

Мимо открывшейся дверцы лифта проходил Шнитке с дежурным офицером охраны. Сейчас сменялись все внутренние посты на этом ярусе.

„Вы какие курите?" - спросил Шнитке. - „С ментолом", - и оба расхохотались.

Мюлау выкатился вслед за Лунцем, и они неторопливо зашагали по широкой улице первого яруса. Было заметно утреннее оживление. Из караульной ниши в дальнем конце показался ночной наряд во главе с разводящим.

Лунцу нравился Мюлау.

С ним легко было найти общий язык. Они понимали друг друга с полуслова. В отличие от почти всех остальных чинов пункта.

– Вы знаете сегодняшнюю? - спросил он, надеясь услышать что-нибудь пикантное.

– В саком смысле? - спросил Мюлау, хитро блеснув стёклами круглых очков и вытаскивая платок из кармана кремовых галифе.

Он был чуть ниже и толще Лунца.

– И в прямом, и в обратном, - пошутил Лунц добродушно.

– Служебная тайна, - сказал Мюлау со смешком. - Но у вас есть ещё время.

Он знал, что тут Лунц остался ни с чем. И что это отчасти повлияло на выбор. И что теперь для Лунца было уже поздно. В день опыта особый режим, и контролёр сам следит за этим.

- Хм, - недовольно хмыкнул Лунц.

– Завтра дашь отыграться, Стиг, - донеслось из ниши.

– Тшш, - зашипел кто-то.

Солдаты общей охраны стояли навытяжку лицом к улице. Третий сидел за пультом. Лунц прошёл, не замечая их и как всегда наслаждаясь своим эффектом на подчинённых.

– Да... - произнёс он, всё ещё с сожалением думая о симпатичной Эйринне. - Эта у старикашки была ничего.

Мейнара он не любил.

– Как амброзия, - согласился Мюлау, входя вслед за Лунцем в дверь кабинета и не обращая внимания на кивок вскочившего адъютанта.

– Сами небось это не жрут, - проворчал Хирли Лундквист, недовольно ковыряя вилкой картофельный комок в форме аккуратной бочечки и бросив серо-стальной взгляд на сидящего за соседним столом.

Взгляд был просто холодный как сталь.

Стройный молодой человек с тёмными глазами был в коричневой форме Технического сектора. Он был из пункта на Западном материке и пришёл сюда, в столовую Общей охраны седьмого яруса, по совету Ли Кристоферссона. В это время здесь обычно никого не было.

Кристоферссон кинул чуть обиженный взгляд на рассевшихся неподалёку солдат. Встреча с Наставником была для него окном в неведомую даль Цивилизации. Он надеялся на продвижение на главу ячейки… и он был уже ко многому подготовлен, за годы в Братстве. Ведь Цивилизация была - реальная и осязаемая Истина.

Молодой человек не обернулся.

– А ты на свои питайся, - сказал второй солдат, невозмутимо уплетая „бочечки" со сливовым соусом.

Правда, без соуса они были действительно малосъедобны.

Солдаты были похожи как братья: такие же серые глаза и узкое лицо с прямым носом, как на картинках про викингов. Только без бороды: на Станции служили только Особые части.

Из трёх ведомств.

Молодой человек словно нехотя задал пару ничего не значущих вопросов, глядя на вяло жующего собеседника и словно зацепляясь за него глазами. Он взял себе только стакан для кофе. Остаток кофе стоял на круглом столе в кувшинчике на двоих.

– Хотите кофе? - спросил солдат, уходя вслед за Хирли и показав на блестящий кувшинчик на оставленном столе.

– Сегодня вы останетесь после опыта, - сказал молодой человек Кристоферссону, проигнорировав вопрос. - И будете введены в наш круг.

Солдаты были уже в широкой арке, выходящей в параллельный улице коридор. У су-контролёра в форме ротмистра Научного сектора захватило дух. Он ждал этого момента давно, очень давно. Практически с момента вступления в Братство.

„Значит, Наставники собраны", - подумал он со странным и приятным ощущением в животе.

- Да, - сказал молодой человек, чуть отпив из стакана кофе, как воду.

Ад

„Ку" готовился к открытию Двери для роя. Эти действия он совершал миллионы раз и миллионы временных единиц. Он - головной компонент Дверной системы 1000110111001001111001010001. Координаты точки питания были получены. Начался финальный отсчёт.

Точка питания была на планете Ильма.

«««««««»»»»»»»

Крейсер Криса

– Сам не знаешь, что ли? - сказала она, когда Тим плюхнулся на сиденье слева от неё.

Машина рванула с места, почти сразу оказавшись среди тёмной зелени кустарника.Тонкие ветви царапнули о мягко захлопнувшиеся с двух сторон прозрачные люки. Машина уже покачиваясь шла вверх по склону меж мощных стволов, нырнув в заросли подлеска и круто объезжая поваленную пихту, показавшуюся за ним. Дерево было сломано чуть ниже середины ствола. Ирину прижало к прозрачной стенке.

– Куда ты так разогнался? - сказала она.

– Чего не знаешь? - ответил Тим вопросом.

Она посмотрела на него с любопытством.

– Как себя вести, - сказала она после некоторой паузы.

Машина круто взяла вправо, и Ирину бросило к Тиму.

- Ой, - сказала она, упёршись в него ладонью и отодвигаясь назад к прозрачному борту справа.

Оставленная на сиденье каска свалилась в проход и покатилась назад, в багажное отделение. Ничего не говоря, веснушчатая научная сотрудница нажала на клавишу пристяжного ремня и вжалась в спинку сиденья, глядя вперёд на сумрачный лес с тёмно-зелёным кустарником.

Тим не понял, но не стал переспрашивать.

Машина вышла на широкую поляну изогнутым клином и с ходу перелетела через ручей, ударившись днищем о берег. Эластичный ремень вдавился Ирине в живот, заставив её выдохнуть вместо вдоха. Тим стукнулся макушкой о потолок. Потолок был покрыт невидимым эластиком.

Ветви елей раскачивались от ветра.

По борту стекала прозрачная вода из ручья. Ирина ничего не сказала, посмотрев с ироническим любопытством на прикатившуюся каску, обтянутую голубой джинсовой материей. Только не из хлопка. Ей было интересно, что будет дальше.

Слегка взревев, машина пересекла поросшую одуванчиками обширную поляну с плавным спуском и вновь оказалась в сени леса. По прозрачному колпаку захлестали ветки орешника. Поляна напомнила Тиму спину кита.

Ирина отключила звук, и внутри стало тихо, как во сне.

– Едь потише, - попросила она.

Тим сбавил скорость.

– Ты по навигатору идёшь? - спросила она.

– Угу, - кивнул он.

– Он тебя не поцарапал?

Тим мотнул головой.

- Я думал, ты его с собой возьмёшь, - признался он.

– Ты что, спятил? - удивилась она, скосив глаза на экран слева от себя.

Тим широко улыбнулся. Ему было весело. Машина продиралась сквозь густую колючую хвою, замедлив ход до скорости быстрого шага. Зато и трясти стало меньше.

Пахло ёлкой.

- Не гони пока, ладно? - сказала девушка, схватившись за его плечо. - Я пойду Крису сообщу.

За свою долгую жизнь она ещё не была в таком положении. Одна и с новичком на руках. Буквально со школы. В боевой обстановке.

Установка особой связи была размером с тумбочку и еле влезала в люк над багажным отделением. Она стоила по смете как два таких вездехода. Потому что в ней были нейтридные стенки. Ирина пробралась назад по качающемуся под ногами полу прохода, чуть не наступив по дороге на свой шлем с прозрачным щитком.

До трактора было ещё четырнадцать километров.

– Кинь контактор, - сказала она сзади.

Эта установка не была автономной: она не имела своего навигатора. Тим оглянулся, бросив назад плоскую оранжевую коробочку с пульта. Пол под Ириной тряхнуло, и коробочка пролетела мимо её протянутой руки. Хвост каштановых волос коснулся прозрачного потолка.

- Ой! - вскрикнула она, провожая глазами что-то в лесу.

У неё даже побледнели веснушки.

– Ты чего? - спросил Тим, вновь оглянувшись.

Ему было некогда смотреть назад.

У корней красноватого кряжистого дерева тёмно-бурый лев с поднятой оскаленной мордой прижимал ещё живую жертву. То ли это была лань, то ли поросёнок.

− Закон природы, - изрёк Тим, не оборачиваясь.

− Это не оправдание, - возразила Ирина учительским голосом. - Остановись, пожалуйста.

Ей была противна оскаленная пасть с клыками как у матёрого вепря.

− Зачем? - спросил Тим.

− Буду я тебе докладывать, - сказала она и устроилась на ящике с горючим.

Пока машина останавливалась, она подняла с пола контактор и пришлёпнула его к гладкому боку установки. Контактор примагнитился, как приклеенный. Пол был резиновый, с дюралевыми узорами.

− Не ротозейничай тут, - сказала она и скрылась за дверцей в кабинке.

Тим обернулся и увидел закрывшуюся дверцу.

Вокруг был незнакомый и чужой лес. Вверху шумели деревья. Тим уже включил звук. Он не любил ездить без звука. Он был один во всём мире. Где-то там был Крис... И совсем далеко, на другом конце земли - Уэрр.

Тим крепче сжал рукоятку штурвала. Он держал его одной рукой. Машина была в боевом режиме. Длинный и узкий экран информатики поверху пульта не зажигался. С соседнего дерева слетела крупная птица с нежно-коричневым оперением, похожая на филина "Эрос Гиперборея" на картинке в учебнике прошлого года.

− Крис, отвечай, - мелодично позвала Ирина у него за спиной.

− Поехали, что ль? - сказал Тим.

Он опять немного замечтался.

− Ага, - сказала Ирина.

Машина тронулась, мягко ворочаясь на кочках.

− Что ага? - спросил голос Криса.

− Ничего, это я Тиму, - отмахнулась Ирина, усаживаясь на тот же ящик.

Он стоял на торце, чуть покачиваясь на рёбрах. Машина ползла вверх между могучими стволами с коричневой изборождённой корой. Туманный пучок света сверху упирался прямо в кустик с тремя гладкими красными ягодками посреди ковра тёмно-зелёных трилистников.

– Что там у вас случилось? - спросил Крис.

Произошло что-то непонятное.

Ирину бросило в стенку, и почувствовав острую боль в шее от удара головой о покатый прозрачный колпак позади, она оказалась на шершавом прохладном полу, заваленная и придавленная ящиками. Один из них больно врезался ребром в плечо выше локтя. За секунду до этого до неё донёсся лёгкий треск и потом короткий и сухой звук, словно оглушительно лопнула натянутая струна.

Машина не двигалась.

– В чём дело? - напряжённо спросил голос Криса.

Колпак над Ириной треснул пополам, как яйцо из сверх-упругой брони. Чем он раньше и был. Но самое главное - из трещины шириной в руку капало что-то вязкое и прозрачное в лесном сумраке. Пахло смолой. На передней половине „капли" вдоль трещины лежал тёмный бугристый ствол дерева в два обхвата. Из него и капало на шлем между сиденьями. Ирина встряхнулась, мотнув головой.

Тима не было.

То есть он был, но виден был только его неподвижный рукав. И край стриженой головы из-за сероватого холста сиденья.

– В чём дело, Ира? - повторил громче Крис.

– Сейчас, - пробормотала она, выбираясь из-под угластых ящиков.

– Крис, на нас упало дерево, - сказала она, пробираясь вперёд под капающей смолой.

– У-ух, - ухнула какая-то доисторическая птица где-то совсем рядом.

Молодая женщина вздрогнула.

Тим лежал на панели управления лицом вниз. Ирина вытащила проворными пальцами из спинки сиденья упаковку реанимационного укола, пощупав другой рукой стриженую голову Тима. Блестящая сиреневая обёртка полетела на сиденье.

Крови не было.

– Дальше, - терпеливо проговорил голос Криса.

- Крис, подожди немного, ладно? - сказала Ирина. – Я тут с Тимом управлюсь.

„А вдруг не смогу?" - промелькнуло у неё в голове.

– Что с ним? - сказал голос Криса.

Он говорил сзади, как будто сидел в матовом ящике установки особой связи. Лиловый ящик стоял позади всего остального, около самой двецы вниз.

– Ударился головой, - сказала она, раздавив на защитном рукаве Тима мягкую ампулу и заботливо поддерживая его голову.

– Обо что? - терпеливо спросил Крис.

– О стекло, - передразнила она его вопрос, немного потирая место укола.

– Слушай... капитан, доложите обстановку, - проговорил Крис, сдерживая справедливое раздражение .

Стриженая голова под рукой Ирины пошевелилась.

– Сейчас, - пообещала она.

Крис промолчал.

- Ты чего, Ир? - спросил он.

Тим поднял голову от пульта, ошарашенно озираясь по сторонам. На лбу у него красовалась большая шишка с кровью.

– Не беспокойся, Крис, - мягко сказала Ирина. - Он уже очухался.

Она ощупала шишку на голове Тима и облегчённо осмотрелась по сторонам. За прозрачными бортами стоял прежний лесной сумрак. Снова ухнула птица, уже чуть дальше.

– Что с машиной? – спросил Крис. - Какая обстановка?

Тим переключил кнопки на нижней клавиатуре, и голос Криса перешёл сзади на панель управления. На оперативном экране перед ними на пульте горели три значка, один из них ярко-алого цвета. Тим вспомнил на секунду вспыхнувший тонкий красный ромб во всю ширину экрана.

– Вот влипли, - сказал он, потрогав языком чуть рассечённую губу.

– Голова болит? - спросила озабоченно Ирина.

Чуть наморщив нос, она почувствовала, что на нём нет привычных очков. В прозрачной кабине послышался шорох ветвей от порыва ветра в вышине. Впрочем, сверху лежал метровый ствол, наполовину скрывая обзор. Он шёл наискосок, нависая в двух сантиметрах над задней частью прозрачной крыши и ложась на мягкую землю шагах в десяти впереди от Тима. У ствола на земле чуть шевелились травинки. Дерево упало сзади по ходу движения машины.

– Крис, мы нашли нео-питекантропов, в трёх километрах отсюда, - сказала она, оглядываясь назад в поисках очков.

Они были конечно под грудой ящиков.

– Ну и бардак, - сказала она.

– Какой тип и время контакта? - сказал Крис.

– Откуда я знаю, - сказала она и села, схватившись за запасной штурвал.

Машина мягко взревела и затряслась, и сразу подключился второй двигатель. У Тима за штурвалом на сиденье слева от неё слегка кружилась голова.

- Ир, дай полный назад, - толкнул её через проход мрачный Тим.

– Отстань, - сказала она. - Не больше года, Крис. Неандерталец третьего типа, слабоговорящий. Если они здесь...

Сиденье под ней заходило ходуном. Но работала только одна гусеница. На неё сбоку смотрел откуда-то взявшийся бурый мишка, прислонив слюнявую морду к прозрачной броне. Видно, их здесь было много.

– Кыш, - сказала она, чуть надув губы.

Тим нагнулся через проход к её штурвалу и понажимал на нём кнопки. Но это было почти формальностью. Одна гусеница была заклинена или сорвана. А бустеры не смогли сдвинуть машину с места.

– Всё ясно, - угрюмо сказал Крис. - Не идёт, Тим?

Он давно уже плюхнулся в главное кресло боковой рубки жилого этажа и думал, глядя на бегущие по экрану слова прямой информации. В огромном чёрном вездеходе было пусто, как в снежной пустыне.

...Прозвучал зуммер особой связи.

Ну, - сказал Крис сам себе.

Он коротал время на диване в нише боковой рубки. Читать он не мог, так что приходилось уже третий час рассматривать всё ту же речку, лес вдалеке и поля на той стороне. Вокруг трактора было тихо, если не считать боя каких-то птиц в вышине. Одна из них, красная, была явно больше другой.

Время шло своим чередом.

Звери появлялись и исчезали по своим делам, только у кромки леса вдали всё топтался бурый медведь с длинной мордой, да позади вездехода на той стороне реки паслось стадо мускусных быков.

Правда, разрешалась негромкая музыка, что он себе и позволил.

− Крис, отвечай, - мелодично произнесла Ирина.

Он почувствовал, что что-то не так и удивился, что её голос совершенно спокоен. Они были от него всего в четырнадцати километрах.

Но…

- …Нет, - сказал голос Тима. - Что-то с гусеницей, Крис.

Если враг притаился, то большой вездеход поднимать нельзя. Неизвестно, что они знают. И неизвестно, какие у них силы. Могут перехватить.

− Оружие в порядке, Тим? - спросил он.

− Ага, - сказал Тим. - Кроме свольвера.

Ирина наблюдала за ним сбоку, моргнув круглыми как у куклы глазами.

− А что с ним?

− Медведь свернул.

− Тогда чини гусеницу. А Ира тебя прикроет. Ладно, Ир? - В следующий раз звоните только в случае нападения, с пеленгатором, - добавил он пресно.

− Не грусти, Крис, - сказала Ирина. - Передай доктору привет.

− Пока, - сказал Крис и выключил связь с обеих сторон.

„При чём здесь доктор?.." - подумал он. - „…Надо ему сообщить".

– Господи помилуй, - сказала Ирина, отвернувшись от потухшего зеленого огонька у себя на панели и оглянувшись вбок, на лес.

Бурому мишке надоело слюнявить стекло колпака, и он вдруг взревел диким голосом.

- Что, надоело глазеть? - сказал Тим, подмигнув и нажав на клавишу правого заднего люка. Тот, чуть помедлив и слегка зацепившись за веточку массивного ствола, плавно открылся, словно приглашая кого-то войти.

– Пошли, что ль, - сказал он, потирая шишку на лбу.

Шишка была заклеена пластырем. Тим был уже в проходе за её спиной, у багажного отделения. Из люка пахнуло сырым запахом дремучего доисторического леса.

– Тимофей, поищи мои очки, - попросила Ирина, оглянувшись.

– А где они?

– Там, под ящиками.

– У тебя что, других нет? - спросил он.

– Нету, - сказала она обернувшись назад, положив подбородок на спинку сиденья и чуть приоткрыв рот.

– Усёк, - сказал Тим, посмотрев на белое лицо в лесном полусумраке с глазами почти неразличимого зелёного цвета и слегка удивившись лёгкости, с которой она повернулась.

Веснушек почти не было видно.

В отодвинутом подголовнике, как в дырке от бублика, виднелся красный значок на правом экране. Это был значок заклиненной гусеницы. Он включил верхнюю подсветку и поднял пару ящиков. Один из них был тяжёлый - наверно, с водой. Боеприпасы были в других.

– Вот они, - пропыхтел он, нагнувшись и заодно вытащив свольвер, который он запихнул за установку перед уходом.

– Возьми лазер, - чуть качнула головой Ирина.

Она сидела, всё так же изогнувшись на сиденье к нему лицом и уперев подбородок в холщовую спинку.

– А если мамонт? - сказал Тим со свольвером в руке.

В другой у него были очки, недавно бывшие у неё на носу.

– Дурень, - протянула она, не двинувшись с места. - Мамонты в литоцене.

– Ну мастодонт.

– Вот приспичило, - сказала она, шевельнув головой с хвостом. - Ну тащи, тащи. Ты думаешь, он бронированный? - И шлем одень.

Тим подобрал свой шлем с заднего сиденья и поискал глазами перчатки. Приходилось нагинаться. В машине было довольно тесно. Ирина ждала, не поднимаясь с сиденья.

– Ты думаешь, враги здесь, Ир? - спросил он уже у люка.

Очки он положил на сиденье слева от неё, через проход. Она кивнула, не снимая подбородка с сероватого чехла сиденья.

– А что они здесь делают?

– Сама не знаю... - сказала она. - Вылезай.

Медведь заскрёбся по прозрачному борту к открытому люку. Тим шмыгнул носом, наступив ногой на раскладную ступеньку.

– Батюшки, - ахнула Ирина, дёргая его пальцами за рукав. - Ты что, на весь лес бабахнуть хочешь?

– Не, - смущённо улыбнулся он и протянул к медведю руку с микро-бленгером нештатного образца.

„Откуда он его взял?" - подивилась молодая практикантка в больших выпуклых очках.

Раздался хлопок.

Бурый мишка махнул лапой и повалился на спину в листву лозняка, словно закоченев. В нём сидела двухсантиметровая игла со сверх-токсином.

– Ну молодец, - похвалила она оглянувшегося парня.

В ней пропадала прирождённая учительница.

В лесу было зябко.

Ирина уже второй час ходила неподалёку от машины, иногда пытаясь сесть на сломанную Тимом молодую ёлку. Она остановилась, прислонившись к шершавому стволу векового дерева неподалёку. Это была мохнатая лиственница. До Тима было шагов двенадцать. Как ни странно, за всё время не показалось ни одного зверя, если не считать чёрных белок с выступающими зубами и кроликов. Белки были крупные, как бобры.

С такими же зубами.

„А может, это бобры?" - подумала она про себя, невольно улыбнувшись.

Лес как лес.

Как будто не ожидаешь каждую минуту нежный сигнал тревоги в шлеме, и тогда - последний бой... Вряд ли они придут с лёгким вездеходом.

И Крис не успеет.

Он, конечно, появится. Может быть, тоже на свой последний бой... А потом подъедет Уэрр… подозревая о том, что случилось.

И снова – в бой…

„Интересно, передаст он ему", - подумала она без слов, посмотрев на носки своих сапог.

Когда они уходили сегодня утром, всё было совсем по-другому. Просто доразведка на зрелой планете эпохи плейстоцена.

„Разряда „А"...

„Интересно, почему Крис не приехал", - подумала она и взглянула на Тима, в очередной раз пытающегося приладить трос к лебёдке. - „Небось он бы так не попался."

Она имела в виду Уэрра.

Конечно, он бы сразу сообразил, что им нечего совать нос из трактора, в боевой обстановке. А тем более ехать куда-то на „капле".

„Бедный Крис", - подумала она.

Гусеница была наполовину в земле, и Тим измазался с головы до ног. Трудно было поверить, что риск перехвата так велик. Но это было, конечно, так.

Ирина оглядела сумрачный лес.

– А почему Крис не приехал, Ир? - спросил Тим, кряхтя на земле с редкими травинками.

– Значит, не мог, - ответила она.

– Слушай, Ир, - сказал он. - А при Коммунизме будут негры?

- А ты разве не знаешь? - остановилась она, немного сбитая с толку.

Вообще-то в боевой обстановке не положено болтать.

Ей было жалко Тима, что он уже битых два часа возился с этой застрявшей машиной, и очень устал. Это было видно по его голосу.

– Нет, - сказал он с земли.

„У них же другая программа", - вспомнила она.

– Конечно, - сказала она. - И негры, и китайцы.

- А я думал, нет, - сказал он простодушно.

– Ты очень устал? - спросила девушка.

– Не... ничего, - пробормотал он невнятно. - Ир...

– Чего тебе?

– Ты не можешь подержать здесь ключом?

– Ну ладно, - она оглянулась вокруг и подошла, встав над ним.

Шуршали хвоей вершины.

– Вот здесь, - сказал Тим снизу.

- О Господи, - проговорила Ирина, не отрывая расширенных глаз от чего-то серого вдали за деревьями и орешником.

– Чего ты там? - спросил Тим.

– Лёгок на помине, - прошептала она, приподнимая лазер.

Они ходили всегда стадами.

Раздалось оглушительное шипенье, Тим подскочил как ужаленный, и тонкий луч лазера закачался прямо в распахнутой пасти толстого чёрного змея, выскочившего из-за маленькой лиственницы возле своей громадной разлапистой мамаши. Змей проскочил по инерции почти к ногам Ирины в чёрных армейских сапогах до полуколен. Ноги слегка дрожали. Она отошла за Тима, взяв его за руку повыше локтя.

„Как Хансель и Гретель", - подумал он, опустив в землю приклад тяжёлого свольвера.

Он успел его сгрести с травы, вскакивая на ноги.

Змей валялся, так и не закрыв слюнявую розовую пасть, растянувшись во всю длину от самой лиственницы. Метров шесть…

– Там другого нет? - спросил Тим, показав на деревце в зарослях у мощного тёмного ствола.

„Нет", - покачала она головой, всё ещё держась за его плечо.

– А чего ты сразу не стреляла? - спросил он.

– Это был мастодонт, - не в лад сказала практикантка, дрожа как от холода.

Она терпеть не могла змей.

Когда они, став на колени, вдвоем укрепили трос на шкиве, откуда-то сверху начал накрапывать дождь. Ирина встала, отряхивая от грязи колени, а Тим пошёл к ближайшему удобному дереву, чтобы зацепить трос. Оно стояло метрах в десяти, справа от машины. Это была приземистая ольха „aentiquorum". У Ирины по лицу поползла упавшая сверху холодная капля.

Стало ещё сумрачней.

– Ты думаешь, выдержит? " спросила она идущего к ней Тима.

– Сейчас посмотрим, - ответил он, включая мотор.

Ирина увидела, как трос вошёл в тонкую зеленоватую кору. Ольха заскрипела и начала гнуться. По веткам пробежала толстая чёрная белка.

– Пошли отсюда, - сказал Тим, потащив её за руку и немного втянув голову в плечи.

– Разве он рвётся? - спросила Ирина, плетясь за ним.

– Со шкива может соскочить, - ответил Тим, озабоченно оглянувшись голубыми глазами.

Здесь, за сотни и сотни триллионов километров от своего жёлтого трёхэтажного дома со старой ольхой в углу тенистого земляного двора.

В том же шаровом скоплении звёзд.

- Эх вы, механики, - сказала Ирина за машиной, придавленной тёмной громадой ствола.

Треснувший колпак был еле заметно сплющен, а гусеницы наполовину в земле. Ей стало жаль машину, как что-то родное и близкое.

„А вдруг змея заползёт?" - подумала она, чувствуя ногами дрожание почвы.

– А я-то тут при чём, - оказал Тим.

Раздался оглушительный треск, и мокрый ствол чуть всколыхнулся, зашелестев. Колпак визгливо скрипнул. Поваленная ольха качала ветвями на земле с той стороны прозрачного вездехода.

– Попробуем ещё, - сказал Тим.

У него по лицу стекали струйки дождя.

„Бедный парень", - подумала Ирина.

Стало ещё холодней.

Со лба на щеку потекла холодная мокрая капля. Она сняла перчатку и рукой вытерла лоб. Капли чуть слышно долбили листья подорожника. Она включила обогрев и почти сразу почувствовала всем телом приятное тепло, как от шерстяных рейтуз и джемпера. Второе дерево было подальше и немного наискосок, впереди машины. Великанский ствол уходил ввысь.

„А это не сломается", - подумала Ирина, подняв голову к хвойным вершинам.

Ветви в вышине чуть вздрагивали, как будто кто-то легонько тряс привязанное дерево у основания. Ирина различила рокот второго двигателя. Придавленный словно жук прозрачный вездеход почти незаметно накренился под могучим стволом, ещё больше потемневшим от дождя. Тим включил бустеры, и машина накренилась чуть сильнее.

Огромный коричневатый ствол поваленного дерева на машине явственно скрипнул.

„Сколько же весит эта махина?" - подумала практикантка, поправив очки на мокром лице.

Но она уже не смотрела на сотрясающуюся машину и не слышала приглушённого рёва бустеров, с опаской оглядывая хмурый помрачневший лес.

В таком лесу могли водиться и драконы.

„Что за идиотизм", - подумала она. - „Надо распилить его, и всё."

За машиной что-то звякнуло, и коротко свистнул трос, зазвенев как струна.

– Сорвалось, - сказал Тим, шмыгнув носом.

– Ты что, заболел? - подозрительно спросила она.

Тим вспомнил детство. И снежную метель за окном. И маму, потрогавшую ему лоб и озабоченно поставившую градусник.

– Насморк, - сказал он, снова имыгнув.

У дохлого змея со светлым брюхом копошился какой-то рыжий зверёк. На толстом словно раздутом туловище сидела зловещая птица с высоким хохолком. Ирина согнала птицу. Тим принёс трос с оторванным шкивом, держа на плече свой свольвер.

- А у тебя пила есть? - спросила она.

- Маленькая, - ответил Тим. - Чего ж ты сразу не сказала? - сердито воскликнул он, вдруг сообразив.

– А ты бы спросил, - сказала Ирина. - Олух.

К её щеке прилип слетевший вниз отсохший коричневый листочек.

– Давай лазер, - сказал Тим, шмыгнув.

– Сторожи лучше, - сказала она и пошла обратно на ту сторону машины, держа наготове длинный серебристый лазер.

Она держала его в правой руке дулом вниз.

Коричневатый ствол с изборождённой корой не пошевелился. Он был разрезан ровно как ниткой, но внешне ничего не изменилось.

– Зацепишь? - спросила она.

Тим кивнул, неодобрительно посмотрев на её лазер дулом вниз. Хотя в змея она попала... с первого раза. Тут было нечего возразить.

– Давай подержу твой пулемёт, - сказала она.

Тим подал ей пятикилограммовый автомат с ракетными пулями двенадцатого калибра и направился к открывшемуся левому заднему люку. Ирина подошла поближе и прислонила свольвер к чуть согнутому колену, держа его за дуло.

– У тебя нос красный, - сказала она.

– Ну и что? - пробурчал он и залез на распахнутый люк.

– Осторожней, там змеи могут быть.

Тим что-то пробурчал.

Он затянул трос вокруг отрезанного над машиной ствола, еле дотянувшись до заброшенного на ту сторону конца, и спрыгнул на землю. Девушка прикусила губу, увидев его между массивным тёмным стволом и задней частью треснувшего прозрачного колпака. Тёмное отрезанное бревно в два обхвата могло сдвинуться в любой момент.

И раздавить его.

– Пошли на ту сторону, - позвал Тим.

– Нет, - качнула головой Ирина.

– Почему?

– Там змей.

– А мне туда надо.

„Дались ей эти змеи", - подумал юный механик по неопытности.

– Вот ещё, - сказала она. - Слушайся лучше.

Тим ничего не ответив понёс трос к ближайшему толстому дереву в мокрых кустах облепихи с резными листочками. Ирина посмотрела ему вслед и ничего не сказала. Микро-бленгер был здесь полезней тяжёлого свольвера.

Пока.

С левой лебёдкой было легче.

Кроме того, что её тоже пришлось откапывать. Тим провозился ещё с пол-часа. Встав с колен и распрямившись, он увидел между тёмными кронами тёмно-серые тучи. Немного закружилась голова. Ирина стояла всё там же, придерживая за дуло его свольвер. Она смотрела куда-то в сторону, чуть приподняв лазер в правой руке, наискосок к земле. Форма казалась синей в сгустившемся сумраке. Тим тоже обернулся и ничего не увидел среди тёмных стволов в гуще леса. Капли дождя долбили разрытую землю, тонкие травинки и пышные ветви хвои. Ирина посмотрела на него.

Тим побрёл к ней.

– Бери свою дурынду, - сказала она.

Негромко шелестел дождь.

Тим был весь в грязи, даже шлем. У Ирины по форме стекали серебристые струйки воды, как по непромокаемой вощёной бумаге. Маленький подбородок был тоже мокрый.

Тим посмотрел в серьёзное лицо практикантки под поднятым прозрачным щитком и протянул руку.

– Ты что, вправду заболел? - спросила она, как учительница в пятом классе.

Тим вспомнил большой белый класс с тёмными полированными шкафами исторических пособий, и Димку Игнатьева рядом за партой. Она продолжала придерживать за дуло уткнутый в землю свольвер.

По нему стекала вода.

– Простуда, - сказал он, беря у неё из руки торчащий вверх чёрный ствол.

– А голова болит? - спросила она.

– Тяжелая немножко.

Он нажал кнопку, и сразу натянулся белеющий между деревьями металлопластовый трос. Ближнее дерево чуть-чуть заскрипело, и толстый обрубок тёмного ствола на колпаке вдруг повернулся немного вбок и свалился, тяжело шмякнувшись о землю.

Земля чуть вздрогнула.

Ствол поваленного дерева впереди машины мягко осел, зашелестев, а его короткий конец с другой стороны затрещал у разлома и тяжело уткнулся в землю, образовав со своей всё ещё стоящей частью нечто вроде ворот.

Тим пошёл отцеплять трос.

Помедлив секунду, машина поднялась из-за массивного мокрого бревна с ветками, слегка зашуршав землёй, и проплыв на вершок от его грубой тёмной коры, аккуратно опустилась в двух метрах от них, окутанная лёгким туманом в тёмно-зелёной полутьме ненастного леса. Ирина немного забылась, не отводя от неё глаз. Пар растворился в холодном воздухе, и вновь остался только дождь.

– Карета подана, - сказал Тим и пошёл к машине, набрав открытие переднего люка.

Люк не открывался.

Ирина запоздало огляделась. Вокруг шумел сумрачный мокрый лес. Мощный северный кипарис, мохнатая лиственница и ольха aentiquorum эпохи раннего плейстоцена. И чёрный змей на коротких лапках. Они были в далёком прошлом.

Одни во вселенной.

– Пошли, Ир, - сказал Тим у заднего люка.

Он забросил свой автомат внутрь машины и полез вслед за ним.

„Балда", - подумала Ирина и в последний раз оглянувшись на совсем потемневший лес, вспрыгнула на изогнутую крышку откинутого люка.

Сквозь двухсантиметровую прозрачную броню была видна каждая травинка. Тим забрался на водительское место, не снимая шлема.

– Фу ты, - сказал он и что-то сделал на выносном пульте размером с книжку. – ЦУ* не работает, Ир.

Под ногами хлюпала вода, натёкшая вперёд машины из-за наклона почвы. Заработал отсос. Тим нажимал клавиши, вручную проверяя все системы.

– Совсем? - спросила она недоверчиво, садясь рядом через проход.

– Не... немножко.

– Ну чего ж ты болтаешь? - упрекнула она. - Ну поехали.

В машине был точно такой же холодный лесной воздух, как и снаружи. Ирина подставила ладонь без перчатки под почти невидимые в полутьме холодные падающие капли. Дождь лил не ослабевая. Трещина была шириной в ладонь, и капли падали на край её сиденья. Ирина чуть отодвинулась .

Тим медлил.

На экране перед ним горели уже четыре аварийных значка, и один предупредительный. ЦУ машины был отчасти выведен из строя.

Но подключались запасные элементы.

– Горючего нет, - сказал он.

Девушка подняла голову от пульта у себя на коленях, чуть наморщив нос. Она пыталась выяснить работу внутренних датчиков. Уже горел нижний свет, и на бежевом ворсистом полу не было ни капли воды.

– Ты же взял с собой, - произнесла она осуждающе.

– Я только брикеты взял, - сказал Тим.

– Ну и обормот ты, - сказала практикантка, посмотрев на него с высоты своих десяти курсов. - Что теперь делать?

– Я могу сходить до Криса, а ты здесь обождёшь, - предложил он.

– Можешь, можешь, - насмешливо сказала она, глядя на него. - То же мне, Ганнибал. Украинский. - Лучше гусеницу чини.

- Сейчас, - согласился Тим и снял одну перчатку, чтобы рассмотреть руку.

Она давно его беспокоила.

– У меня заноза, Ир, - сказал он, показывая всё ещё красную ладонь.

Ирина не переменила позы, но в насмешливо блестящих глазах в полумраке мокрого леса появилось нечто иное. Шелестел дождь.

– Как ты себя чувствуешь, Тим? - спросила она тихо.

По округлому боку машины бежали струйки воды.

– Ничего, - сказал он, кашлянув.

– Ну-ка дай, - сказала она, повернулась на сиденье и сняв с него мокрый шлем, потрогала ему лоб прохладной рукой.

У неё не было докторского призвания.

– Температура, - сказала она. - Чего ж ты сразу не сказал?

Тим кашлянул.

– Ты ж не спрашивала, - буркнул он.

Он чувствовал жар и неприятный комок в горле.

– Ну и что? - удивилась она. - Надо было сказать. Тебя не учили что ли?

– А машину кто будет вытаскивать? – возразил он. - Ты, что ли?

– Дай руку, я тебе аспирин уколю.

– Не, - сказал он. - Таблетку лучше.

– Поговори у меня ещё тут, - сказала она, вытащив из спинки сиденья сиреневую упаковку и потянув его за руку.

– На упаковке была красная литера „А".

– Блин с хреном, - пробурчал Тим.

– Выскажись, - сказала молодая женщина.

Она с интересом посмотрела на него, наклонив голову.

На полу в проходе между ними валялись уже две сиреневые обёртки. С пола поднимался еле видимый пар. Машина сушилась. По округлому потолку стучали холодные капли. Некоторые из них попадали на пол или Тиму на рукав. Он убрал руку.

– А на сколько хватит? - спросила Ирина.

– На два километра.

- А до реки?

– Три с половиной.

- А ты можешь гусеницу починить?

– Кто её знает, - сказал Тим. - А заражения крови не будет, Ир?

– Давай я тебе вытащу, - сказала она и протянула руку за его ладонью.

– Не мешайся, - сказала она, держа его шевелящийся палец.

Тёмная заноза сидела в подушечке ладони под большим пальцем. Она была длиной с ноготь. Он не помнил, когда её подцепил.

– Сейчас, - сказала она, погладив указательным пальцем занозу и доставая из той же аптечки блестящий маленький пинцет.

– Ухитрился... ты же в перчатках был. Слушай, это не заноза, - остановилась она, держа его запястье тонкими пальцами.

– А что? - спросил Тим.

– Трухелоза. Клещевидный червь.

– Правда, что ль?

– Ага, - кивнула она головой.

– Надо его вытащить.

- Ага, - сказала она, чуть округлив глаза в огромных выпуклых очках. - Убить и извлечь.

В них не мешалась оправа, потому что её не было видно. Так говорил её преподаватель общей медицины на „Скуллеа", Владислав Францевич Рунге.

– Это ты у питекантропа подхватил, - сказала Ирина, - С которым вы подрались.

Тим пошевелил онемевшим большим пальцем. Палец не шевельнулся. На полу в проходе валялись ещё две сиреневые обёртки, от контр-заморозки и нейтрализатора.

– Давай отдохнём, Тим? - сказала она, чуть отодвинувшись от него. - Пока палец не прошёл

– А он заразный? - спросил Тим, помолчав.

– Кто именно?

– Да этот... клещ.

– Не-а, - качнула она головой. - Если только не ядовитый, - добавила она слегка озабоченно.

– А если ядовитый? - угрюмо поинтересовался Тим.

Ирина посмотрела на него, не отвечая.

- Питекантроп здоровый был... - проговорила она задумчиво. – Просто красавец…

– Всё насмехаешься, - сказал ухмыляясь Тим.

– Нет, - искренне удивилась она. - Он же такой же, как мы, Тим. Физически.

– Особенно ты, - съязвил он.

– Да ну тебя, - сказала Ирина.

Она сидела лицом к штурвалу на своей стороне через проход от Тима. Цифры в углу оперативного экрана показывали без пяти три.

„Спокойно", - сказала она сама себе и посмотрела на него невозмутимыми прозрачными глазами, сдув со щеки пару отбившихся волосков.

Тим сделал ей комплимент.

И это ей понравилось, хотя он был балбес и вообще не в её вкусе. В ней проснулась оперативница НС. Со специальностью „оперпсихолог". Её основная деятельность охватывала всех, кто был в поле зрения, за исключением штатских, которых она видела только в редкие отпуска и ещё реже - в походах. Ее дополнительная деятельность охватывала ботанику и другие прикладные науки, нужные Флоту.

Но нажимать она не собиралась.

– А где у нас заплата, Тим? - спросила она.

– Под задним сиденьем. Слева, - сказал он.

– Дай-ка я проверю пока датчики, - спохватилась она, взяв с сиденья свой маленький пульт.

– Непонятно… - сказала она немного погодя, убрав за ухо пару волосков.

– Свихнулась маленько, - сказал Тим про машину.

– Тебе бы так, - сказала она.

– Теперь неизвестно, заползли или нет, - добавила она грустно, вставая. - Сиди пока.

– Найдём, ликвидируем, - пообещал Тим. - А зачем вообще негры, Ир?

– Сапоги чистить, - сказала младшая научная сотрудница, нажав ему на нос указательным пальцем.

Не ожидавший этого Тим не успел увернуться. Так обращаются с малышнёй, чтоб не приставала. Он отвернулся, немного надувшись.

– Тебе б в детский сад только, - высказался он наконец.

- Ага, - согласилась она, не расслышав.

За бортом ухнула птица.

Ирина была уже сзади и нагнувшись, отстёгивала от спинки рулон прозрачной заплаты. На тёмном экране перед Тимом ровно и спокойно пульсировал оранжевый значок боевого слежения, то расширяясь тонкой окружностью, то сокращаясь в сплошной кружок. Экран был чуть подлинней большой книжки с картинками.

– Дура ты, - пробормотал себе под нос Тим.

Рулон был довольно тяжёлый.

– Как ты, Тим? - спросила она, сев на ящик.

– Что? - буркнул он.

– Палец и вообще...

– Ничего, - сказал он и для верности пошевелил обтянутой пластырем правой ладонью.

– Разве ты не знаешь? - начала она сидя на ящике, словно сказку для пионеров среднего школьного возраста. - При Коммунизме будут вздыматься к небесам прекрасные белоснежные замки, и в них будут жить Царские ратники и слуги. И в каждом замке будет 392 человека, и в каждой из семи стран света будет 365 замков и один город. То есть, семь раз по 365. А вокруг среди бескрайних лесов и полей будут рассыпаны небольшие селения с тучными стадами и пажитями. И с садами, - добавила она. - Только они будут далеко друг от друга. А в главной земле будет семь городов.

Тим закрыл рот.

Перед ним только мигал оранжевый кружок. В общем, машина была вполне в боевом состоянии… почти. Особенно если починить гусеницу.

– Это что, сказка? - не понял он.

– Вот ещё, - сказала она.

По крыше капал дождь.

– И слуги будут неграми, а селяне - китайцами, - заключила она, положив руки на колени. - Пойдём заплату ставить, Тим.

– Сейчас, Ир, - сказал он, подымаясь.

Дождь участился, и по спинке заднего сиденья рядом с ней стекала тоненькая струйка, еле заметная в смешанном жёлто-сером свете от пола и снаружи.

Снаружи в лесу было полутемно.

«««««««»»»»»»»

Крейсер Уэрра

– Вообще-то я не особенно уважаю кашу, - сказал Торстен, увидев на столе дымящуюся кастрюльку в форме горшка.

Утром доктор отпустил его из лазарета, и он до сих пор досадовал за своё ночное заключение. Хоть он и хорошо провёл вчера вечером время за книжкой, особенно после того, как Кира принесла ему на тумбочку ужин и немного посидев с ним, ушла, погасив верхний свет.

- Не ворчи, - сказала Кира тоном своей мамы. - Утром всегда едят кашу. - Правда, доктор?

Доктор Уэрр о чём-то думал, помешивая ложечкой чай.

– Вот именно, - язвительно сказал Торстен.

Кира обиженно положила ему в миску половник каши. Они сидели друг против друга, Кира рядом с доктором, а Торстен - напротив печки у неё за спиной. Вместо плиты в этом тракторе была стенка с выпуклыми прозрачными дверцами.

В одной из них горел свет.

Торстен неловко зачерпнул кашу левой рукой. Кира посмотрела на него сочувствующе, но ничего не сказала, переведя взгляд на обзор. За окном расстилалась открытая чуть холмистая местность, кое-где с живописными скалами и рощами невысоких деревьев.

Окно во всю стену было за спиной Торстена.

Вездеход выбирал дорогу так, как будто его вёл человек. Они уже съехали с возвышения, и теперь до края земли было в среднем не больше одного километра. Чуть левее была рощица на холме с каменистой стеной обрыва, из которой торчали розовые кусты, справа от неё протекал бурлящий по плоским глыбам ручей, а вдали наискосок шла невысокая лесистая гряда со светлыми скалами наверху и ровным, словно отрезанным краем леса у подножия. Деревья отсюда казались совсем маленькими, как игрушечные.

Гряда была похожа на пологую волну со скалами вместо бурунчиков.

Вездеход шёл по ручью, немного накренясь, и край стола слева от Киры был ниже, чем позвякивающий в подстаканнике стакан Уэрра. Рессоры конечно не могли погасить такие толчки. Вездеход объезжал большие камни, но не деревья.

В купе деревьев у округлой скалы Кира заметила мелкие яблочки.

− Как в раю, - сказал Торстен, жуя хлеб с маслом.

Местность смахивала на цветной пейзаж иконы в главной рубке. Манную кашу он уже съел. Он мог съесть в два раза больше, но стеснялся просить в присутствии доктора Уэрра

− А когда будет Царствие, доктор? - спросила Кира.

Она любила спрашивать.

Эта привычка была у неё с детства. Мама называла её почемучкой. Уэрр посмотрел на неё немного озабоченным лицом.

Он пока не знал, чем кончится их поход.

- А не кажется ли вам, что Бог просто ждёт, пока останутся самые годные? - сказал он, помолчав.

– В каком смысле? - сказал Торстен.

– Во всяком, - пожал плечами доктор, отпив из стакана крепкий чай.

Кира заметила у него на лбу две морщины. Они стали заметнее со вчерашнего вечера. Зато густая шевелюра доктора была яркой как всегда. Кира подумала, что ему трудно причёсываться.

Стакан был в серебряном подстаканнике.

– И сколько это займёт времени? - поинтересовался Торстен.

– Не знаю, мой друг, - сказал доктор. - Но полагаю, мы с тобой вряд ли дождёмся.

– А почему? - спросила Кира.

– Вы задаёте трудные вопросы, Кира, - ответил доктор Уэрр, улыбнувшись.

Наклон пола усилился, и Кира чуть не съехала с табуретки. Из стакана Торстена пролился кирпично-красный чай и потёк ручейком по лакированному столу из светлых сосновых досок. Он только что налил себе второй стакан из двух чайников на столе.

- Ой, - сказала Кира, схватившись за стол, чтобы не упасть.

Ей было странно смотреть на посуду, словно приклееную к лакированным доскам. Сегодня они завтракали в кухне на жилом этаже.

„Мне бы так", - подумала она, держась двумя руками.

Наклон снова уменьшился до терпимого. Вездеход ехал куда-то вниз по извилистой ложбине. Прямо на них слева двигались верхушки редких сосен. Одна из них на миг закрыла левую сторону экрана и хрустнув, пропала из виду. Мелькнули большие красноватые шишки. Кире показалось, что они размером с их заварочный чайник.

Как в сказке про Буратино.

– Что за глупая машина, - с досадой промолвил доктор Уэрр.

– У неё в программе 30°, - сказал Торстен, наблюдая за чайным ручейком.

Он потёк обратно, не дойдя до конца стола. Киру наклонило в сторону Уэрра, и она схватилась за стол, чтобы удержаться.

– Это не ваша работа, коллега? - поинтересовался Уэрр.

– У них так и было, - сказал Торстен. - Наверно, Карелин приказал.

– Ну сделайте 25.

– А может, нам по воздуху? – предложил Торстен. - А, доктор?

Уэрр и сам об этом думал… уже не раз. Но здесь были свои минусы… и плюсы. И он пока он не определил, что из них перевешивает.

– М-мм... - сказал он.

– Ты что, вытирать не собираешься? - ядовито спросила Кира.

Торстен как раз доел красное яблочко и левой рукой забросил огрызок в маленький умывальник в углу сбоку от стенки со стеклянными окошками.

Печки.

– Ловко я, - сказал он.

Кира уничтожающе посмотрела на него. Она не любила беспорядка. И вообще, всякого баловства. Пол шевелился, гася удары, оставшиеся после гусеничных амортизаторов.

– Вы меня извините, Кира, - сказал доктор Уэрр, виновато разведя руками, - Но мне пора на дежурство.

– А мне что делать? - обеспокоенно спросил Торстен.

– Отправьте Торстена в лазарет, а сами приходите в рубку часов в двенадцать, - сказал Уэрр, оглядев их обоих и поднимаясь.

Он не любил муштры.

– А почему не в рубку? - нахально спросил Торстен.

– Нам не нужно сидеть в одном месте, Торстен, - сказал Уэрр мягким голосом. - Но ты можешь пока помочь барышне здесь убраться.

Кире стало немного грустно, что он уходит.

– Отдаю больного в ваше полное распоряжение, Кира, - оказал Уэрр, слегка пожав ей руку.

„Так", - сказал Уэрр сам себе, войдя в овальную дверь главной рубки.

Экран медленно включился. Здесь было прохладно и пахло персиками. Вместо тёмного экрана перед доктором спускалась узкая зелёная ложбина с руслом каменистого ручья посредине. По ложбине были разбросаны валуны.

„Откуда они здесь", - подумал он, держась за высокую спинку кресла.

Наклон был довольно сильным. Спинка подалась вперёд, и пол ещё больше ушёл вниз. Ему не хотелось садиться.

„Куда его понесло", - подумал Уэрр, упираясь руками в спинку.

В ручье были плоские камни, песок и прозрачная вода. С одной стороны из почвы выходила слоистая горная порода. Ложбина была покрыта густой зелёной травой с высокими пучками, выбивающимися из-под круглых камней. Сплошной травяной ковёр расстилался от слоистого камня у ручья, поднимаясь к корявым деревьям в отдалении. Возле деревьев с чёрными ветками и редкой ярко-зелёной листвой два небольших птеродактиля с серыми перепончатыми крыльями шириной с человека нападали на обыкновенного одногорбого верблюда. Впрочем, его узкая морда и бурая окраска скорее выдавали один из видов антекамелуса. Верблюд стоически прижимался к корявому чёрному стволу. На дереве виднелись среди листвы еле заметные красные ягодки.

„Вишня, что ли", - подумал Уэрр и почувствовал запах спелого кавказского персика. - „Наваждение", - подумал он и оглянулся.

Ночью они с Кирой дежурили в нижней рубке.

Перед тем, как сменить Уэрра в два часа ночи, она заходила в лазарет проверить, как дела у Торстена. В углу широкого кресла в кожаной нише лежал персик.

Он был большой, сочный и белый.

Наклон пола почти пропал. Рубка покачиваясь неслась над разнотравьем в голубой простор с редкими белыми облаками.

Кира пришла к доктору в двенадцать часов пять минут.

− А, заходите, Кира, - заинтересованно произнёс Уэрр, обернувшись в кресле. - Вот скажите мне, водятся ли здесь птеродактили?

После обычной уборки помещения Кира сообщила ему, что будет штудировать в кают-компании прикладную математику, и Уэрр её больше не тревожил.

− Какие? - удивлённо спросила она.

- Ну, такие... серые. С перепонками, - сказал Уэрр, в замешательстве глядя на неё.

Она была свежа, как ромашка после дождя.

− Н-не знаю, - сказала она неуверенно, не понимая, шутит он или нет.

Она хотела ему что-то сказать.

За последние два часа она придумала целую речь, сидя за учебником Перельмана. Точнее, большую часть времени она лежала на кожаном диване в кают-компании, почти не заглядывая в учебник с картинками. И приготовилась так, чтобы незаметно отступить в случае необходимости.

Мама не учила её, как поступать в конкретных случаях жизни, полагаясь на волю Божью и природный инстинкт девочки. Ведь случаи бывают разные. И там, где один отвернётся, другой посмотрит в глаза.

В широко раскрытых глазах девушки была синева весенних небес. Она открыла рот и шагнула к доктору по качающемуся полу.

− А я, представьте, видел двух, - сказал Уэрр. - Не надо, Кира, - добавил он мягким голосом. - Лучше садитесь сюда.

Он показал на сиденье рядом.

Кира послушно подошла и села. Она была в шароварах и синей рубашке в клетку. В таких рубашках ходили мальчишки в школе. В широкое окно обзора перед ними светило солнце. Его свет был убавлен, чтобы не слепило глаза.

– Вам не кажется, Кира, что мы с вами дальние родственники? - вдруг сказал доктор. - Я -англо-сакс, а вы - русская.

У Киры просохли слёзы. Она села в кресло около доктора, выдвинув свой штурвал. На маленькой белой руке была родинка.

– А что? - спросила она, не смотря на него.

– Меня всегда интересовала родословная племён и народов, - доверительно сказал доктор. - Как и моя собственная. Ведь мы с вами действительно дальние родственники. Хотите расскажу?

Кира кивнула.

– Наверно, вы этого не знаете, а когда-то, ещё в начале прошлой эры, мы были одним народом, жили в Данмарке и назывались Свевы. - Вы знаете, Кира, интересная вещь... - сказал Уэрр задумчиво. - Но в наше время мы этого не проходили. А вы?

Кира посмотрела на него искоса синими глазами с тёмными ресницами. Теперь она поняла, что он имел в виду. Она покачала головой.

- А до этого Свевы жили между Альбой и Одером, рядом с Дурингами на юге.

Кира снова посмотрела на него. Ей было тоже интересно. Как и всё, что говорил доктор Уэрр. Она даже вспомнила, что когда-то давно уже слышала что-то похожее от папы. Только очень давно, когда она была ещё маленькая.Папа рассказывал ей что-то о Дурингах и Дурригах...

– Свевы и Дуринги разделились во втором веке прошлой эры, когда их пути разошлись сразу после переселения от Готов из Таврии. Переселившись на запряжённых волами кожаных фургонах, Киммеры разделились на три ветви: Маркоманны, Свевы и Дуринги.

Конечно, всякий существующий в наше время народ состоит из многих ручьёв, как река… или как ветка старого дерева, - добавил Уэрр своим мягким волшебным голосом. – Очень старого… Но если говорить о главных, которые дали нам своё имя...

Кира взглянула на него, и ей стало до слёз грустно и одиноко.

– Простите меня, старого болтуна, - сказал он вдруг печально и поднялся с кресла перед пультом. - Мне надо пойти проведать Торстена, Кира.

Чуть сгорбившись, Уэрр подошёл к овальной серой двери с зелёным огоньком и оглянулся. Кира покачивалась в кресле, свернувшись калачиком. Трактор шёл по пологой равнине вдоль невысокой гряды. У него не появилось даже мысли сделать ей замечание.

Они шли в боевой обстановке.

- Вы пока подежурьте, ладно, Кира? - сказал он и вышел.

Дверь прозвенела тонким колокольчиком. Кира не успела ничего сказать, проводив его взглядом. Она не поняла, что случилось.

И почему он вдруг ушёл.

Нижнее полукружие обзора в палате было занято какими-то схемами.

– Похвально, - сказал Уэрр, мельком взглянув на экран и садясь на соседнюю кровать. - А что вы скажете о рельефе местности? Скорее пост-ледниковый, чем складчатый, а?

– До отрогов двести километров, - стазал Торстен.

Он сидел полулёжа на мягком верблюжьем одеяле, которое служило и покрывалом. Все кровати в салоне лазарета были покрыты бежевыми шерстяными одеялами.

- Да, но где же тогда южная ветка Ульгур?

– Не знаю, - сказал Торстен. - Я ещё не изучал глобуса.

– Я тоже, - сказал Уэрр.

– Что-нибудь не в порядке, док? - спросил Торстен. нет, ничего, - сказал Уэрр, потирая ладонью лоб. - Вот только Кира...

– Заболела? - спросил Торстен, подняв голову.

– Нет… просто хандрит.

Уэрр сидел на кровати, чуть ссутулившись.

– Влюбилась, наверно, - сказал Торстен.

– Откуда вы знаете?

- Хм, - сказал Торстен, убрав с обзора нижнее полукружие.

Рядом с ним на одеяле лежал выносной пульт.Торстен был в белом тренировочном костюме с голубыми нашивками капитана „ёлочкой". Вообще-то он был биологом, а не доктором.

Костюм был из мягкой хлопчатобумажной ткани.

На тумбочке лежал недоеденный пирожок с мясом. Вчера вечером ему на ужин дали бульон с пирожком. Трактор перевалил через какую-то возвышенность и пошёл вниз.

Доктор покосился на пирожок,.

– Как вам сказать... девушки любят влюбляться в зрелых мужчин, - сказал он грустно.

– Так им и надо, - сказал нечувствительный Торстен.

– Не скажите... - вздохнул пламенно-рыжий доктор, о чём-то думая.

– Пройдёт.

– Вы думаете, это нечто вроде флюса?

- А что? - сказал Торстен.

– И какое вы предлагаете лечение, коллега? - спросил Уэрр, наклонив голову. - Кстати, дайте я посмотрю вашу руку.

Вездеход ехал по роще, как по кустам бузины. Где-то внизу качались зелёные ветки верхушек. Слышался слабый треск. Стало сильнее качать, как на море. Доктор положил руку на бортик поверху округлой тумбочки между кроватями.

– Клин клином вышибают, - предположил Торстен, протянув свою руку.

– И как вы себе это представляете? - поинтересовался Уэрр, снимая лечебный пластырь.

– Возьмите да женитесь, - сказал Торстен.

– А где у вас здесь... - сказал Уэрр, выдвигая нижний ящик светло-серой кожаной тумбочки. - А, вот он.

„Молодец, девочка", - подумал он.

Всё было на месте.

– Я был влюблён в детстве, - проговорил он задумчиво. - И это до сих пор не прошло. То есть прошло, но не совсем.

Он вспомнил зимний Монреаль... На улице пахло снежинками и Новым Годом. Торстен рассматривал свою наполовину синюю руку.

Правда, синева уже заметно сошла.

– А почему вы не женились в молодости? - спросил он.

Он представлял себе жизнь немного иначе.

Доктор бросил старый пластырь, открыв крышечку на боку тумбочки. Пластырь ушёл в глубину трактора. На переработку.

– У молодости есть странное свойство, - сказал он. - Она проходит…

Раздался нежный звон вызова.

– Доктор, там девушка, - растерянно произнёс голос Киры.

Доктор и белобрысый парень одновременно повернули головы к экрану. Обзор был совсем низко, на уровне человеческого роста.

Трактор замедлил ход и остановился с небольшим креном.

В высокой колышущейся траве стояла молодая женщина, чуть расставив ноги и беспомощно опустив лёгкое лучевое оружие.

Серо-зелёные глаза и чуть припухлые губы.

На краю поляны возле деревьев прижалась к земле серебристая машина с боевой башенкой на крыше. Из раскрытой дверцы торчали ноги в бежевых сапогах.

– Чушь какая-то... - проговорил доктор Уэрр, потерев себе лоб.

Торстен вспомнил, как они „загорали" с отцом в отпуске на Урале. На какой-то бесконечной вьющейся по лесистым горам дороге.

В девушке было что-то неуловимо чужое. Но это были конечно не жиды. На совершенно пустой планете… по всем данным Центра.

Не считая обезьян.

„Если только..." - смутно промелькнуло у Уэрра.

Но машина была тоже не жидовская.

„Значит, „Плутус"?” - подумал он, недоумённо подёргав себя за ус.

Ничего страннее он не мог придумать. Тайные базы всегда делали в астероидах. А все промышленные базы были известны.

Они охранялись.

– Что делать, доктор? - повторила Кира.

Внизу экрана шла оперативная информация.

Женщина в странной шляпе с полями оглянулась вбок на серебристую машину поодаль у леска. Длинная ветвь с дубовыми листьями почти касалась сверху маленькой башенки. Из-под круглой как каска шляпы выбивалась каштановая прядь. Шляпа и комбинезон незнакомки с лёгким лазером были болотного цвета.

Ей было лет двадцать восемь.

– Не наш, - сказал Торстен и тут же свистнул.

– Притворяется? - проговорил он.

Доктор покачал головой. Человек в машине был мёртв. Об этом говорили не только оперативные данные на обзоре, но и его интуиция.

– Так, - сказал он серьёзно. - Кира, быстро со мной наружу. Только оденьте шлем. Возьмите лазер. - Торстен, в рубку и к бою.

Он мельком оглядел Торстена и поднялся. Парень вскочил с кровати, как будто его подбросило, и оказался у дверцы лифта.

– Иду, доктор, - сказала Кира.

Её голос шёл сверху экрана.

Девушка на экране в опустевшей палате Торстена снова посмотрела на них. Уэрр увидел её, обернувшись из двери. Она побледнела и закусила губу.

– Кира, выходим в первый колодец, - сказал он в обводном коридоре со светло-зелёными кожаными стенками и матовыми плафонами вдоль потолка, включив нарукавную связь.

Торстен и Кира столкнулись в коридоре наверху, у дверей главной рубки.

− Торстен, пока, - успела она крикнуть и скрылась в продольном коридоре, где был „сквозняк".

Уже возле дверцы сквозного колодца с красным ободком Уэрр сдёрнул из открывшейся антресоли свольвер. Кира бежала к нему с конца коридора. За дверцей был „пятачок" платформы с алой резиной, а далеко под ним - земля. Встав на него, Уэрр вдавил глубже наушник и застегнул шлем. На его нарукавнике мигала зелёная звёздочка. Сзади прижалась Кира.

„Сквозняком" называли сквозной лифт на служебный этаж.

− Всё в порядке, док, - доложил Торстен у него в ухе.

Согласно инструкции об устной связи.

− Торстен, сообщи Крису особой связью, - сказал вполголоса доктор, сходя на высокую траву в тени под днищем. - Если минус, то боевым импульсом. - Кира, прикрывай.

В трёх метрах от него кончалась тень и начиналось солнце. Ветер играл высокой травой. Кира вдохнула забытый запах странствий и горных трав. Она оглянулась, держа палец на кнопке спуска. По бокам в тенистой траве застыли чудовищные траки и ленивцы.

− Закрой щиток, - сказал не оборачиваясь доктор, и вышел как из пещеры под чернеющей горой.

Выйдя на солнечный свет, он распрямился и повернулся направо. Кира вышла следом, став боком в трёх шагах за спиной Уэрра и оглядывая свой сектор. Наушник молчал. За спуском к далёким елям виднелся новый подъём. Над метёлками трав жужжали пчёлы. В голубом небе плыло белое облачко. Ярко светило солнце.

Краем глаза она увидела незнакомую девушку в высоких чёрных сапогах.

Девушка была там же, в четырнадцати метрах от Уэрра. Трактор остановился наискосок к ней и возвышался чёрной горой. Кира шевельнула рукой с оружием и остановилась, чем-то поражённая. Уэрр поднял левую руку, опустив в траву дуло свольвера.

Он вдруг почувствовал жалость.

„Так..."

– Не стреляйте! - крикнул он по средне-германски.

Девушка стояла к нему лицом, неуверенно сжимая серебристое оружие с лёгким сквозным прикладом. В густой траве были рассыпаны мелкие голубые цветочки на перепутанных стеблях, за которые обычно задевают ногой. Кое-где качались сиреневые шарики колючек. Девушка смотрела, открыв рот, как будто увидела великана из сказки, и в её глазах отражалось чистое изумление. Это было видно даже отсюда, на таком расстоянии.

Средне-германский - язык разбитой и уничтоженной конфедерации Донны и Фариссы.

Из-под матовой чёрной горы на исполинских гусеницах, вышел человек с ярко-рыжей бородой в белой как халат гимнастёрке с алыми нашивками на плечах вместо погон. Он казался маленьким рядом с чёрной громадой у него за спиной. Правее за ним осматривал окрестности совсем юный парень с боевым лазером в руках. Парень был в защитной форме и шлеме с прозрачным щитком. У рыжего на белом шлеме блестела на солнце красная звезда.

Эйринна поражённо замерла на месте, лишь шевельнув рукой с оружием.

Царство Антихриста...

„Откуда они тут?" - пролетело у неё в голове.

Оно было почти уже добито крестоносцами Соединённого Королевства. Она слышала, что через десять лет от него ничего не останется.

– Не стреляйте! - крикнул рыжий с еле заметным акцентом.

На вид ему было наверно лет сорок.

Она оглянулась на лесок. Из раскрытой дверцы машины всё так же торчали ноги в мягких бежевых сапогах. Затемнённые стёкла окошек поблескивали глубиной.

„Вот и хорошо", - мстительно подумала она и бросила в траву оружие старикашки.

Он был не очень злой, но...

Она содрогнулась, вспомнив его голову. Как и все на подземном пункте, он выходил наружу не менее раза в неделю. Даже солдаты внутренней охраны.

“Как в тюрьме…” – проплыло у неё.

− Эй, я сдаюсь! - крикнула она и пошла к рыжему человеку по высокой траве.

Всё остальное было уже не важно.

− Всё в порядке, док, - доложил Торстен.

На складном экране перед собой он видел сверху три малюсенькие фигурки около великанского чёрного яйца. Фигурки были разного цвета. Шар был на высоте пятьдесят пять метров. Все четыре боевых индикатора на обзоре молчали. Это были тонкие пульсирующие кружки красного, оранжевого, жёлтого и зелёного цвета. Индикаторы нападения, среды, техники и людей.

Зелёный работал на обнаружение.

Он переместил большой обзор правее. Незнакомая девушка подходила к Уэрру. Оружие она бросила в траву. Она шла, медленно шагая по высокой траве.

„Вот сапожки", - подумал Торстен, держа палец на оранжевой клавише общего огня.

Правая рука лежала на коленях. Он, правда, мог шевелить тремя пальцами, но не так уж хорошо. Сапоги чуть расширялись кверху.

− Уходим, доктор? - спросила Кира, оглянувшись на него.

В середину поля за ней упал чёрно-серый коршун и тут же взлетел, хлопая крыльями. Торстен усилил звук. В когтях падающего коршуна ничего не было. Торстен ухмыльнулся.

Он любил точность.

− Сейчас... - проговорил Уэрр, глядя на незнакомку.

Она стояла в трёх шагах и неуверенно улыбалась.

− Что с ним? - спросил он на норрском наречии, махнув в сторону машины.

Она не поняла бы вопроса, если б не знала языка. Поэтому он и перешёл на верхне-германский. Нужна была информация… и не только от приборов.

- Он сам виноват... - проговорила она приятным нежным голосом, немного удивлённо посмотрев в сторону Киры.

Её глаза казались серо-зелёными под мягкими полями болотного цвета.

Солдат обернулся и что-то сказал рыжему в белой форме на незнакомом языке. Эйринна удивлённо посмотрела на него. Это был не солдат, а девушка в солдатской форме. У неё исчезли последние сомнения. Только у нечестивых во Флоте служат девушки.

– Тут база крестоносцев, - заговорила она. - С Норры. - Я убежала из плена. Надо скорей... сейчас они придут.

„Да", - подумал Уэрр. - „Только надо проверить."

– Кира, - сказал он, - ведите её в машину. - Я сейчас. - Приборы оставьте в тамбуре! - крикнул он, отбежав и оглянувшись.

Хотя она и так его прекрасно слышала в своём наушнике. Да и в шлемофоне. Но… она не торопилась назад в трактор без доктора.

– Дайте мне ваши приборы, - сказала она чудесной незнакомке.

Та повернула голову, и Кира увидела большие голубые глаза в тени под широкополой шляпой болотного цвета.

Туманно голубые, как озеро Ильмень.

– Ты кто? - сказала Кира.

- Я... Эйринна, - сказала незнакомка.

Высокие венчики касались её сапог. В её глазах были слёзы. Она улыбалась, сама не зная почему. Она знала, что попала из огня да в полымя.

Но лучше лагеря…

- А я - Кира, - оказала Кира. - А сколько тебе лет?

Обе глазели друг на друга.

– Двадцать восемь, - не сразу ответила девушка из чужого мира.

Она сняла с запястья широкий мягкий браслет из кожи и как очарованная протянула его Кире. Тут он уже ей не понадобится.

Никогда…

– Откуда ты? – спросила Кира, оглядываясь.

Вокруг только ветер играл травой.

– С Норры, - ответила девушка, качнув головой.

Голубые глаза в тени под мягкими болотными полями были всё ещё полны слёз. Она вытащила из кармана на поясе что-то круглое и блестящее.

– Спасибо, - сказала Кира.

Доктор бежал к тому месту, где он бросил в траву свольвер. Кира держала лазер в правой руке. Это был Б-4, не очень тяжёлый.

– Торстен, как дела? - спросила она, чтоб удостовериться, что он там.

– Нормально, - отозвался голос у неё в правом ухе. - Валяй дальше.

Кира помахала лазером, отгоняя здоровенного шмеля.

– А ты не подслушивай, - отчитала она его.

Она до сих пор не могла прийти в себя от того, что случилось. После отчёта Центра и вообще… Как будто увидела по дороге к Крису живого Буратино.

Девушка была очень красива.

Эйринна не понимала этого языка.

Она оказалась в сказке. Ведь планета была совершенно безлюдна. А это... она меньше бы удивилась, если бы встретила около базы живого тролля.

Лицо за прозрачным щитком лёгкого боевого шлема было совсем белое. А синие глаза - полны задора. Они смотрели на колышущуюся под молочно-голубыми небесами высокую траву, как будто это был их мир.

А не чужой.

...Это было совсем не похоже на фильмы и книжки.

А рыжий человек в белом, побежавший к машине Мейнара, был в два раза старше своей юной напарницы в защитной форме.

„Если не в три", - подумала Эйринна.

– Эйринна... - повторила девушка с синими глазами за прозрачным боевым щитком.

Она смотрела куда-то вбок.

Эйринна повернулась и встретилась с взглядом с рыжебородым в белом шлеме с острым концом, как шишаки у древних рыцарей. Он был на том месте, где она остановилась, когда увидела чёрную гору крейсера. У неё сжалось сердце от страха за него. И за весь крейсер.

У них под ногами в глубине земли был пункт „А".

„Что ему надо..." - подумал Торстен.

Он тоже был бы не прочь побыть сейчас там на месте Уэрра.

Добежав до того места, где в высокой траве лежал чужой лазер, Уэрр подобрал его и бросив свольвер, побежал к машине недалеко от леска. Он не сразу нашёл спусковую кнопку. Она была внизу, а не вверху, где большой палец. Толстые узловатые ветви шуршали резными листьями. В машине был человек с отрезанной по лицу головой. Каска с макушкой валялась на чёрном кожаном сиденье.

...Схватив из травы свольвер, доктор вдруг увидел возле чёрной горы трактора Киру с незнакомкой в шляпе с полями. Они обе смотрели на него.

„Старик я", - с досадой подумал он.

Признак старости - когда перестаёшь понимать бескорыстное нарушение инструкций. Он понимал, но увы… уже не так, как раньше.

В юности.

– Берите, - хмуро сказал он незнакомке, остановившись в высокой траве.

Она взяла лёгкое длинное оружие непривычной рукой, смешливо наморщив нос. Она была по-настоящему симпатична.

И красива.

„Только этого не хватало", - подумал Уэрр.

– Вот, доктор, - сказала Кира.

Она чувствовала себя виновато.

- Быстрее, барышни, - торопливо сказал он по-германски. - Я в другой люк.

„Надо будет поговорить с ней потом", - подумал он о Кире.

За такое нарушение полагалось взыскание с занесением. В руке у него был ещё тёплый кожаный браслет и какая-то круглая штука с цепочкой.

– Заходим, Торстен, - сказал он, встав на „пятачок" и увидев сквозь просвет в колёсах мелькнувший краешек лифта в соседнем межгусеничном проходе.

Чёрный металл и тихая высокая трава. Чем-то это напоминало башенные часы в замке Кащея. В срочный лифт помещалось только два человека.

– Ну как она? - спросил Торстен.

– Что как? - спросила Кира на сиденье рядом.

– Такая же, как мы?

– Сам не видел, что ли?

Трактор уже плавно развернулся и поплыл над травянистыми спусками, подъёмами и серыми скалами, быстро набирая скорость. Изображение покинутой машины на краю луга исчезло, заменившись синим небом над скользящей под ноги местностью. Они летели на высоте десять-тридцать метров от верхушек деревьев и скал.

До этого изображение было на обзоре в верхнем круге.

Прозрачный шар зонда с прозрачным кабелем втянулись на ходу в корпус сверхтяжёлого вездехода. Вдали блеснул солнечный зайчик.

„Наверно, кварц", - подумала Кира.

Торстен его не заметил.

Все боевые индикаторы по-прежнему молчали. Он держал ручку штурвала левой рукой. Штурвал Киры был тоже выдвинут, но она сидела, немного откинувшись. Оба были пристёгнуты широкими тёмно-серыми ремнями.

– А что Уэрр сказал? - спросил он.

– Что сейчас придёт, - повторила она, чтобы отвязаться. - Сам не слышал, что ли?

Ей вовсе не хотелось разговаривать. Она была ещё под впечатлением всего увиденного. Она уже познакомилась с Эйринной, но не успела почти ничего о ней узнать. Кроме того, что ей двадцать восемь лет. Позади нежно прозвенела раздвижная дверь.

– Ну как, док? - спросил Торстен.

Уэрр ничего не говоря поглядел на поднявшегося парня с непокорными вихрами светлых волос. Он думал, что теперь делать.

– Крису передали? - спросил он наконец, пожав Торстену плечо крепкой рукой и садясь в освободившееся кресло.

Торстен сел справа от него и выдвинул штурвал левой рукой.

– Импульсом, док, - сказал он.

Уэрр нажал на пару светло-зелёных клавишей слева на пульте и прослушал сообщение у себя в правом ухе. Мягкий ковёр серо-зелёного пола слегка дрожал. Уши пропускали привычный негромкий гул.

– Хорошо, - сказал он.

По дороге в рубку он размышлял и не успел этого сделать.

Сначала он отвёл Эйринну в каюту на жилом этаже и устроил её на диван-кровати, пристегнув ремнями и показав, как доставать флягу с водой. А также душевую кабинку с туалетом. Они встретились в осевом коридоре, куда выходили „сквозняки".

- Ну иди, - сказала Кира торопливо, не удержавшись и чмокнув Эйринну в щёку, и побежала налегке в рубку к Торстену.

Лазер она оставила внизу.

Увидев, что Уэрр садится на диван напротив, Эйринна опасливо замерла. Он не пристегнулся. У него было доброе озабоченное лицо, но она не знала, чего ожидать. По дороге она не заметила ни души.

“Наверно, все уже на местах", - подумала она.

Доктор хотел задать ей всего пару быстрых вопросов прямо тут. Сейчас было не до „Плутуса" или чего бы это там ни было.

– Сколько человек на базе? - спросил он, держась за поручень у своего колена и ожидая каждый миг крутого виража, лязга и грома.

– Я не знаю, мин херр, - сказала Эйринна.

– Примерно?

- Тысяча... или две тысячи, - сказала она, усаживаясь поудобнее.

Диваны были узкие, но мягкие.

− Сколько минут назад вы убили того, в машине?

Она широко раскрыла глаза.

− Я не виновата, мин херр, - полупрошептала она. - Он сам хотел меня убить.

− Плюньте на это, милочка, - досадливо проговорил доктор. - Сколько минут назад? - Вам ничего за это не будет, - добавил он, сообразив.

Пленница подняла глаза к полям своей шляпы, шевеля губами.

− Наверно, пятнадцать, - сказала она своим нежным голосом.

„М-мм", - подумал доктор.

− Меня зовут доктор Уэрр, - сказал он немного невпопад. –

Она посмотрела на него с каким-то непонятным выражением.

− Есть ли другие базы на этой планете?

− Есть другие пункты, мин херр, - сказала молодая женщина с веснушкой на носу. – Наверно, два.

− А на других планетах?

− Не знаю, мин херр.

− А астролёт?

− Не знаю, мин херр… кажется, нет, - поправилась она, что-то вспомнив.

Она сидела, прислонившись чуть откинутой головой к высокой спинке дивана. Это была запасная каюта для дополнительного боесостава.

И прочих.

− Посидите здесь пока, ладно, барышня? - сказал Уэрр извиняющимся тоном и встал с места.

− Вот здесь вызов, - показал он нежно-салатовую кнопку на застёжке ремня. - Здесь вода.

Он наклонился и коснулся её рукой фляги в гнезде под диваном. Под диваном было много всего... и оружие. Но про него он не сказал.

Рука слегка вырывалась.

- А здесь душ и туалет, - показал он, открыв овальную сдвигающуюся дверь сбоку от выхода в обводной коридор.За дверью блеснуло зеркало. - Если надо, расстегните ремень и вставайте. Но ни в коем случае не выходите отсюда, хорошо?

Он для верности похлопал по входной двери и сдвинул её ладонью, открыв такие же светло коричневые кожаные стены, как в каюте. Диваны были более тёмного цвета. В разложенном виде они были одноместными койками.

– Не скучайте, - сказал он на прощанье и уже на пороге включил ей обзорный экран.

Он был справа от девушки, на стенке между диванами. Там, где в купе бывает окно. Она не успела ничего сказать, немного сбитая с толку и посмотрев на закрывшуюся дверь. Она была словно Золушка на балу... Только было немного страшно.

Он старался понять поведение врага, и никак не мог.

Человек в машине был убит примерно пятнадцать минут назад. Но выход из базы был где-то рядом. Значит... или не получили сигнала, или что-то не в порядке с базой. Или пока собирались, увидели трактор.То есть, видели заранее.

Ну и что?

В этом было мало логики. Или не были готовы? Абсурд. Уэрр поглядел на Торстена справа и Киру слева. Боевые индикаторы молчали.

„Во всяком случае, все в сборе", - подумал он.

Он пожалел, что не привёл и милую пленницу в шляпе с полями, но такова была логика вещей. В таких шляпах ходили гишпанские аркебузиры тысячу лет назад. Это была перебежчица с „Плутуса". В этом он почти не сомневался. Это была редкая удача, наверняка единственная в своём роде.

Точнее, была бы.

Но нельзя же рассчитывать только на худшее. Хотя шансов было маловато. База - это не трактор. И даже не два трактора.

А если худшее - то после них ничего не останется. Доктор знал по роду своей службы, что тогда связи уже не будет. А скорей всего, её уже нет. Нельзя скрыться от запредельной системы. Во всяком случае, технически.

Но что же всё-таки с базой?

„Надо просчитать", - рассеянно подумал он, зная, что ЭВМ здесь мало поможет.

Потому что есть одно неизвестное, недоступное цифровой логике. Поведение людей… и в том числе неизвестной девушки.

„Ну что ж", - подумал он, искоса взглянув на Киру и на парня с забинтованной рукой справа.

Боевые индикаторы молчали.

– Доктор, можно я сниму комбинезон? - спросила Кира.

„Если бы „Ромашка" была здесь..." - подумал он.

– Давайте лучше сделаем похолоднее, - сказал он. - А то что-то стало жарко.

Время в полёте - тринадцать минут. Маршевая скорость - восемьсот километров в час. Высота – до пятидесяти метров.

– Ага, - сказал Торстен и пробежал по клавишам здоровой рукой.

„Но это ни о чём не говорит", - подумал Уэрр. - „Они знают, что нам придётся остановиться."

– Торстен, рассчитайте мне вероятность обнаружения наших трансляторов, - сказал он.

- А астролёт? - спросил Торстен, поиграв в воздухе пальцами левой руки.

– Пять процентов, - сказал Уэрр. - Лунная станция - десять. И-и... сверхтехника - тридцать три.

– А разве... - немного растерянно сказал белобрысый парень.

Но даже и в сорок пять человек бывает наивным. Даже если он офицер Тайного Отделения. И немало повидал на своём веку.

– Помолитесь за нас, Кира, - сказал доктор Уэрр. - За всех.

У него пропали сомнения ещё там, на поляне. И теперь он был доволен своей интуицией. Если девушка в охотничьем костюме и была подсадной уткой, то она ничего не знала об этом.

«««««««»»»»»»»

Крейсер Криса

Вдоль заплаты с двух сторон тянулись светло-оранжевые полосы. Ирина спрыгнула на мягкую землю с прошлогодней хвоей и перевела свой лазер обратно на максимальную мощь. Заплата была шириной сорок сантиметров, но они решили её не резать, а положить всю. Обычно колпак не лопался, а пробивался, но здесь не было ничего такого, что могло бы его пробить.

Кроме врага.

„А тогда ведь будет уже поздно", - сказала она.

- Наконец-то, - сказала она, оглядывая вновь герметичную машину.

Тим опустил свой свольвер.

– Ну что, пойдёшь чинить, мученик? - сказала молодая женщина, встав к нему лицом.

По опущенному лицевому щитку стекали прозрачные капли. Тим молча передал ей свой тяжёлый автомат и пошёл на ту сторону машины. Теперь она стояла нормально на мягкой пожухлой хвое с травинками, а не по колено в земле. Тим пошёл бодрее. Всё было не так уж плохо. Часа через два он её починит, а вечером за чаем можно будет рассказывать Крису об этом приключении.

Вот будет смеху.

Но через два часа он её не починил. Чтобы это сделать в данных условиях, нужно было два человека и дополнительный инструмент.

– Что делать? - спросила Ирина у подошедшего усталого Тима.

У неё за спиной было тёмное бревно с бугристой мокрой корой. Оно было длинное, как вездеход и доходило ей до пояса. Тим чувствовал слабость. Неприятно свербило в горле.

Он кашлянул.

– Ты же больной совсем, - вдруг сказала Ирина и взяв его за руку, повела к машине.

Задний люк открылся, образовав прозрачный квадрат в сорока сантиметрах над землёй. В машине было тепло и сухо. По прозрачной заплате барабанил дождь.

- Фу, гадость, - сказала Ирина, увидев толстого чёрно-серого слизняка на прозрачной стенке машины между задним и передним сиденьями.

Она осмотрелась в поисках чего-нибудь, забыв, что она в перчатках.

– Дай-ка, - сказал Тим и выкинул его во вновь откинувшийся люк.

– Что теперь делать будем? - сказала Ирина. - До ночи не дойдём.

– Давай Крису позвоним, - сказал Тим.

– Крис сам знает, что ему делать, - поучительно оказала она.

Сейчас главное было не привлекать к себе внимания. Как им, так и Крису. Потому что в случае чего она хотела бы ещё раз его увидеть.

– Включи свет, Тим, - сказала она, безуспешно нажав несколько раз себе на рукав у запястья .

– Не работает, - сказал Тим.

– Пусти-ка, - проговорила она и опустившись на колени, стала осматривать освещённый ворсистый пол между сиденьями.

– Ир, датчики заработали, - сообщил он со своего места впереди через минуту.

– Ну тряхани её, - ответила она откуда-то из-за ящиков сзади.

Машина чуть повернулась на одной гусенице.

- Ну что? - сказала она, встав и убирая волосы со лба.

Её нехитрая причёска совсем растрепалась.

– Ничего, - сообщил он.

– Не ничего, а никого, - уточнила она, как учительница в классе.

– Ага, - согласился он.

– Ну ладно, - сказала она облегчённо и чуть нагнувшись, залезла с ногами на заднее сиденье .

В багажном отделении можно было стоять не нагибаясь. Во всяком случае, им с Тимом. Зелёные цифры в углу экрана в спинке сиденья перед ней мирно показывали пять двадцать пять.

„Если надо, Крис сам позвонит", - подумала научная сотрудница Ирина Постышева.

Вся надежда была на слой поглотителя на основе рувиния. Этот маленький вездеход был довольно неуловим. Если не считать карликов.

– Ты есть не хочешь, Тим? - спросила она, оглядывая серую полумглу леса справа от себя.

– Не... - протянул он, чуть откинув сиденье. - Поспать бы.

– Тебе надо бульону выпить, - озабоченно сказала она. - Дай-ка я тебе ещё лекарство дам.

– Опять укол что ли?

– Таблетку, - успокоила она, доставая коробочку из ближайшей аптечки слева от себя.

– А теперь что делать? - поинтересовался он, выпив из термофляги куриный бульон.

Ему как-то не верилось, что делать больше нечего. Особенно, если тут рядом враг. Может, его и нет, конечно. Кто их знает. Разведут панику. А потом скажут: „Молодцы, товарищи!"

С честью вышли из испытания...

- Ну ладно, спи, - снисходительно сказала сзади Ирина. - Будем ждать звонка, или утром пешком пойдём.

Они замолчали. По крыше посыпались капли. Снаружи в темнеющем вековом лесу было промозгло и сыро. Дождь зарядил надолго.

– Тарантул не прокусит, - удовлетворенно сказал Тим, откинувшись и глядя вверх на полосу заплаты. – Или змеюга…

– Здесь тарантулы не водятся, - отрезала она.

Ей было неохота перебираться опять за штурвал.

- А ужинать? – вспомнил он.

Куриный бульон на эту роль не подходил.

− Сейчас, только бутерброды возьму, - сказала она.

Она села за правым штурвалом через проход от Тима, разворошив один из ящиков с едой и притащив коробку с пирожками.

− Печёные? - спросил Тим.

− Ага, - кивнула она.

− Дай один, - сказал он.

- Бери, - протянула она.

Пирожок был уже горячий.

− Расскажи ещё чего-нибудь, Ир, - попросил он.

− Шутишь, что ли? – сказала она. - Ты же спать хотел.

− Чего-то не хотца, - сказал он, ухмыляясь с пирожком во рту.

Таблетка видно уже подействовала.

− Тебе какие конфеты больше нравятся? - спросила она.

− Клюква в сахаре.

− Оно и видно, - сказала она.

Это было конечно лучше, чем „шоколад с изюмом" или “Ну-ка, отними".

- А чем ты на каникулах занимался?

− Рыбу удил, - удивился он. - А тебе что?

− Так просто.

− А...

− Ворона кума.

- А ты чем?

− Не твоего ума дело, - сказала она. - Смотри лучше на обзор.

− Я и так смотрю, - сказал он, отвернувшись.

− Смотри, смотри, - с иронией сказала она, откусывая второй пирожок.

− Дай ещё, Ир, - протянул он руку.

− Скажи пожалуйста, - сказала она.

− Была охота, - пробормотал он.

– Здесь больше нету всё равно, - сказала она. - Принести ещё?

– Угу, - сказал юный механик.

– Ладно уж.

– Додумались, - сказала Ирина, добравшись с новой коробкой до своего места.

В фанерной коробке с автоподогревом лежали два больших пирожка, толстые, как киты.

Они были с запечёным сыром и колбасой.

– Мой любимый размер, - сказал Тим и протянул к ней руку, широко улыбаясь и весело блестя голубыми глазами.

– Не лезь, - сказала она, легонько шлёпнув его по руке. - Где тебя только учили.

– А что... - сказал он.

В девушке шевельнулась жалость. Таким трудно удержаться во Флоте. Слишком мало робости... в подобной ситуации.

– Не умеешь себя вести, вот что, - сказала она.

По крыше просыпался град капель. Оба непроизвольно подняли голову. В вышине меж густыми кронами темнело серое небо.

– Дождик... – задумчиво произнесла Ирина, глядя в лес перед собой.

Тим откусил горячий пирог.

– Ты плохую погоду любишь? - спросила она.

– А ты в грязи валяться не любишь? - спросил он.

– Не очень, - сказала Ирина, сдерживая смех. - Пойди гермодуш прими.

Их лица были в сером полумраке дождя.

– Сейчас, - буркнул Тим, жуя пирог.

Она упустила это из виду. Надо было, конечно, раньше сказать. Да и Тим тоже хорош… Перемазался в земле, как поросёнок.

И забыл.

– Хорош, нечего сказать, - сказала она. - Всю машину перепачкал.

Тим доел пирог и молча поднялся с места.

Он добрался до своего места чистенький как огурчик и почти сухой. Душ принимался в полном облачении, только без шлема. Ирина о чём-то думала.

На экране перед ней горели какие-то цифры.

– А ты не пойдёшь? - спросил он.

– Нет, - мотнула она головой.

„Вероятность нападения", - прочитал Тим на экране за штурвалом Ирины.

– Нам надо будет по очереди спать, - сказала она, подняв на него глаза.

Она была в каком-то необычном расположении духа. С тех пор, как они залезли в машину. И не удивительно… Она никогда не была начальницей похода. Да и сама была в походе лишь пару раз.

Настоящем.

– Ты помнишь, что Крис сказал?

– Ну?

– Баранки гну, - передразнила она.

Её глаза смеялись в полутьме машины. На лица падал еле заметный желтоватый свет от пола и совсем серый - снаружи.

– Сразу вызывай его, если что.

– Ладно, - сказал Тим.

– Ты будешь первый спать.

– Ладно.

– Давай этот свет выключим, - предложила она.

– Ладно, - сказал Тим. - А почему?

– По кочану, - сказала она. - Сам не знаешь, что ли?

Тим перепрограммировал ЦУ, и без нижнего света стало гораздо темнее. Даже темнее, чем в лесу. По колпаку стекали холодные струи дождя.

– Ну спи, - сказала Ирина.

– Ладно, - сказал Тим с открытыми глазами. - Неохота чего-то.

Ирина смотрела на него в серой полутьме.

– Ир...

– Ну?

– А какая война больше, Тридцатого года или Шестьдесят шестого?

– Это у Криса спросишь, - отозвалась она. - Он наверно большой специалист.

– А говорят, на Герре жёлтых великанов вывели.

– Вывели, - сказала Ирина в полутьме.

– И чего?

– Пока не встречала.

– А Крис встречал, говорит.

– Ну поздравь его от моего имени.

– Это знаешь кто? – сказала она, помолчав. - Андроиды… искусственные люди.

– А правда, что Федерация в союзе с карликами?

– Этот вопрос ещё не изучен, - сказала она, сделав в полутьме большие глаза.

Пахло еловой хвоей.

– А у тебя кто отец? - спросил он.

– Начгруппы в имперской страже.

– А у меня - легионер.

– Где?

– У нас. Он сейчас в отставке.

– Работает?

– Завхозом в техникуме.

– Он на войне был?

- Не, - мотнул головой Тим.

– Мой был на Марисе в 409-ом, - сказала Ирина. - Когда наши оттуда последний легион выводили.

– Понятно, - сказал Тим.

– А ты в леших веришь? - спросил он.

– Хм, - сказала она, у себя на правом сиденье.

В сером сумраке можно было с трудом различить цвет прозрачных глаз.

– Посмотри, это не он?

– Где? - всем телом вздрогнула девушка.

– Вон там, - показал он пальцем.

- Ты что, с ума сошёл!? - взвилась она, увидев его ухмылку. - Как дам сейчас!

Это была обычная шутка подмосковной молодёжи. Она тут же без церемоний дала ему затрещину. Тим этого не ожидал.

– Ты чего... - ошарашенно пробормотал он, не зная, обижаться ему или нет.

Он совсем не ожидал такой реакции.

– Впредь умнее будешь, - невозмутимо сказала она.

Тим замолчал.

– Ты чего, всегда дерешься? - сказал он немного погодя.

Ему было приятно от мысли, что больше уже не надо возиться с проклятой гусеницей. По всему телу разливалась блаженная истома. Он чуть прикрыл глаза и снова открыл их. Посреди экрана по-прежнему мерно пульсировал оранжевый кружок. Не считая остальных значков в правом углу.

Он повернул голову к Ирине.

- Когда как, - сказала она.

В отличие от полулежащего Тима, она сидела прямо и собирала в пучок растрепавшиеся волосы, сняв ярко-красный бантик-резинку.

- Ир... - сказал он.

- А?

- А почему во Флот женатых не берут?

Вообще-то она могла ему ответить, в отличие от большинства остальных курсантов. Но не должна была... именно поэтому.

– Понимаешь, - сказала она, - это связано с карликами...

„Пусть знает", - подумала она. - „Может, умнее будет."

Формально она не нарушала запрета.

– Плотская связь, даже законная, увеличивает нашу уязвимость.

– А... как же у придурков?

– Я же сказала, нашу, - сказала Ирина. - И не болтай.

Тим покосился на неё.

„Придурок" считалось ругательством. Хотя все так называли геррян, при случае. Когда не было старших. Но тут были все свои.

Сейчас.

- А почему увеличивает? - спросил он.

– Это всё, что я могу тебе поведать, - сказала она, забрав в ярко-красную бархатную резину собранный на затылке хвост тёмных волос.

– Ты будешь спать? - спросила она, кончив возиться с волосами.

– Ещё рано ведь.

– Забыл, что нам надо дежурить? – сказала она. - Если ты сейчас заснёшь, я тебя разбужу в десять. А потом снова ляжешь в два. Понял?

- А почему я первый?

– По кочану, - сказала она. - Как приказано, так и делай.

Тим ничего не ответил, посмотрев на темнеющую рядом фигуру, наполовину скрытую спинкой сиденья. Она не откинула назад своё сиденье, как он. Это был его первый поход и первая вылазка на планету… и первая в жизни ночь в дремучем мокром лесу древней Земли, затерянной в невообразимых глубинах Галактики. С капитаном НО „Скуллеа" Ириной Постышевой.

– Давай я тебе ещё лекарство дам, - сказала она.

– Разошлась, - сказал Тим. - А от чего?

– От всего, - сказала она.

– Ну давай, - сказал он с интересом.

Ирина порылась пальцами в нижней части аптечки и вытащила большую таблетку.Таблетка была выпуклая и розовая, почти как шарик.

– А чего с ней делать?

– Жуй.

– Вкусная, - сказал Тим, хрустя.

– Да? - сказала Ирина.

– Угу.

Они посидели ещё с минуту молча. По крыше барабанил дождь, шлёпая крупными холодными каплями. Над ней темнело небо среди мохнатой чернеющей хвои.

„Хорошая девка, только заковыристая больно", - подумал Тим, засыпая.

Ирина смотрела на тёмный экран чуть справа от своего штурвала. Его почти не было видно, и казалось, что красные, жёлтые и оранжевые значки висят в тёмной пустоте.

Он проснулся с чувством неуютности. Рука Ирины легко трясла его за плечо. Было темно, как в погребе. Потом он увидел цветные огоньки на пульте.

– Ты где? - спросонья спросил он.

Его экран был включён, и на нём кроме тех же значков что-то двигалось между мшистыми бурыми стволами. Дождя не было. Зелёные цифры слева от штурвала показывали 9.42.

– Что это? - тихо сказал он, выпрямившись в кресле.

Спинка сиденья автоматически поднялась у него за спиной. Рядом через проход сидела девушка. Он уловил в темноте её дыхание и дуновение от повернувшейся головы.

– Не знаю... - сказала она шёпотом.

Зверь был похож на медведя, но странной ширины и громадного роста. Бурая косматая шкура почти сливалась со стволом ели. Векторы на штурвале и на экране показывали наискосок слева от машины. Зверь повернул оскаленную морду. Глаза чуть красновато блестели. По левому краю экрана сверху вниз побежали цифры и буквы текста. „Расстояние - 29 метров", - прочитала она. Тим торопливо зашарил у себя в подлокотнике. Ирина вдела себе в ухо овальный фарфоровый шарик, надавив на кожаную затычку.

– Чудовище... - прошептала она.

„...высота - четьре метра, ширина - три метра, средняя скорость - один и шесть метра в секунду..." - тихо говорил у неё в ухе приятный женский голос.

Зверь повернулся к машине, смотря из-за раздвоенного дерева с двумя стволами. На экранчике пульта мохнатое чудище было видно до мелочей.

– Дай звук, - сказал Тим.

- Сейчас сам услышишь, - сказала тихо Ирина.

Зверь направился к ним.

Оранжевый кружок посреди экрана по-прежнему спокойно пульсировал. Боевая обстановка не изменилась... оружия не было.

Вокруг.

– Он заплату раздерёт, - схватила она его за рукав. - Скорей, Тим! Бей из ручного снаружи! - Осторожней!

Тим не нагибаясь за шлемом вскочил и затопал назад, по пути загребая с потолка боевые очки. Люк мягко отвалился вниз, пролив ему на голову несколько капель холодной воды. Надвинув со лба боевые очки, он сгрёб с держателя за спинкой свольвер и выскочил на откинутый люк.

„Молодец", - подумал он и поднял тяжёлый автомат.

Ирина повесила автомат на место.

Она сидела в машине, расширив глаза. Адский зверь приближался, не издавая ни звука и лишь шурша ветками. Чудовище было похоже на белку- летуна. До него было восемь метров. Оскаленная морда с двумя клыками весьма мало походила на медвежью.

„С Богом", - подумал Тим и выстрелил.

Голова чудовища как будто немного распухла, из глотки показалось красноватое пламя, и оно стало падать вперёд с кусками шкуры и черепа вместо головы. По лесу раскатился выстрел. Тим закрыл люк, зацепив очки за потолок.

На часах было 9.46.

– Кто это, Ир? - спросил он, снова взглянув на освещённый экран с немного неестественным цветом хвои и травы. Цвет был глубоким и черноватым.

– Сама не знаю... - сказала Ирина сбоку в темноте.

Она сидела совсем рядом, справа через проход. Со своего места Тим видел только лёгкий абрис лица девушки в слабом свете её экрана.

– Давай спать, - сказала она.

– Кто? - сказал Тим.

– Ты... или я, - ответила она.

Зелёные цифры показывали 9.48.

– А ты что, мне снотворное дала? - спросил Тим, вспомнив восхитительный вкус таблетки.

- Дала, дала, - ответила она с той же интонацией и откинула спинку своего сиденья в полугоризонтальное положение, оказавшись чуть позади него. - Чего надо, то и дала.

– А ты спать не хочешь? - спросила она нелогично.

– Не… ничего, - сказал Тим. - Когда тебя будить?

– В два, - ответила она сзади. - Если ничего не случится.

Вышла луна и осветила всё бледным светом. Тим обернулся на полулежащую Ирину. Она захотела сказать ему что-то, но не стала.

„Ладно, не буду тебя мучить", - подумала она, включив одеяльный подогрев в комбинезоне.

Вверху над ней меж мохнатых чёрных ветвей виднелся краешек белой луны.

– Ладно, Ир, - сказал Тим, увидев бледное как молоко лицо в лунном свете.

Засыпая, она прошептала губами молитву. Там, где была невидимая во тьме иконка Богородицы, кончалась трещина на прозрачной броне колпака.

– Смотри не засни, - пробормотала она уже с закрытыми глазами.

Пели птицы.

Ирина проснулась и посмотрела наверх, сквозь прозрачный потолок. Она лежала на спине на полуразложенном сиденье. Уже рассвело. Меж хвойных верхушек было серое влажное небо. На часах было четыре двадцать три.Тим клевал носом у себя за штурвалом.

– Эй, ты чего? - подёргала она его за рукав.

Она специально рассчитала, чтобы он мог проспать восемь часов за два раза, а теперь... вторая вахта была сорвана. Он её не разбудил.

Вовремя.

Если Крис не приедет, они могли пройти эти четырнадцать километров самое большее часов за пять. Она беспокоилась только о Тиме. Во-первых, он был больной. А во-вторых, эта трухелоза могла быть и не с питекантропа. Он же возился в земле. И тогда неизвестно ещё, чем это кончится. Она стала вспоминать, чем замечательны эти трухелозы.

Было всякое.

„В крайнем случае, сами вызовем", - подумала она, сев и подняв сиденье.

– Привет ботаникам, - молвил Тим, встряхнувшись и повернув голову.

– Ну как ты? - спросила она, пригнувшись и заглянув ему в глаза. - Ложись скорей спать. Она сама протянула руку и опустила его сиденье, нажав ладонью ему на плечо, чтобы он лёг.

– Спи теперь, - сказала она. - Что ж ты меня не послушался?

Тим полулежал и смотрел на неё, моргая. У него в глазах была вселенская скорбь, как будто он начитался Экклезиаста. Но с морской болезнью во Флот не брали.

– Ну спи же, - сказала она.

„Этого ещё не хватало", - подумала она, лихорадочно вспоминая.

Не столько симптомы и названия, сколько лечащие средства. Но в голове крутился только эффект какого-то Марчука. Она набрала его на пульте правой рукой. Симптомы... сроки... лечащие средства и процедуры... стандартные А... стандартные Б... стационарные... Она переключила картинку. Стандартные А - ревазин. Эффективность - паллиативная, иногда -замедленная. В некоторых случаях - неэффективно.

Она снова переключила.

Прогноз - благоприятный. Один случай смерти, с возможной погрешностью 55%. Срок излечения - минимум три дня, максимум - семь. Она выключила запрос. Подробности были ни к чему. Всё было ясно и так.

„Пациент или останется жив, или не останется жив."

Ей вдруг стало одиноко, как в пустыне. Она почувствовала, что она одна в этом нескочаемом хвойном лесу, с больным Тимом на руках.

А Крис ничего не знает.

„Ничего... Крису виднее", - подумала она, немного надув губы.

А вдруг его уже нет?.. И Уэрр с ребятами ничего не знают...

Если только их тоже не уничтожили.

Её глаза стали серо-зелёными.

Как ещё не поднятый из морской волны меч.

Аптечный ящик был под правым задним сиденьем. Ревазина было две таблетки в малюсенькой коробочке. На два дня на одного человека.

“Ну и хватит", - подумала она.

Когда Тим снова заснул, она подложила под себя ногу и принялась размышлять о своей судьбе, изредка осматриваясь по сторонам. Было тихое серое утро.

Ей было уже двадцать восемь.

Боевая система была установлена на полное слежение, так что наблюдать было особенно нечего. Машина видела дальше.

Тим проснулся около десяти.

То ли болезнь, то ли лекарство давали себя знать. Она не стала его будить. Он осмотрелся и сел. Что-то неуловимо напоминало двухнедельные лесные походы и ночёвки в палатках.

− Пора и честь знать, - сказала Ирина. - Помнишь, когда лёг?

− Ну, - сказал Тим, улыбаясь.

Он был в обычном настроении.

− Во сколько?

− Ну пол-пятого, - сказал он. - Чего пристала?

− Проверяю твои рефлексы. Ладно, собирайся.

− Пешком потопаем?

− Потопаем, потопаем, - повторила она, словно выжидающе приоткрыв рот и уставившись на него зелёными глазами.

Вещи она собрала, пока он спал. И ввела команду на самоуничтожение. Оставшуюся таблетку ревазина она засунула в нагрудный карман на молнии, под клапаном. В плоских рюкзаках умещались длинные фляги с водой, лекарства и импульсные передатчики. Ну и остальная мелочь. В тяжёлых поясах - магазины и системы слежения. Она приготовила бленгер и Б-6 для Тима.

− Прямо сейчас?

Ему было жалко расставаться с машиной. За это время он к ней уже привык. Особенно после ночёвки. Он вспомнил вчерашнее утро и толстых язей в зеленоватой воде.

„Сейчас бы полавить", - подумал он. - „Бреднем".

- А ты что думал? - сказала она. - И так проспали сколько.

– А завтракать?

- Ну тащи, - сказала она.

Подкрепиться на дорогу не мешало.

– А... - осёкся Тим.

Он думал, что она принесёт сама.

– А где он тут? - спросил он, возясь среди ящиков позади.

– Не он, а она, - поправила Ирина. - Внизу у стенки посмотри.

– Чего нести? - спросил он.

– Кофе с булочками, - сказала она. - Мне семь штук.

– Как? - удивился он.

– И омаров в сметане.

– Ладно, - ухмыльнулся он.

Кофе было в термофляге, а пирожки - в коробке.

– Сбылась вековая мечта человечества, - сказала Ирина. - Тим Горкин изволил подать нам кофе с булочками.

Правильное лицо с двумя веснушками сияло, как будто она только что проснулась и умылась водой из колодца со студёной водой.

– А омары на ужин, - сказал Тим.

– Опять!? - ужаснулась научная сотрудница, увидев вчерашних „китов" с сыром и колбасой. - А ватрушек не было?

- Не-е, - сказал он довольно. - Только такие остались.

Они ему нравились.

– Хорош гусь, - сказала она.

„Кого это осенило", - подумала она.

Эти ящики с едой готовили ещё при Карелине. Как обычное снаряжение. Ей показалось, что это было целую вечность назад.

Позавчера.

– Ну пошли, - сказала она, аккуратно прикрутив крышку-стаканчик обратно к бортовой фляге, возле своего сапога.

Она сидела справа от штурвала у прозрачной стенки.

Она вспомнила одну историю, которую ей рассказывал дедушка, давным-давно.

Как два человека путешествовали на машине по древнему миру. Их звали Мак и Лина, а машина называлась „Келвервик". Они попали в этот мир на звездолёте, но звездолёт столкнулся уже на орбите возле самой планеты с крупным метеоритом, и почти весь экипаж - кроме ихнего командира, Менарда, спустился на планету в вездеходе высшей защиты „Кирхен". А командир не успел. Их было одиннадцать человек. И всего одна девушка, Лина. Во время спуска в „Кирхен" ударила молния, с ясного неба, и он свалился в озеро на каком-то острове в безбрежном океане.

Озеро наполовину испарилось.

А на острове жили дикари, вроде меланезийцев. Эта экспедиция была из Холландии, на звездолёте „Раннельбург". И они очень не любили дикарей, поэтому убили парочку, чтобы показать им своё место. А потом ещё больше, когда те напали на них. Но у них не было лучевого оружия, только обычные автоматы и ещё что-то, наверное.

Она уже забыла.

Сначала они пожили на этом острове, а потом увидели вдали проплывающий парусник и узнали, что на этой планете есть люди. Тогда они незаметно поплыли за ним, и приплыли к какому-то городу, примерно эпохи Средневековья прошлой эры. Там были узкие улочки, серые каменные дома, башня ратуши на площади, церковные шпили и крепостные стены.

Но это был большой город у моря.

Тогда они спрятали вездеход в лесу, а сами достали себе одежду и стали жить там в одном доме у людей. Это были старики с молодой дочкой, по имени Хелла. Но они не успели достать одежду на всех, и поэтому когда трое из них показались на рынке в своей одежде, их поймали королевские ратники и отвели в подвалы Святой Инквизиции. Правда, не без труда, потому что эти холландцы умели хорошо драться. Хоть они и оставили всё оружие в „Кирхене", но они могли хорошо драться и мечами, и ещё чем попало. Кажется, это были Дирк Стиккер, Берк

Никербокер и ещё кто-то. Потом их пытали, чтоб узнать, служат ли они дьяволу.

А потом их товарищи пытались их освободить, но сначала неудачно, и ещё кого-то из них тоже схватили. И тогда те, кто остались, сходили за оружием и с боем освободили их. У местных не было огнестрельного оружия, а только луки и арбалеты. Это было ночью.

Правда, один из них уже умер от пыток.

Они ещё там пожили, и трое других начали поправляться, но инквизиторские стражники заметили, где они живут и внезапно напали на них ночью, вместе с королевскими лучниками. А у них уже кончились боеприпасы. Во время боя дом загорелся, и старики с Хеллой погибли, от стрел и от огня. Это была тоненькая девушка с рыжими волосами и наивными серыми глазами. И ещё трое из их отряда тоже погибли, отбиваясь мечами от ратников и стрелков. А за этим высоким каменным домом с узкими окнами во втором этаже была река, и остальные из отряда ушли из города через реку. Они решили уйти оттуда насовсем, и снова попытать счастья в другом месте. Они не надеялись, что за ними когда-нибудь прилетят.

Ведь никто не знал, что они живы.

После этого они полетели на „Кирхене" на восток, и уже далекым-далеко оттуда, над горами, во время извержения вулкана в вездеход попал снизу кусок раскалённой скалы, он на несколько секунд потерял управление и врезался в скалистую каменную стену. Хоть он и затормозил, но почти все из них погибли от удара. Только Мак и Ламме Гудзак очнулись через два часа и пошли куда глаза глядят, взяв скутеры и автоматы с кучей боеприпасов.

А вездеход они просто закрыли.

Но они не заметили, что Лина была жива, только она пришла в себя гораздо позже них, на следующий день. Когда они уходили, они ещё не совсем очухались, от горя и от удара об скалу. Лина очнулась в вездеходной каюте, увидела, что Мака и Ламме Гудзака нету, и пошла их искать. У этого вездехода была одна каюта и кабина рубки впереди, взади маленький коридорчик с кладовыми шкафами, а внизу машинное отделение.

Очень быстро, на следующий день, она нашла среди скал и кустарника на пологом склоне горы акиромский вездеход „Келвервик", случайно оставленный совсем другой экспедицией, о которой они ничего не знали. Это была длинная серебристая машина изящной формы, с низким капотом, а взади - такая же, как „ капля". В сиденьях и маленьких внутренних багажниках машины были запасы еды, питья и оружия. А горючего ей хватало на десять тысяч километров. Оно было почти не истрачено.

Машина была на гусеницах, средней защиты, на пять человек. Заднее сиденье раскладывалось, и там можно было спать. Такая машина была неуязвима для огня, воды и огнестрельного оружия любой мощности, кроме бронебойных снарядов. У неё была система самоуправления, самозащиты и глобальной связи. Поэтому Лине повезло гораздо больше, чем её спасшимся товарищам .

Через несколько дней, когда они ехали на скутерах по степи, вдалеке показалось полчище монголов. Они были у него на пути. Тогда они заняли оборону на небольшом пригорке и пустили в ход все свои боеприпасы. К вечеру перед ними были навалены кучи убитых и раненых, а полчище обошло их с двух сторон и ушло в сторону заходящего солнца. Ламме Гудзак был смертельно ранен во время боя короткой стрелой. Мак кое-так похоронил его и поехал по степи на юг. У него в автомате оставалось четыре патрона.

Это был автомат Ламме Гудзака.

Скоро горючее в скутере кончилось, и он побрёл пешком, и к следующей ночи дошёл до какого-то города с белыми стенами. Перед этим он немножко умылся в ручье. Может быть, это был арык. Город второпях готовился к осаде. Здесь жили смуглые люди в восточных одеждах.

На следующий день полчище осадило город, и он пал после недолгой борьбы, а Мак спасся в каменном водоёме на площади, и до глубокой ночи дышал под водой через тростинку. В городе было совсем мало эмирского войска. Ночью Мак ушёл из разорённого города, и по дороге истратил свои последние патроны. Он пробирался на юг, стараясь попасть в ещё не захваченные полчищем места.

Через несколько дней он наконец добрался до страны, где правил восточный владыка - падишах. Мак раздобыл себе меч, поступил в войско и постепенно, за несколько месяцев, оказался на виду у падишаха и стал одним из его приближённых - главным мирзой-военачальником. Царство уже несколько месяцев воевало с монголами, и под умелым руководством Мака падишахское войско одержало несколько значительных побед, во-время отступая и перегруппировывая силы, а также используя войска привлечённых политикой Мака союзников. Однако силы были неравны, и в конце концов армия падишаха потерпела сокрушительное поражение.

Мак снова спасся и убежал в соседний эмират.

Он шёл по пыльной крутой дороге среди зарослей мирта, и думал, что ему незачем жить. Все его товарищи погибли, а других ему было не надо. И на Землю он никогда не вернётся. Эту планету они назвали тоже „Земля". На него напала чёрная тоска, и ему стало всё равно, что с ним будет. Когда он зашёл в дом какого-то крестьянина при дороге и попросил поесть, тот, увидя грязного нищего попрошайку, приказал ему сначала поработать как следует. Хозяин делал ещё и горшки, и Маку пришлось месить и смешивать глину. Ему было всё безразлично, и несколько недель он прожил у этой семьи в полурабстве. Он почти не умывался, и иногда вечером плакал на своей циновке в хлеву, а остальное время пребывал в отупении и безразличии ко всему.

В хлеву жили овцы.

Когда Мак был слишком нерасторопен, хозяин бил его рукой или палкой. А иногда и хозяйка тоже. Ел Мак одни ячменные лепёшки, но ему ничего и не хотелось. Совсем ничего на свете. За это время он похудел, оброс и стал смуглым, как его захудалый хозяин, от загара и пыли.

Но однажды, когда горшечник дал ему по обычаю по уху, Мак вдруг встряхнулся и убил его горшечным кругом. На него сошла былая ярость битвы, и он снова стал прежним Маком. После этого он убил хозяйку и разнёс горшки, а потом умылся в холодном арыке и найдя хозяйский топор, пошёл своей дорогой. Хозяйские дети ничего не видели.

И тогда на следующее утро, присев отдохнуть на мягкой поляне средь густых зелёных кустов, он посмотрел вверх на синее небо и вдруг услышал словно неземную музыку. Она показалась ему неземной, потому что он слишком давно ничего такого не слышал. И мелодия, и слова были ему знакомы. Это была песня Мануэля.

Над травой порхали белые бабочки.

Музыка доносилась из-за зелёных кустов с другой полянки. Он встал и пошёл посмотреть, в чём тут дело. Он думал, что наелся ядовитых ягод. На соседней полянке он увидел сидящую на траве Лину, неподалёку от длинной серебристой машины. Она сидела и обхватив колени, смотрела в небеса. Когда она обернулась, Мак увидел большие от изумления синие глаза.

Рядом с ней валялся в траве пистолет с длинным стволом.

И вот тут-то начиналось самое интересное, потому что они пустились странствовать на машине в поисках земель, где живут белые люди, и во время странствования влюбились друг в друга.

А путешествовали они больше двух месяцев.

Один раз они остановились ночевать среди бескрайних снежных пустынь Арктики. Подалёку виднелись торосы в стылом звёздном свете.

Снаружи было -20^{е}...

Ирина стояла в багажном отделении и надевала рюкзак. Он был на двух эластичных ремнях. Свой бленгер она прислонила к спинке заднего сиденья.

– Иди сюда, - сказала она. - Помоги мне пояс застегнуть.

Тим стал пробираться назад к выходу. Ему снова стало жалко бросать машину. Он с ней так долго возился, что она стала ему как родная.

- А мы заберём потом машину, Ир? - спросил он.

– Не знаю, - сказала она, посмотрев на него круглыми зелёными глазами.

Она не хотела его огорчать. Со вчерашнего вечера ей стало казаться, что они вряд ли отсюда выберутся. С планеты Ильма.

– Спасибо, - сказала она, когда он защёлкнул ей пояс впритык, чтобы он потом не болтался.

„Навьючилась", - подумала она и шагнув за борт на откинутый люк, упруго спрыгнула на влажную землю с редкими травинками.

Под сапогами спружинила пожухлая хвоя. В лесу было тихо... В сыром и свежем воздухе было что-то бодрящее. За шумящими верхушками пихт и лиственниц ветер гнал светло-серые облака. Как будто в лесу на станции Рябиновка после дождя.

– Чего ты там застрял? - сказала Ирина Тиму, копошащемуся в багажном отделении. - Ни мычишь, ни телишься.

– Сейчас, - сказал он и вышел на чуть пружинящий прозрачный люк.

Вековой лес махал им своими ветками.

Оба забыли про ночное чудовище на той стороне от машины. Уже отойдя за первое дерево, Ирина вспомнила и только поёжилась. У неё не появилось желания на него посмотреть.

„Интересно, на сколько это лекарство подействует", - подумала она, оглянувшись на Тима.

Он шёл в трёх шагах позади неё.

– Может, я вперёд, Ир? - спросил он. - А то как вчера выскочит...

– Вот ещё. Смотри назад лучше, - сказала она, довольная, что он совсем здоров.

„Бестолочь, всё настроение испортил", - подумала она.

Это была совсем другая история... не та, что рассказывал дедушка.

««««««»»»»»»

Крейсер Уэрра

– Кстати, Кира, - сказал доктор Уэрр. - Я нашёл ваш персик... вы его потеряли на кресле.

– А где он? - спросила Кира.

– Вы уж не обессудьте, но мы с Торстеном его съели. Просто не смогли удержаться. Где вы такой достали?

Он был под буквой „Й", - сказала Кира, щупая свой карман. В нём было что-то твёрдое.

– Скажите на милость, - удивился доктор. - В моё время этого не было.

– А вы разве не знали? - удивилась Кира и вытащила из кармана полупрозрачный камень.

Она всегда проверяла все заковыристые буквы.

– Что это у вас? - спросил улыбаясь Уэрр.

Он ещё помнил, как интересно было в детстве подбирать камни. Она вертела в руках кусок чёрного обсидиана с прожилками.

– Камень, - виновато сказала Кира.

- Вулканическая порода, - сказал задумчиво Уэрр, принимая у неё из руки отливающий чернотой камень. – Красив... хм… он был на той поляне, Кира? - спросил он после недолгого молчания.

– Ага, - кивнула она, взяв острый камень.

– Дай посмотреть, - сказал Торстен.

– Бери, - сказала она.

Камень был с нежно-зелёными прожилками. Он тоже интересовался камнями, только с более научной точки зрения. Особенно в данный момент.

– Что вы на это скажете, Торстен? - спросил Уэрр.

– А что? - спросил Торстен.

– Ах да... там же норрская база.

– Нетипично, - подумав, сказал Торстен. - А что?

– А Эйринна оттуда, доктор? - спросила Кира, взглянув на Уэрра синими глазами.

– М-да, - рассеянно сказал он и замолчал, теребя кончик своей бородки.

Его длинное лицо с рыжими бакенбардами было чем-то озабочено. Как у доброго доктора Айболита на берегу могучего синего океана.

– Эта планета уже занята, друзья мои, - сказал он. - Здесь находится вражеская база особого назначения. Вероятно, пять точек на пяти континентах.

– А... откуда вы знаете? - спросила Кира.

„Вот дела", - подумал Торстен, нутром чувствуя, что дело быстро идёт к последнему бою.

Это всегда случается как-то неожиданно. Вся остальная жизнь вдруг как сон бледнеет, исчезая из виду. И на её месте выступает смерть - главное дело короткой оставшейся жизни.

„Что же они?.." - подумал он.

– Мы об этом не знали... - сказал Уэрр, повернувшись к Кире. - И боюсь, что все карты у них в руках, - добавил он виновато.

Кире стало его жалко.

Но она не нашлась, что сказать. Ей захотелось подойти и утешить его. Но... она покосилась на Торстена. Это было уже невозможно.

Никогда.

Уэрр потёр себе лоб.

Его вдруг озарила простая догадка. Конечно, базу гораздо легче скрыть, если уничтожить оба трактора вместе, в одном бою, и представить это как случайную стычку с залетевшим в систему ровером или астролётом. Ведь их уже здесь не будет. И связи тоже наверняка нет.

Потому что это „Плутус"...

А отсутствие прямой, обратной и задержанной связи всегда можно свалить на карликов. Тем более, что всё равно это их работа...

„Может, они всё-таки получили наше первое сообщение", - подумал он с надеждой.

База, естественно, только на Ильме, и если бы наши на Ильменне знали, то ещё можно было бы помериться силами. Конечно, здесь есть один ровер... больше им просто ни к чему. Но и полугрузовая „Ромашка" - тоже не сахар. Боевой корабль.

„Был бы у нас аннигилятор", - подумал он с сожалением.

Вообще, когда-то эта модель проектировалась под мини-аннигилятор, но потом оказалось, что после этого в ней уже мало что поместится, и тогда пришлось понизить её класс до третьего.

– А зачем эта база, доктор? - не удержавшись, спросила Кира.

- Вот что, друзья мои, - произнёс Уэрр с немного заговорщицким видом. - Пожалуйста, не расспрашивайте нашу новую знакомую о том, что вам не положено знать. А если узнаете, то считайте это гостайной. Хорошо?

Кире захотелось причесать его ярко-красную шевелюру.

– А я попрошу её не очень развращать вас своими россказнями, - добавил он.

– А что нам не положено знать, доктор? - простодушно спросила Кира.

Уэрр посмотрел в лицо девушке с короткой стрижкой.

Как глоток свежего воздуха бескрайних степных просторов с ковылём и ромашкой, о котором забываешь за долгие месяцы в звездолёте. Он почему-то представлял свою дочь именно такой.

Если бы она была.

– Цели и средства, - пояснил он. - То, что они здесь делают и как они это делают. Только и всего, Кирочка.

У него всё-таки слетело это слово.

Немного забылся... Кира слегка покраснела. В младших классах мальчишки дразнили её „киркой". Один раз она за это огрела одного портфелем по голове и получила выговор от учителя пения Бориса Сергеевича. Это был Толька Косачёв. Тогда она училась в школе № 3, около станции.

Уэрр улыбнулся и посмотрел вбок на Торстена.

– А как вы думаете, Торстен, Цирцея действительно жила на острове Эйя, или это выдумки?

Торстен следил за зелёными цифрами на обзоре. Тридцать три минуты от точки старта. Расстояние - четыреста восемь километров.

– По-моему, на Литоре, - возразил Торстен. - Только это сказки.

– А вот и нет, - сказала Кира. - Не знаешь и не говори.

Ей казалось, что она читает про себя в книжке, как они проносятся над полями и лесами и высокими горами никому неведомого мира. Раскидистый дуб, показавшийся зелёной точкой на вершине далёкой горы, уже через десять секунд промелькнул внизу со скоростью пули.

– Вы знаете, я тоже так думаю, - заметил Уэрр мягким баритоном. - Я думаю, что жила, как и тот, кого она приворожила.

Он перевёл на Киру добродушный взгляд.

– Одиссей? - спросила Кира тихо.

- Да, - кивнул Уэрр. - Мне кажется, Цирцея - положительный образ. - А вы как думаете, Кирочка?

– Наверно, да, - вздохнула она.

Ей вспомнились мультфильм про Одиссея, мама с папой и пироги с творогом. Она скучала по дому. И вообще ей было грустно.

– Тогда уж не образ, а персонаж, - сказал нетактичный Торстен. - И как насчёт свиней?

– Ты прав... хотя и не совсем, - сказал доктор Уэрр.

– При чём тут свиньи? - сказала с досадою Кира.

„Вечно он лезет", - подумала она.

– Я не имел в виду свиней, - мягко пояснил доктор.

„Уже тридцать восемь минут", - подумал он. - „Значит, видимо, будут ждать встречи."

– Ну как, Торстен? - спросил он.

– Шестьдесят два - семьдесят восемь процентов, - ответил тот.

Он как раз ткнул пальцем в последнюю бледно-зелёную клавишу. Дохнуло свежей сыростью. На горизонте показалась полоса серых туч.

– Давайте пообедаем? - предложил доктор Уэрр. - Зачем лишать себя удовольствия из-за пустяков?

– Это точно, - согласился Торстен.

– А... - начала Кира.

– А я останусь здесь, - сказал доктор.

На диване сидела притихшая голубоглазая фея в шляпе с мягкими полями. Она обернула голову на звук раздвинувшейся двери, сделав непроизвольное движение рукой к застёжке ремня справа от талии. Он шёл по поясу и груди.

В её глазах мелькнул страх и пропал.

- Здравствуйте, - вздохнула она.

В дверях стоял молодой белобрысый парень в белой форме, чем-то похожий на её вчерашнего знакомца Хельмара Годфри.

„Как он там?" - промелькнуло у неё.

Он был пожалуй не такой красавец, как Хельмар. Подбородок чуть острее, и непослушные светлые вихры. И весёлые голубые глаза.

„Чем же они похожи?" - смутно подумала она, и догадалась.

У него было такое же выражение, как вчера за столом у Хельмара в кафетерии пятого яруса. Рука девушки остановилась на застёжке у талии.

– А что это у вас? - спросила она, махнув головой на тёмно-синюю коробочку у него в руках.

Она смотрела на него, слегка прикусив кончик пальца.

– Сканнер, - сказал Торстен по-русски.

Он забыл это слово.

– Извините, - сказал он и вошёл в каюту.

Дверь автоматически закрылась у него за спиной.

– Как вас зовут? - спросила голубоглазая фея, вынув изо рта палец.

– Торстен, - сказал он. - Эрик Торстен, капитан Флота.

– Вы разве германец? - удивилась она, пошевелившись на своём диване и приглашая его тоже сесть, наклонив голову набок.

Вообще-то она уже устала тут сидеть без движения.

– Звездолётчик, - немного ревниво поправил он, садясь напротив неё.

Она казалась ему ровесницей.

– А откуда вы знаете германский? - спросила Эйринна.

– Откуда?.. Со школы, - ответил он, недоумевая, когда настанет его черёд.

– А какой у вас родной язык? - спросила она.

– Русский, - сказал он, слегка запнувшись.

Вообще-то у него было два родных языка. Но его швецкий мало походил на её средне-германский диалект. Да и вообще…

– А, - сказала она, посмотрев на него. - А вы не будете пристёгиваться?

– Нет, - сказал он. - Я только занесу вас в список.

Уэрр сказал.

– Какой Уэрр? - поинтересовалась она. - Тот рыжий? Он ваш начальник?

– Ага, - кивнул Торстен. - А вас зовут Эйринна?

Они сидели лицом к лицу, и между их коленями был проход шириной в пол-метра. Эта каюта была довольно тесной, особенно если разложить кожаные диваны.

– Ага, - согласно кивнула она. - А вы мне дадите поесть?

– Сейчас, - спохватился Торстен. - Сейчас вам надо идти на обед. Только сначала надо вас записать.

Он показал ей тёмно-синюю кожаную коробочку. Доктор сказал им идти в нижнюю столовую, на жилом этаже. Кира была уже там.

– А зачем? - с сомнением спросила она.

– Будете членом команды.

Эйринна чуть недоверчиво приоткрыла рот. Она была хороша. Тем более, что она специально не снимала свою шляпу с широкими полями. Чтобы произвести большее впечатление.

Что ей удалось.

– Как?.. - произнесла она.

„Прямо", - подумала она про себя.

– Будете членом экпажа, - сказал Торстен, пожав плечами. - Временно.

– А потом? - спросила она пытливо.

– Я не знаю... - сказал Торстен.

„Вот пристала", - подумал он.

Он и вправду не знал.

А пассажиры по уставу на предусматривались. Поэтому надо было или сажать её в камеру, или записывать в команду. К чему и склонился доктор… учитывая все обстоятельства.

− Давайте вашу руку, - сказал он, протянув к ней свою.

Она положила на его ладонь свою открытую руку. Торстен немного растерялся. Почувствовав прикосновение её руки, он забыл, что собирался делать.

На миг.

„Хоть бы шляпу сняла", - подумал он, отвлёкшись.

− Ну Эрик, - сказала она.

Он спохватился и приложил сканнер к её большому пальцу, а потом по очереди к другим. Пальцы в его руке шевелились и не вовремя сгибались и разгибались.

− Другую руку, - попросил он.

Она слегка фыркнула. Ей показалось смешным, что он так осторожно обращается с её пальцами. Она не привыкла к такому обращению.

Совсем.

− Готово, - сказал он, вставая и сунув коробочку к себе в карман. - Пойдёмте, Эйринна.

Молодая женщина отстегнулась и встала, оправляя комбинезон, как платье.

− А где ваш астролёт? - спросила она. - Мы скоро прилетим?

− Нет, - мрачно сказал Торстен.

Они пошли рядом, чуть касаясь светло-коричневых стенок коридора верхнего этажа. Трактор ровно жужжал. Как гигантский шмель.

− Торстен, вы где? - раздалось в длинном коридоре с матовыми плафонами вдоль вогнутого потолка.

− Идём, доктор, - тут же ответил Торстен, остановившись.

− Нам сюда, - показал он повернувшейся к нему Эйринне, чуть тронув её рукав.

Открытая дверь темноватого трапа была уже чуть позади них. Эйринна молча повернула назад. На обитой тёмным деревом стене трапа горел плафон.

В столовой играла тихая музыка Вальдини. По стенам округлой комнаты шёл сплошной диван с высокой кожаной спинкой и узкими столами перед ним, а в середине был шестигранный стол ещё на шесть человек. В центре стола был трёхгранный экран главного обзора, а под ним выдвигающиеся штурвалы. Больше здесь экранов не было. Столовая была восемнадцатиместная, на весь штатный экипаж. Конечно, если потесниться, то могло поместиться и человек двадцать пять.

Правда, без ремней.

„Но это нам вряд ли грозит", - усмехнулся про себя Торстен.

Кира уже поставила на стол в середине миски и кружки.

– Это что тут у тебя? - спросил подойдя Торстен.

– Суп, - сказала Кира.

Она сидела на пилотском кресле перед столом, пристёгнутая широким двойным ремнём. Эйринна осматривалась вокруг, держась за высокую спинку кресла рядом с Кирой. Между округлыми креслами этого стола и полированными столами вдоль стены был неширокий проход, только разойтись двоим. Вот как сейчас им с этим Эриком. Она взглянула на него.

Над сплошным диваном вдоль стен торчали медные светильники. Свет падал только на столы и буфетную нишу, создавая вверху мягкий полумрак. Как в кабачке в Хайгарде, куда её иногда возил её барон. Хотя там были настоящие канделябры.

„И настоящие германцы", - подумала она сама не зная почему.

– Садись, - сказала ей Кира. - Ты уже познакомилась с Торстеном?

Она показала на место слева от себя. Торстен сел справа и уставился в суп. Он не так уж уважал супы. Не больше, чем манную кашу.

– С Эриком? - спросила Эйринна, снова взглянув на него. - По мере сил. - А почему у вас здесь никого больше нет?

Кира вопросительно оглянулась вправо на Торстена. Она не слышала инструкций Уэрра. Торстен тоже… но он не считал нужным опасаться.

Всяких…

– Потому что больше никого нет, - хмуро отрезал он. - Уэрр сказал тебе одеть наушник и не снимать.

– Кому? - спросила с интересом Эйринна.

– Хм... ей, - показал тот подбородком на Киру.

– А, - качнула головой Эйринна. – А можно, я сниму шляпу, Кира?

– Ага, - ответила Кира. - Брось её туда.

– Ешь, Эйри, - добавила она.

Она сразу почувствовала в этой девушке что-то близкое. Ещё там, в высокой траве на ветру под ослепительным солнцем.

Хоть та и была почти на десять лет старше.

– А что это? - спросила Эйринна, положив шляпу на пустое сиденье рядом.

У неё был гладкий пучок каштановых волос. Торстен бросил на неё мимолётный взгляд и отвернулся к еде. Подумаешь…

– Уха из куриных ножек, - сказал он, угрюмо хлебая ложкой.

Кира удивлённо посмотрела на него, хлопая ресницами. Это было ему не свойственно. Такие глупые шутки… не к месту.

– Остряк, - сказала она. - А у вас разве суп не едят? - спросила она Эйринну.

– Эйринна ничего не сказала и осторожно попробовала суп из большой ложки. Он был горячий, как будто только что из печки. Она спрашивает, из чего, - сказал Торстен, ни к кому не обращаясь. – Нет ли там чего некошерного.

Кира округлила глаза, взмахнув ресницами.

– Ты что?! - ахнула она. - Извинись сейчас же, а то не буду с тобой разговаривать!

- Ну и ладно, - сказал Торстен и поднялся с кресла. - Я пошёл к Уэрру.

Кира растерявшись посмотрела на него.

– А... а как же обед? - еле выговорила она, не зная, что делать.

– Перебьюсь, - сказал Торстен, открыв на расстоянии двойную кожаную дверь. – Наше вам.

Раздался мелодичный звон задвигающейся двери. Эйринна потрогала её за руку у запястья. На запястье был боевой нарукавник.

„Ладно, Кира?"

Кира чуть заметно кивнула.

В белую миску упала слезинка. Она вспомнила о сегодняшнем разговоре с доктором, и в ещё дымящийся суп упали сразу две.

– Не плачь, Кира, - промолвила Эйринна и скользнула в дверь вслед за Торстеном.

Дверь на секунду замешкалась и закрылась с тем же мягким звоном.

Минуты через три она снова отворилась, и слегка встрёпанный красный Торстен шагнул в округлую полутёмную комнату с ярко освещенным столом посередине. Кира подняла голову на звон и увидела перед собой на обзоре тёмно-синюю полосу туч над холмистой равниной. „Расстояние от точки старта: 551 км.", - прочитала она внизу. Зелёные как нефрит буквы слегка расплывались. Вслед за Торстеном вошла Эйринна.

Легко, как лань.

Торстен молча сел и принялся за суп.

– Извини, - буркнул он.

– Угу, - сказала Кира сквозь слёзы.

– Эрик, - сказала Эйринна. - А можно мне тоже наушник?

– Тебе? - сказал Торстен, подняв глаза и осёкшись.

Девушка смотрела на него с каким-то непонятным выражением.

- Да, - сказала она.

– Доктор, дать ей наушник? - сказал он, пожав плечами и нажав на кнопку у себя на запястье.

– Кому? - спросил доктор у него в ухе по-русски.

– Эйринне, - запнувшись, ответил Торстен.

– Конечно, - сказал Уэрр. - Дайте немедленно и покажите после обеда, как управлять огнём.

– А нарукавник?

– Вы что, поссорились? - сказал доктор.

– Не-ет, - пожал плечами уже не такой красный Торстен.

Обе девушки с интересом наблюдали за его разговором. Потом Кира нажала кнопку, и услышала последний вопрос Уэрра. Торстен покосился в её сторону, увидев на нарукавнике мигнувшую зелёную звёздочку прослушки.

– Попросите пожалуйста Киру после еды принести мне обед, - сказал доктор Уэрр. - Чем она вас сегодня кормит?

– Пока только супом, - сказал Торстен, решив больше не искушать судьбу.

На него смотрели две пары любопытных глаз. И одна из них - так, как красивые девочки смотрят в школе на классного шута. С интересом и скрытым неодобрением.

– Гороховым, - добавил он, испытав горькое удовольствие.

– А что на второе? - спросил доктор.

– Каша с мясом, - сказала Кира.

– Прекрасно, - сказал Уэрр. - Только не ходите долго, хорошо, Кира?

У неё на нарукавнике всё ещё мигал красный огонёк. А также над главной и боковой дверью. Боковая дверь вела в кают-компанию.

– Ладно, доктор, - сказала Кира.

– Ну, приятного аппетита, - сказал Уэрр. - И новенькой тоже.

Торстен ухмыльнулся. Эйринна возила ложкой по глубокой тарелке. Она в жизни не пробовала горохового супа.

Никогда.

Можно, - сообщил он, глядя на девушку с веснушкой на носу и доставая запасной наушник из деревянного торца столаТеперь она казалась ему старше. Что-то было в её мягких и грациозных движениях... что его сильно отвлекало от всего остального.

Вокруг.

– А почему вы всё время по-германски говорите? - спросила она, встретив его взглядом голубых глаз.

– Из-за... - сказал Торстен и замолчал, не решаясь сказать ни „тебя", ни „вас".

– А, - сказала она, качнув головой.

– Эйри, ешь суп, - сказала Кира. - У нас так не положено. Все должны есть суп.

– Ага, - невозмутимо поддакнул Торстен.

– А мне не хочется, - жалобно промолвила Эйринна. - Можно, я потом съем?

– Ну ладно, - сказала Кира снисходительно. - Давай сюда. А кашу будешь?

- А с чем она?

– Возьми, - протянул Торстен тёмно-фиолетовый шарик наушника.

– С мясом, - сказала Кира. - Бараниной, - уточнила она, смешливо посмотрев на Эйринну с наушником в руках.

Та не знала, что с ним делать. Кире она очень нравилась. Гораздо больше, чем скучный Торстен. Со своими вечными расчётами…

– Уберитесь здесь, ладно? - сказала Кира, уходя. - Я к доктору пошла.

Блекло-розовая дверь снова задвинулась с мягким звоном.

– Эрик... а почему у вас доктор главный? - спросила Эйринна, положив локти на стол и уткнув подбородок в кулаки. - Он что, врач, да?

– Угу, - сказал Торстен. - Вообще-то меня все Торстен зовут, - добавил он.

– Все-все? - сказала она, не поднимая головы с кулаков.

Она так и не съела до конца свою кашу. Оставалось ещё почти пол-тарелки. Такой еды она тоже до сих пор не видела.

„Капризная", - подумал Торстен.

– Пошли в рубку? - предложил он.

– А зачем? - спросила она, смотря на него с кулаков на столе.

– Просто так, - пожал он плечами. - Покажу тебе, как управлять штурвалом.

– А... - сказала она, чуть качнув головой.

„Разакалась", - раздражённо подумал Торстен.

– А что тебе будет, если поймают?

– Казнят... - полурастерянно сказала она, подняв голову с кулаков. - А разве вы... разве меня оставят, Эрик?

Алые губы домината приоткрылись…

– Я просто так спросил, - сказал он и чем-то щёлкнув под столом, достал запасной нарукавник .

– На, держи, - сказал он. - Ты будешь после Киры, четвёртой.

Она взяла нарукавник, и стала вертеть его в руках.

– Четвёртой? - сказала она, забавно выпятив губу.

– Четвёртым номером, - пояснил Торстен.

В тумане под ними смутно проносились какие-то чёрные скалы. Торстен включил корректор. Туман почти исчез, и стала видна трава, утыканная скалами.

Как зубьями дракона.

– Умеешь одевать? - спросил он.

– Нет, - чуть качнула она головой.

- Хм, - поджал губы Торстен, поймав на себе её непонятный взгляд.

Он нажал на кнопку нарукавника.

Мгла на экране совсем рассеялась. Чёрные скалы в лёгкой дымке на тёмно-зелёных склонах казались башнями и развалинами.

– Ну пошли, по дороге покажу, - сказал он.

– А со стола убирать?

– Ну давай, - поморщился он. - Только быстро.

Он не особенно любил это занятие, в отличие от Киры.

– Тащи всё сюда, - позвал он, нагрузившись до отказа и направляясь к буфетной нише.

Эйринна изумлённо смотрела на чуть не упавшую миску с недоеденным супом, качнувшуюся сверху. Она чуть не прыснула.

Догнав его в нише, она начала складывать всё на стол и в раковину.

- Всё взяла? - спросил он.

- Да, - ответила она. - А что это у тебя, Эрик?

– Палец прищемил, - сказал он. - ну пошли?

– А как же это?.. - растерялась она, показав на посуду в раковине.

Еду он убрал за дверцу прозрачной стенки под резными шкафчиками буфета. Часть в буфет, а часть в холодильник.

– А это Кира потом уберёт, - махнул он и защёлкнул над раковиной прозрачный колпак.

– Чтобы не просыпалось, - по-домашнему серьёзно подмигнул он.

– Ты что, серьёзно? - спросила она.

– Чего? - не понял он.

- Ну... - сказала она, чуть отступив и внимательно разглядывая его, как белка неведомый ей орех.

– Ты чего? - спросил он.

- А чего ты подмигивал? - поинтересовалась она, водя пальцами по складке на своём рукаве.

- Так просто, - сказал он в сердцах.

„Свалилась на мою голову", - подумал он.

Она ничего не ответила и слегка покраснев, шагнула к выходу.

– Пошли? - тихо проговорила она.

„Обиделась, что ли", - подумал Торстен.

– Постой, - сказал он. - Давай я тебе нарукавник одену.

Она остановилась и повернувшись, покорно протянула правую руку.

– Нет, на левую, - сказал он.

Затягивая ей нарукавник, он почувствовал от прикосновения к её руке какой-то чудный подъём. Как будто ему подарили замок на небесах.

„Влюбился я, что ли", - подумал он мрачно. - „Главное, не подавать виду."

− Вот, смотри, - сказал он. - Здесь три пульта: ходовой, боевой и информатика. В ходовой входят все основные бортовые системы, - двери, свет, климат и защитные мероприятия... вот смотри, жёлтые кнопки. Один раз - ближний контроль, два раза - весь трактор, номер помещения - контроль помещения. Всего у нас здесь девяносто восемь помещений, включая трапы, лифты и секции коридоров. - Вот здесь - схема трактора, по этажам, - сказал он.

Эйринна послушно смотрела на свою руку с нарукавником, чуть шевеля носком сапога. Под ногами был чуть дрожащий вощёный пол из тёмного паркета. На этом он сбился и поднял на неё глаза.

− ...А у вас всегда так пусто? - спросила она.

− Нет, - сказал Торстен и отпустил её руку. - Сейчас все улетели.

− Мы здесь одни, - добавил он, помолчав.

− А где же ваш астролёт? - спросила Эйринна, понизив голос до таинственного полушёпота.

− Не астролёт, а звездолёт, - поправил Торстен. - Он ушёл из системы. Его здесь нет.

Девушка несколько секунд смотрела на него, не закрывая рта.

- А... что же теперь будет? - спросила она.

− Ничего, - пожал он плечами.

− Ничего? - снисходительно повторила она.

Как будто он сморозил глупость. Что было близко к истине… в данных обстоятельствах. Она знала, что у Станции есть ровер.

− Ничего, - сказал Торстен.

− Почему?

Он не нашёлся, что ответить, и только посмотрел на белое лицо своей собеседницы в стороне от падающего на столы света.

− Бой, - наконец буркнул он.

− А... - качнула она головой.

– Торстен, как дела? - прозвучало у них обоих в ухе по-германски.

– Нормально, - сказал он. - Сейчас идём в рубку.

– Идите в нижнюю среднюю, - сказал Уэрр.

– Ладно, - ответил Торстен.

У него чуть защекотало в ухе, и он воткнул поглубже свой наушник, нажав на кожаную затычку. Затычка была под цвет кожи.

– А он нас слышит? - спросила Эйринна вполголоса. А я почём знаю, - соврал зачем-то Торстен.

Зелёная звёздочка прослушки не зажигалась.

- А дальше что? - спросила она.

Она стояла спиной к столу с обзором. На обзоре в трёх шагах от неё виднелись далёкие голые предгорья на фоне серого неба. Негромкий гул чуть заметно усилился.

Вездеход шёл немного на подъём.

– Ну давай руку-то, - сказал он, напрасно прождав немного и отведя глаза от серого неба.

Вокруг был уютный жёлтый свет полутёмной столовой.

– На, - сказала она охотно.

Он взял её руку двумя пальцами.

– Ну вот, здесь - боевое управление: оранжевая - общий огонь, эти три - торпеды, импульс и лазеры; здесь - СВЧ, это - номерной выбор цели... ты троичную систему знаешь?

– Нет, - мотнула она головой с коротким хвостом каштановых волос.

– Ну учи, - сказал он. - Это легко. - Я тебя потом выучу. Вечером, - прибавил он из вежливости.

Ему почему-то казалось, что она не согласится.

Он вдруг вспомнил общий устав, и как он соблюдался при Карелине. Включая отбой и другие мелочи. Например, как обращаться с Эйринной.

„Надо у Уэрра спросить..." - подумал он о новом распорядке.

– Теперь информатика - зелёные кнопки, - снова начал он, сжимая пальцами её запястье.

– Х-хи, - хихикнула Эйринна.

− Ты чего? - подозрительно спросил он.

− Держи нормально, - сказала она. - На пульс надавил.

„На пульс надавил", - передразнил он про себя. - „Свалилась на мою голову."

− Это экраны, это связь общая, это индивидуальная, это запрос и поиск, - терпеливо проговорил он, взяв её запястье в ладонь и ощутив неведомое до того блаженство.

“Ну вот..." - уныло подумал он.

− Это номерные кнопки, тоже троичные, - упавшим голосом закончил он. - Остальное сама спросишь, если надо. - У меня или у других, - добавил он, отпустив её руку.

Она молча кивнула.

Корабль слегка тряхнуло. В раковине звякнула небьющаяся посуда. У Торстена промелькнула мысль о корсарах и столетней малаге.

− Эрик, - сказала она, повернувшись к нему лицом и упруго расставив ноги на тёмном вощёном полу. - Не обращайся со мной как с музейным экспонатом, ладно?

− Угу, - буркнул он, отвернувшись. - Пошли, что ли?

„Козочка", - подумал он с горьким удовольствием от сознания своего ничтожества.

Боевого сигнала не было.

− Торстен, устрой барышню в рубке, а сам зайди в лабораторию за её вещами, - сказал Уэрр у него в ухе.

Эйринна оглянулась на Торстена. Она шла справа от него вдоль слегка изгибающейся стены коридора общего этажа. Стенка была бледно-зелёного цвета. Над овальными дверями справа и слева редко мигали алые огоньки. Они были точно леденцовые. Двери были обиты такой же бледно-зелёной кожей.

− Ладно, док, - сказал Торстен.

− А можно мне с ним, доктор? - спросила Эйринна.

Ей захотелось проверить, слышит он её или нет. И не хотелось оставаться одной без Торстена в этом странном безлюдном крейсере.

− Хорошо, - сказал доктор у неё в ухе.

Её нарукавник был подключён на запрос ещё там, в столовой.

Вихрастый парень остановился. Дверь в лабораторию была позади них, с левой стороны. В воздухе пахло, как летом на даче в дождливый день. Вездеход снова слегка тряхнуло, и Эйринна схватилась за его плечо. Они вошли в лабораторию общего этажа. Эйринна огляделась и присела в серое кресло перед столом. Стол был тоже мягкий и серый с ореховой крышкой. Он был похож на пуф.

Она вздрогнула.

Кресло охватило её широким ремнём, насильно усадив поглубже. Но Торстен не обратил на это внимания. Она облегчённо вздохнула, положив руки на колени.

Трактор был на боевом положении.

„Сейчас посмотрим..." - бормотал про себя молодой вихрастый парень, с серьёзной физиономией моргая белесыми ресницами.

Эйринне стало смешно, и она перевела взгляд на картину на стене. Это был портрет девушки. Она была похожа на Жанну Д'Арк на церковном витраже в Хайгарде. Торстен сидел в серой пультовой нише в четырёх шагах от неё. Стены ниши со светло-зелёными окошками экранов были покрыты кожей светло-серого цвета.

– Пойдём? - сказал Торстен, повернувшись к ней на крутящемся кресле.

Эйринна замешкалась, пытаясь освободиться от ремня. Она ещё не привыкла к чужому оборудованию. Да и вообще… к порядкам.

- На, - сказал он, когда она встала, оправляясь.

Вещи были проверены боевым анализатором внизу и отправлены в коллектор.

– Спасибо, - сказала она.

На краю её кожаного браслета было что-то написано чёрным готическим шрифтом. Она подняла глаза и увидела в светло-серой обшивке над обзором на стене три тёмные деревянные иконы размером с ладонь.

- У вас что, правда тут никого нет? - недоумевающе спросила красивая domината.

Она сидела в кресле перед пультом.

Рубка с полом из густого бледно-вишнёвого ковра была пуста, как и все остальные помещения на этом странном крейсере.

Вроде „Летучего голландца".

– Я же тебе сказал, - хмуро ответил Торстен.

– А-а... - сказала она. - А что ты надулся, как мышь на крупу?

– Разве у вас так говорят? - удивился Торстен, подозрительно уставившись на неё.

„Надо сказать старику", - подумал он неуверенно.

– Будешь штурвал изучать? - спросил он с тайным предвкушением прикосновения к её рукаву.

– Да ну его, - сказала она.

– Уэрр приказал, - чуть покраснев, сказал он.

– Ну и пусть.

Он оторопело посмотрел на неё.

– А я не слышала.

– Ты не хочешь слушаться? - изумился он, помаргивая белыми ресницами.

– Нет, хочу, - пояснила она. - Только после, ладно?

– А сейчас что?.. - пробормотал он.

Не услышав ответа, он поднял голову. Она просто смотрела на него, слегка прикусив язык. Они сидели, повернув кресла с высокой спинкой наискосок друг к другу. На обзоре за серым пультом перед ними раскинулись до самого горизонта лесистые холмы под хмурым клубящимся небом. Обзор был до потолка, как окно во всю стену. От одного взгляда на него Эйринне делалось зябко.

- А можно, я переоденусь? - вдруг спросила она.

- Хм, - пожал плечами синеглазый вихрастый парень.

Он был всё в том же белом тренировочном костюме с голубыми нашивками.

– А во что? - спросил он после некоторого раздумья.

– Не знаю... - проговорила фея… по имени Эйринна.

– Если хочешь, сними комбинезон, - сказал он со скрытым ехидством.

– А можно?.. - спросила она. - Только сделай теплее, ладно?

– Хм, - пожал плечами Торстен. - Как хочешь… мне-то что.

Он немного вошёл в колею.

– Тогда отвернись.

– Зачем? - спросил он с подозрением.

– Ну отвернись же.

- Ладно, - пожал он плечами и чуть крутнул кресло вправо, посмотрев на обзор.

Вдалеке под серым облачным небом был неровный сине-зелёный горизонт. Высота полёта была до пятидесяти метров.

Наступило долгое молчание.

– Чего ты там? - спросил он наконец, чувствуя подвох.

– Ничего, - произнесла она непонятным голосом.

Торстен облизал губы и обернулся, почти не двинув сиденья. Он ожидал всего, в том числе и волшебных фокусов Цирцеи. Девушка спокойно сидела и смотрела вперёд в окно обзора. Комбинезон болотного цвета валялся за её креслом. На ней был такой же тренировочный костюм, как у Торстена, только чёрного цвета. И, пожалуй, чуть более облегающий. И из более тонкого трико. И вообще он был другого вида - с низким горлом, как у футболки. Сапоги она тоже сбросила. Один торчал из-под комбинезона на мягком бледно-вишнёвом ковре. Торстен с любопытством поглядел вниз на её ноги.

Они были в чёрных носках.

– Можно? - робко спросила она, приметив его взгляд.

Стало заметно теплее.

Впервые в жизни белобрысый парень с научным складом ума ощутил нечто невыразимое на человеческом языке. А именно, задержался на её голубых глазах и словно растворился в них.

Время остановилось.

„Пропал..." - промелькнуло у него в голове.

Это было его последней мыслью.

– Ты что? - спросила Эйринна, моргнув ресницами.

„Странный парень..." - подумала она.

Она вспомнила, что говорил пастор о наркотиках и гипнозе в легионах двойной Империи, и невольно поёжилась. Кто их знает…

Далёкий сине-зелёный горизонт снова качнулся вниз, и корабль загудел чуть сильнее.

– Ничего... - пожал плечами Торстен, подняв глаза на туманную даль у неё за спиной.

На заднем экране было так же серо и пасмурно. Эйринна в нерешительности смотрела на него, не зная, что сказать.

– Торстен, как там у вас дела? - спросил голос Уэрра с пульта. - Как ваша ученица?

– Нормально, док, - сказал тот, не сразу оторвав взгляд от пасмурного неба.

– Нельзя ли её у вас позаимствовать на пол-часа? Как вы на это смотрите?

– С удовольствием, - проворчал Торстен.

– Вот и прекрасно, - сказал доктор Уэрр. - А вы пока развлечёте нашу Кирочку, хорошо?

– С удовольствием, - сказал Торстен.

– Тогда идите сюда.

– Сейчас, док, - сказал Торстен. - Только она разделась, - виновато сообщил он.

– Развейте вашу мысль, - попросил доктор Уэрр, чуть помолчав и хмыкнув.

Торстен вспомнил профессора Вяземцева.

– Он мне сам разрешил, - сказала Эйринна.

– Сняла комбинезон, - сказал Торстен. - Я ей разрешил. Только у неё тапочек нет.

- Ну вот что, баловень судьбы, - сказал Уэрр, вздохнув. - Через пять минут будьте здесь. Ясно?

– Так точно, - ухмыльнулся Торстен.

– А почему баловень, доктор? - спросил голос Киры.

Зелёный огонёк на пульте погас.

«««««««»»»»»»»

Крейсер Криса

Ей нравилось идти по лесу, отклоняя сыплющие каплями мягкие хвойные ветви и перешагивая через твёрдые корни. Упругая почва была покрыта мокрой пожелтевшей хвоей и шишками. Тут были и кедровые, и длинные, как у ели, и круглые красные, и маленькие зелёные шишечки. Попадались размером в два-три кулака. По земле то и дело шастали белки. Они были двух видов: толстые сумчатые, и чёрные, с серебристым кончиком на хвосте. Последние смешно фыркали, как девчонки-второклассницы.

- Постой, Тим, - сказала Ирина, прислонясь спиной к тёмному стволу дерева.

Плотная земля с травинками дыбилась от корней. Она была ещё влажная. Ирина встала на шершавую кору корня возле самого дерева, еле уместив на нём обе ступни. Тёмная кора с глубокими бороздами была жёсткой, как камень.

− Слушай, застегни мне этот сапог, - сказала она. - А то он не до конца...

Сапог был не до конца пристёгнут к голубой джинсовой штанине. Она забыла про него, когда собиралась. А в этом широком поясе было не очень удобно наклоняться.

− Уже и сапоги застёгивай, - ухмыльнулся Тим, став на одно колено.

Пахло влажной землёй и прелыми листьями.

Ирина смотрела по сторонам, зорко оглядывая заросли папоротника. В лесу гулко куковала кукушка, совсем как дома на даче.

„И наверно, с такими же заботами", - подумала девушка. - „Или почти такими же."

Она посмотрела сверху на окошечко бленгера. Зелёные как малахит цифры показывали 12.50. Прошло уже два часа. Бленгер висел у неё на шее на ремне защитного цвета. Он весил на кило меньше, чем Б-б у Тима.

− Спасибо, - сказала Ирина, спрыгнув с корня. - Пошли.

Вокруг вздымались могучие пихты и северные кипарисы, чуть шумя мохнатыми тёмно-зелёными ветвями. Высокая лесная трава покачивала белыми головками от вспорхнувшей птицы с зелёной грудкой. На небольшой полянке возле тёмных осин были разбросаны крупные мухоморы с тёмно-красными шляпками. Ветки осины окатили Тима холодным душем. Две мелкие апли попали ему на подбородок и губы. Резные листочки дерева свешивались ниже плеча. Стояла лесная тишина.

„Красиво..." - тихо сказала про себя Ирина.

− Ага, - сказал он, облизнувшись.

Капли были холодные, как из колодца.

Над головой громко захлопал крыльями зловещий лысый филин, слетев с закачавшейся ветки. На концах крыльев виднелись рудиментарные жёлтые когти. Ирина вздрогнула, махнув головой с вылезающим из-под шлема каштановым хвостом.

− Что-то зверья не видно, - подивился Тим, проводив птицу взглядом.

Раздался чей-то резкий писк,

„Ещё четыре часа", - подумала Ирина.

Она недавно смотрела на окошечко нарукавника, перед тем, гак заметила свой незастёгнутый сапог. Ей не очень-то хотелось подцепить какую-нибудь мелочь вроде клеща, когда Тим и так уже больной, а вездехода нет.

И Крис молчит.

„Как он там?" - подумала она, вспомнив тот ужин после истории с бревном, и вечернюю тишину за бортом, с летящей над заводью уткой.

А потом - ночь...

В этой форме навигатор был подключён только к нарукавнику. В этой машине не было предписанных шлемов средней защиты.

− Крушина cumulis. - удивлённо пробормотала девушка, увидев совсем знакомый куст.

Без малейших вариаций.

- Волчья ягода, - сказал Тим, не отрывая большого пальца от удобной вогнутой кнопки на своём лазере.

– Это одно и то же, балбес, - сказала она.

Где-то вдали еле слышно закуковала кукушка.

– Слушай, Ир, - сказал Тим.

Он давно уже думал над одним вопросом.

- А если мы оставим машину, а местные найдут её через миллион лет?

Они шли вдоль зарослей низкорослой рябины, над которыми было открытое серое небо. Стая чёрных птиц энергично клевала яркие красно-оранжевые ягоды. Под ногами пружинила мягсая лесная почва, усеянная шишками и иногда целыми гроздьями ягод.

„Пожар был", - подумала Ирина. - „Лет девяносто назад."

– Холодный сырой воздух пах прелыми листьями. Ты думаешь, от неё что-нибудь останется? - проговорила она задумчиво, поправляя редукторы у себя под шлемом и позавидовав Тиму.

Многие девушки носили короткую причёску, но ей она совсем не шла. Боевые редукторы отражали звуковую атаку средней силы.

Любой частоты.

– А как же, - сказал Тим.

Он хорошо знал, из чего она сделана.

– Растащат небось, - сказала она.

„Интересно, что будет через миллион лет?" - подумала она.

Об этом как-то мало говорили. На занятиях. Однажды она задала этот вопрос преподавателю истории. Лет восемь назад. Он посмотрел на неё и задумчиво пожевав губами, сказал:

“То же самое”.

Без разъяснений.

– Кто? – спросил Тим.

– Мало ли, - сказала она туманно.

Под рябиной впереди кто-то смачно хрюкнул, подняв длинное грязное рыло. Тим двинул рукой и прошил это рыло тонким лучом. Бурое туловище упало и забилось в агонии. Над ним закачал головкой белый кипрей.

Ирина не успела остановиться, только услышав писк в ушах.

– Кабан, - промолвил Тим.

– Ореодонт, - поправила она, поморщившись от вздрагивающего тела коричневого борова с чудовищными клыками и бьющей из раны тёмно-красной крови. - Типа мерихиуса.

– А эта рябина как у нас или другая? - спросил Тим, наподдав гроздь ногой.

- Вряд ли, - отрезала Ирина строгим голосом. - Не вздумай пробовать.

Она хорошо знала повадки солдат.

– Ботаник называется, - протянул он.

– А ты балбес, - сказала Ирина, оглянувшись и скользнув взглядом по дремучему бору за Тимом.

Малая система слежения могла не сработать по полускрытым объектам.

– Тим, залезь на дерево, - сказала Ирина, взглянув на серое небо. - Я тебя посторожу.

В десяти шагах были густые зелёные заросли. С аккуратных листочков стекали крупные прозрачные капли. Листочки подрагивали, словно от холода. Стал накрапывать дождь.

– Ладно, - сказал Тим и подойдя, прислонил свой лазер к стволу.

…Крюк был довольно большой. Но лучше было идти среди деревьев по редким травинкам и шишкам, чем по густому болотистому лесу с зарослями.

Было уже около трёх.

– Мне сегодня сон приснился, - сказал Тим немного погодя, ступая по мокрой пружинистой почве в трёх шагах от своей веснушчатой наставницы.

– Выкладывай, - сказала Ирина.

– Про тебя… как будто вы с Уэрром собирали ромашки.

– И это всё? - иронически сказала она через полминуты молчания.

– А ты что хотела?

– Поговори ещё у меня тут… придумал, что ли? - спросила она строго, как учительница классного остряка.

– Не, правда, - сказал он. - Ир, подожди, дай воды попить.

Пока он пил из своей матово-зелёной фляги, Ирина топталась на месте, осматриваясь. Средь мощных тёмных стволов видимость была довольно сносная.

Метров двадцать.

– Как ты себя чувствуешь, Тим? - спросила она.

– Ничего, - сказал он, сунув флягу в карман у колена.

День начал клониться к вечеру.

– Обрыздл мне этот лес, - сказал Тим сзади.

– Разве есть такое слово? - удивилась Ирина.

– А разве нет? - сказал он.

– По-моему, нет, - сказала она. - Ты сильно устал?

– Нет, вроде.

– Давай я тебе таблетку дам.

„Дай только дойти, а там мы тебя вылечим", - подумала она.

Окошечко нарукавника показывало ещё пять с половиной километров.

- Давай, - сказал он безразличным голосом.

„Ой-ой-ой", - подумала она.

Она совсем забыла про ревазин. Точнее, она не думала, что он так скоро понадобится. Они прошли ещё только пять часов.

„А говорили, на день", - подумала она.

А теперь от этой таблетки было толку, как от прошлогоднего снега. Тим нахохлившись молча шёл сзади. Голубые глаза за прозрачным щитком наполняла мировая скорбь.

– Иди вперёд, - сказала Ирина, чуть подтолкнув его в спину.

Через несколько шагов парень остановился возле красноватой сосны с шелушистой корой и всхлипнул. Веснушчатая практикантка опустила руки. Она не знала, что ей теперь делать. Было уже пол-пятого вечера. Светло-серое небо в вышине за колышущимися верхушками стало слегка темней.

„Свалился на мою голову", - жалобно подумала она.

– „Уу-у... никогда уже... никогда уже я не буду жить... в своём доме в Егорьевске, с родителями и Андрюшкой..." - заплакал Тим, обхватив руками красноватый сосновый ствол и съехав вниз.

По его лицу текли обильные слёзы.

– Тим, миленький, - беспомощно потрясла она его, взявшись за край шлема.

Шлем снялся и остался у неё в руке. Вокруг шумел вековой лес. Ей захотелось надавать ему пощёчин, но это было бы бесполезно.

„А почему же сейчас так быстро?.." - подумала она растерянно. - „Прогрессия, что ли?"

Она попыталась поднять плачущего Тима за плечи, отпустив на минутку свой синеватый бленгер, но в ушах раздался писк и тихие как во сне слова: „справа вверху". Вскинув голову, она увидела на широкой разлапистой ветке чёрную кошку размером с рысь. Кошка стояла и смотрела. Толстая еловая лапа чуть заметно покачивалась.

- Кыш, - сказала она, махнув свободной рукой.

Зверь не шевельнулся.

– Вот тебе, - сказала она, приподняв бленгер другой рукой и длинно нажав на удобную гашетку с ямкой.

Извернувшись и мяукнув, зверь шлёпнулся вниз с высоты двух с половиной метров. Яд уже подействовал. Ирина смотрела чуть не плача на застывшую кошку. Откуда-то спорхнула уродливая птица с длинным и загнутым жёлтым клювом.

– Ну пойдём, Тим, - сказала девушка. - Ну вставай, миленький...

Надо было идти.

Она могла бы его тащить, подперев под плечо, но тогда от её бленгера было бы мало пользы. Ирина оглянулась, встала не колени, и сняв с себя шлем, принялась целовать его мокрое от слёз лицо, упрашивая:

– Ну вставай, я тебя прошу, Тимушка, миленький мой, голубчик, не сиди, пожалуйста, будь добр, ну для меня, Тимошенька...

У неё из глаз закапали слёзы.

Тим чуть-чуть удивлённо посмотрел на неё голубыми глазами. Ирина оглянулась на лес, не вставая с колен. Сняв перчатки, она ладонями повернула к себе его голову.

– Ну Тимушка, - сказала она, слегка шмыгнув носом. - Ну мой родненький, встань, пожалуйста, для меня, ну пожалуйста, что тебе стоит... - стала она снова просить, осыпая его поцелуями и заглядывая в глаза.

Тим почувствовал тепло её рук.

Он молча поднялся и подобрал свой шлем. Ирина радостно посмотрела на него и тоже живо поднялась с колен, не отряхивая старой хвои.

– Ну спасибо, мой хороший, - сказала она, заботливо надевая ему шлем. - Только подожди минуточку, я свои вещи одену...

Тим то плакал, то шёл как в полусне.

Левая рука Ирины обнимала его за плечи, а правая лежала на висящем на шее бленгере. Вековой лес качал мохнатыми ветками.

– Иди, миленький, иди, а то мне страшно одной... - говорила она что попало, прижимаясь к Тиму, чтобы его расшевелить.

- Уу-у… мама... - всхлипнул он и приподняв левую руку, изрезал лучом высокий бурьян.

Высокий бурьян снова пошевелился. Из него высунулся толстый змеиный хвост и пропал. Он отливал чёрной зеленью.

„Как Змей Горыныч", - подумала она. - „Накаркал, олух."

Никакого писка в наушнике она не слышала. Тим продолжал жать на гашетку. От бурьяна повалил густой белый дым.

– Она дохлая уже... - проговорила Ирина, мягко отрывая его палец от кнопки, как воспитательница у малыша.

Было двенадцать минут седьмого. Серое небо стало чуточку темней. Ветер сильнее шумел вершинами. До Криса было чуть меньше километра, но оставалась ещё топь.

Это была классическая игра в „вымпел". Выходит на связь тот, кто подвергается нападению. И все собираются в назначенной точке.

Крис сидел без дела.

Спецсвязь не нащупала „капли", а Уэрр был неизвестно где. Прошлую ночь он спал в верхней рубке. Точнее, дремал. По инструкции было положено в нижней, но он уже не стал переходить. За весь день он только раз сходил к себе в каюту, переодеться в тренировочный костюм. У каюты Ирины у него сжалось сердце от желания оказаться там, в лесу. На душе было тошно от предчувствия самого худшего. Он вспомнил разговор после завтрака и чуть округлённые глаза, когда она стояла, облокотившись на „каплю". Он провёл рукавом по лицу.

Если б он их не послал...

Ужинал он тут же в рубке, набором НЗ из холодильника. В коричневом пакете оказался бутерброд с бастурмой и сушёными помидорами, запечатанный в фольгу. Толстая фольга была белой, как снежный иней. Запивал он клюквенным соком из бутылки. Ночью в одинокой рубке горел синеватый ночной свет, а за окном сквозь тучи еле-еле пробивалась белая луна. Под утро ему снились змеи, ровно тридцать штук.

Такой гадости он давно уже не видел.

Передний обзор был повёрнут в сторону редкого ельника у холма возле речки.

Солнце заходило где-то с другой стороны, освещая косыми лучами поросшее разнотравьем поле, поднимающееся на холм у более тёмного ельника, и болотистую излучину с дальними лесами за ней. Речная гладь отражала тёмно-голубое вечернее небо. Из-за небольшой ёлки под косогором показалась маленькая фигурка без шлема. Из ранца за спиной торчала высокая гибкая антенна с шариком на конце.

Она была еле заметна.

Протяжно засвиристел сигнал встречи. Машина установила соносвязь. Фигурка обернулась назад, и из ельника показалась чуть прихрамывая вторая, в шлеме.

До них было метров сто.

Крис взглянул на время внизу экрана. Было без пяти девять вечера. Он не заметил, что уже стоит, как будто готовый к прыжку.

– Смотри, Тим! - проговорил мелодичный далёкий голос.

Он не сразу его узнал.

– Ира, - наконец выговорил Крис.

Фигурка посмотрела в его сторону.

– Как дела, Крис? - спросила Ирина.

У неё был просто очень уставший голос.

– Нормально, - сказал Крис. - Дойдёте сами?

– Он машинально включил ближний план на складном экране. Постараемся, - сказал слегка апатичный голос Тима.

Его фигурка с лазером в руке оглядывалась на ёлки.

– Готовь полотенца и свежие простыни, - сказала Ирина.

Она шла к трактору по полю с поздними белыми одуванчиками, и Крис видел её еле различимое лицо. Ветер слегка трепал каштановые волосы, собранные в пучок на затылке. Правая рука поднялась с автомата на шее и махнула ему.

Крис оглянулся.

Сзади и слева касалось острых верхушек золотистое заходящее солнце.

– А мне чай с ромом, - сказал усталый голос Тима.

– Может, помочь, ребят? - спросил Крис, не зная, садиться ему или нет.

Он стоял и смотрел на большой обзор. На нём люди были ростом с пол-пальца. А на раскрытом экране перед ним стояла знакомая фигура Ирины в тёмной болотной грязи, с перемазанным лицом и без шлема. Она оглянулась, снова поджидая хромающего Тима, чуть согнувшись от усталости под тяжестью ранца и автомата. Бленгер был заляпан грязью вперемешку с болотной ряской. Крис вдруг почувствовал к ним такую любовь, о которой и не подозревал. Особенно к Ирине без шлема и со слегка растрёпанным пучком волос.

„Привела всё-таки", - с благодарностью подумал он.

– Что с Тимом? - спросил он.

– Ничего, - ответил Тим. - Укусил кто-то.

Крис огляделся, нажал на пульте „арбуз" и рванул к себе в каюту по обводному коридору с бледно-малиновыми стенками, топая как стадо бизонов.

„Арбузом" называли кнопку самостоятельного оповещения в случае атаки. Красную с зелёным ободком. Через пару минут он спрыгнул во влажную траву с откидной лестницы бокового люка. Он и забыл, что днём шёл дождь.

У этого трактора под днищем были только аварийные люки.

В пяти шагах перед ним стояла Ирина с измазанным грязью лицом, а сбоку за ней - Тим, не снимающий пальца со спусковой кнопки среднего лазера у бедра. Крис от неожиданности поднял руку к голове. Он забыл надеть шлем и перчатки. Ирина оглядела его статную фигуру с тяжёлым оружием в руках.

– Хорош, - сказала она, улыбнувшись и смахнув с лица волосы.

Она еле держалась на ногах от усталости.

- Сейчас, ребят, - сказал торопливо Крис и подскочив, снял у неё с шеи заляпанный глиной бленгер. - Давай, Тим.

Недолго думая, он взял Ирину за пояс, перенёс и поставил на третью ступеньку, включив подъём. Почувствовав себя в клещах, Ирина задрыгала ногами.

– Ты что? Медведь, - только и успела она сказать, очутившись на ступеньке.

От неожиданности ей показалось, что он чуть не раздавил её. Лестница поехала вверх. Ирина скрылась в чёрной громаде трактора, и лестница снова упала к их ногам.

– Давай, Тим, - хлопнул его по плечу Крис и нагнулся за брошенным оружием.

Одно поблескивающее, а другое - в полузасохшей грязи, словно его нашли где-нибудь на дороге за околицей. Крис в последний раз оглянулся на потемневшее поле и редкие ёлочки вдали, и повернулся к махине трактора.

Солнце уже зашло за лес.

Перед ним было неподвижное исполинское колесо из чёрного металла. На высоте вытянутой руки начиналась сплошная чёрная броня.

Внутри было сухо и слегка пахло ароматизированной резиной. Овальный люк мягко защёлкнулся, скрыв за собой посеревший в сумерках дневной свет.

– Сначала мыться, - сказала Ирина и потащила Тима за собой в овальную дверь напротив.

Оба валились с ног от усталости.

Крис поднял с пола оружие и стал засовывать в антресольные гнёзда. Два из них сразу же слегка загудели. Тимов лазер был так же заляпан грязью и тиной.

„Да..." - подумал Крис с некоторой завистью. - „И машины нет..."

Он поднял с ребристого пола два ранца и забросил их в мойку, нажав коленом на кофейную клавишу в кремовой кожаной стене.

Потом стал мыть пол.

С трёх сторон поднялись до пояса прозрачные шторы из аллюзитовой плёнки, отгораживая коридоры, и внизу по полу весело зашипели водные струи. Вода с лёгкой пеной уходила между серебристыми полосками и нежно-малиновыми рубчиками пола. Крис стоял спиной к выходному люку с гладким красным ободком, а перед ним уходил вглубь трактора широкий как тоннель коридор. Плафоны на арочном потолке были потушены, и в слабом запасном свете нутро корабля казалось таинственным. По сторонам от Криса шёл обводной коридор шириной чуть более метра. Он был ярко освещён белыми полосками вдоль стен у потолка.

Водяные струи пропали, и прозрачные шторы пошли вниз. Из овальной двери рядом в начале тоннеля вышли Ирина и Тим в чуть влажной форме. Дверь осталась открытой. За ней блестела водой мягкая стенка моющей камеры.

– Отнеси его шлем, Крис, - попросила Ирина. - Я только в лазарет его отведу, ладно?

Она устало прислонилась к стенке коридора.

– Ладно, - сказал Крис.

– Ты где будешь? - спросила она.

– В нижней рубке, - сказал он. - А вы сразу спать или как?

– Ты ужинал? - спросила Ирина.

– Да нет ещё...

Он не стал объяснять.

– А почему?

„Почему, почему..." - передразнил он про себя.

Он надеялся, что по его лицу ничего не заметно.

– А когда ты без нас спать ложился? - спросила она, как будто была в отлучке дней пять.

– Как обычно, - сказал Крис, угрюмо посмотрев в пол с бледно-малиновыми рубчиками.

Два ранца вывалились на пол.

– Ну тогда вместе поужинаем, ладно? - сказала она.

- Ладно, - согласился Крис и пошёл вперёд по освещённому коридору с ранцами и шлемом в руках.

Ирина с Тимом скрылись в широком полутёмном тоннеле.

– Крис, пошли в кают-компанию, ладно? - сказала Ирина по внутренней связи.

Крис пощёлкал себя по наушнику.

Он не работал. Вообще-то это была довольно надёжная штука. Он засунул его в карман тренировочных брюк и достал новый из гнезда под пультом. Было уже десять часов вечера.

В рубке было почти темно.

– Ладно, - сказал он и поднялся с капитанского кресла в середине пульта.

На широком как стена обзоре ветер гнал куда-то рваные ночные облака в жёлтом свете луны.

Кают-компания была на жилом этаже наверху. Это была уютная комната в форме груши, длиной метров восемь, с кожаными диванами впереди и полунишами в более широкой округлой части в глубине. В нишах было по два красных кожаных кресла с полукруглыми спинками от пола в человеческий рост, закрывающими низкий столик между ними. Кресла умещали по два человека, если потесниться.

Над столиками горели бра, а в стенке между креслами были буфетные дверцы.

В передней части с диванами стенки были обшиты светлым деревом, а в округлой с нишами - более тёмным орехом. Между ними висел с двух сторон тяжёлый бархатный занавес тёмно-зелёного цвета на круглом тёмном древке. Передний обзор был чуть меньше заднего. Крис посмотрел на жёлтую луну и лес в изогнутом окне обзора и сел на диван в полутёмной комнате. Ремень немного притянул его к мягкой кожаной спинке.

Трактор был в боевом режиме.

Он стал смотреть на клочья облаков в жёлтом свете и тёмный лес под ними. В кают-компании было довольно прохладно. Крис подвернул регулятор под столом.

- Ты уже здесь? - невинно спросила Ирина, войдя в ту же дверь напротив.

За ней следовал приглаженный Тим в светлом тренировочном костюме. Крис ждал уже минут пятнадцать. Часы над двойной раздвижной дверью показывали пол-одиннадцатого.

– Чего так долго? - спросил Крис.

– Отмывались, - сказал Тим. - А ты ещё не начал?

Он всё так же хромал.

– Пошли? - предложила Ирина.

Её лицо блестело, словно от воды из волшебного источника в сказке далёкого детства. Она была в своём обычном виде - рейтузах и джемпере неизвестного цвета в полутьме. Было всё так же полутемно, и жёлтая луна на двухметровом обзоре всё так же пробивалась сквозь тёмные рваные тучи.

– Ага, - сказал Крис.

Они сидели в матовом свете бронзового бра. В спинке тёмно-красного кресла над головами Ирины и Тима светилась луна на тёмном чуть вогнутом экране.

– У меня к вам один вопрос, - сказал серьёзно Крис, когда Ирина вытащила из буфетной дверцы всё, что следовало, и все не вставая перекрестились на икону вверху над дверцей.

Дверца была из такого же красного дерева, как и стенка.

Это были бутерброды с рыбой и мясом, две запеканки в коробочках из фольги и двухградусное пиво. Ирина подвинула к себе малиновый чай.

Выбор здесь был небольшой.

– Пока вопрос, - уточнил он. - Почему вы больше не вышли на связь?

– А... ты же нам не сказал, - растерялась Ирина.

– Хм, - сказал Крис. - И это всё?

– Но... они же могли тебя засечь... - слегка запнулась она, так и не откусив свой бутерброд.

Воцарилось молчание.

Ирина молча смотрела на Криса, округлив зелёные глаза и держа в руке бутерброд. Они с Тимом сидели напротив Криса.

– Ты что, ненормальная? - наконец нашёлся Крис, перебрав все возможные выражения. - Я же мог добраться за пять минут.

Тим стал медленнее жевать, посмотрев на Ирину у стенки с буфетной дверцей.

- А если бы тебя сбили? - тихо сказала она, ещё больше смутившись.

– А это не твоя забота, - сказал Крис. - Вообще-то за такие штучки положено выговор с занесением давать. Или представление.

Ирина молчала, в растерянности хлопая глазами. Представление о переводе на низшую должность - всего на шаг от списания.

– Ты же сам сказал, сообщать в случае нападения, - вступился Тим.

– Нападения или потери машины, - жёстко сказал Крис. - Боевой устав надо знать.

– Но... у нас же особое положение... - робко оправдалась Ирина, положив бутерброд на тарелку .

Тим отпил из бутылки пиво и остановился, не донеся до рта бутерброд с бужениной и сушёными помидорами. Он был голодный как волк. За весь день в лесу оба не притронулись к еде в ранцах. Было не до того… Ирина смотрела на Криса, мигая зелёными глазами.Три веснушки около носа стали ещё заметнее. Она сидела на краешке кресла, устало опустив руку на подлокотник. Крис вдруг почувствовал себя свиньёй. Возмущение улетучилось, как будто его и не было.

– Прости пожалуйста, Ир, - выдавил он с отвращением к себе.

Но она понимала, почему он так психанул.

– Это ты прости меня, Крис, - тихо сказала она.

– Ладно вам, ребят, - проговорил Тим и потянулся за вторым бутербродом. - Налетайте. После такой прогулки шибко жрать хочется.

- А ты сейчас в лазарет пойдёшь, - сказала Ирина, повернувшись.

– Дай доесть только, - сказал Тим, улыбаясь во весь рот.

Он был доволен, вспоминая болото и всё остальное.

- Хорошо, запасов надолго хватит, - мечтательно протянул он. - Народу мало...

– Мало, мало, - передразнила Ирина и принялась за свой бутерброд с сёмгой.

Он был размером с московскую булку.

Доев всё, что было на столе, Тим потянулся, чтоб вытащить из буфета ещё. Ирина потеснилась. Ниши были рассчитаны на четырёх человек, но впритык.

По двое с обеих сторон.

– Повторим? - сказал он.

– Ну рассказывайте, - сказал Крис, смахнув в ладонь крошки и допив своё пиво.

Ему уже надоело ждать.

Ирина посмотрела на него и взяла третий бутерброд, преодолевая некоторую стеснительность. Она запивала его вторым стаканом малинового чая.

– Не смотри, а то я подавлюсь, - сказала она с полным ртом.

– „Сарделек" для бустеров не было, - сказал Тим.

– ...Ты бы видел его грусть-печаль там, за ёлками, - сказала Ирина. - Уже двенадцать часов! - ахнула она. - Пошли скорей спать.

На встроенных в тёмно-красную дверцу буфета хрустальных часиках было пять минут первого. У Тима уже слипались глаза.

- Я в лазарет, Крис, - сказала веснушчатая научная сотрудница, слегка зевнув. - А ты здесь уберёшься?

− Ладно, - кивнул Крис. - Давай я сам отведу, а? А ты иди спать.

- Ничего... я в лазарете останусь, - произнесла она чуть сонно. - Может, опять приступ начнётся, - добавила она озабоченно.

Где-то там, за морями и горами, к ним шёл вездеход Уэрра. И над ним светила та же луна... только у самого горизонта. Над чёрными скалами и альпийскими полями.

В докторской горел мягкий рассеянный свет. За открытыми раздвижными дверями с молочно-матовыми стёклами было темно. Там светились только синие ночники. Ирина подняла голову с пульта, сообразила, что заснула, вспомнила, что дала Тиму все лекарства и сладко зевнув, пошла спать на докторскую кровать в угловой нише комнаты, погасив большой свет. Комната погрузилась в темноту, в которой светилось тёплым светом уютное маленькое купе в нише с низким потолком. Добредя до манящей своей белизной постели и стянув с себя джемпер, Ирина забралась под одеяло и заснула, не успев выключить свет в изголовье. У неё в ногах темнела ночными тучами полоска обзора, а к светлой кожаной стенке под блестящей ручкой шкафчика была пристёгнута тонкая книжка выносного пульта с матовыми кнопками.

Широкие пристяжные ремни на одеяле не стесняли движений.

Укус возле коленки у Тима был не опасен. Она уже сняла анализ крови и провела основное лечение, после укола в болоте. А приступ должен был повториться ночью.

Крис заснул позже всех, в два часа ночи. Как он и делал всё последнее время. То есть, вчера... хотя ему казалось, целую неделю.

− Оставь свои выкрутасы, - сказала Ирина.

Было десять часов утра.

Кухня была залита солнечным светом. Свет шёл с обзора во всю стену. Они сидели за угловым столиком, на угловом диване с подушками тёмно-бордового цвета и деревянными краями. Тим сидел спиной к обзору, Ирина боком к нему, а Крис – рядом с ней, у края стола. Закруглённое угловое место около Тима не было занято.

– Здесь лучше, - сказал Тим, снова свеженький, как огурчик.

Подвинувшись, он загородил от Ирины голову великолепного белого тура с царственной осанкой и витыми рогами в левом нижнем углу обзора.

– Видел, Крис? - толкнула она его в бок.

– Подумаешь, - оглянулся на тура Тим, широко улыбаясь. - У нас лучше есть.

– Ну прямо, - сказала Ирина. - В Егорьевске, что ли?

– Ага, - сказал Тим с белозубой ухмылкой. - На мясокомбинате.

– А ты зубра-то видел?

– Охотился, - сказал Тим.

– Герой.

Всё было по-прежнему, как позавчерашним утром.

Почти всё... на столе стояла превосходная яичница с помидорами. Масло ещё чуть шкворчало в ямках на подрумяненной красно-жёлтой поверхности. Крис с Тимом уже положили себе по трети сковородки. Тарелка Ирины была пуста. Она откусывала намазанный маслом кусок бородинского чёрного хлеба, отпивая маленькими глоточками свой дьмящийся чай. Крис засмотрелся на густо-красный чай и свежий ломтик лимона в белой как снег чашке с красивой изогнутой ручкой. Это была личная чашка Ирины. В прошлый раз она была ещё у неё в каюте.

– Тебе положить? - спросил Крис.

– Нет, Крис, - сказала сияющая чистотой Ирина.

Она была в джинсовой рубашке с погончиками и таких же шортах. Крис вспомнил их вчерашний вид. Поход по с виду безобидному лесу оказался на грани гибели.

Всякое бывает…

– Э-эх... а вчера говорила, „мой голубчик"... - поддразнил Тим.

– Это была психическая атака, - сказала она, слегка покраснев.

– Брось, Тим, - сказал Крис с набитым ртом. - Женщина всегда права.

Но ирония теряет силу от еды.

- Понял, товарищ механик? - показала язык Ирина, благодарно взглянув на Криса. - И молчи в тряпочку.

– Ага, - сказал Тим, уплетая яичницу.

Лучшей он ещё никогда не ел.

– Как в ресторане, - прошамкал он.

Белый тур стоял на берегу возле чёрной гладкой горы трактора. В голубом небе парил коршун. Начинался новый чудесный день.

„Не боится", - подумал Крис про тура. - „Или нездешний".

– Хочешь ещё? - спросила Ирина.

– Ага, - кивнул Тим.

– Вот жена будет, а? - подмигнул он Крису. - Кому достанется.

– Видит око, да зуб неймёт, - сказала Ирина.

– Как в болоте, - подтвердил Тим. - А что это было, Ир? Крокодил, что ль?

– Не знаю... - сказала она тихо.

Её чашка была почти допита. И было непохоже, что она собирается есть свою превосходную яичницу. Крис взглянул на Ирину, а потом на Тима.

– Расскажите что-нибудь, а, ребят? - сказал Тим.

„Хорошие ребята", - подумал Крис, смотря куда-то вдаль.

Синий край далёкого леса манил его своей недоступностью.

– Чего тебе? - сказала Ирина, оторвав взгляд от распростёртого над лугами и дремучими лесами голубого шёлка небес.

Пахло речкой жарким летом.

Впереди был ещё долгий день.

****

Вчера после обеда Ирина основательно проработала на ЭВМ Тимову болезнь. Она не выходила из докторской до ужина в семь часов. Очередной дневной приступ она устранила просто сном. А приступы должны были пройти завтра, на третий день. Были интересные детали побочного воздействия яда на психосоматическом уровне. Она внесла пару наблюдений в общую копилку Кладезя.

Придя на кухню ровно в семь, Ирина принялась готовить творожники и ждать Криса. Читать в боевой обстановке запрещалось, поэтому она просто смотрела в небеса и вспоминала далёкое прошлое.

Например, поход всем классом в Зоологический музей... Или школьный концерт на октябрьские праздники. В конце концерта был самодеятельный спектакль. Все девочки в 6-ом „Б" были влюблены в Роге Никула. Это было его секретное имя. Она помнила тот вечер, как будто это было вчера.

Крис задержался в рубке, исследуя вопрос о базах Федерации на молодых планетах. Он откопал интересные сведения, и пару раз наткнулся на блокировку.

Они сели ужинать около восьми, в углу на старом месте в кухне жилого этажа. Творожники были уже давно готовы. Тим спал внизу в лазарете. Без него было немного грустновато. Крис молчаливо жевал творожники со сметаной и смотрел в окно на огромное золотисто-оранжевое солнце низко над лесом. В воздухе веяло прохладой. А днём было 26 градусов жары.

- А вообще, тебе не надоело во Флоте, Ир? - спросил он, задумавшись.

Она посмотрела на него чуть искоса.

– Нет... - сказала она, вздохнув.

Она думала о чём-то своём.

Тоненько зазвенел „малиновый" звон. Над экраном обзора и на потолке замигали малиновые огни. У Ирины вдоль спины пополз противный холодок и как будто зашевелились волосы на голове.

Крис остановился с открытым ртом.

На обзоре и в комнате ничего не изменилось. Всё так же заходило за синеватый лес вечернее солнце, и всё так же стояла перед Крисом его белая кружка с золотым вензелем. А белоснежный тур на обзоре поднял голову, и с гладких витых рогов стекало красноватое жидкое золото заходящего солнца.

„И чего он не уходит", - промелькнуло у Криса.

Вползающий в душу ужас сменился ослепительной яростью.

Ирина чуть беспомощно посмотрела на него, потерев пальцем веснушку возле носа. Она была без очков и в толстом джемпере с воротом под подбородок.

Она не могла к этому привыкнуть.

Сенсоры обнаружили карликов.

По сигналу „малиновой" тревоги надо было просто ждать. Техника Флота была для них как древне-римские легионы против полчищ Буонапарта. Взаимная уязвимость четыре к одному. Но карлики почти никогда не нападали сами. Никто не знал, почему.

Кроме наставников.

Нижний угол обзора за Ириной без предупреждения мигнул и сменился кругом с разноцветными схемами. Схемы мелькали, не останавливаясь.

– Пошла писать... - пробурчал Крис.

Ирина слегка откинулась на жестковатую тёмно-бордовую спинку, почти не шевеля чуть припухлыми губами и упираясь руками в кожаную подушку скамьи.

Она молилась.

В сигнальном круге на пару секунд образовалась серая пустота, и возникла надпись: „опознание не удалось". Тоненький „малиновый" звон прекратился так же внезапно, как и начался. И в комнате, и снаружи стояла полная тишина, не считая еле слышного шелеста ветра в высокой прибрежной траве у склонившегося к воде корявого дерева. Белый тур рядом с ним пропал.

– Кошмарики, - сказала веснушчатая молодая женщина, слегка поёжившись, как от холода.

Но она была в толстом рубчатом джемпере и рейтузах.

Чистое голубое небо вверху как-то похолодело. Солнце уже скрылось за ближайшим лесом. До него было всего метров шестьдесят.

««««««»»»»»»

Крейсер Уэрра

– Эйринна, - сказал Торстен, встав и не уходя.

У него было такое чувство, будто он забыл что-то очень важное. Поэтому не хотелось уходить… Хотя наверху его ждал доктор Уэрр.

- Что?

– А что ты хотела сказать, когда спросила „все-все"?

– Когда это?

– Там, в столовой.

– Думаешь, я помню?

– Ну, про то, как меня зовут.

– Что все тебя зовут Торстен? - спросила она с некоторой долей иронии.

– Ага, - чуть покраснел он, взглянув на цифры внизу экрана.

Они летели уже почти два часа.

– Ну, просто все тебя так зовут или нет.

– А почему ты спросила?

– Хотела узнать, как тебя зовёт твоя девушка, - сказала она как ни в чём ни бывало.

– Нет у меня никакой девушки, - пробормотал Торстен.

- Ну тогда мама, - сказала Эйринна, с любопытством посмотрев на него. - А Кира? - прибавила она из интереса.

Точнее, один час сорок шесть минут.

– Кира тоже, - сказал он.

– Что тоже?

– Зовёт меня Торстеном.

Ему уже надоела эта тема. Но то чувство не прошло. Подходя к серой дверце лифта, он оглянулся на девушку в тонком чёрном трико.

Она сидела, повернув к нему кресло.

- А... - сказала она, качнув головой. - Ну иди, тебя там наверно ждут...

– Слушай, а ваш доктор не злой? - спросила она, когда Торстен уже подошёл к лифту.

Дверца сразу открылась.

Ей было немного страшновато… Хоть в прошлый раз доктор и был очень вежлив. Ей опять вспомнилось, что говорили об Имперском Флоте.

– Да ну тебя, - сказал Торстен и вошёл на спружинивший пятачок лифта с полосками зелёной резины. - Сама увидишь. Дверца задвинулась с лёгким шелестом. Девушка из чуждого мира снова осталась одна. В туманной дали перед ней синел чуть неровный горизонт.

– Вы думаете, чем он там занимается? - спросил Уэрр.

– Чем? - спросила Кира, по-детски раскрыв синие глаза.

Она и сама знала, но ей было интересно, что он скажет.

– Лясы точит, барышня, - сказал Уэрр.

Лицо девушки на секунду затуманилось, и она молча стала смотреть на обзор во всю стену перед собой. Слои серо-лилового тумана словно разбивались о стекло. Справа, коротко прозвенев, сдвинулась овальная дверь лифта и из неё появился Торстен.

– Идите сюда, голубчик, - добродушно приветствовал его доктор Уэрр, повернувшись на своём кресле. - Давненько мы вас не видели. Ну, как там наша новая знакомая? Ещё не насолила вам?

В его голосе был неподдельный интерес.

– А мне-то что, - сказал Торстен и уселся на своё место справа от Киры.

Она проводила его взглядом.

– Я постараюсь побыстрее, - сказал Уэрр возле открытого лифта. - Ты пока за главного, Торстен. - Принимай бразды правления.

– Ладно, - ответил тот и развернулся лицом к картине лиловато-седых облаков на обзоре, взяв в руки штурвал.

Она занимала всю стену всего в метре перед ним. Трактор опять шёл немного вверх. Голос, цифровой пароль, нарукавник и отпечатки пальцев Торстена стали на время командирскими.

- Можно? - сказал Уэрр, увидев на секунду расширившиеся большие голубые глаза.

Эйринна повернула голову от бьющегося в стекло экрана белесого тумана, опустив ноги в чёрных носках с серого пульта на бледно-вишнёвый ковёр.

– Мне надо с вами поговорить, Эйринна, - сказал он.

Домината молчала. Она сидела и жалела о своей прошлой жизни, до этой Богом проклятой Станции. До Мейнара она принадлежала барону из земли Вай. А теперь её ждало неизвестно что... может быть, жалкая зависимость от охранников, а потом местной лагерной шишки ради лишней миски такого вот супа, в вечном холоде и грязи.

„Только ещё хуже", - подумала она с содроганием про суп.

– Ну, как себя вёл наш Торстен? - спросил доктор Уэрр. - Не обижал вас?

В глазах у него были весёлые огоньки.

– Не-ет... - протянула Эйринна.

Она всё ещё вспоминала свою прежнюю беззаботную жизнь, пока барону не пришлось отдать её вербовщикам за круглую сумму в пятьсот двадцать ромбо.

Тогда ей было двадцать пять лет

– Вот видите. А если бы это был норрман?

– Прикажете, и не обидит, - сказала она. - У нас тоже есть неплохие ребята.

– Волчья свора, - сказал доктор.

– Да? - обиженно сказала Эйринна и отвернулась, надув губы.

Она живо вспомнила Снидура, Хельмара и других, и ей показалось, что вот сейчас она может уйти отсюда и снова войти в тот кафетерий на пятом ярусе, и ребята будут шутить и дурачиться.

Но всё это было в прошлом.

Навсегда...

– Не обижайтесь, барышня, - мягко сказал Уэрр. - Ведь волки, в сущности, не такие уж злые создания... просто им хочется кушать.

– А что со мной будет, доктор? - спросила она, подняв чуть влажные глаза.

„Отлично", - подумал он.

– Пока ничего, - сказал он. - А потом посмотрим. Если будете хорошо себя вести, выдадим вас замуж.

„Прямо", - подумала она. - „За какого-нибудь слюнявого старикашку, что ли."

Но это было уже неплохо, учитывая её вчерашнее положение. И сегодняшнее... Она далеко не склонна была верить тому, что он скажет.

– А теперь расскажите мне о себе, - сказал Уэрр, удобно расположившись в своём кресле.

Он был уверен, что нападения уже не будет до самой встречи. А во-вторых, он полностью полагался на Торстена. И в-третьих, тогда уже это вряд ли будет иметь большое значение.

4

Через пять минут доктор Уэрр вдруг стал серьёзен, как никогда.

Ему были уже ясны „опыты особого допуска" и истории с „переводом". На пункте не было женщин старше тридцати лет.

И тем более всё остальное.

– Не смущайтесь, моя милая, - мягко сказал Уэрр, пожав руку чуть запнувшейся доминате. - Вы ведь ни в чём не виноваты.

Она сидела наискосок к нему, опустив руки на колени.

– Хорошо, - покорно сказала она.

А вот то, что его интересовало в первую очередь, она почти не знала. Хотя кое-что и прояснялось. Он умел расспрашивать собеседника.

Тем болеее женщину.

Во-первых, частота контактных ощущений...

Во-вторых, степень неосведомлённости рядового состава...

В-третьих, симуляторы...

В-четвёртых, деятельность Мейнара...

Он всё же испытывал приятное чувство удовлетворения, знакомое тем, кто любит своё дело. Володя Розенберг в Центре будет доволен. Если только случится чудо...

И они выберутся отсюда.

“Может быть, ещё удастся нащупать точку на Ильменне", - подумал он. - „Шансы шансами..."

– А как вас зовут, доктор? - спросила чуть порозовевшая домината.

Она и теперь не могла без содрогания вспомнить, что было дальше. Мейнара она называла просто „мин херр". Как и положено. Он не любил нарушения порядка.

Даже в таких делах.

– Просто доктор, - сказал Уэрр.

Он смотрел на неё, откинувшись в кресле и сложив руки у подбородка.

- Да? - сказала Эйринна, поглядев на него.

Он был печален, как дождливый осенний день. Ярко-рыжая шевелюра краснела, как плакучая рябина под пасмурным небом.

„Ну чего ты", - пожалела она его про себя.

– А что бы с вами могло случиться потом? - спросил он, задумчиво потирая рукой кулак. -Как вы думаете, а?

– Наверно, устранили бы, - сказала она, пожав плечами. - Вы думаете, я дура, что ли?

- Да, конечно, - сказал в задумчивости Уэрр. - То есть, нет, наоборот... К счастью, она не знала.

„Это значительно страшнее, чем вы думаете, барышня", - подумал он с грустью.

– А вот почему вас сразу не забрали там на поле, а, сударыня? - спросил он.

– Не знаю... - сказала Эйринна. - Я думала, они быстро за мной придут, - смущённо призналась она.

– А они не пришли... - задумчиво проговорил Уэрр. - Ну а что же вы собирались делать дальше, а?

На него смотрели большие голубые глаза.

– Понимаете, доктор... - начала она, облизав губы кончиком языка.

Сначала она думала, что приедут на мото-„жуке" Снидур и Хельмар, убьют Мейнара и уйдут на его машине в лесистые горы Тугара. Они были на утренней вахте в башне Кора. Не то, что бы она полностью верила в это. Но это было лучше, чем просто ожидать смерти.

И того, что будет перед ней.

Когда ничего такого не случилось, и уже пора было возвращаться, она взяла лазер и нажала на спуск, а потом выбралась наружу. Она боялась отойти далеко из-за зверей. А последняя надежда таяла, как снег. Когда её совсем не осталось, послышался треск ломаемых ветвей и странное ровное урчанье. Она не могла себя заставить спрятаться от зверя в машине с кровавой макушкой головы на сиденье.

Через минуту она поняла, что треск не от ветвей, а от деревьев. Их верхушки шатались и тряслись, а потом над ними показался гладкий чёрный горб. Сжав в руке лёгкий серебристый лазер, домината прощалась со своей двадцативосьмилетней жизнью. Но зачем и почему такая махина, она не знала.

А потом...

– Кхм, - сказал доктор Уэрр.

Ему никогда ещё не приходилось выступать в роли сказочного спасителя. Конечно, это была всего лишь домината... но очень уж похожая на принцессу из злого королевства.

А впрочем, если посмотреть шире...

– А кого вы больше боялись? - спросил он. - Зверей или солдат патруля?

– Не знаю... - сказала она.

- Да... - сказал он, потеребив ярко-красный бакенбард. - А как вы поняли, что это не ваши?

– По вашему разговору, - запнувшись, сказала она. - Только...

– Не знали, радоваться или нет?

Она кивнула.

Она сидела вся в чёрном трико, вытянув ноги в носках под пульт. На обзоре было широкое облачное небо с краем скалистой земли внизу.

„Красива", - подумал Уэрр.

– А сейчас вы не боитесь? - спросил он.

Она помотала головой.

„Врёшь ты, моя милая" - подумал рыжий как красное солнце доктор.

Вездеход загудел сильнее, и стакан в гнезде перед крайним креслом у серой кожаной стенки тонко задребезжал. Всю ширь небес покрывали бесконечные синеватые облака.

– Доктор, можно, я буду ваша? - сказала Эйринна, чуть поёжившись.

„Ещё не легче", - подумал он.

Он и ожидал чего-нибудь в этом роде.

– У нас это не принято, моя дорогая, - сказал он, нахмурившись.

Но она уже не боялась его.

И ещё...

– Почему? - искренне удивилась она. - Я же ведь крепостная.

– А... так значит, вы просто хотели устроиться? - бархатным голосом промолвил Уэрр.

– Нет... а вы меня не пошлёте в Гулаг? - спросила она, раскрыв голубые глаза, как бабочка лёгкие крылья.

– Не пошлю, - серьёзно сказал Уэрр. - А теперь мне пора к себе, сударыня.

Он начал отстёгиваться от кресла. Вездеход гудел низко и густо, как исполинский шмель. Это гуденье почти не замечалось.

Оно было как фон.

– С вами будет Торстен, - сказал доктор в белой гимнастёрке. - Я назначаю его вашим учителем и начальником. А вы должны во всём его слушаться, хорошо?.. Только пожалуйста, не будьте с ним излишне... ээ-э... фамильярны, договорились? - попросил доктор Уэрр. - Не забудьте, что я вам говорил о хорошем поведении. Пусть это будет вам тренировкой.

- Да, и не рассказывайте ничего о работе базы моим подчинённым, ладно? Это приказ, - добавил он мягко.

Долговязый ярко-рыжий доктор ушёл.

Эйринна откинула голову и закрыла глаза. Она начинала привыкать к роли спасённой принцессы. И ещё, он ей нравился.

Он был очень добрый.

– Занесла вас сюда нелёгкая, Кира, - сказал Уэрр после долгого молчания.

– А что? - спросила Кира.

Уэрр что-то хмуро набирал на светло-зелёных клавишах, похожих на большие ангелемские жемчужины. Кира почувствовала, как у него испортилось настроение.

- А что? - повторила она.

– Бывают тайны гадкие и тайны прекрасные, Кира.

– А мы уже проходили клонирование, - сказала девушка.

Уэрр покосился на неё. Она была свежая, как утренняя заря. У неё на лбу была красная косынка, из-под которой торчали позади русые волосы.

„Розовопёрстая Эос", - подумал он.

– Дело не в этом, Кира, - мягко сказал он. - Просто тут особый режим. Вы ведь знаете, сколько врагов у Рати.

„Не только в этом", - подумал он.

– Просто я хочу с ней дружить, - сказала Кира. - Это ведь она вам рассказала?

„Ты права, девочка", - подумал Уэрр.

- Да, - почему-то с горечью сказал он.

„Нужно поддерживать Пламя..."

– Вы слыхали об искусственном осеменении? - спросил он с профессорской ноткой в голосе.

– Да, - кивнула Кира.

„Что, съел?" - подумала она.

– Понимаете, в этих опытах у них используются самые красивые и умные доминаты. Это соответствует их цели. Как и в человеческом обществе, мужское начало определяет качество потомства по обеим координатам. Ну вот... а поскольку направление секретное, все доминаты после тридцати лет списываются в подопытное стадо, для параллельного изучения спонтанной стороны процесса. Ну а некоторые... самые хорошие и симпатичные - отбираются для „опытов особого допуска ". Как наша Эйринна. Это тоже соответствует их цели. Только уже иной… скорее функционального порядка...

Он искоса взглянул на неё, проверяя произведённое на девушку впечатление.

– То, чем у нас занимается Охранка, - заключил он.

Он не сказал самого главного, с точки зрения Тайного Отделения. О карликах... в ТО конечно догадывались о существовании двух других программ свехоружия, но только о Плутусе были достоверные сведения.

Что он есть.

– А в Империи - Святая Инквизиция, - добавил он, помолчав.

– Чем? - спросила Кира.

– Некое зрелище под научным соусом, а потом - сатанинский ритуал для избранных, вот и всё, Кирочка.

Девушка в домашнем тренировочном костюме замерла с широко раскрытыми глазами. Она смотрела куда-то вбок, мимо Уэрра.

Сквозь груды сизых облаков.

„Хм... теперь не сдобровать", - подумал Уэрр.

На мгновенье ему представились беспощадные битвы будущего. Сметающие целые народы, как вода смывает пыль. И очищение мира.

– Только не проситесь о переводе, Кира, - слегка ворчливо предупредил он. - Вы знаете, что вас с Крисом уже перевели?

– Куда? - удивилась Кира, вернувшись в обычный реальный мир.

Мир, где готовят творожники и за вечерним чаем разговаривают о красной свастике на мачте древне-эллинских кораблей.

– К мэтру Соколову, в дальнюю разведку НУ.

– Зачем? - упавшим голосом спросила она.

– Открываю вам служебную тайну, - сказал Уэрр, проведя рукой по своим чуть взлохмаченным волосам. - К Маку и Питу. По личному ходатайству мэтра.

„Как мальчишка", - подумала она с грустью и вдруг поняла, что он сказал.

Неожиданная радость и грусть слились в одну лёгкую шипучую смесь, как прозрачный бокал с золотым левантийским вином.

– Тебе хочется окунуться, Эйри? - спросила Кира.

– Ага, - кивнула Эйринна.

- Я ещё в такой воде не купалась, - сказала Кира, прислушиваясь.

Издалека слышался невнятный гул.

Эйринна подняла голову. Над синим горным озером поднимался лёгкий туман. Оно было спокойно, как стеклянное. Она ещё не видела такой красоты.

– Слышишь? - сказала она.

– Идёт сель, ребята, - сказал глухой голос Уэрра в наушнике.

„Разряды, что ли", - подумал Торстен на гладкой чёрной поверхности.

Он был как муравей на гигантском чёрном яйце.

С высоты четвёртого этажа сквозь ель на берегу мелькнула маленькая белая рука. Угрюмые ели обступали озеро тёмной стеной. Их верхушки были чуть ниже Торстена. Он стоял и смотрел на сине-зелёные складки гор позади. А впереди синело волшебное озеро.

Как в сказке.

„Душераздирающее зрелище", - пробормотал про себя Торстен.

Задняя часть трактора стояла среди елей, а передняя заходила в воду. Было четыре часа вечера. Вода была самой удобной пищей для преобразователя. Одновременно нуждались в накачке системы охлаждения двигателей.

Торстена Уэрр послал проверить кормовой лазер, а Киру с Эйринной - собрать образцы съедобной флоры. В случае атаки девушки были ему всё равно не нужны.

При наличии Торстена.

– А что ты там делала дома? - спросила Кира, продолжив начатый разговор.

– Смотрела телевизор, - сказала Эйринна.

– Ничего не выйдет, док, - прогремел Торстен у неё в ухе. - Вмятина на краю оружейного люка. Наверно, покривилась штанга держателя. Часа четыре займёт.

– Мочи моей нет, - сказала Кира под замшелой сосной. - Ну что ты так громко орёшь? Сделай потише, пожалуйста.

– Ладно, - сказал глуше Торстен.

– Тогда уходи, - сказал глухо Уэрр.

Я здесь спрыгну, - сказал Торстен.

Он был в сапогах-скороходах.

– Как хочешь, - сказал Уэрр.

„Тем лучше", - подумал он. - „В крайнем случае, остальные продержатся до Криса."

До Криса оставалось часов пять лёту в таком же режиме.

– Телевизор? А что там показывают?

– А, чепуху разную, - отмахнулась Эйринна. - А грибы собирать, Кира?

– Конечно, - сказала Кира. - Свежих грибочков нажарим.

Она осмотрелась.

Вокруг молчал вздыбленный лес среди огромных замшелых валунов. Сапог утопал в высоком мягком мху, усыпанном свежими еловыми шишками.

„Беличий рай", - подумала Кира. - „И бурундучий."

Она словно попала в сказку.

Из мха поднимались гигантские чёрные гусеницы могучего вездехода. За ними была темень леса. Из-под чёрной плиты трака торчали ветви раздавленной в щепы ели. Они были неподвижны. На одной, чуть покачиваясь, чистил лапку мохнатый тёмный зверёк.

– Пойдём, Кира, - позвала Эйринна, оглянувшись под тёмной великанской елью.

„Как Цирцея", - подумала Кира.

Эйринна наклонилась, придерживая свой лазер. Во мху возле корня торчал грибок с коричневой шляпкой. Над ним покачивалась лесная ягодка. Кира шагнула вперёд по мягкому ковру из мха. Где-то печально гукала птица. Сказка была про Ивана-царевича и Серого волка.

Слегка затрещав ветками, Торстен приземлился на спружинивший мох недалеко от истекающего смолой шелушистого тёмного ствола ели. Смола была красноватого цвета. Девушки оглянулись. Но Эйринна стояла ближе. Она нагнулась за красной лесникой над корнем той же ели.

„У бледных девушек зелёные глаза..." - вспомнил он.

– Скажи пожалуйста, - насмешливо промолвила она.

– Ну, как насчёт грибов и ягод? - спросил Торстен. - Много насобирали?

– Посторожи, тогда наберём, - сказала Кира.

Она стояла в пяти шагах от Эйринны, покачивая синеватый бленгер у себя на поясе. В густом лесу редко ухали какие-то птицы.

– Пожалуйста, - сказал Торстен. - Можно, док?

– Начальствуй, - глухо сказал голос Уэрра. - И не очень ублажай.

– Ой, доктор! - обрадовалась Кира.

Ей уже надоело стоять тут и сторожить.

– Есть, док, - сказал Торстен, посмотрев через плечо на чернеющую сквозь еловые лапы чуть влажную махину трактора.

Он стоял как громадная глыба, немного покосившись на скале под днищем. Сероватый обломок от рассыпавшейся острой скалы валялся неподалёку от Торстена.

Подойдя к небольшому замшелому валуну, Кира нагнулась за гладкой светло-зелёной шишечкой во мху. Поодаль лежала ещё одна, почти скрывшись от взора. Они были толстые как жёлуди величиной с куриное яйцо, и тоже со шляпками. Кира не удержалась и подобрала ещё одну, чуть подальше.

„Подарю папе с мамой", - подумала она.

Она всегда привозила им что-нибудь интересное.

– Не возись с шишками, Кира, - глухо сказал Уэрр у неё в ухе.

– Хорошо, доктор, - сказала она.

А грибов было полно. Они прятались в зарослях возле елей. Впереди у большого валуна был целый выводок белых с коричневыми шляпками.

„А вот и она", - подумала Иира, увидев на еловой ветке у земли красивую рыжую белку с торчащими впереди зубами.

Эта белка щёлкала изумрудные орешки на острове Буян.

Эйринна подошла к валуну и стала собирать выводок, нагнувшись как жница на ржаном поле. Торстен на миг засмотрелся.

– Торстен, не отвлекайся, - сказала Кира сбоку.

Она набрала уже больше половины защитного вещмешка, пристёгнутого к поясу. Он был из толстого холста с магнитной застежкой.

– Торстен, не выходите из предела видимости, - глухо сказал Уэрр.

– Есть, док, - сказал Торстен. - Как сльппно?

– Средняя коррекция, - сказал Уэрр. - А у вас как?

– Полная, - проговорил Торстен.

– Угу, - сказал Уэрр и замолчал.

Девушки были около замшелого валуна в человеческий рост. Из высокого мха россыпью выглядывали крепкие коричневые шляпки.

– Слышали? - сказал Торстен у еловой лапы в шести метрах от них. - Не удаляйтесь больше, чем на двадцать шагов.

– От кого? - мелодично промолвила Эйринна.

- От Ланселота, - сказала Кира, и обе прыснули со смеху.

Они переговаривались голосом с дублирующей соносвязью.

– Товарищ Князева, - глухо сделал замечание Уэрр. - Вы подаёте плохой пример.

– Слушаюсь, доктор, - смирно сказала Кира. - Я больше не буду.

– От трактора, - невозмутимо ответил Торстен, щёлкнув пальцем по своему свольверу.

– Пожалуй, вам лучше вернуться, Торстен, - глухо прозвучал голос доктора минут через семь. - Сель идёт в ущелье справа от нас. До него шестьдесят метров.

– Понял, док.

– У нас пятнадцать минут. Будьте здесь через пять.

– Доктор, можно мы напоследок к берегу сбегаем? - сказала Кира.

– Спросите у Торстена. - сказал Уэрр.

– Угу, - сказал Торстен и повернулся лицом к Эйринне, ковыряя носком муравейник с большими чёрными муравьями.

Девушка в болотном костюме подходила к нему с лазером в опущенной руке по густому моховому ковру, усеянному рыжими шишками.

Вода горного озера слегка лизала белую песчаную полосу у могучих корней елей. Она была голубая даже у самого берега.

„Как будто с синькой", - подумала Кира. - „Почему так..."

– Стой, - поражённо сказал Уэрр.

Торстен услышал какой-то далёкий рёв. Но он слышался и без наушника, в левом ухе. Эйринна взвизгнула и бросилась в лес под ёлки. Кира растерялась, опустив в изумлении руки. За полукружием выступающей кромки мохнатых елей у синего озера на гладкую речную гальку выбежал рыжеватый ревущий циклоп, словно из кино её детства.

Которое она смотрела в шестом классе в Москве, на зимних каникулах.

Тяжело прошлёпав по мокрой гальке, он повернул громадную голову, и она увидела, что это обычный великан ростом с мельницу, довольно страшной наружности. Не останавливаясь, великан зашлёпал вдоль берега, подымая тучи прохладных брызг. Кира застыла с открытым ртом, чувствуя, что не может пошевелить ни рукой, ни ногой. Её охватило странное оцепенение.

Великан топал к ним по стеклянной синей воде, делая огромные шаги. Он видел их, но не обращал никакого внимания. За три секунды он покрыл половину расстояния, издав лишь странный хрюкающий звук. Вода стекала с чудовищных волосатых ног, а чёрные глазки на широком как лепёшка бугристом лице были почти человеческими.

Торстен машинально приподнял с бедра свольвер и сделал выстрел. В рыжеватой груди великана что-то разорвалось, как будто она была начинена порохом, и он с размаху рухнул в озеро наискось от берега, подняв синюю волну с тучей брызг. Вода сомкнулась над ним.

Это был свольвер „А".

Только у берега остались торчать из воды икры толщиной с бочку и волосатые ступни. Они шевелились. Кира как будто заживо попала в мультфильм. Из-под воды пошли большие пузыри. Она потемнела, окрашиваясь в бурый цвет над утонувшим великаном. Кира не говоря ни слова посмотрела на Торстена круглыми глазами. Ей было немного жаль это несуразное исполинское существо.

- Убил? - спросила Эйринна каким-то другим тоном.

Как будто она знала Торстена с детства.

Она стояла под тёмно-зелёными еловыми лапами, прижавшись спиной к шершавому смолистому стволу и опустив лазер в правой руке.

- Да, - сказала Кира, обретя дар речи и машинально стирая со щитка долетевшие брызги.

– Жаль, - глухо прозвучал голос Уэрра.

– Почему? - спросила Эйринна. - Вы бы хотели, чтоб он нас съел?

– Он спасался от селя, - сказал доктор. - Очень интересный экземпляр...

– Ну как? - сказал подошедший Торстен. - Испугались?

Все трое уже стояли под той же елью с толстым смолистым стволом. Разлапистые ветви нависали на высоте человеческого роста. В глубине леса послышался тихий вой.

– Пойдёмте, а? - сказала Эйринна, оглядываясь на темень за сумрачными елями.

На правах последнего, Торстен поехал в люк на выпуклом чёрном боку на ступеньке гибкой наружной лестницы, повернувшись вполоборота к лесу. Зелёные резиновые рубчики на серебристой ступеньке чуть пружинили под ногами.

– Где это ты так вывалялся? - удивлённо спросила Кира, когда закрылся толстый тяжёлый люк напротив арочного коридора вглубь корабля.

Там было почти темно.

Над квадратной тамбурной площадкой автоматически зажглись белые плафоны. Эйринна повернулась, оглядывая Торстена с ног до головы. Он был действительно немного грязноват .

– Смола, что ли? - в недоумении проговорил он.

– Торстен, сполоснись немного, - сказал Уэрр в наушнике. - А вы, милые барышни, идите прямо сюда.

Входные датчики показывали „ноль вторжения".

– Что, взяли? - сказала Кира, отстёгивая свой набитый вещмешок..

В кругу своих друзей она славилась необыкновенной удачливостью в грибном деле. У Эйринны мешок был слегка пустой.

– Ну пока, - сказала Кира, и они покинули недовольного Торстена, оставив на полу своё оружие.

Торстен вошёл в нижнюю рубку, и увидел двух девушек слева от Уэрра на капитанском месте. Они сидели, наполовину повернув к нему свои кресла. Эйринна была в чёрном трико, а Кира - в белых шортах и водолазке. На обзоре меж круглыми боками лесистых зелёных гор шёл тёмно-серый грязевой поток. Он был виден сбоку и сверху, как будто на подлёте в одноместной „стрекозе".

– Что вы на это скажете, товарищ? - спросил Уэрр. - Сто сорок метров.

На обзоре внизу была уже вся информация.

– Присаживайся, - кивнул он, о чём-то раздумывая.

– Кира, - сказала Эйринна, вдруг почувствовав слабость.

– Введи-ка задачу на остановку, Торстен, - мягким баритоном сказал Уэрр.

– Лазером? - невозмутимо спросил Торстен.

- Да, - кивнул Уэрр. - Думаю, нам лучше починить здесь...

– Ой, мамочки! - всплеснула руками Кира.

Эйринна закрыла глаза и чуть сползла с сиденья, свесив голову набок. Её правая рука повисла, как плеть, касаясь пальцами пола.

– В чём дело? - коротко спросил Уэрр, едва заметно побледнев.

От врагов можно было ожидать всего.

– Обморок, - сказала Кира, пощупав пульс.

– Ровный? - спросил он.

– Да.

– Ну ничего, пройдёт, - мягко проговорил Уэрр. - Просто устала. Да ещё эта магнитная буря и перепад высоты... У бедняжки сегодня был трудный день. - Вы можете отнести её в каюту, Торстен? - Ей просто надо поспать.

– Могу, - сказал Торстен, сглотнув.

Он тоже испугался.

- Хорошо. Займитесь, Кирочка, - сказал Уэрр и задумчиво посмотрел на грязно-серый поток меж зелёных гор.

На большом обзоре и откидном экране перед ним одновременно возникла жёлтая надпись „готовность". На маленьком экране она была внизу, на фоне леса и синего озера сбоку за темными верхушками елей. Над озером раскинулось тёмно-синее небо.

Чудовищный поток катился, проглатывая валуны, деревья и ручей и приближаясь к устью узкой горной долины, где лесистые горы расступались, переходя в более ровный лес у озера, а ручей исчезал, растекаясь по широкому галечному ложу, к которому тоже подступал лес с обеих сторон. Галечное ложе было шириной метров пятьдесят.

Бледно-вишнёвый ковёр рубки почти не передавал лёгкое вздрагивание почвы под махиной трактора. Кира наклонилась и дала Эйринне понюхать „соль", мягко прижав к себе её голову.

Торстен подошёл к ним.

– Что со мной? - спросила Эйринна, захлопав ресницами.

– Ничего, Эйри, - сказала Кира. - Просто обморок. - Бери, Торстен.

Торстен нагнулся и нерешительно обхватил Эйринну за талию. Она уже сидела полулёжа в кресле, и молча смотрела на него.

– Ты что, не знаешь, как девушек носят? - спросила Кира, фыркнув.

- Не знаю, - мрачно ответил Торстен.

Он видел вещи и посерьёзней.

Ему довелось собирать раненых к Уэрру в полуразрушенной секции сожжённого звездолёта „ Калинка ". Но чего не было, того не было.

- А вы сами не можете?.. - спросил он, полуопустив Эйринну.

– Не может, - отрезала Кира.

– Возьмите её под коленки и под плечи, коллега, - посоветовал доктор Уэрр. - А голову прислоните к своему плечу.

– Спасибо, - буркнул Торстен и последовал полученному совету.

Девушка оказалась легче, чем он думал.

– Пошли, - повела его Кира, потянув за рукав.

– Не надо, Кирочка, - сказал Уэрр. - Он сам справится. Вы надели ей браслет?

Кира молча кивнула, отпустив ругав Торстена.

– Отнесите её в восемнадцатую, Торстен, - сказал Уэрр, не оглядываясь.

Надпись на экране и на обзоре стала красной.

Доктор нажал на жёлтую кнопку исполнения, слега притянув к себе штурвал. Мощный раструб лазера на гигантском чёрном яйце не шевельнулся. Возникший из него толстый как дерево ослепительно-белый сноп упёрся в бугристую поверхность показавшегося из лесистой долины серого вала раза в три выше подминаемых им елей.

„Язык дракона..." - подумала Кира.

Раздался приглушённый грохот и свист. Уэрр заранее ограничил звук. Картина с экрана перешла на обзор. Белая молния хлестала край нависшего над лесом серого вала, заодно срезав верхушки целого леса. У гальки ручья деревья были срезаны под корень.Торчащие из крутого серого вала над ними глыбы, стволы и корни белели и испарялись вместе с грязью под действием космических температур.

Бледно-вишнёвый пол задрожал чуть сильнее.

Кира качнулась, протянув ноги под пульт и прислонив русую голову к спинке кресла. Она чуть съехала с кресла, чтобы достать ногой узкую кожаную стенку.

– Не балуйся, Кира, - сказал Уэрр.

Он щёлкнул тумблером, и виды на экранах поменялись местами.

В середине обзора внизу появились цифры исполнения и прогноза. Смолистые ели пылали над синим озером в сумерках, отражаясь в воде огненным заревом. Тёмная клубящаяся стена дыма скрыла вылезающий из лесистой долины серый язык дракона толщиной с колокольню и заскользила к трактору, поглощая жёлто-красное море огня. Она скользила по берегу к угрюмому лесу на другом берегу озера, поднимаясь всё выше в синее небо Словно тёмные грозовые тучи опустились на землю. Кира заметила перед ними пару летящих низко над водой белых птиц. Уэрр нажал коррекцию, и на обзоре осталась бледноватая картина почти без дыма. Выходящий из-за круглого бока горы толстый красно-чёрный язык дракона медленно полз в бурлящее вокруг него озеро. На берегу он был высотой с большую ель. А перед ним лежало поле торчащих и поваленных красно-чёрных стволов с прозрачными язычками пламени у земли.

На откидных экранах молния лазера металась по зелёным горам над устьем долины, срезая наклонные пласты грунта и горной породы. Они сползали в серую реку грязи глубиной с колокольню, тут и там скрываясь за лёгкой непрозрачной дымкой. Кира с любопытством посмотрела на Уэрра. Пол у неё под ногами вздрагивал.

„А вот теперь посмотрим", - подумал он.

Он вспомнил партию покера в „Сером автомобиле" Грина. Трактор был в кромешной чёрной тьме с языками красного пламени.

До этой каюты было совсем близко.

Она была тоже на общем этаже, метров восемь по пустынному обводному коридору с белыми плафонами посередине бледно-зелёного кожаного потолка. Торстен действительно нёс девушку первый раз в жизни. Но это была восхитительно симпатичная и красивая Эйринна.

И он был в неё влюблён.

Правая рука Эйринны высвободилась и обняла его за шею. Дверь восемнадцатой виднелась через одну. Голова Торстена была забита всякой чепухой. Он думал, зачем она это сделала - для удобства или по какой-нибудь другой причине, и боялся посмотреть на лицо девушки у себя на плече, чувствуя её волосы на рукаве и еле слышный чудесный запах, которого он раньше не замечал, при разговоре с ней.

Он не знал, открыты у неё глаза или нет.

– Доктор, что с ней делать? - спросил Торстен по внутренней связи.

Кира в красной бандане завороженно смотрела на схватку трактора с драконом. Пока что была ничья… Но она знала, что трактор победит.

– Вы слишком педантичны, коллега, - сказал Уэрр. - Уложите её спать и возвращайтесь.

– Следите за „книжкой", Кира, - проговорил он, не отрывая взгляда от обзора.

На нём пошли какие-то цифры, белые на красно-чёрном фоне. Машина сама следила за видимостью текста. А на откидном экране перед Кирой крутые склоны лесистых гор сползали в серый грязевой поток, кое-где скрытый за лёгкими тёмными облачками. Это были непроницаемые для обычной коррекции слишком густые скопления пыли.

Но поток всё равно уже кончался. С высоты орлиного полёта в лесистой горной долине за поворотом вдали был уже виден его тёмно-серый след, как от хвоста великого дракона. А дальние горы стояли как ни в чём ни бывало, покрытые тем же тёмно-зелёным лесом,

„И там всё равно скачут рыжие белей", - подумала Кира.

Угол наблюдения чуть заметно изменился.

„Зонд поднимается", - догадалась Кира.

Исполнение задания шло на автономном режиме. В рубке слегка пахло хвойным лесом. За стеной трактора была температура полторы тысячи градусов.

И она поднималась.

– Понял, - неразборчиво пробурчал Торстен у неё в наушнике.

Эта каюта была чуть побольше, чем та, где она была утром. Она была не запасная, а экипажная. Торстен положил Эйринну на застеленную мягким одеялом кровать и только тогда вспомнил, что она уже не в обмороке. Она смотрела на него, ничего не говоря. Её голова лежала на белой подушне с красной русской вышивкой.

„Красное и чёрное", - проплыло у него в голове.

Девушка лежала на красном шерстяном одеяле с длинным ворсом.

– Доктор, что с ней делать? - спросил он в замешательстве.

„Пойти, что ли", - подумал он.

– Док приказал уложить тебя спать, - сказал он.

– Правда? - тихо сказала она, следя за ним с подушки тёмно-голубыми глазами.

– Ага, - сказал он. - Ты подожди, я сейчас живо.

Он немного путаясь расстегнул такое же красное одеяло на второй кровати, мягко защёлкав „зубчаткой". С другой стороны на одеяле была белая простьшя. Пододеяльники во Флоте не употреблялись.

Простыня шуршала свежестью. Согласно уставу, каюта или боевой транспорт оставлялись перед уходом в полном порядке и чистоте.

– Вот, - сказал Торстен, слегка разведя руками. - Ты сама можешь?..

- А что? - сказала она.

– Может, тебе помочь? - пожал он плечами, не замечая происходящего на обзоре.

Ослепительно белая молния била клубящуюся тёмно-бурую тьму. В каюте не была включена коррекция, и ничего не было видно.

- Разогнался, - фыркнула она и села на кровати.

Но ему всё же пришлось ей помочь.

По пути в рубку он не мог больше думать ни о чём, кроме мягкого красного одеяла, прижатого к подбородку, и больших голубых глаз. И того, как она там оказалась.

Было около пяти часов вечера.

Трактор стоял на другом берегу озера.

Ели покато спускались к воде. В сгустившейся тьме ночи лёгкие остатки дыма слегка закрывали собой звёзды на том берегу. На месте устья горной долины смутно чернели будущие холмы из застывшей от огня могучего трактора чёрной грязевой сели. Лесной пожар сюда не дошёл.

Ему преградили путь две речки и дым.

– Торстен, загляните на минутку к Эйринне и скажите ей, чтоб она перекусила и ложилась спать до утра, - сказал доктор Уэрр. - Только не задерживайтесь там, пожалуйста. Скажите ей, что это предписание доктора, хорошо? И что я проверю.

Кира стояла рядом на фоне звёзд. Уже стемнело, хотя было ещё только часов восемь. На крыше трактора под ночным небом со звёздами было зябко. Девушка с Уэрром уже часа четыре чинили главную торпедную пушку.

– Есть, док, - ответил глуховато Торстен из глубины трактора. - Вы скоро кончите?

– Минут через двадцать, - сказал доктор, кашлянув. - Покажи ей, где еда и возвращайся. Я снимаю отжим.

– Ладно, - сказал Торстен у них в наушниках.

Ели здесь были немного пониже. Их верхушки тихо шуршали где-то рядом внизу. До них было шагов дясять по гладкой броне во тьме под ногами. Протяжно ухала птица. За Кириной спиной из-за лесистых гор поднималась луна.

„Что они сейчас делают..." - подумала она про Криса и его спутников.

Уэрра она тоже плохо видела в темноте. Она стояла лицом к озеру, оглядываясь по сторонам и вдыхая свежий ночной воздух.

– Опусти забрало, Кира, - сказал он где-то у оружейного люка.

„Откуда он видит?" - подумала она вздохнув, и медленно опустила прозрачное забрало.

В нём сразу показалась чёрная фигура доктора, согнувшегося на коленях над открытым оружейным люком, тёмная поверхность трактора и острые верхушки елей чуть ниже за ней. Но она не любила этого неестественного зеленоватого цвета.

В шлеме не было реализатора.

Мимо её головы прожжужал крупный ночной жук. Девушка слегка отпрянула, чуть не нажав случайно на спуск бленгера. Она держала на нём палец ухе четыре часа с хвостиком.

– Вот видишь, Кира, - сказал Уэрр, подняв голову.

Ей стало стыдно.

- Можно? - сказал Торстен, заглянув внутрь.

Ему не пришло в голову, что она пока не умеет запирать дверь. Эйринна живо закрылась одеялом, как будто была не одета. Она кивнула, сидя в постели с подушкой за спиной.

– Слышала, что Уэрр сказал?

Дверь задвинулась позади него.

– Когда? - удивилась она, чуть натянув одеяло.

– Ты когда проснулась?

– Недавно... - сказала она. - А чего ты?

– А наушник не снимала? - спросил Торстен.

Она мотнула головой.

– Странно... - пробормотал он. - Правда?

Она вытащила из уха наушник и протянула ему.Торстен в недоумении повертел его и сунул в карман. Он так и стоял, не садясь.

– Бери, - сказал он, достав новый из ящичка в толстой крышке стола.

В ней было несколько ящичков с разными значками.

– Мне сейчас некогда, - сказал он. - Док сказал быстрей в рубку идти. - Ну как, слышно?

– Ага, - кивнула она, убрав со лба волосы.

- Слушай, - сказал слегка нескладный долговязый парень. - Док сказал, чтоб ты поела и снова ложилась спать. Тебе надо отдохнуть. Может, тебе валерьянки дать?

− А что это? - спросила она, сидя на кровати спиной к подушке.

− Для хорошего сна.

− Ну давай, - согласилась она. - А у тебя конфет нету?

− Нет, - слегка развёл он руками.

Он быстро достал из лёгкой аптечки в столе голубую таблетку, растворил её в стакане с холодной водой и отдав Эйринне шипучий напиток, достал одной рукой из ещё открытого буфета пару запечённых бутербродов и бутылочку сока с магнитным дном. Поставив всё это на стол возле изголовья, он сказал:

− Ну, мне пора. Надо в рубку бежать. Сейчас док с Кирой придут. Они там лазер чинили.

− Вот и прекрасно, - сказала она, качнув головой.

В тёмно-голубых глазах не было границ.

− Тебе ничего не надо? - замешкался он.

− Иди, иди, - сказала она, чуть насмешливо выпятив губу.

Мягкое красное шерстяное одеяло закрывало её почти до горла.

− Ну ладно... - сказал обескураженно белобрысый парень с белым шрамом возле уха и повернулся к двери.

Она только сейчас заметила этот шрам.

− А что ты надулся, как индюк? - спросила она.

У неё в наушнике в левом ухе голос Уэрра что-то тихо-тихо шептал Кире. Как шуршанье лесного ветра в ночной листве. В дремучем лесу...

Наушник был настроен на обоюдное наблюдение.

− Эйринна, - вдруг сказал громко Уэрр. - Пусть он вам даст крепкого чаю с ромом на сон грядущий. Обязательно выпейте, хорошо?

Торстен вернулся и одной рукой налил в заварочный чайник кипятка из буфетного „самовара". Чайник был увит фарфоровым шиповником с выпуклыми оранжевыми плодами в натуральную величину.

– Ладно, доктор, - сказала она. - А можно, он мне нарукавник снимет?

Торстен быстро бросил в чайник две щепотки чая и налил коньяка из маленькой пузатой бутылочки с причудливой вязью древнего полу-вымершего языка.

– Хорошо, - сказал доктор Уэрр у неё в ухе. - Не возражаю. А наушник не снимайте.

– Ага, - сказала она.

Убрав со лба волосы, она протянула Торстену руку с нарукавником. Нарукавник был на облегающем чёрном рукаве. Торстен послушно снял его и сунул в гнездо под крышкой стола.

„Красное и чёрное", - снова промелькнуло у него.

Но это были цвета Земли.

Не багряный Огонь и Тьма, а алая Кровь и Почва.

Цвета древней Эрозы.

– Приятных сновидений, - сказал Уэрр и отключился.

Что-то совсем тихо, еле слышно, проговорил в наушнике голос Киры. Как мягкий шелест дождя. Торстен повернулся, чтобы уйти.

– Спокойной ночи, Эрик, - сказала бывшая домината, сидя в кровати спиной к подушке с красной вышивкой.

– Спокойной ночи, - пробормотал он и вышел.

- Ну вот мы и дома, - проговорил доктор Уэрр, устало вытянув под столом длинные ноги.

Как усталый путник за столом с хлебом и мясом в освещенной очагом придорожной харчевне. А за окном светят яркие звёзды... Они сидели в углу, и над головой Киры тускло горел бронзовый канделябр. Наискосок сидел Торстен, а рядом с ней - доктор Уэрр. Чай и розетки с клюквенным вареньем были ярко освещены вместе с блестящим тёмным столом из морёного дуба.

– Вы правда не хотите есть, Кирочка? - спросил Уэрр.

- А я чай с вареньем попью, - сказала она. - Я люблю чай пить.

– Я тоже... - сказал Уэрр. - Ну а мы с Торстеном немного закусим, а, Торстен?

– Угу, - кивнул тот.

- А что вам принести, доктор? - спросила она.

– Что-нибудь наподобие мяса или уж сыра, на худой конец.

Рыбу доктор недолюбливал.

– Присоединяюсь, - сказал Торстен.

Кира встала и проходя, слегка пихнула его рукой в плечо. В углах столовой царила таинственная полутьма. Кроме того, где они сидели.

И буфета.

– Выше голову, мой друг, - сказал доктор приунывшему Торстену. - Per aspera ad astrum, -загадочно прибавил он.

– Это ты слямзил? - подозрительно спросила Кира, вернувшись с круглым никелированным подносом и не увидев рядом с чашкой своей конфеты „Ну-ка отними" в красивом разноцветном фантике.

Поднос поблескивал расплавленным серебром.

– Да ну тебя, - махнул он головой.

– А, вот она, - сказала она, нагнувшись.

Она была снова в серой водолазке и шортах.

- А вы, Кира, испугались того людоеда? - спросил доктор Уэрр с добродушной усмешкой. - Вы не находите, что он сильно смахивал на циклопа?

– Можно подумать, что это „Одиссея", - хмыкнул Торстен, запивая дымящимся чаем пирог с бужениной.

– Ну что ж... в каком-то смысле оно пожалуй так и есть, - в раздумье проговорил Уэрр.

- А это был людоед? - спросила Кира с широко открытыми глазами.

„Вот такой она и была в шесть лет", - подумал Уэрр, представив себе синеглазую девочку с широко открытыми глазами.

– Испугалась, испугалась, - сказал нечувствительный Торстен. - Стоит как вкопанная с разинутым ртом.

– Ничуточки, - отмахнулась Кира. - Отстань, пожалуйста.

Она выжидательно уставилась на рыжего Уэрра.

- Ну... - начал он, улыбаясь в бороду.

– Факт, - сказал Торстен. - Людоед.

– А кого тут есть? Тебя, что ли? - снисходительно сказала Кира.

Не загоняйте его в угол, Кира, - сказал доктор Уэрр. - Лучше скажи нам, как тебе понравилась Эйринна? - обратился он к уминающему пирог Торстену.

Тот немного поскучнел. Кира с интересом посмотрела на Уэрра. Ей было всегда интересно, что он скажет.

Но особенно на этот раз.

– И как она себе вела? - закончил доктор свою мысль.

– М-мм, - промямлил что-то Торстен.

– А что, доктор... - запнулась Кира и замолчала.

Уэрр взглянул на неё с улыбкой.

„Защитники", - подумал он.

Впрочем, Эйринна нравилась и ему самому.

– Просто сейчас у нас вроде испытания, ребята, - сказал он. - И надо не уронить чести Комитета.

Древнее название Рати.

– Тем более, что другого, может быть, уже и не будет, - добавил он, взглянув на них и потеребив свой рыжий бакенбард.

Кира подняла голову, и он встретил загадочный синий взгляд под прямой русой чёлкой. Торстен молча доел свой пирог и незаметно подмигнул девушке. Они были чем-то очень похожи.

Как брат и сестра.

„Ангел прелетел", - подумала Кира.

– Доктор, а почему вы сказали, что качество потомства зависит только от мужского начала? - спросила она чуть погодя, опёршись локтями о стол.

Уэрр улыбнулся.

„Когда вода над головой, то жди дождя

А если встретился с тобой, то ждать нельзя", - вспомнил он.

Он написал это лет двадцать тому назад, когда ещё не прошла острота сожаления о Несбывшемся. Кира и вопросы были понятия нераздельные.

– Потому что женщина - это сокровище, а мужчина - тот, кто его ищет, Кирочка, - мягко сказал он немного погрустневшим голосом.

- А, - сказала девушка, слегка затуманившись.

Съев свою ситную булку с бужениной, Торстен отвалился на спинку дивана и блаженствовал, допивая ароматный крепкий чай в роскошной кружке с красными, зелёными и жёлтыми полосками.

„Надо ему повязку сменить", - подумала она.

Уэрр мешал ложечкой в уже пустом стакане. Он был в серебряном подстаканнике. Уэрр признавал только старинные вещи.

− Налить вам ещё чаю, доктор? - спросила она.

Чайник стоял на столе.

На дальнем конце стола начиналась темнота. Тёмные углы манили своей таинственностью, а в буфете горел уютный свет.

− Ну хорошо, барышня, - сказал он. - Только половину стакана, ладно?

Кира посмотрела на него каким-то всё понимающим взглядом.

− Расскажите нам снова о Дурингах, - виновато попросила она.

Ей не хотелось, чтобы этот вечер кончался.

− Я лучше вам завтра расскажу, можно, Кира? - сказал Уэрр, наморщив лоб.

Он пытался ухватить смутную мысль о Федерации и Гото-Гунской империи древности.

„Вульфилас, Тотилас, Аттилас..." - бормотал он про себя, смотря куда-то сквозь стенки трактора.

А тогда...

− Ну вот... - протянула Кира.

Как будто ей не рассказали сказку на ночь.

„Ну вот..." - подумал Уэрр, упустив из рук свою мысль, как барин налима в рассказе Чехонте.

Он взглянул на надувшую губы девушку и улыбнулся в усы, забыв о досаде. Что значат тайны Истории в сравнении с огорчением Киры Князевой?

„Вот в чём вопрос", - подумал он.

− На душе было светло, как в детстве. А в чём суть? - поинтересовался Торстен.

– Я излагал Кире некоторые аспекты генеалогии англо-саксов и русских, - сказал доктор Уэрр.

– Любопытно, - сказал Торстен, тоже вытянув под столом длинные ноги.

Небо затянуло тучами и сквозь них пробивался холодный свет луны. Обзор на столе в середине комнаты казался окном в подлунный мир. Оно смотрело прямо на них. Уэрру показалось, что он в какой-то заколдованной стране, где водятся феи и гномы. Он чуть подвинулся в самый угол, и оказался посередине между Торстеном и синеглазой девушкой.

– Семь лет не женитесь, - сказала Кира.

- А может, так мне и надо, Кирочка? - задумчиво сказал он.

Она не поняла, что он имеет в виду. Торстен созерцал тучи на обзоре. Луна почти зашла за лес, но всё ещё освещала рваные летящие облака.

– Всё дело в том, что на вопрос "кто ты?" вы можете ответить „русский", „славянин", „православный", „советский" или „коммунист". Или даже просто „красивая девушка", - сказал Уэрр с лёгким поклоном в сторону Киры. - В зависимости от того, как вы понимаете заданный вам вопрос.

Поэтому и ушедшие с родины Герулы отвечали Ромлянам в основном или „Киммеры", то есть германцы, или „Тевтоны", то есть последователи так: называемой дионисийссой веры, о которой вы должны уже знать. Особенно вы, Торстен.

Ну а потом, как это бывает у народов второй белой касты при разделениях во времена духовной скудости, они разошлись на три главные ветви: правую, левую и независимую. Знаете, как в сказке: у отца было три сына, и вышли они на перепутье, от которого расходились три дороги, и каждый пошёл своею дорогой.

– Два умных, а один дурак? - спросила Кира.

– М-мм... - сказал доктор Уэрр. - Не совсем, Кирочка. В той сказке дурак был наследником отца.

Торстен слегка улыбнулся.

Но Кира этого не видела. Она смотрела куда-то сквозь тёмную стенку, и в её потемневших синих глазах мелькали искорки от свечи.

– Иначе говоря, на религиозно-моральную, религиозно-расистскую и либеральную, - сказал Уэрр, немного помолчав. - И тогда наши общие предки назвались Свевами и поселились в Данмарке. Кстати, по этой причине Данмарк тогда и стали называть северной Тавридой - ведь Герулы были из Киммерской Таврии.

Это слово имеет тот же корень, что в нашем языке „свет" и „светлый", из чего вы можете угадать, о какой ветви здесь идёт речь. Ведь в имени народа всегда кроется его духовное лицо в момент самоназвания, то есть рождения.

- А в момент смерти? - спросила Кира, поглядев искоса на белую луну в „окне".

До него было всего метра три, и от колеблющегося света двух свечей на столе вся столовая утопала в полумраке.

– Так же, как люди, - лаконично ответил Уэрр. - Но вообще-то народы не умирают, а рождаются вновь и вновь.

– Так же, как люди? - спросила она.

– Отчасти, - улыбнулся он.

- А как же его значение в акиромском? - спросил непочтительный Торстен.

– Вечно ты лезешь, - сказала Кира в сердцах.

– Ну почему же, - сказал Уэрр. - Здоровый скептицизм...

Он посмотрел на часы над дверью в коридор. Светящиеся стрелки показывали без двадцати десять. Двойная дверь в темноте имела форму округлённого квадрата неопределённого цвета.

– В акиромском и в вымирающих языках Эвропы значение этого слова вторично, то есть оно определяло национальное качество уже известного под этим именем народа.

А после образования анти-христианской Гото-Гунской империи в 380-ом году прошлой эры, Свевы в Северной Таврии были разбиты и стали её данниками. Отсюда новое имя - Даны и Данмарк. Иначе говоря, Даны - это Свевы, оставшиеся на месте после захвата своего полуострова Гото-Гунами и ставшие их данниками. А в древности это означало порабощение.

– Но, как это обычно бывает, часть Свевов, избегая безнадёжного боя, ушла в нынешнюю Швецию, и потому сохранила своё имя, а часть - ушла после жестокой войны с Гото-Гунами, и потому разделилась на три новых ветви – право-моралистскую, лево-расистскую и либеральную: Англы, Русы и Норманы.

– Почему? - спросила Кира.

– Те, которые ушли без боя, не могли разделиться, потому что в них было уже мало ревности Духа. Это народ слабого Пламени: они не поднялись на защиту своей земли.

А те, которые поднялись - наоборот.к поэтому сразу после поражения в войне с общим врагом они разделились. Ведь больше их ничто не удерживало вместе, кроме плотского родства, а для Духа это ничто.

Ну вот... Англы, естественно, ушли в Англию, Норманы - в Норвегу, а Русы - сначала к границе Вендов в нынешней Летуве, потом под давлением окружающих враждебных сил на остров Руген, а уже оттуда - на ладьях к родственным по вере Финнам, которые и назвали потом всех шведов Русами, так как граничили в ньшешней Швеции именно с ними.

А более покорные остатки Русов возле Летувы и на Ругене стали называться Ругами и впоследствии ассимилировались. Фонетическая семантика имени изменилась: у нас в языке оно родственно слову „ругать". Причём именно не вторично, а исконно.

– А Венды? - спросила Кира.

Светящаяся стрелка неумолимо приближалась к десяти. Со стороны обзора раздался глухой равномерный стук, словно кто-то стучался в обитые медью ворота древнего замка.

– Слышите? - тихо сказала она.

– Звери,---сказал Торстен.

– Какие? - спросила она.

– Может, глиптодонт.

– Они разве здесь водятся?

– Хм, - хмыкнул Торстен.

Внизу ночного окна возникла белая цифра звука „0,3". Чёрные силуэты елей сбоку слегка закрывали серебрящийся край тёмного озера.

– Венды... - задумчиво произнёс доктор Уэрр, оторвавшись от обзора. - Вендами называли себя Визиготы расистского направления, уходившие в разные стороны от Гото-Гунского союза. А Венетами - такие же Остроготы. Корень этого слова родствен слову „Венера" в романском языке и словам „вено" и „венок" в русском. Часть Вендов была вытеснена вслед за Свевами в нынешнюю Швецию, но за ними туда вошли и Гото-Гуны, потеснив Свевов на север. Впрочем, собственно Гуны туда не попали, так как они в основном использовались для нашествий на Романскую Империю с территории нынешней Мадьярии, которая была им выделена их старшими союзниками, традиционными Готами. А Свевам, в свою очередь, пришлось потеснить родственных по вере Финнов к северу. Хотя в то время это были довольно дикие и пустынные места.

- А почему они были врагами Русов? - спросила Кира.

– Кто? - сказал Торстен.

Он так. напомнил ей Витьку Крупнова, что она оглянулась в поисках несуществующей линейки. Тот тоже был белобрысый и ехидный.

- Твоя тётя, - сказала она.

Доктор Уэрр весело рассмеялся.

- А чего он, - сказала Кира. – «Как мальчишка", - подумала она.

– Видите ли, - сказал доктор, всё ещё улыбаясь, - у веры есть два измерения: идеология и дух. Вы можете совпадать по идеологии и не совпадать по духу.

Или наоборот.

Венды, как и все Готы, были готонами, то есть последователями так называемой первичной веры, вроде ромлян. А Русы - тевтонами.

– А Гуны? - спросила Кира.

– После окончательного воцарения христианства в Романской Империи она превратилась для готонов из союзника против этой „страшной ереси" в злейшего врага. Их мир рушился. Вспомните фарисеев Нового Завета. Мало того, что христиане, как все дионисийцы, верили в Сына Божьего, но они ещё и верили, что Он пришёл во плоти и стал человеком. Страшнее этого „богохульства" для закостенелых в своей идеологии фарисеев и остальных готонов ничего не могло быть.

Кроме этого, воцарение христианства в Империи вызвало к жизни арианство и таким образом стало причиной разделения самих Готов на ариан, признающих Христа как Пророка, и приверженцев „чистой" готонской веры И поэтому после воцарения христианства в Империи наиболее закоснело-религиозная часть уже разделившихся Готов отправила из Причерноморья посольство к каспийским Гунам, пригласила к себе их соглядатаев и наконец заключила с ними братский союз, породнившись с ними и обещав им земли в нынешней Польше, Богемии и Мадьярии, полную поддержку в грабеже богатой Романской Империи и германцев-тевтонов, белокурых рабов и рабынь и золото.

Известный вам Ругилас и был порождением брачного союза между приземистым и смуглолицым сыном Гунекого повелителя и прекрасной Готской принцессой.

– Бедная... - тихо проговорила Кира.

– Думаю, ей было противно, - согласился Уэрр. - Но она считала, что воля её отца есть воля Бога.

А это ошибка.

И всё это только потому, что у каспийских Гунов была та же религия, что и у Готских фарисеев. И те, и другие были готонами, причём Гуны - либерального духа.

- А Готы? - спросила Кира.

– Фарисеи - люди бездуховные, - сказал Уэрр. - Но они всегда моралисты.

– Как снандийцы, - сказал Торстен.

– Конечно, настоящие моралисты никогда бы не пошли на союз с нечистым, - сказал Уэрр. - Ведь древние христианские писатели считали Гунов как бы воплотившимися бесами, настолько они были страшны и грязны, во всех смыслах.

– А откуда вы знаете, что она думала? - спросила синеглазая девушка, вспомнив о принцессе.

– Что она думала... - в задумчивости повторил Уэрр. - Здесь нет никакой тайны, Кира. Просто вождь нации - всегда её лицо в данный момент истории. А в династическом браке всегда соединяются две нации.

– А ведь иудейские фарисеи и вошли в союз с бесами, - вдруг сказал он. - Вы только почитайте внимательней всё Евангелие. - Значит, Гото-Гунский союз был повтором... ровно 350 лет спустя. И значит...

Та мысль вдруг представилась ему ясно и отчётливо, как утренний сад за окном. Было удивительно, как он её раньше не видел. Ему показалось, что он уловил какой-то неведомый отпечаток Истории. От которых он слышал от своего Наставника Варсонофия, лет двенадцать назад.

– А кто такие вообще эти Гуны, док? - спросил Торстен.

– Налить вам ещё чаю, доктор? - спросила Кира.

Его чай совсем остыл.

Он так и не отпил ни глотка. От полутёмной комнаты со свечками на столе веяло чем-то романтическим. Доктору было сорок четыре года…

Он был старым холостяком.

– Спасибо, Кира, - сказал он. - Вы очень добры.

Он взглянул на девушку и немного пожалел о том, как он это сказал. Приходилось всё время держать себя настороже.

„Надо быть с ней похолодней", - подумал он.

– Гуны были старой либеральной ветвью сарайских казаров, уже смешавшейся со своими рабами и присоединившей к себе жёлтые массы разорившегося и деклассированного крестьянства.

А казары были одной из трёх ветвей пленённых Израильтян, вышедших из Ассура после его падения. Ведь народы ветвятся, как ветви дерева.

– Спасибо, Кирочка, - сказал он.

Она капнула ему в стакан коньяку и положила ложку сахара. Она уже знала его вкус. Две ложки старого коньяка на стакан.

– А как насчёт Швабии, док?

– Ты прав, Свевы осели и в Швабии, и в Швайце, а часть из них ушла вместе с Вендалами в Иберию. Гото-Гуны разогнали всех тевтонов и расистскую половину готонов - как Готов, так и германцев, - и были на равных с Империей.

Но их собственная земля была тогда в Данмарке, на севере полосы между Альбой и Одером. И поэтому война с Гото-Гунами была у таврических Свевов именно там.

Англы же ушли в Бриттанию по договору с Западной Романской Империей. С ними ушли и союзные им Саки, которые были вытеснены вместе с Герулами ещё из Таврии, когда туда пришли Остроготы из Понтуса. Ну а в Швеции, на треть занятой Готами и на две трети - полосами Вендов, Свевов и Русов, продолжались войны этих племён, в которых Венды занимали то сторону Готов, то сторону Свевов, - вплоть до воцарения там христианства в одиннадцатом веке прошлой эры.

Доктор Уэрр отхлебнул горячего чая с коньяком. Вокруг всё было то же - и полутёмная столовая со светом внутри буфета, и белые тарелки с чайниками на блестящем тёмном столе...

„Опять меня понесло", - подумал он.

Кира смотрела на него в ожидании, чуть приоткрыв губы в тускловатом свете канделябра. Лицо Торстена было немного в тени. Стол был освещён, как светлый островок с чаем и клюквенным вареньем в таинственной полутьме.

- Ну вот, пора и закругляться, - сказал он. - Русы не прижились на севере Швеции, где им выделили землю родственные по вере Финны и Свевы, и под именем Русов-варангов, то есть „заклятых" - давших клятву непримиримости с врагом - продолжали воевать с Готами и Вендами на территории нынешней Росии, в том числе и в легионах Восточной Романской империи.

И после того, как. родственные по вере, но чужие по языку расистско-готонские аристократии Мари, Вендов и Савроматов на севере нынешней Росии, и моралистско-готонские аристократии Готов, Ромлян и Савроматов на её юге вконец ослабли от взаимного соперничества и борьбы с Империей и тевтонскими Русами-варангами, последние окончательно обосновались на этих землях и образовали там своё государство.

Это и есть так называемые „северные Фаранки", о которых вы уже слышали. Корень же слова Рус содержится в словах „роза" и „красный, прекрасный", оба из которых были издревле синонимами Земли - божественной Эрозы Золотого века.

Вы наверно знаете, что во время взлёта христианства в Средние века прошлой эры невесты одевались в алое платье: цвет Крови Господней, которая чище снега.

Вот и всё, что я хотел вам тогда рассказать, Кира, - заключил доктор Уэрр голосом сказочника.

Она уже представила в картинках всё, что он рассказывал.

Коренастого темнолицего кочевиника-Гуна и голубые озёра сурового Финнланда... И белый цветок омелы на неприступной стене Царьграда.

Но главное было не это.

– Занятно, - задумчиво проговорил Торстен. - В таком случае, присоединяюсь: я ведь из Уппланда.

- А Эйринна? - спросила Кира.

- Ну что ж... она с Донны, - сказал доктор, озабоченно посмотрев на свой нарукавник. - Всё может быть.

Было уже почти десять часов вечера.

– Доктор, а можно ей учить русский? - спросила Кира. - А то уже надоело по-германски разговаривать.

– Конечно, - сказал Уэрр. - Вот и займитесь на досуге, милая барышня. И Торстена привлеките.

– Была охота, - сказал Торстен.

- Фи, - сказала Кира. - Вот скажу ей, будешь знать.

- А вам не кажется, что уже пора спать, молодёжь? - сказал доктор Уэрр. - Что-то мы сего дня засиделись.

– Ну ладно, - сказала Кира, вставая.

Уэрр посмотрел на стройную девушку в шортах и серой водолазке. Она начала собирать со стола посуду и всё остальное.

– Вы, Кира, перевяжите Торстена, хорошо? - сказал он. - Я пойду в рубку.

- До каких, док? - спросил Торстен, не двигаясь с места.

Ему было лень вставать.

– До часу, - сказал Уэрр, кашлянув. - Будем дежурить по три часа. Вы после меня, а потом Кира.

- А где мне спать? - спросила Кира.

– У себя в аюте, - сказал Уэрр. - Вы тут с Торстеном немножко уберитесь, и сразу в лазарет. - Отлёт назначаю через пятнадцать минут, - прибавил он, вставая.

Белобрысый парень вылез из-за стола, пропуская доктора.

– Ты носи, а я буду складывать, - сказал он Кире.

– Ишь ты какой, - сказала она, как второклассница. - Сам носи.

– Как закончите, сразу спать, молодые люди, - напомнил Уэрр, оказавшись рядом с ними. - Спокойной ночи.

– Какой же вы англо-сакс, доктор? - вдруг сказала Кира, всмотревшись в неярком свете канделябра в его длинное лицо, обрамлённое непокорными ярко-рыжими волосами. - Вы кельт.

- Вы мне льстите, Кира, - сказал он и немного устало пошёл к двери.

Кормовой лазер был в исправности.

– У тебя рука не болит, Эрик? - спросила Кира.

– Чуть-чуть, - сказал Торстен, улёгшись на ту же кровать поверх одеяла.

– Давай сюда руку, - сказала она. - А ты разве разбирать не собираешься?

– После, - сказал он.

- Хм, - скептически произнесла она.

Старый пластырь полетел в мусор.

Круглая кожаная дверца в серой тумбочке открылась от лёгкого нажатия ладонью. Кира прислонилась к ней коленом. Рука немножко больше распухла, хотя синева стала сходить.

– Придётся опять уколы делать, - покачала она головой.

Она не боялась осложнения, потому что где-то там, в рубке, был доктор Уэрр. Он сидел и не спал. Пол под ногами задрожал с мягким рокотом. Трактор поднялся в воздух.

„Мастодонт", - вспомнила Кира.

Так любовно обзывал его Серёга Гаврюшин. Конечно, такая махина без гравиротора... Но золота не хватало. А главное, рутения.

– Подержи так, ладно? - сказала она. - Я быстро.

Эти уколы хранились в докторской.

Торстен кивнул, следя за экраном. Там было почти ничего не видно. Небо совсем заволокло чёрными тучами. Сквозь них неровно проглядывало какое-то бледно-жёлтое пятно.

– Доктор, ему нужно рестор-2, - сказала Кира, взяв ладонь Торстена своей прохладной рукой.

Она уже вернулась.

– Хорошо, Кира, - коротко стазал Уэрр у неё в наушнике.

Уколы были безболезненны, с анестетиком.

– Ну вот, - сказала Кира, быстро и аккуратно завернув его ладонь в спецпластырь. - До свадьбы заживёт.

- Надеюсь, - пробурчал Торстен, включив здоровой рукой силуэтную коррекцию.

Кира сидела на кровати и не уходила.

– Торстен, - сказала она, - как ты думаешь, Эйринна хорошая?

- А ты? - спросил он, оторвавшись от обзора.

– Я думаю, очень, - сказала она. - Только не знаю, почему.

Он хотел спросить „почему что?", но не стал. Кира задумалась, глядя в тёмное окно обзора во всю стену. С тёмным пейзажем горного озера.

– Они её мучили... - сказала она.

Торстен подозрительно посмотрел на неё. Но она не плакала. Просто у неё изменился голос, когда она сказала про это.

– Как? - спросил он.

У него сжалось сердце.

– Да так... не твоего ума дело, - сказала она по-взрослому и поднялась с соседней кровати.

– Я пошла, ладно?

– Угу, - сказал нахохлившийся Торстен.

– Только ты сразу ложись спать, ладно? А то не выспишься.

– Ладно, - проворчал Торстен. - Спокойной ночи.

Дверь за девушкой закрылась.

Он был один в шестиместной палате с мягким сероватым светом. Не разбирая постели, он лёг на бок, перекрестился и закрыл глаза.

Он думал.

«««««««»»»»»»

Крейсер Криса

– А ты почему не ешь, Ир? - спросил Крис.

– Ты знаешь, иногда бывает так грустно, хоть плачь, - призналась она. - Так жалко, что всё проходит...

- Что? – спросил Крис, взглянув в немного наивные округлённые глаза.

Без очков они были какие-то другие.

– Ну,.. то, что мы с тобой тут сидим и разговариваем, а солнце заходит, и наша эпопея на этом тракторе... Вообще всё.

„И никогда уже больше не будет..." - подумал Крис.

– А ты по дому скучаешь? - спросил он.

- Хм, - улыбнулась она краешком губ и отвернулась посмотреть на обзор.

Она сидела как будто рядом с окном.

– Как тебе сказать?.. Десять лет назад я жила у себя на Пионерской улице. Я там жила с самого рождения, и знала ребят с первого класса, или ещё раньше. У нас был двухэтажный дом, знаешь, такой жёлтый. Мы жили на втором этаже. И я до сих пор ещё всех помню, понимаешь?

Крис кивнул.

– Конечно, сначала всё кажется по-другому - хоть и грустно, что кончила школу и всё прошло, - но об этом как-то не думаешь.

– Наверно, потому, что жизнь кажется бесконечной? - сказала она, бросив взгляд на Криса . - А сейчас... понимаешь, наш дом стоит всё там же, и мои родители в нём живут, и улица всё такая же... Но уже не такая. Я там уже не живу. И другие ребята...

А кто остался, завели семью, и у них уже свои дети... хоть и маленькие. А после практики... даже если я и вернусь туда - той жизни уже не будет, понимаешь, Крис? Я скучаю, а этого уже не вернуть. И так всё время...

Ирина заглянула ему в глаза, чуть беспомощно улыбнувшись. Крису передалось её настроение. Ему стало грустно... так же, как ей.

– А ты в отпуск ездишь туда? - спросил он.

– Конечно, - сказала она. - Полгода назад была. В речке купалась, у нас в Рябиновке. А как же…

Крис молча смотрел на реку и зелёные камыши на обзоре. Камыши качались от ветра. Ирина сидела к ним спиной. Солнце почти закатилось за лес, и от него остался только огненно-красный край.

– А ты где был? - спросила она.

– У себя, - сказал он. - В Лланмайре.

– Ну и как там, хорошо?

– Ничего... - задумчиво сказал он, всё ещё вспоминая что-то.

О набегах „крестоносцев" после предательства Запада пять лет назад.

– У вас там сено косят? - спросила она. - Знаешь, я люблю валяться на сене и смотреть в небо, а вокруг в поле поют кузнечики, жужжат пчёлы... И чтобы рядом - совсем никого.

– Никого... - повторил Крис, посмотрев на две веснушки.

Её лицо было рядом с красной полоской жидкого солнца в окне.

– Угу, - кивнула она, подняв глаза.

Раздался писклявый визг.

– Во даёт... - сказала она, смотря сбоку на потемневший обзор.

Птица подняла в воздух корчащуюся собаку, лениво взмахивая громадными крыльями. Ирина подвинулась на диване и оказалась рядом с Крисом. Это была скорее скамья с плоскими кожаными подушками по спинке и сиденьям. Уродливая собака с голой шеей была такая же, как они видели в первый вечер.

Крис включил ограничитель звука.

- Ир... а девушки так же дружат между собой, как ребята? - спросил он.

– Не знаю, Крис... - сказала она.

– Почему?

– Ну, не знаю, - сказала она, посмотрев на него сблизи круглыми зелёными глазами.

Без солнца стало гораздо темней. На притихшем поле с белыми одуванчиками начались сумерки. В небе заалели облака.

– Наверно, нет, - сказала она, помолчав.

– А я читал, что любовь и дружба - одно и то же.

– Какая любовь? – спросила она. - К родителям?

– Ну, вообще... любая.

– Я как-то не думала об этом, - сказала она, сделав большие глаза.

Но в глазах её читалось нечто совсем другое.

„...Ну-ну, что ты ещё скажешь, мой юный друг?.." и математичка Арлина лёгкой походкой направляется к своему столу в начале первого ряда парт.

Она не любила сидеть на месте.

– Но... мы же говорим, любовь к брату, любовь к отцу, любовь к девушке, - чуть смутился Крис.

– Это только сейчас, - поправила она. - А раньше - по-разному. В древности.

– А мы что, не люди? - мрачно заметил Крис.

– Такие же, как они, - сказала она. - А в каком смысле?

– Что?

– В таком смысле ты думаешь, что это одно и то же?

– Ну в таком, что когда любишь кого-нибудь, неважно, кто он тебе, - отец или невеста.

– Ты хочешь сказать, старик или девушка?

– Ну, что-то в этом роде.

Ирина задумалась, с чайной ложечкой в руке. Они уже поужинали и сидели просто так, в этой столовой на общем этаже.

– То есть, друг или жена, - поправился он.

– Ты хочешь сказать, что дружба может заменить любовь? - сказала она, подперев щёку рукой и смотря на него.

– А разве нет? - смешался он.

– Тебе лучше знать, - чуть качнула она головой.

С обзора донеслось тихое верещанье. Было ещё совсем светло. Обзор был на уровне человеческого роста. Казалось, можно открыть окно и шагнуть в высокую траву и зверобой.

– Почему? - спросил он.

„По кочану", - хотела она сказать, но воздержалась.

– А ты по дружбе можешь жениться? - спросила она, всё так же подперев щёку рукой.

Крис посмотрел на голубое вечернее небо сбоку от неё. Только чуть повыше… там, где было алевшее облако. У него чуть покраснели уши.

– Наверно, - сказал он и замолчал.

Он вообще больше любил молчать, чем говорить. Она слегка иронически смотрела на него, облокотившись на лакированный стол медового цвета

– Ну? - сказала она.

– Что ну? - не понял Крис.

– Даже если она будет, как Розита Армен?

– Да ну тебя, - сказал он.

– То-то же, - сказала она. - И вообще... чего ж ты тогда не женился?

На это он не нашёлся, что ответить.

Русые волосы, прямой нос и серо-стальные глаза. Он был из тех, что служат лезвием любого клинка. И из тех, чей клинок в руке Непобедимого.

– А вы с Кирой давно знакомы, Крис? - спросила Ирина, распрямившись и посмотрев на обзор.

В недосягаемой вышине парила птица.

– Ага… полтора года.

- Хм, - хмыкнула она, тронув своё запястье.

Птица появилась в круге вверху обзора. Серое оперение было слегка окрашено золотисто-красным заходящим солнцем. Крис покосился на Ирину. Красная бархатная резинка у неё на затылке слегка сместилась.

– Уэрр говорил, что у вас друзья пропали куда-то, да? - сказала она.

– Угу, - ответил он. - А потом оказалось, что их разведзонд подобрал.

– А как их зовут?

– Мак и Пит, - сказал он. - Мы с ними из одной школы. Только Пит из другого класса. И Джек был, тоже...

Она кивнула головой. Обычная история...

– Он погиб, да?

– Угу, - сказал Крис.

– А от чего?

– На Риамелло, помнишь?

Она слегка кивнула.

– В скрытой разведке, на „.капле".

Ему не очень хотелось рассказывать.

– Почти как мы... - проговорила Ирина.

– Вот именно, - сказал он. - Только там была Риамелло.

– Прости, Крис, - сказала она, тронув его за руку.

Он исподлобья посмотрел на неё.

– А откуда вы? - спросила она.

– Из Лланмахйра, в Уэльсе.

- А... знаю, - сказала она. - Вы раньше в Западном Флоте служили?

Крис кивнул.

Круг на обзоре давно исчез… и птица тоже. В комнате стало темней. Возле плиты в тёмно-серой стене зажглись запасные огоньки.

– Ну не грусти, Крис, - ласково сказала она, потрепав его по плечу. - Что же делать...

В этом не было большого смысла… но было что-то другое. Как тогда… когда они в первый раз остались одни во всём тракторе.

За ужином в тот первый вечер.

- Я вчера тоже думала, не дойдём, - сказала она. - Испугалась до смерти. И от тебя ни слуху, ни духу...

- Но... я же от вас ждал, - сказал он.

- А мы от тебя.

− Почему... - проговорил он, пожав плечами.

− По кочану, - так же задумчиво протянула она, слегка округлив зелёные глаза.

Она была без очков.

− Мы же не знали обстановки, - пояснила она, помолчав. - Я боялась, тебя сразу собьют… и всё.

- А если бы Тим не пошёл? – проворчал он. - Так и остались бы там в лесу?

− Не-ет... - протянула она. - Тогда бы вызвала.

„Женская логика", - подумал он.

− Слушай, давай уберёмся, а? - сказала она.

Ей надоело смотреть на грязные тарелки и чашки на лакированном столе медового цвета. Хоть полутьма и скрадывала беспорядок.

− Ладно, - согласился он.

Остатки творожников Ирина положила в стенной холодильник сбоку от плиты. Крис всё же не решился съесть всю сковородку, хотя она и явно этого ожидала. Он и так чувствовал, что объелся. Раковина заурчала, моя посуду под выпуклым прозрачным колпаком.

− Слушай, Ир, а чего ты так много еды готовишь? - спросил он.

− Почему много? - сказала она. - Просто надо лучше есть. - Пошли сядем?

- А может, пойдём в рубку? - сказал он.

− Пошли тогда в лазарет, а? - предложила она. - Мне всё равно надо там спать.

С Тимова браслета она получала только температуру, давление и пульс. Поэтому лучше было находиться рядом.

− Давай, - сказал Крис.

– Подожди тогда, - сказала она и пошла вытереть губкой стол.

– А у тебя братья или сёстры есть, Крис? - спросила она оттуда.

Внизу на обзоре стояли матово-белые цифры на фоне тёмно-зелёной травы: „9.29". Как и везде во Флоте, отбой был в десять часов.

„Все кролики и мыши уже спать пошли..." - подумала научная сотрудница.

– Нет, - сказал Крис, невольно любуясь её темнеющей фигурой возле освещённого стола, сбоку от окна с тёмно-голубым вечерним небом.

В потолке уже зажглась запасная подсветка.

„Правильно говорит Перпетус", - подумал он.

Насчёт сурверсии.

– А у меня сестрёнка есть, Юлька.

– Младшая?

- Угу, - сказала Ирина. - Сейчас она уже выросла. Учится в музыкальном училище. Она, когда была маленькая, говорила „чичибяка" вместо „черепаха". - Пошли, - сказала она, придирчиво осмотрев лакированный стол.

В посвежевшем воздухе повеяло вечерней росой. Ирина слегка поёжилась в толстом джемпере с высоким горлом. Он был сочного красно-коричневого цвета, как бархатцы.

– Как ты думаешь, почему Уэрр не звонит? - спросила Ирина.

Они были в длинной кабине лазаретного лифта. Здесь было тепло. В низком потолке спокойно мигали зелёный и жёлтый огоньки оповещения.

– Боевое положение, - сказал Крис небрежно. - Он теперь не позвонит, пока не будет в пределах видимости.

По правде говоря, он и сам не знал, почему.

– А я думала, он ещё собирался связаться, - сказала она, стоя спиной к светлой стенке с тёмной полоской на уровне пояса. - По спецсвязи.

В её голосе проскользнуло беспокойство. От светлой стенки пахло стружками. Но вездеход был не такой уж новый.

- А перехват? - сказал он.

– Ты думаешь?.. - она сделала большие глаза. - У них здесь звездолёт?

– Х... кто их знает, - сказал он мрачно.

Она покосилась на него и вышла из лифта в комнату с мягкими углами между стенами и потолком. Лифт выходил в комнату всей длиной, и в раскрытом виде был как светлая ниша. В боевой обстановке двери всегда раздвигались до конца. Тим спал на дальней кровати в закруглённом углу лазарета. Он был семиместный. Нежно-палевые стены уже потемнели в тихом вечернем свете с обзора.

– Посиди там в докторской, ладно? - сказала Ирина и пошла к Тиму. - Я сейчас.

„Опять свет погасила", - подумал Крис, войдя в тёмную докторскую.

Свет шёл только от клавишей чуть изогнутого пультового стола, сбоку от раскрытой тетрадки. Он был пастельно-зелёным. Под столом на убранном штурвале горели два красных огонька и большой оранжевый посередине. Крис подошёл к кожаному дивану и сел, не зажигая свет.

Прозрачные дверцы стенных шкафчиков и холодильников слабо осветились изнутри, а над дверью в операционную горел овальный тёмно-зелёный плафон. Освещение здесь было настроено по-другому.

„Чего я сюда притащился?" - подумал он.

– Ты чего тут? - сказала Ирина, раздвинув вторую половинку складной деревянной двери с матовыми стёклами.

В комнате зажёгся мягкий рассеянный свет. Он невидимо шёл от бордюра серой кожаной стенки и отражался от светлого потолка.

– Ты до каких сегодня будешь? - спросила она, сев на кровать в нише.

Она спала здесь прошлой ночью. Ниша ничем не выделялась в светлой стене, кроме мягкого зелёного одеяла. В низком потолке у неё над головой автоматически зажёгся уютный желтоватый свет.

– Ты сегодня выспалась? - спросил он.

\- А чего ты меня не разбудил? - поинтересовалась она, опёршись руками на одеяло позади себя.

Крис чуть пожал плечами под её взглядом.

Она была в больших чуть розоватых очках. Это были те же очки, в которых она вчера пришла с Тимом из лесного похода. Только сейчас они поблескивали чистотой в уютном желтоватом свете с потолка спальной ниши.

Она имела в виду боевое дежурство.

– Давай часов в пять, - сказал Крис после затянувшегося молчания.

\- А ты разве спать не собираешься? - спросила она.

– Почему... я утром посплю.

– Ну как хочешь, - сказала она.

Оба опять замолчали.

Крис на коричневом диване с откидывающимися валиками, а Ирина у себя на кровати. Она сидела, упираясь руками на одеяло позади себя и вытянув стройные ноги в тёмно-коричневых рейтузах.

Его давно уже тянуло спросить одну вещь.

\- Ир... а тебе не жарко в этом джемпере? - сказал он наконец.

– Не-а... - протянула она.

„И как они в старину сами набирали", - подумала она, скользнув глазами по пультовому столу со своей тетрадкой.

Стол был цвета кофе с молоком.

– Ну ладно... я пойду, - сказал Крис и отстегнул ремень.

– Ага, - сказала она.

„Интересно, снаружи сейчас холодно", - подумала она.

Обзор был как раз напротив неё, над столом. Ночь вступала в свои права. Луна куда-то подевалась, и в тёмно-синем небе ясно мерцали большие звёзды.

– Дай мне вон ту тетрадку, Крис, - попросила она. - Только не читай, ладно?

Как молодая учительница у старшеклассника.

\- Спокойной ночи, Ир, - сказал он, пожав плечами и протянув ей светло-коричневую тетрадь с пульта.

Она была в коленкоровом переплёте.

За сложенной как гармошка лакированной дверью с белыми матовыми стёклами была темнота. Одна половинка двери была раздвинута не до конца.

– Ой, засиделась я с тобой, - ахнула Ирина, посмотрев на стенку с часами и округлив глаза за большими стёклами очков.

Она протянула руку за своей тетрадью. Что-то нашло на него. Вместо того, чтобы отдать тетрадку, он очутился на полу и неловко обнял Ирину, прижавшись головой к её джемперу. Джемпер с красно-коричневыми рубчиками оказался мягче, чем он думал. От него пахло чем-то домотканым.

Впрочем, сейчас он ни о чём не думал.

– Ну чего ты, Крис? - сказала она, потрепав пальцами его волосы.

Как пионервожатая, утешающая октябрёнка.

– Зачем тебе это? Будешь потом считать себя дрянью… Читал „Основы психологии"?

Она положила руки ему на плечи. От её простого ласкового голоса он сразу успокоился. Ему стало стыдно.

– Извини, Ир, - пробормотал он, поднялся с мягкого светло-серого ковра и вышел в темноту палаты.

Она его не задержала.

Ей вспомнился другой такой случай, шесть лет назад. Люди бывают разные. Крис не заметил, что его бросило в краску. За раздвинувшейся дверью лифта открылась освещённая ниша.

– Я больше не буду, Крис, - потянула его сзади Ирина. - Не обижайся, ладно?

Мягкий ковёр заглушал шаги.

– Угу, - буркнул он себе под нос и вошёл в лифт.

За задвинувшейся дверью осталось растерянное лицо практикантки в больших розоватых очках. За очками были немного округлённые глаза.

„Козёл вонючий", - пробормотал он.

Дальнейшее существование представлялось в чёрном свете.

В три часа ночи зазвенел сигнал вызова. Ирина сладко потянулась и открыла глаза. В комнате было темно. У неё в ногах на обзоре горели крупные звёзды. Он был как небольшое окошко в кожаной стене ниши. В ночном свете слабо виднелся пультовый стол, диван и открытая гармошкой дверь в палату. Она вскочила, сев в темноте на постели. Вызов был внешний. Она посмотрела на нарукавник. На экранчике спокойно горел значок контакта. Было три часа шесть минут.

– У нас всё в порядке, Крис, - прозвучал у неё в ухе знакомый и далёкий-далёкий голос Уэрра. - Будем через пять минут.

У Ирины захватило дух от радостной неожиданности. Как. в детстве, когда просыпаешься ут ром, и за окном падает снег, а у книжного шкафа - новогодняя ёлка. Она опустила ноги на ковёр и зажгла свет у себя в „купе". Ковёр около кровати осветился неровным полукругом светло-серого цвета.

– Бр-р, - поёжилась она и протянула руку за джемпером на полу.

Она спала в рейтузах.

- Ира, - сказал близко голос Криса. - Ты слышала?

- Сейчас, Крис, - сказала она. - Носки одеваю.

Густой как овчина ковёр приятно щекотал ногу. Другая была уже в носке. Ирина натянула тапочки и вышла в тёмную палату. В закругляющейся над койкой Тима стене горел синий огонёк. Она посмотрела на спящего парня и пошла к двери. Ей хотелось пройтись пешком. В полутёмном спящем коридоре явственно пахло речной заводью в зябкую летнюю ночь. Вдоль коридора горели неяркие огни запасной подсветки.

– Крис, ты где? - спросила Ирина в пустынном коридоре.

Ей стало немного жутковато.

– В нижней, - ответил Крис у неё в левом ухе.

– Ой, а я думала, в верхней.

– Иди скорей, - сказал Крис.

У Криса в рубке было так же темно, как в лазарете. На обзоре горели яркие звёзды и туманности.Тихо играла какая-то музыка.

– Как спала, Ир? - чуть скованно сказал он.

– Эх ты, - сказала она, дружески взъерошив его волосы, и села в соседнее кресло.

В сложенном штурвале перед ней автоматически зажглись оружейные огоньки. Вместо досады на себя Крис почувствовал нечто вроде ревности.

„Уже прогресс", - хмуро подумал он.

- А ты как? - спросила она, блеснув очками в зябкой ночной темноте. - Ты что, нарочно такую холодину устроил?

В воздухе явно сквозило промозглой речной сыростью.

– Тебе холодно? - спросил Крис.

– А ты как думал?

– Извини, Ир, - сказал Крис.

– То-то же, - сказала она.

– И вообще... - сказал он.

– Будешь знать, - сказала она. - А что, это с тобой в первый раз так?

– Ага, - стсазал он, отходя.

– Несолоно хлебавши... - задумчиво промолвила она.

Он не видел выражения её лица.

– Хм, - хмыкнул он.

Ему тоже стало смешно. Прозвучал мелодичный звон вызова. Ирина нагнулась, включив встроенную кофеварку. Та делала всё.

Кроме бутербродов.

– Крис, мы в четырёх километрах от вас, - сказал ясный голос Уэрра. - Боевая конфигурация „альфа".

„Как будто никто не спал..." - подумала веснушчатая практикантка.

– Вижу, - сказал Крис. - У нас всё в порядке. Я на дежурстве. Ирина рядом. Тим в лазарете. Инфекция третьего класса типа „б", стадия...

Он запнулся.

На складном экране перед ним уже давно мигал лазоревый сигнал встречи. Спокойные зелёные буквы сообщали координаты и прочие боевые данные. Над ними двигалась объёмная схема конфигурации. Мерно пищал сигнал готовности. Внизу обзора бежал текст остальной информации. Спецсвязь обычно не использовалась для передачи видеокартинки.

– Выхода, - тихо подсказала Ирина.

– Выхода, - повторил громко Крис.

– Подсказываете, сударыня? - поцокал языком доктор. - Непедагогично.

– Здравствуйте, доктор, - чуть смущённо сказала Ирина.

– Здравствуйте, моя милая, - кивнул доктор. - Контакт только спецсвязью, Крис. В режиме ожидания.

– Понял, доктор, - сказал Крис.

- А сейчас спокойной ночи. Утро вечера мудренее. Если не устали, дежурьте сами до света, а Иру отправьте спать. Вероятность нападения убывает к утру. Остальное у вас в машине.

– Понял, - сказал Крис. - Спокойной ночи. Привет всем.

– Спокойной ночи, доктор, - робко произнесла Ирина.

Крис покосился на бледное лицо в полутьме, в свете крупных звёзд. Очки почти не были видны. Писк спецвызова кончился.

– Наконец-то, - сказала Ирина.

– Слышала? - сказал Крис. - Иди спать.

– А ты правда не хочешь? - спросила она жалостливо. - Давай я тебе виганту дам.

– Давай, - согласился он.

Она скользнула из кресла и вернулась от встроенного шкафа с серебрящимися в темноте ручками. Это был не шкаф, а просто множество таких же, как стенка, кожаных дверец разного размера, сбоку от пульта и обзорного экрана.

Ручки были вровень со стеной.

– На, мученик, - отказала она, подавая ему в звёздной полутьме кругленькую как шарик виганту .

По вкусу она была похожа на яблочную конфету.

– Спасибо, Ир, - сказал Крис с благодарностью.

– Ну пока, - сказала она и пошла.
– Ага, - сказал вдогонку Крис.

****

Крейсер Уэрра

– Что я, с ума сошла, - сказала задетая домината.

Небо было синее, как морская лазурь в пиратской гавани на Тортуге. Торстена не было, но это ничего не значило.

– Не ссорьтесь, барышни, - сказал Уэрр, намазывая на хлеб с маслом паюсную икру.

У него было хорошее настроение. И даже не просто хорошее, а безоблачное, как бездонное синее небо над угрюмым дремучим бором. Он начинался сразу, в десяти метрах от вездехода, и между могучими стволами стояла темнота, как на картинке в сказке про Бову-Королевича. А к лесу подкатывалось поле с кольшгущимися метёлками ковыля и синими васильками. Где-то вдали, за покатыми полями и сбоку от синеющего леса чернела малюсенькая капелька трактора Криса.

- А мы и не ссоримся, - сказала Кира.

Эйринна мило улыбнулась. Она была в светло-коричневой форме разведчицы, которую Кира откопала в запаске общего этажа на корме. Откуда она там взялась, было неясно.но на Эйринне гимнастёрка и брюки сидели неподражаемо. Как будто сшитые на заказ. Обе девушки сидели спиной к стенке с обзором, и Уэрр глядел то на них, то на залитый утренним солнцем полевой простор.

Обе картины доставляли ему наслаждение.

„Музеи..." - подумал он лениво, как думают лёжа на спине в душистой траве жарким летним днём.

В общем-то, особых причин для оптимизма пока не было. Но сердцу не прикажешь... И перед самой атакой солдат иногда улыбается, глядя на деловитых рыжих муравьёв.

– А что мы теперь будем делать, доктор? - нарушила Кира затянувшееся молчание.

Доктор Уэрр прожевал кусок блинчика и приложил салфетку ко рту.

– Я предлагаю сходить в гости, Кира, - сказал он. - Как вы на это смотрите, барышни?

Кира сделала блинчики с вишнёвым вареньем.

– Ой, доктор... - сказала она.

– Кгм, - крякнул с досады Уэрр.

По белому кителю скользнула большая капля вишнёвого варенья, оставив на нагрудном кармане сладкую тёмно-красную кляксу. Доктор без особой надежды промокнул её салфеткой и отстегнулся от жёсткого дивана.

– Придётся мне вас оставить, милые барышни, - с сожалением сказал он. - А вы пока поболтайте тут без меня, старого буквоеда.

В его глазах светились весёлые огоньки.

– Да ну вас, доктор, - надула губки Кира.

- ...А после завтрака пойдём с вами к Крису, - сказал он. - Пешком.

У него были свои расчёты.

У Киры от радости заблестели глаза. Она две недели не виделась с Крисом. Да ещё и прогулка по летнему полю... под синим небом.

– Правда, доктор? - воскликнула она.

И вдруг поняла, что он имеет в виду.

– Как... - запнулась она внезапно упавшим голосом. - И мы с вами больше...

Она растерянно опустила руки на колени.

– Это грозит нам гораздо больше, чем вы думаете, Кира, - серьёзно сказал Уэрр мягким голосом. - Однако если всё обойдётся, обещаю вам, что после практики вы будете ходить ко мне в гости. Тем более, что мне нравится Ленинград. - Если, конечно, вы с вашим будущим мужем не станете возражать, - добавил он.

– Не станем, - буркнула под нос Кира и улыбнулась этой мысли.

У неё в глазах стояли слёзы.

Эти пять дней в вездеходе типа „Аэциус" она не забудет никогда. И разве можно забыть то, что уже стало частью твоей жизни?

И людей, которые тебе как родные?

Кира вытерла слёзы и поглядела на полированный стол из белого дерева. И его она никогда больше не увидит... А если и увидит, то всё будет совсем не так.

Кто-то сказал, что жизнь - это цепь встреч и расставаний.

„Грустно, но факт", - как любил повторять Петька Симаков у них в десятом классе.

Правда, всегда по пустякам.

С тёмной ресницы сорвалась слеза. Доктор ушёл, погладив опущенную тёмно-русую голову Киры с короткой стрижкой.

− Не плачь, Кира, - сказала Эйринна и обняла её за плечи.

Торстена Кира чмокнула на прощанье и подарила ему оставшиеся две конфеты. Она зашла попрощаться к нему в нижнюю рубку. Белобрысый парень неуклюже потряс её руку здоровой и забинтованной рукой,

− Ирина тебя вылечит, - сказала ему Кира. - До свиданья, Торстен.

Тот махнул не глядя на неё рукой и сказал:

− До свиданья.

Ему было тоже жалко.

Высокий мужчина и две девушки шли по бескрайнему полю с колышущимися травами. Над ними кружила птица. У Уэрра за спиной был большой рюкзак, а в руке - тяжёлый свольвер. Он был в защитном полевом комбинезоне с алой нашивкой на нагрудном кармане.

Кире он дал Б-4, а Эйринне - лёгкий бленгер. Она ещё не так хорошо свыклась с оружием. Перед уходом Кира показала ей, как стрелять, убив пару мохнатых зверьков и громадную птицу, спорхнувитую с густого дерева на краю бора. Птица напоминала грифа, с голой красной шеей и непомерным клювом.

Торстен следил за ними на обзоре, изредка поглядывая на складной экран, где была видна даже .красная бабочка, севшая на шляпу Эйринны.

А в далёкой чёрной капле второго трактора у края синего леса в рубке сидел весь экипаж. Было уже за десять, и солнце пекло вовсю. Ирина сменила Криса, когда над лесом появился край красноватого солнца. Но после кружки чёрного кофе он чувствовал себя бодро, как летним утром на сеновале горного хутора у тётушки Элли. Зато Тим сыпанул с самого вечера, сразу за двоих. Ирина и Тим уже закусили бутербродами с кофем рано утром, около семи, и Крис в одиночестве доедал свою порцию со второй кружкой кофе. Это был всё тот же печёный пирог с сыром и колбасой. Похоже, они были обеспечены ими в неограниченном количестве.

Кира на складном экране у Торстена вновь оглянулась.

– Как дела, Торстен? - сказала она.

– Нормально, - сказал он.

– Ты уже завтракал? - вставил Уэрр.

На экране была видна только его спина с большим рюкзаком.

Они шли „треугольником", Кира впереди, а Уэрр и Эйринна немного позади. Эйринна держала в руке Кирин чемоданчик коричневого цвета. Он был довольно лёгкий.

- Ой, я забыла тебе блинчики принести, - огорчённо сказала Кира.

– Не волнуйся, как-нибудь зайду отведать твоей стряпни, - сказал нечувствительный Торстен.

– Хм, - хмыкнула Эйринна.

Ей вдруг захотелось на него посмотреть. Сегодня она его ещё не видела. За два последних дня она к нему незаметно привыкла.

Кира брела по высокой до колена траве.

В этом месте до ближайшего леса было не меньше километра. Над головой были бескрайние небеса, словно синий шёлковый шатёр неизвестного рыцаря. Вдалеке паслось тёмно-рыжее стадо зубров. В вышине над ними точкой парила птица.

− Обратите внимание на гадов, Кира, - сказал Уэрр. - Этот пейзаж довольно обманчив. Вы ведь ещё не были в плейстоцене?

Кира не оглядываясь мотнула головой.

− Нет, - сказала она.

Но это был риторический вопрос.

Они прошли уже половину пути. Время медленно приближалось к одиннадцати. Солнце поднялось выше, и постепенно начинало припекать.

− Ой, кто это? - воскликнула Эйринна, увидев неподалёку в траве большой движущийся бугор розовато-серого цвета.

Он двигался сбоку от неё, постепенно сближаясь с ними.

− Ого, - сказал Уэрр, слегка полюбовавшись круглым бугром словно из жёсткой кожи.

Он был метра два в поперечнике. Впереди виднелся из травы край бурой головы. Трава доходила почти до пояса.

− Это травоядное... – сказал Уэрр. - Стрельните в него, барышня. Только не в панцирь, а в хвост.

Позади бугра поднялся короткий хвост, похожий на внушительную булаву с шипами. Эйринна не долго думая подняла бленгер и нажала на спуск. Хвост глухо стукнул о землю.

− Бежит... - сказала она немного растерянно.

По неопытности она задержала палец на кнопке, сделав короткую почти бесшумную очередь. Сбоку от тёмно-зелёного бленгера появился белый дымок.

- А вот и нет, - немного удивлённо произнес Уэрр, в очередной раз оглянувшись и вправо, и влево.

Он не очень доверял бдительности доминаты с большими голубыми глазами.

− Поздравляю вас, моя милая, - сказал он. - У вас хорошие способности.

Из травы появилась гладкая тёмная морда, как у бобра и всхлипнув, снова почти скрылась в ковыле и васильках. Розовато-серый бугор стоял.

„Бесподобно", - подумал Уэрр про себя.

Он услышал восклицание ещё до сигнала обнаружения цели у себя в ухе.

- Доктор, мы нашли вам брод, - сказал Крис. - Примерно по грудь.

Он тоже говорил по-среднегермански.

Рано утром Ирина просмотрела всю информацию с „Вероны" и рассказала Крису с Тимом об Эйринне. С пяти до семи часов она провела в полном одиночестве в рубке, наслаждаясь тишиной в нежном свете утреннего солнца. Тонко заливалась какая-то птичка. На пригорке с той стороны трактора стояла старая приземистая акация.

- ...Вы полагаете, мы пройдём? - сказал Уэрр, с сомнением посмотрев вбок на Эйринну. - Им будет по шейку... Ну ладно, только обеспечьте безопасность. Ваш зонд в порядке?

- Да, - сказал Крис. - Нет, им по грудь, доктор.

− Всё ясно, - сказал рыжий доктор.

До реки оставалось пол-километра.

Вокруг Эйринны кружилась громадная зелёная муха, норовя сесть ей на руку или на шляпу. Она низко жужжала, заглушая шелест полевой травы. Наконец Эйринна сбила её кончиком своего лёгкого бленгера. Блестящее зелёное насекомое отлетело в сторону, как неспелый грецкий орех в кожуре.

Уэрр украдкой улыбнулся в красные как закат усы.

Эйринна была в том же комбинезоне болотного цвета, в котором она вышла вчера утром из подземелий базы.

О Мейнаре она почти уже забыла.

На том берегу, слегка скрытый за жёлтым песчаным обрывом над тихой рекой, высился чужой трактор. Трактор Криса. Как громадное чёрное яйцо, брошенное в песок у реки птицей Рух.

„Наконец-то", - подумал Уэрр.

− Доктор, здесь водятся андерофаги, - запоздало вскрикнула Ирина у него в наушнике.

Она вспомнила клыкастого серого зверя на берегу.

− Спасибо, Ира, - сказал Уэрр. - Я так и думал.

У него немного зазвенело в ухе.

„Это же наша Нера", - вдруг подумала она.

Они были точно на широте Тамбова.

„А долгота?.." - пробормотала она про себя, быстро ткнув ногтем бледно-зелёную клавишу на пульте.

Долгота совпадала с точностью до одной десятой.

– Ты чего, Ир? - спросил Крис.

– Ты знаешь, где мы находимся? - сказала она, таинственно понизив голос.

Одна веснушка виднелась за краем большого чуть розоватого стекла.

– Где? - спросил Крис.

– В Тамбове.

– Брось ты, - сказал Крис.

– Сам посмотри, - пожала она плечами.

Крис посмотрел на указательный палец с розовым ногтем. Как роза „Армеа". На экране были координаты их трактора.

– Ну и что? - сказал Крис в недоумении.

Иногда он туго соображал. Вот в такие моменты, как сейчас. Рубку заливал звёздный свет с большого экрана над пультом.

– Вот балда, - недовольно сказала практикантка в рейтузах и джемпере.

Она положила руку на пульт. На экране размером с книжку про Винни-Пуха появились координаты Тамбова. Они были точно такие же.

– Подумаешь, - сказал Тим, заглянув на её экран с другой стороны.

Ему было весело.

– Подумаешь и ничего не скажешь, - отрезала Ирина, легонько шлёпнув его пальцем по губе.

Получился шлёпающий звук.

– Ротозей, - ехидно добавила она, смотря на него беззастенчивыми зелёными глазами.

- А ты драчунья, - ухмыльнулся Тим.

– Вот сейчас пошлю в лазарет, будешь знать, - строго сказала она. - Смотри у меня.

– Мда-а... - сказал Крис.

Широкая вероятность и правда шла на миллиарды. Впрочем, в сущности... Он посмотрел на тысячи мигающих в черноте звёзд.

„...Мир полон невероятных событий разного масштаба, потому что он так устроен", - вспомнил он задумчивые слова отца Евстигнея на уроке богословия.

А впереди - голова Пита, глядящего в потолок...

– Слушайте... – прошептала Ирина чуть хриплым голосом, словно наелась мороженого.

Она облизала губы кончиком языка.

Она вдруг вспомнила, как в четвёртом классе нашла с ребятами в лесу странную металлическую штучку серебристого цвета. Она до сих пор хранилась у неё дома, в шкатулке с разными вещичками.

– Ты чего? - спросил в замешательстве Крис.

Он ещё помнил случай с бревном.

Ирина молча смотрела на него, округлив зелёные глаза за большими .круглыми стёклами. Остальные две веснушки были на месте. Около чуть побелевшего носа.

– Поделитесь, молодые люди, - сказал Уэрр у них в наушниках, деликатно кашлянув.

Он слышал их разговор так шёпот. И ещё он не знал Ирину... Он знал довольно много, в свои сорок четыре года.

Но не во всех областях.

- Я... я потом расскажу, - чуть растерянно сказала молодая научная сотрудница.

Она посмотрела на маленький пультовый экран, где было видно длинное лицо доктора, обрамлённое ярко-рыжей растительностью.

– Вот как... - задумчиво сказал доктор Уэрр. - Хорошо, Ира.

В его голосе было что-то особое.

Крис посмотрел на свой экран. Уэрр со своими спутницами заходил в воду. Одна из них была Кира, а другая - незнакомка в костюме болотного цвета, высоких чёрных сапогах и шляпе с широкими полями. „Как в кино", - подумал он.

Машина сама исполняла задание. Течение в обе стороны просматривалось вооружённым зондом на высоте тридцать метров.

– Ай, - вскрикнула Эйринна, наступив на корягу.

Ей показалось, что это крокодил или другое чудовище.

Она оступилась и окунулась в воду. Болотная шляпа снялась и плавно поплыла вниз по течению. Глубина здесь была ей по грудь.

– Не стоит, голубушка, - оглянулся доктор Уэрр, посмотрев на плывущую шляпу. - Там наверняка глубже, чем нужно. К тому же теперь за ней надо плыть.

- А-а... ну ладно, - чуть растерянно сказала Эйринна, проводив её взглядом.

Где-то в вышине в стороне от них висел прозрачный зонд с военным снаряжением. Она о нём не знала. В недалёкой заводи с белыми кувшинками плавала пара зелёноголовых уток. Ярко-жёлтые клювы были широкие, как у утконоса. Утки уже заметили медленно плывущую шляпу и следили, что она будет делать дальше. Селезень с красным хохолком широко раскрыл клюв, словно собирался сказать что-то необычайно важное.

– Надо полагать, теперь в ней будут высиживать яйца, - сказал Уэрр, щурясь на солнце в бездонных тёмно-голубых небесах над головой.

Его рука под водой лежала на рукоятке тяжёлого свольвера. Из воды торчал только чёрный кончик ствола. Зонд сносило куда-то в поля. Он слегка опускался.

„Группа в восемь голов среднего размера триста метров впереди слева, одиночка типа „а" размера „в" тридцать метров вверх по течению, скорость 0,1, одиночка среднего размера сто двадцать метров сзади, скорость пятнадцать", - тихо перечислял у него в ухе незнакомый женский голос прямой связи.

– Эйри, ты чемоданчик, не потеряла? - оглянулась Кира.

– Нет, - сказала Эйринна, едва не рассмеявшись на замечание доктора.

Чемоданчик она несла под водой.

„Если попадётся крокодил, суну ему в пасть", - думала она, держа его наготове.

Про бленгер в другой руке она позабыла. И к тому же лёгкое оружие не казалось ей слишком надёжным. По неопытности… У чёрного крейсера стояла по колено в траве фигурка человека. Она была в голубом комбинезоне и шлеме.

– Здравствуйте, доктор, - сказала она и шагнула вперёд.

Это была женщина.

Под опущенным прозрачным щитком голубого шлема были круглые зелёные глаза и две веснушки на белом лице.

В ней было что-то странное.

Она была очень похожа на Эйринну.

– Здравствуйте, Ира, - сказал доктор Уэрр мягким голосом.

««««««»»»»»

База

– Пошёл ты со своей картошкой, - сказал недовольно Снидур.

– Не хочешь - не надо, - пожал плечами его белокурый товарищ.

Оба были в серо-зелёных гимнастёрках Внешней охраны.

– Я сегодня сон видел, - сказал медленно Снидур, отпив своё кофе в маленькой чашечке.

Оно было обжигающе горячее, прямо с печки. Он всегда утром пил чёрное кофе с ломтиком лимона. Прямо так, без завтрака.

– Валяй, - сказал Хельмар.

– Про Туронена, ты его не знаешь, - сказал Снидур. - Помнишь, я на той неделе в библиотеку ходил?

Белокурый широкоплечий парень со слегка квадратным подбородком чуть кивнул. Золотистые волосы завивались колечками.

− Он из „очкариков", твой тёзка, - сказал Снидур. - Как будто читал письмо от неё и чего-то говорил мне.

− А я что делал?

- А тебя не было.

- Хм, - сказал Хельмар.

Это было маловато. Он потыкал вилкой в жареную картошку „фри". Вообще-то, он возлагал больше надежд на ту молитву перед сном.

− А тебе что? - спросил Снидур.

Домината за дальним столиком сделала ему глазки. Он с ней как-то разговаривал, но не помнил её имени. Народу в кофейне было мало, всего человек семь. Они пришли сюда совсем рано. Низкие светильники свисали с тёмного потолка на тяжёлых бронзовых цепях.

− Мне... – вспоминая, продолжил Снидур. - А мы с тобой куда-то бежим, вроде как наружу.

- А дальше что?

− Так и обрывается. Снидур помрачнел.

− Постой, я что-то вспомнил... - вдруг произнёс он как зачароваштай. - Он же мне тогда говорил, что влюблён в Эйринну. То есть, я тогда её ещё не знал, но имя... Как ты думаешь, у нас с таким именем больше нет?

− Вряд ли, - покачал головой Хелмар. - А что он говорил-то?

− Туронен? Что не может без неё жить и...

− Да нет, во сне, - нетерпеливо прервал Хельмар.

− Откуда я знаю, - ответил Снидур. - Неизвестно что. Ничего не было слышно, что ли. Только всё время палец ко рту прикладывал.

Оба замолчали.

Слегка растрёпанная домината за дальним столиком явно не оставляла надежды с ними познакомиться. Её, конечно, интересовал Снидур. Как и всех девушек.

„Везёт человеку", - подумал Хельмар.

Он сам влюблялся, уже раза три с самого детства… и в него влюблялись. Кажется... Но Снидур мог дать ему сто очков вперёд.

„А чего ж ты болтаешь?" - сказал он взглядом чернокудрому Снидуру с глазами как холодное горное озеро.

– Да ладно тебе, - сказал неуверенно тот.

Ну звони ему, - сказал Хельмар таким тоном, словно он медлил заказывать блюдо. Впрочем, здесь было самообслуживание.

– Ага, - кивнул Снидур. - А что ему сказать?

– Сам знаешь. Скажи ему, что она будет здесь. А я тем временем позвоню нашему.

– Давай.

– Вир Ульфилас, - сказал Хельмар, вдев в ухо наушник.

Начальник Внешней охраны Вигибор Ульфилас был старый вояка лет пятидесяти пяти. На Станцию его отправили дослуживать перед почетной отставкой.

Он был тут одним из трёх представителей Медии, и ставил своих солдат выше, чем весь остальной персонал со всеми его делами. Ибо ничего в них не смыслил. Для военного начальства приёмные тесты Министерства были сокращены, ввиду несговорчивости большинства в Военном совете Медии.

Но они достигали своей цели.

– Адъютант Кантемир слушает, - сказал спокойный голос.

– Егерлейтер Годфри.на приём по личному вопросу.

– Какому?

– Рапорт о женитьбе.

– Сегодня в 16.45, - сказал голос, чуть помолчав.

– Есть, - сказал Хельмар и отключился.

Он посмотрел на чашечку кофе у Снидура и с аппетитом наткнул на вилку несколько поджаренных ломтиков.

Снидур молча следил за ним.

– Эйринна, - сказал Хельмар, прожевав картошку.

– Да, - сказала она.

Словно фея Лаванды, приходящая по первому велению.

– Это Хельмар. Твой ушёл?

- Нет пока, - сказала она своим нежным голосом.

Он был немного уставшим.

– Я подал рапорт о женитьбе. Напиши Туронену, что ты не пойдёшь за него замуж, поняла?

– Я... Туронену... - немного растерялась она.

– Да, и приходи в коричневую кофейню в третьем ярусе, я тебя здесь подожду, - сказал он. - Отдашь ему записку при мне.

– Хорошо... - всё ещё чуть растерянно сказала она.

– Скажи ему всё как есть, и всё, - добавил он. - Главное, чтоб он понял.

Его расчёт был прост: раз их не арестовали до сих пор, значит, не слышали вчерашний разговор. В любом случае, надо было рисковать.

– Ладно, - сказала она с какой-то наивной надеждой на него.

– Когда ты придёшь?

– Через полчаса.

– Ну ладно, - бросил Хельмар. - Побыстрей там. У нас смена в одиннадцать.

– Да? - воспрянула Эйринна у себя в квартире Мейнара.

В ней было три комнаты, не считая кухни и других подсобных помещений.

– Ага, - сказал он. - Ну пока.

Снидур мрачновато улыбнулся.

– Поздравляю, - сказал он.

– Рано, - сказал Хельмар, небрежно натыкая на вилку поджаристую картошку. - Вдруг её сегодня переведут.

– Ну это уж ты слишком, - неодобрительно буркнул Снидур, взглянув в невинные голубые глаза друга.

Это звучало двусмысленно.

– Кто их знает, - пожал плечами тот. - Давай Туронена, и дело с концом. А то потом хлопот не оберёшься.

– Да ну... - протянул скептически Снидур. - Ну как хочешь.

– Туронен, - сказал он в воздух между двумя глотами кофе., - Это Снидур Скевац, солдат.

– Слушаю, - сказал голос у него в ухе.

– Слушай, тут Эйринна хочет с тобой встретиться и объясниться, прямо сейчас. Как ты, можешь до работы? Отпросись там на полчаса.

Туронен на другом конце связи молчал. Он жил в учёном городке, отдельно от третьего яруса. Но метро доставляло их оттуда за пять минут.

– Ну ладно, - наконец протянул он немного жалобно.

У него не было иллюзий на свой счёт.

– Это в коричневой кофейне, в третьем ярусе, знаешь?

Снидуру казалось, что Туронен со своими заумными ЛМИ совсем не от мира сего. Так лейтенанту иногда кажется, что аспирант не умеет чистить картошку.

– Ну конечно, - слегка протянул тот. - Я иду.

– Ага, - обрадовался Снидур.

До последнего момента всё дело могло сорваться. Что значило прикладывание пальца к губам? И беззвучные слова? Но, конечно, сон был явно по молитве. Ведь именно Туронен был безнадёжно влюблён в Эйринну и боялся ей в этом признаться. А вместо этого признался Скевацу, с которым познакомился в библиотеке всего неделю назад. И главное, именно он был каким-то магистром, работающим со ЛМИ. Конечно, сон был по молитве... Но что из этого выйдет, терялось в тумане неизвестности. Может быть, Туронен сразу донесёт... И тогда всё решится прямо здесь. Хотя он не производил неприятного впечатления. И был вправду влюблён.

– Ну что, не будешь картошку? - спросил Хельмар, с удовольствием доев свою порцию. - Я принесу.

Снидур посмотрел на него.

– Ну давай, - сказал он.

У них в карманах были разрядники на „шимпанзе". Вообще-то их тоже надо было сдавать, но во Внешней охране на это смотрели сквозь пальцы.

Недалеко в живописных скалах с ползучими кустами кизила жило подопечное стадо пункта.

Хорошенькая домината за дальним столиком у самой стойки посмотрела в последний раз в сторону Снидура и встала, проведя рукой по широкой тёмно-серой складчатой юбке. Она была в приталенном жакете бордового цвета и тёмно-бордовых башмаках с носочками. Хельмар вежливо кивнул и подошёл сбоку к скучающей буфетчице.

Народу стало немного больше. Но вообще сюда приходили после работы. В основном… это была кофейня для досуга, а не кафетерий.

„Ильма", - вдруг вспомнил он имя проходящей доминаты в башмачках.

Ведь так назывался у безбожников Рюйгенс.

− Здравствуйте, Ильма, - сказал он.

− Здравствуйте, - сказала она, чуть смутившись. - А вы всегда сюда ходите?

− Угу, - стазал он. - Сегодня после смены наверно зайдём.

− А, - сказала она и отвернувшись, пошла к выходу.

Он посмотрел ей вслед с каким-то новым чувством. Теперь он лучше знал, что значит быть доминатой. И тем охотнее ждал боя, если где-нибудь выйдет осечка. Ему лично хотелось именно этого.

Только он про это ещё не знал.

Взяв порцию горячей картошки, кетчуп и два кофе для Туронена и Эйринины, он пошёл обратно к столу. Он поленился пойти за подносом, наспех зажав кетчуп между мизинцем и безымянным пальцем и ухватив левой рукой тарелку и второе блюдце с чашечкой. Снидур с живым интересом смотрел на подходившего друга, явно ожидая, что тот что-нибудь уронит.

- Хм, - лишь хмыкнул он, когда Хельмар благополучно опустил всё на стол.

Из задних дверей показался Туронен. Эта кофейня выходила на две улицы. Тёмные двери с наполовину матовым узорчатым стеклом были отполированы возле шарообразных бронзовых ручек бесчисленными посетителями. Базе было семнадцать лет.

Снидур привстал и помахал ему рукой. Тот направился к их столи ку. Квадратный столик был накрыт белой скатертью. Туронен был в бежевой форме Научной службы.

– Привет, Туронен, - бросил Снидур, как будто знал его всю жизнь. - Она сейчас придёт. Хочешь кофе?

Туронен ничего не сказал и молча посмотрел на Хельмара.

- Привет, - сказал он в воздух и сел, отодвинув стул с резной спинкой.

Ему было немного неловко сидеть за одним столиком с простыми солдатами. Тем более, что и начальство этого не одобряло.

– Знакомьтесь: Хельмар Годфри, сын адмирала Годфри, - небрежно сказал Снидур, приступая к картошке.

– Туронен. Хельмар Туронен, - сказал офицер в бежевой форме уже немного повеселее.

„Вот и всё", - подумал он про себя.

Он примерно представлял себе, в чём дело, но желание увидеть Эйринну пересилило. Он подвинул к себе чашечку чёрного кофе и посмотрел на двойную дверь на той стороне кофейни, недалеко от стойки. Тёмные двери поблескивали бронзовыми шарами ручек. На тёмной лакированной стене висели старинные бронзовые часы с маятником.

Они показывали ровно девять.

Тяжёлые тёмно-красные занавеси наполовину закрывали большие витражи окон. Такие часы делали в полу-средневековом княжестве Рогар, о котором говорили, что в нём время идёт вспять. До его опустошения Федерацией. В двери вошла она. У Туронена сладко заныло сердце.

Это был невысокий молодой человек с большими голубыми глазами и маленьким подбородком. Он имел звание магистра и три диссертации, включая одну секретную. Он смотрел на девушку, не в силах оторваться. Тёмно-синее платье при ходьбе слегка обвивалось вокруг её колен.

– Здравствуйте, Туронен, - сказала она, протянув ему руку. - Я вас не задержала?

- Нет, - сказал он, пожав её руку и снова сев.

Рука была такая близкая и недосягаемая...

– Вот, - сказала она, достав из сумочки сложенную бумажку. - Только знаете что? Принесите мне что-нибудь попить. Холодного, - придумала она, посмотрев на столик с белой скатертью.

– Сейчас, - сказал Туронен и тоже встал.

– Вот, читайте, - сказала она, сунув ему по дороге сложенный листок. - Мои обстоятельства переменились.

Она прекрасно понимала, что ей можно и не знать о настоящем исходе „опыта". Конечно, если те это не раскусят... А может, они и не следят?

– Пойдёмте, я покажу вам, чего купить, - сказала она и пошла рядом с ним.

Туронену не хотелось читать эту записку от неё прямо сейчас, в кофейне. Он мог заняться этим на работе, в спокойной обстановке. Но теперь было некуда деваться. Вверху было написано очень плохим почерком: „Читайте быстро".

– Спасибо, Туронен, - сказала Эйринна, тронув ладонью его плечо.

Она села на своё место напротив него, поставив на стол с белой скатертью запотевшую зелёную бутылочку лимонада с ребристой серединой.

– Вы что, серьёзно? - спросил мрачный Туронен у Хельмара.

Лицо его слегка побледнело, а на одной щеке было красное пятно. Впрочем, в любом лучае отвечать будут все. Это не был обычный розыгрыш.

– Конечно, - сказал весело Хельмар. - Пришла пора расстаться... э-ээ... со своей холостяцкой жизнью.

Туронен исподлобья смотрел на него. невинных голубых глазах солдата полностью отразилось сказанное. то были глаза человека, непритворно любящего хорошую драку. И особенно с применением тяжёлого ручного оружия.

Вроде стальной ножки от табуретки.

Туронен перевёл взгляд на Эйринну в тёмно-синем платье. В хвосте волос был большой синий бант. Большие тёмно-голубые глаза смотрели именно на него, как будто на мага или ещё не знакомого волшебника. И он вдруг вспомнил, что всего несколько минут назад хотел умереть. Но теперь в этом было больше смысла...

А может быть, и столько же...

- Ты когда выходишь? - спросил Снидур Эйринну.

- Я?.. - сказала она, не сразу отвлёкшись от Туронена. – А, в десять.

– Ясно, - сказал Снидур, невзначай наступив тому на ногу.

– Вспоминайте меня, - сказал Туронен и встал. - Хотя бы до женитьбы.

Он не мог заставить себя взглянуть на неё. Ведь этого никогда не будет. Эйринна смотрела на него, по-детски широко раскрыв глаза.

– Пока, Хельмар, - сказал небрежно Снидур. - Я тебе позвоню.

Они виделись в последний раз.

Тот быстро кивнул и ушёл по направлению к двери. Той самой, в которую он входил. Эйринна проводила его глазами. Одинокая веснушчатая буфетчица - тоже.

Ей было всего девятнадцать лет.

Хельмар Годфри посмотрел на часы с бронзовым ободком на темной дубовой стене. Было двенадцать минут десятого. В кофейне осталось всего пять человек, включая двух друзей и Эйринну в шелковистом тёмно-синем платье. Она ничего не говорила, всё ещё смотря на дверь.

Мюлау сидел, развалившись в своём любимом сером кресле, и ждал Биркенбауэра. Мягкая кожа приятно холодила ладонь. Обер-майор Биркенбауэр должен был представить варианты очередной операции. Глезенах дал сроку четыре дня, но откладывать дело не стоило.

Не тот случай.

Несмотря на важность предстоящего разговора, Мюлау невольно вспоминал блюда сегодняшнего завтрака. В животе ощущалась блаженная сытость. Особенно хорош был поросячий язык с горошком .

„И как это они ухитряются", - лениво подумал он о поварах.

Казалось бы, такая мелочь - просто язык и какой-то там горошек. А можно слопать целую сковороду. Это блюдо подавалось прямо в сковороде. И она была не маленькая.

В его небольшом кабинете было довольно уютно. Светло-зелёный штоф стен был украшен более тёмными узорами на охотничью тематику. Понизу шла панель из груши с красивыми прожилками. Она доходила примерно до пояса. Вся левая стенка была занята книгами на глубоких полках из чуть более тёмного дерева, и где-то в середине в глубине между полками пряталась за светло-зелёной занавесью дверь в соседнюю комнату. Там была маленькая спальня, на случай аврала.

Между двумя комнатами был маленький коридорчик, с поблескивающими тёмно-коричневыми стенами и потолком. Они были из лакированного дерева.

В тёмно-коричневой стенке скрывалась дверь спецлифта.

Ещё одна дверь вела из спальни в третью комнату, для возможной работы с объектами. А она в свою очередь соединялась с особым отделом СД, который занимался в основном охраной своего начальника. Там всегда находились четыре бойца СД с офицером. В их круглой комнате были удобные диваны, три пульта управления с креслами и встроенные холодильники и шкафчики. В шкафчиках было различное оснащение.

Эта охрана сменялась каждые четыре часа, спускаясь сюда по спецлифту из отдельного сектора во втором ярусе. В охранном подразделении СД было сорок человек. Они получали двойное жалованье и офицерское довольствие.

Развалившись в кресле, Мюлау разглядывал сквозь очки в золочёной оправе свою книжную стенку. Вообще-то он их обычно не трогал, но тут попадались довольно интересные штучки. Например, краткая история допросного дела с цветными картинками. Конечно, всё это было давно забытое прошлое, но всё же, из любопытства...

Эта библиотека перешла к нему по наследству от предыдущего местного начальника СД Рихтера. Тот был любителем и выписал кучу книг. Он давно уже был в отставке и благоденствовал в своём обширном поместье в ландгерцогстве Ваза.

„Пригласить на минутку сегодняшнюю..." - зажмурив глазки, немного замечтался Мюлау.

Мейнару теперь всё равно...

Но это было невозможно.

„Чёрт бы побрал этих контролёров", - подумал он.

Хотя без них в делах Министерства не обойдёшься. отому что оно занималось связями с „друзьями". Подробности были ему неинтересны.

Мюлау как-то случилось побывать в крысиной норе контролёра.

Тихий как мышка Кристоферссон сидел в невзрачном закутке в Оперативном центре. Он был оператором-механиком, хотя имел звание ротмистра Научной службы.

Прозвенел звонок, и Мюлау нажал кнопку на мягком сером подлокотнике.

– Биркенбауэр, - сказал голос адъютанта.

– Прошу, - сказал Мюлау, и на входной двери загорелся зелёный огонёк.

Она раздвинулась в стороны, и в неё вошёл высокий и тонкий как палка Биркенбауэр.

– Садитесь, мой друг, - сказал Мюлау вместо приветствия. - Давайте посмотрим сводку.

Биркенбауэр чуть кивнул и опустился в свободное кресло возле удобно изогнутого стола. Он был заместителем Мюлау по оперативной части. В отличие от шефа, его желчное лицо никогда не улыбалось, словно у него было вечное несварение желудка. На что Мюлау никак не мог пожаловаться. Как и на другие важные функции своего организма.

„Игра природы", - поговаривал он за чашечкой кофе с Лунцем, или вечерком за рюмкой-другой коньяка. - „Одного возраста и чина, а - полная противоположность. Поди ж ты..."

Было уже десять минут десятого.

– Вот, - сказал Мюлау, показав пухлым пальцем на длинный экран среди зелёного штофа.

На тёмно-сером экране шло донесение о встрече Эйринны Радон и Годфри со Скевацем. Они были под отдельным наблюдением.

– Давай картинку, - нетерпеливо бросил Мюлау в воздух.

Невидимый оператор включил визуальную связь. На экране появился столик с сидящими за ним людьми. Их было четверо - трое мужчин и одна девушка.

Точнее, молодая женщина.

Один из них, в бежевой форме, поднялся и сказал девушке с бездонными тёмно-голубыми глазами: „Вспоминайте меня. Хотя бы до женитьбы."

Та ничего не ответила.

Мюлау невольно облизнулся. Его заместитель мигнул, словно увидел лягушку. К лягушкам он относился безразлично. Как и к прочим тварям.

– Кто такой? - резко спросил Мюлау немного визгливым голосом.

– Магистр Туронен, из третьего Научного сектора, - отозвался голос. - Спец по ЛМИ.

– Содержание разговора?

– Эротика, - сказал невидимый оператор.

Мюлау секунду помолчал.

– Ладно, - проговорил он. - Этого пока оставим. Что по этим двум?

– Выход на внешнее дежурство в десять пятнадцать.

- Арестовать прямо перед выходом, до получения оружия. Дать сигнал ротному о профилактичеком задержании за минуту до ареста. Выполнять.

Не слушая ответа, он нажал на отключение связи.

– Ну теперь давайте посмотрим, что вы нам приготовили, - сказал он, блестя маленькими глазками за очками в золочёной оправе. - Лучше поздно, чем никогда.

Биркенбауэр уже повернулся в своём крутящемся кресле, и подал ему тёмную папку. Мюлау с интересом взял её пухленькими руками и посмотрел на своего тощего заместителя.

Он подозревал, что у того не в порядке не только пищеварение. Но это его не касалось. Все офицеры СД были под рутинным наблюдением наравне с другими, а отбирал их не он, а Десятый отдел Центра.

– Ваш ход, херр Моргентау, - сказал Туронен, поставив на доску красивую фигурку из слоновой кости.

Она была сделана в виде белой башенки, увитой зелёным вьюнком с ярко-алыми цветочками размером с маковое зёрнышко.

М-мм... заманчиво, - немного подумав, сказал полноватый немолодой человек лет сорока пяти. - Туру за офицера...

Он был тоже в бежевой форме с мальвовыми нашивками электронщика. Игра была только начата…

Моргентау нервно побарабанил пальцами по столу. Капитан пока явно не заметил подвоха. За шесть месяцев ему удалось выиграть у этого рохли только один раз, и то по случайности, когда того вызвало по телефону начальство. В прохладном круглом зале ЛМИ их было только двое.

Запредельная система никогда не выключалась. Это могло её „погасить". Их основной задачей было следить за её работой, особенно во время опытных тренировок. И исследовать возможности её применения.

В присутствии работающей сверх-системы непривычного человека охватывал леденящий ужас, который при большой практике притуплялся и со временем почти совсем исчезал.

Но оператор полной ЛМИ не мог быть надёжным звеном боевой системы. Даже при её хорошем поведении. А тут-то и была зарыта собака.

У себя в Памирском княжестве Туронен участвовал в интересных опытах с людьми разного типа по семи составляющим. У одних сверх-система всё время глохла, у других „кочевряжилась", а третьи могли управлять ею, в известных пределах.

Но доверить ей в таком сочетании гравиротор С или телепортацию было немыслимо. Хотя такие эксперименты проводились, по линии 2-го Оперативного отдела.

А вот Морданчик из второго сектора... Да и Пестун-2 был тоже неплох. Хотя иногда на него находили припадки бешенства. Они кстати были родственниками.

Примерно половина экземпляров отбраковывалась, потому что имела явно человеческую психику. Таких отправляли в подопытное стадо.

Учёные-электронщики с полным допуском прекрасно понимали, что ЛМИ подвержены контролю извне прямо пропорционально их мощности. И секретная диссертация Туронена именно на эту тему делала вывод, что единственный путь к эффективному контролю над полными ЛМИ - присоединение к Галактической Цивилизации, то есть слияние с ней. Но в последнее время Туронена это не увлекало, а пугало. Ему было уже тридцать лет, и полгода из них он провёл на Станции.

В глубине души он не верил в успех проекта „Уранус". Разве только частично... А это ни кому не нужно. Он не знал, что его взяли сюда именно за его диссертацию, которая прочила провал не только проекту „Уранус", но и параллельным проектам „Нептун" и „Плутон", где занимались клонированными гоминидами и созданием кибер-человека путём переноса саморазвивающейся матрицы внутрь био-ЭВМ.

И что все три проекта, как и исследования ещё четырёх ведомств, были лишь соской, которой утешают младенца.

И что он находится под наблюдением контролёра, потому что ввиду всего этого должен был вступить в Братство или умереть.

– Херр Моргентау, как там поживает ваш „джинн"? - спросил деловитый голос доктора Хайзе с пультового стола. - Через час будем начинать сеанс.

- Превосходно, - чуть брюзгливо пробурчал Моргентау и сделал ход.

Он тоже имел степень доктора.

– Так-так... - пробормотал Туронен и покосился на недопитую кружку с кофем около Моргентау.

В ней оставалась ещё половина.

„Неужели не допьёт?" - подумал он.

Правда, доза была тройная... Значит, полторы... Пока что всё шло хорошо. Часы над дверью показывали полдесятого.

- А теперь вот так, - Моргентау потёр жилистые руки и эффектно перенёс чёрную королеву на Е8.

Это была изящная фигурка соблазнительной женщины из чёрной слоновой кости. Туронен потрогал свою королеву в сомнении остановился. Она была стройна и очаровательна в своём длинном до пят платье.

„Нюня", - злорадно подумал Моргентау.

Эти шахматы Туронен получил по наследству от богатой двоюродной тётушки Эльзы. Всё остальное она завещала своему беспутному сыну Хирги, былому товарищу Туронена по детским играм и проказам. Которому не нужно было грызть гранит науки...

Иногда Туронен ему немного завидовал.

Он хотел что-то сказать, но Моргентау вдруг положил голову прямо на доску из зелёных и белых клеточек и заснул. Между клеточек были золотые прожилки.

Туронен быстро встал, с трудом откинул его назад и торопливо придал ему более естественную позу человека, в задумчивости прикрывшего глаза. К счастью, старый лис не разинул рта.

Было без пяти десять.

А надо было ждать так минимум до десяти. Это был момент пробежки по открытому месту после долгих переходов по укрытиям и окопам. Он нервно потёр руки и оглянулся вокруг.

Всё это он видит в последний раз...

О судьбе Эйринны он не хотел думать. Но в любом случае это было лучше, чем то, что её ожидало. И даже лучше, чем то, что было.

Он ничего не знал о присутствии на планете врага.

Но за последние полгода у него уже возникала смутная мысль, крамольность которой раньше могла вызвать у него иные чувства. Люди меняются…

Становятся самими собой.

Ровно в десять часов, за полчаса до опыта, дверь в разделяющей круглую залу решётке из толстых 'квадратных прутьев белоснежного цвета отомкнулась.

В пять минут одиннадцатого Туронен зашёл в режимную половину зала, запустил симулятор А и соединил его шлем с оперативным пультом Моргентау, набрав команду поиска и подключения.

Симулятор А представлял из себя полную ЛМИ с симуляцией управления системами боевого корабля.

Откуда-то из воздуха возникло и окрепло гудение, напоминающее человеческий крик. По спине поползли противные мурашки.

Через двадцать секунд сверхсекретная запредельная система в подвалах научного сектора внедрилась в оперативную систему пункта. Это была Ахиллесова пята его мощной самозащиты, и поэтому к работе в секциях ЛМИ допускались только восемь учёных, абсолютно неспособных добровольно расстаться с жизнью.

Вроде Моргентау и Туронена.

Туронен оглянулся на развалившегося в кресле Моргентау и привычными руками ввёл программу. Она была совсем проста: бессрочная охрана Эйринны Радон от любых посягательств на её свободу и помощь в этом Снидуру Скевацу и Хельмару Годфри. Плюс самозащита и полная анонимность.

У Туронена не было шансов выжить, и он это знал. Но всё равно воспользовался пультом Моргентау, а не своим. Инстинктивно.

Экран симулятора остался пуст. Оперативные пульты никак не среагировали. Видимо… Здесь их было три штуки. Он отошёл и снова сел в кресло у массивного кофейного столика. Всё вокруг было по-прежнему. На круглом столике из красного дерева в безмолвии стояли и валялись изящные шахматные фигурки. Усталый Моргентау задумался, прислонив голову к спинке высокого кресла.

Только противный, словно прямо в голове, голос симулятора, похожий на „а-а-аа...". И неприятный холодок в волосах. И мурашки по коже. И постепенно растущая подавленность и безысходность.

Что было обычно.

Он проглотил обычную капсулу „элиума" и взглянул на часы. Было десять минут одиннадцатого. Теперь оставалось только ждать. Те солдаты ещё не вышли, но это не имело почти никакого значения. „Джинн" их не станет задерживать. Ему вообще пока нечего было делать.

Туронен не знал, что программа начнёт действовать всего через четыре минуты.

Везилиус криво улыбнулся.

– Как хотите, - сказал он.

Его большая голова с залысинами чем-то напоминала редьку. Хотя фактического сходства и не было. Ротмистр явно позволял себе слишком много.

Два лейтенанта в коричневой форме техслужбы незаметно переглянулись.

– Извольте заниматься своим делом, - сварливо обернулся к ним обер-майор, лишь усугубив своё положение.

Оба оператора уже снова просматривали строчки текущей информации. Запасной оператор сидел в уютном углу под торшером и читал „Огнём и мечом". Он интересовался церковными вопросами и собирался сдавать экзамен на капеллана.

Кристоферссон был оператором-механиком по линии Научного сектора, и сидел у себя в отдельной комнатушке, похожей на фиолетовую внутренность футляра от аккордеона. Комнатушка находилась тут же, за длинным и узким экраном главного пульта. Экран изгибался, повторяя полукруглую стенку из гладкого перфорированного пластика нежно-оливкового цвета. Отделение Кристоферссона было режимным, и он никого к себе не пускал. кроме имеющих допуск советников.

Напротив был уголок отдыха с торшером, а с другой стороны - угловой диван. На нём сидел дежурный майор с кем-нибудь из начальства, когда оно удостаивало их своим посещением.

На длинном настенном экране замигал жёлтый огонёк. Появилась слово: „Задержание". Лейтенант Кригсхаммер тихо присвистнул.

– Тихо, - угрюмо оборвал его Везилиус.

Информация шла дальше. В верхнем правом углу зажёгся красный огонёк. „Место боя: нижняя площадка наружного лифта 03."

Оба лейтенанта, Везилиус и запасной Макк из своего угла уставились на оперативный экран.

„Синие: один убит, один ранен. Красные: один убит, один ранен." ^ «Итог» 6-1-1."

„Синие: двое убито, двое ранено." ^ „«Итог» 5-2."

„Синие: трое убито, четверо ранено." ^ „Итог» 4-2."

„Красные: двое убито. Синие: шестеро убито, один ранен. Красно-белые: один ранен. Красно-белые: один убит" ^ „«Итог 1-0. Бой - 0. Итог» 1-0."

„Повреждения: 0; несущественные: две камеры наблюдения, три датчика, дверца оружейного шкафа, три плафона освещения..."

Везилиус повернул голову назад.

Макк бросил журнал и смотрел на общий экран, нервно покусывая губу. Чёрные усики слегка дёргались. Раздался резкий сигнал общей тревоги. Посередине длинного экрана вспыхнул большой красный круг.

Внешняя тревога № 2.

Везилиус вскочил с сиденья перед длинным изогнутым пультом. Макк, как на учениях, в два прыжка плюхнулся на свободное четвёртое сиденье скраю.

Программа „джинна" оказалась слишком проста – она не защищала самих солдат.

Годфри и Скеваца.

Загорелась надпись «Нижняя площадка 1", и просторная кабина лифта остановилась, поднявшись за минуту вверх на сто пятьдесят восемь саженей. Теперь их отделяло от поверхности земли лишь двадцать восемь саженей.

- Двигай, - толкнул Хельмар Олле кулаком в печёнку.

Они со Снидуром ехали в шлемах.

- Сейчас двину, - ухмыльнулся тот многообещающе и вышел в тяжёлых „доспехах" на освещенную площадку.

Это был прямоугольный зал с широкими дверями четырёх лифтов, небольшими воротами в верхний арсенал и дверью в аварийный КЦ*, а также серыми эмалированными дверцами оружейных и экипировочных шкафов.

За дверями лифта стояли люди точно в такой же серо-зелёной форме средней защиты.

Полевая форма средней защиты была частично бронирована вшитыми пластинками, и от этого казалась носившему её древними латами.

– Отойдите, - резко сказал офицер позади солдат. - Профилактика.

Он знал, кто ему нужен, не только визуально, но и по опознавательному огоньку на своём д-автомате. Их было человек семь, и все незнакомые.

- Вы, - сказал офицер в лифт. - Сдайте оружие.

Хельмар шагнул вперёд, вытаскивая карманный разрядник, и вдруг оказался за спиной ближнего к себе солдата. У того подкосились ноги от боевого разряда спереди.

Олле попятился к стене со шлемом в руках.

Снидур нырнул головой меж двух солдат, увлекая одного с собой и закрывшись им на полу, как щитом. Солдат был здоровенный, как бык, и вырываясь, чуть не сломал ему руку.

Хельмара стукнуло под лопатку и перевернуло, и он на миг увидел потолок и перекошенные лица за прозрачными щитками шлемов. В одно он стрельнул и увидел, как разлетелась огненная сетка разряда по прозрачной броне.

КЦ различал людей по опознавательным браслетам. За обмен браслетами по внутреннему Уставу полагалась высшая мера.

Краем глаза Хельмар увидел распахнутую эмалированную дверцу и стреляющего у стены Олле в серо-зелёном шлеме, и потерял сознание от второго и третьего толчка в грудь и голову.

Ещё миг у него в глазах бесшумно вылетал огонь из бронебойного „виласа".

В здоровенного верзилу попало вместо Снидура сразу два заряда, один из них - из оружия КЦ в стене. Он обмяк, Снидур попал в кого-то из толпившихся врагов и ощутил точно огонь в голове. Он уже не видел Олле, слабо нажимающего на гашетку и сползающего по стене на прохладный каменный пол с обгорелыми дырами в груди и животе. Шлем Олле был сбит набок двумя игольчатыми пультами. Через секунду в шею уже безжизненного полулежащего тела вонзилась третья.

Поражённый в забрало ударом разрядника, офицер не успел сообразить, что стреляет третий из заступающего дозора. Но это за него сделал автонаводчик КЦ.

- Что-то Хельмар запаздывает, - сказал наверху егерлейтер утреннего дозора Мерра.

Было уже десять шестнадцать.

Над ними был прозрачный колпак, с одной стороны скрытый густыми устами ракитника. НП был наполовину врыт в скалу.

– Помолиться не успел, - ухмыльнулся в ответ смешливый Бео Ростин со светлым пушком на губах и веснушками вокруг носа.

– Ну да, жди больше, - качнул головой Ролле Свенсон. - Опять с той бабой кофе пьёт. Помнишь, вчера рассказывал?

– Ребята, смена будет в десять тридцать, - проговорил Вилли Мерра. -. Егор сообщил.

– Чего они там... - неуверенно сказал Бео.

– Ладно, потом узнаем, - сказал Вилли.

Ролле молча посмотрел в синее небо. Он полулежал в дозорном кресле. От небесной синевы в голову приходили сказочные мысли.

- Всем солдатам Внутренней охраны, - проговорил голос в ухе у Вигмара Проста. - Особое положение „зета". До оповещения.

– Опять кого-то взяли, - процедил он. - Как в прошлом году.

– Ага, - сказал его слегка захмелевший приятель и заядлый партнёр по „очку" Веслин Рагессон. - небось снова из Внешней охраны. Там полно козлов.

– Ну, - качнул головой Прост.

Перед ними на стойке стояли две полупустые кружки со светлым пивом „королевский стрелок". Мосластый Кнутсен в чуть измятой форме ничего не сказал, глядя мутными глазами в жёлтое пиво в стеклянной кружке. Ему представлялось, что он в пивной у себя в Маркграфстве, житнице Дальнего Запада. Он тайком выдул с пивом пузырёк спирта.

– Пошли, что ли, - сказал Прост, с некоторой завистью взглянув на Кнутсена.

У того сегодня был свободный день, и он ещё только начался. А начальства в этих местах никто и в глаза не видывал. Было десять шестнадцать утра.

– Пока, милашка, - стазал Веслин с умильной улыбкой статной Меалинде на высоком табурете по ту сторону стойки.

Он точно знал, что она гуляет. Прост ему сам рассказывал. Но он был простой солдат, и миловидная домината его не особенно опасалась. А жаль…

– Пока, пока, - сказала она. - Смотри не грохнись опять, как тогда. А то в лазарет попадёшь.

– Внимание! Особое положение „б", - объявил голос откуда-то с потолка шестиместной комнаты. Валявшиеся на кроватях парни привстали.

– Слышал? - сказал один.

– Ага, - сказал другой, сев. - Особое „б"... это СД. Пятьдесят восьмая статья.

– А., - понимающе сказал Ханс Вебер.

Ему было всего двадцать лет. Он прибыл сюда с последним регулярным рейсом шесть месяцев назад. В глубине души он завидовал тем, кто служил в СД. Но попасть туда было трудно. Особенно без блата.

– А чего они с ними делают? - спросил он.

– Вышлют, - бросил бывалый Вольф Хоффнер. - Со следующим рейсом.

Следующий рейс был через две недели.

– Я бы их сразу кончал, - убеждённо сказал Ханс. - Чего с ними церемониться... Из-за этих гадов мы и красных никак не добьём.

– Точно, - подтвердил Вольф. - Ничего, там наши разберутся.

Они снова разлеглись на кроватях, обсуждая эту тему. Их кровати были рядом. Плафон в середине потолка мигнул.

„Интересно, что скажут ребята?" - с нетерпением думал о вечере Ханс.

На часах было десять семнадцать утра.

Противно завизжал сигнал общей тревоги. На экране пульта в круглом угловом закутке на той стороне каюты мигала белая цифра „2".

– Общая тревога номер два! - произнёс с потолка незнакомый мужской голос. - Все к ярусным арсеналам!

Ханс растерянно вскочил с ікровати.

Программа заработала раньше, чем он ожидал.

„Интересно, этот вой настоящий или только в ушах?" - подумал Туронен. - „Мы даже и не знаем ."

Он не помнил, чтобы кто-нибудь задавался этим вопросом. Хотя все его слышали. Про это как-то не думали. А может, и думали…

Он был не в курсе.

На трёх настенных экранах пульсировал красный знак, общей тревоги # 2. Экраны были узкие, во всю длину стола. При общей тревоге # 3 знак занимал бы половину экрана. Туронен пересел за пульт Моргентау. Тот по-прежнему полулежал в бежевом плюшевом кресле у тёмного кофейного столика с шахматной доской и фигурами. Его форма была почти не видна на бежевом фоне кресла. Моргентау спал, а шахматная доска из белого и зелёного малахита с живописно разбросанными восхитительными фигурками словно ждала своих праздных игроков. Туронену стало жалко всего… Но пути назад уже не было.

Он вспомнил тёмно-голубые глаза.

На поднятом сером пультовом экране горела только надпись: „Общая готовность". Больше учёным знать было не положено.

Пока.

„Значит, пока всё нормально", - подумал он, и вспомнил двух солдат.

Их явно задержали. Хотя они не производили впечатления людей, которых задерживают без шума. Значит, уже был бой…

„Значит, нет..." - подумал он с чувством странного удовлетворения.

Теперь была его очередь. На секунду у него появилось искушение войти в систему и узнать, что происходит. Наверно, отрезана связь с другими пунктами... Он знал, что они есть. Но инфозащита сразу сработала бы.

Наверно.

Соображая как в лихорадке уровни взаимодействия и взаимопроникновения двух систем, он вдруг понял, что если сейчас станет отключать „джинна", то получит пулю в лоб. Скорее всего, сразу несколько. Он с опаской покосился на лежащий рядом шлем Моргентау и слегка отодвинулся от пультового стола. Сиденье на колесиках легко скользило по блестящему паркетному полу.

„Сюда может кто-то зайти... Моргентау может проснуться... „Джинн" не знает, какие у меня планы..." - думал он. - „Значит, защита может сработать. Только уже не та, а эта, запредельная ."

„Ну что ж... Придётся сидеть вслепую", - подумал он, пожалев, что не ввёл себя как союзника.

Теперь было уже поздно.

Система замкнулась. Он больше не мог менять программу. Попытка любого изменения будет оценена как враждебное действие.

„Интересно, что там происходит", - думал он, посматривая на пультовый экран. - „А если уйти отсюда? Какой толк... Будет только хуже.»

На экране всё так же светилась надпись „Общая готовность". Он заранее отключил любое звуковое общение со своим тайным научным центром.

„Вот падлы", - подумал он. - „Сами всё знают..."

„Джинн" скрывался за программой Оперативного центра. Молодой учёный не особенно сочувствовал начальству. Здесь на Станции многое было видно совсем под другим углом. Изнутри, а не снаружи. Особенно сейчас.

„В принципе, система продержится до связи с другими пунктами", - размышлял он. – «Но что они могут с ней сделать? Вот в чём вопрос."

Теоретически, ничего.

Или почти ничего. База была в её полной власти. Чтобы освободиться, надо было: первое - понять, что происходит, и второе - пожертвовать всем, чтобы её отключить. Он вдруг нервно встал и нарочно не смотря на шлем, отошёл к Моргентау. Здесь всё было по-старому. Моргентау дрых с безмятежном выражением на обрюзгшем лице.

„Небось сны видит..." - подумал Туронен.

Это было забавно.

...Он скорее всего мог бы это сделать. Когда был возле шлема. А может быть, и нет. Ведь „джинну" виднее. Он представил себе горы трупов на улицах и в коридорах... Впрочем, это было глупо. Кто же отдаст им приказ?

Теперь „джинн" будет играть в войну руками оперативной системы, и конечно не даст включить запасные.

И руками всех обитателей базы.

До каких пор?..

„Значит, был сигнал Мейнару о её возвращении", - вдруг сообразил он. - „А тревога - чтобы она могла выбирать, вернуться или нет."

Следовательно, утренняя встреча в кофейне была раскрыта... Только немного поздно. Эйринну уже выпустили. А почему...

Он пожал плечами.

Какая разница?

Он сидел и смотрел в одну точку, остро сожалея об упущенных возможностях. Было жалко до слёз. После кофейни он был как в горячке, и ничего как следует не обдумал. Умереть, но не здесь и не в этой компании... А сейчас уже было поздно. Как назло, сейчас-то он был совершенно спокоен.

Он почувствовал злорадство.

„Джинн" в Оперативной системе был практически неуязвим.

„Кто первый влез, тот и хозяин", - вспомнил он детскую сказку про теремок.

В этом была своя логика.

Конечно, слабым местом „джинна" была прерванная связь. А также „чужие". Но он мог симулировать связь, и владел всеми боевыми, транспортными и прочими системами базы.

Туронен не знал о системе „Кронос" у контролёра Кристоферссона в закрытой комнатушке, похожей на внутренность стёганого сундука.

И лишь догадывался о „ручной" спецсвязи в отдельном подвальном отсеке СД и у советников.

И забыл об автономных анализаторах.

И самое главное, он не знал, что Станция - владение не только Соединённого Королевства, в лице своего тайного Министерства.

Потому что по-настоящему никогда не задумывался о названии этого министерства.

На часах было уже десять тридцать.

„Интересно, а выпить разрешается?" - вспомнил он о бутылочке сладкой смородиновой наливки у Моргентау в дальнем уголке шкафа на верхней полке.

Мысль о тягучей ароматной наливке была слишком притягательна. Он неспеша встал и помедлив, подошёл к стенному шкафу с розово-серой эмалевой дверцей.

„Он знает, что там ничего нет", - подумал он и открыл дверцу.

В самом углу за запасной рубашкой в свежей упаковке и блоком безъядных сигарет виднелась черносмородиновая бутылочка. Она была не распечатана. Так же не спеша он вернулся к массивному тёмно-вишнёвому столику и сел на своё старое место перед доской из полированных камней в золотой сетке и раскиданных изящных белых и чёрных фигурок. Он так и не успел сделать свой решающий ход...

На самом краю доски одиноко стояла стройная и очаровательная фигурка белой королевы в длинном платье до пят. Эти шахматы стоили не меньше пяти тысяч ромбо. Чёрная слоновая кость была большой редкостью. Распечатав бутылку, Туронен налил себе половину тонкого бокала, достав его из стойки под столиком.

После объявления тревоги „Кронос" не смог зайти в оперативную систему пункта. Вместо этого „джинн" неожиданно отключил предохранители и выжег батарею его ручной спецсвязи. В ответ „Кронос" отключился от оперативной системы. На экране Кристоферссона появилась надпись:

„Тревога ложная. В Оперативной системе - симулятор Научного сектора."

Свет мигнул, и зажглись аварийные лампы.

Не зная, что делать, он тупо уставился в надпись. Потом включил связь с Наставником. Связи не было. Он включил связь с Педерсеном на Западном континенте. Связи не было. На экране появилась новая надпись:

„Вся связь отключена. Используйте аппарат спецсвязи."

Он нажал кнопку спецсвязи у себя на пультовом столе.

„Батарея испорчена. Вставьте новую батарею."

Холодея от внезапного страха, Кристоферссон встал, чтобы пойти к Наставнику в кухню закрытой офицерской столовой во втором уровне. Словно уловив его мысли, надпись на экране потеснилась и сверху прибавилась другая:

„Не выходить. Выход опасен."

Вздрогнув, он опустился обратно в кресло.

- Почему? - спросил он непонимающе.

„Оперативная система во власти врага. Он вас убьёт", - сказал голос „Кроноса" у него в ухе.

Контролёр всегда носил незаметный наушник.

В его стёганой фиолетовой клетушке не было оружейной системы, как и в кабинетах советников и военачальников. Ко глаза и уши КЦ были везде.

„У вас отключена вентиляция", - появилась другая надпись. - „Подключите меня к аппарату ручной связи. Вставьте в него запасную батарею."

„Кронос" предпочитал визуальную связь.

„К вам должен быть направлен наряд Внутренней охраны. Он может прийти через пять-десять минут. Торопитесь."

Кристоферссон вскочил и дрожащими руками начал вытаскивать батарею из аппарата спецсвязи. Это был стоявший у стенки эмалированный ящик лилового цвета. Клеммы атомной батареи никак не снимались. Они были приплавлены к гнёздам. Кристоферссон отчаянно рванул и вспомнил, что можно подключить новую батарею просто к гнёздам на боку „ящика". Всё ещё дрожа, он сел на своё сиденье перед небольшим пультом и посмотрел на экран. Старая надпись потеснилась, и сверху появилась новая:

„Связь установлена".

– Сообщение получил, - сказал Педерсен у него в ухе. - Ждите помощи.

– Буду ждать, - пролепетал Кристоферссон. - Меня хотят убить.

– Это им дорого обойдётся, - бесстрастно ответил Педерсен. - Ждите помощи. У меня всё.

Кристоферссон посмотрел на время. В углу экрана спокойно горели цифры „10.34". Раздался приглушённый стук в толстую стальную дверь.

– Не может быть, - сказал Лунц с немного посеревшим лицом и взглянул на экран.

– Как хотите. Я передаю полномочия Риминасу. Ввиду вашего несогласия, - сказал потемнев фон Шницзекер. - Решайте, у нас нет времени.

– Хорошо, - нехотя буркнул Лунц, впервые пожалев, что он главсоветник.

– Всего хорошего, - сказал Шницзекер и отключился.

„Джинн" отрезал связь, но в Оперативной системе это не отразилось.

Запредельная система с'имитировала нормальный контакт, и Лунцу со Шницзекером не пришло в голову пустить в ход ручную спецсвязь.

В том числе и их нормальный контакт с .контролёром Педерсеном, синтезировав его видео-картинку и голос. В расчётах „джинна" присутствовала неизвестная величина: человеческая психология.

А значит, и риск.

Скомбинировав несколько уставных операций, можно было и сразу устранить все пять точек с автономными аппаратами спецсвязи. Но эта сложная комбинация была рискованна и втягивала „джинна" в водоворот необратимых положений, входящих в противоречие с его главной задачей и средствами её решения.

А в попытке сначала устранить контролёра с его запредельной системой руками Лунца и Шницзекера было меньше риска и больше свободы действий.

„Разоблачение" контролёра произошло сразу после того, как он встал с места, то есть на десять минут раньше крайнего срока. Но на полминуты позже, чем было нужно.

Педерсен уже знал.

На приказ об аресте контролёра и уничтожении местной ячейки „Кроноса" „джинн" уделял четыре минуты. Потому что не знал Лунца и Шницзекера.

Советник СИС не очень любил контролёра, а Лунц его побаивался.

Этот приказ могли отдать только лично Лунц и Шницзекер, через своих адъютантов. После этого можно было их изолировать.

– Мне переданы полномочия по устранению объекта, - сказал Риминас. - Прошу вашей санкции.

Риминас сидел у себя в четвёртом ярусе, а Арвидас - в круглом как низкий купол штабе. Штаб соединялся с основной базой двумя широкими коридорами с её южного и северного фланга, нижним тоннелем метро, и лифтом к нижнему подвалу СД. Впрочем, у лифта была автономная блокировка.

С той стороны.

– Шницзекер? - сказал Арвидас.

В его голосе чувствовалось лёгкое презрение настоящего солдата к „тыловым крысам". Шницзекеру было положено подтверждать передачу адъютантами полномочий на операцию.

– Да.

– Выполняйте.

Комендант с седыми бровями уже видел на узком общем экране наверху на уровне головы, что попытка захватить управление пунктом исходит из КЦ, от оператора-механика Кристоферссона. А из глубин космоса приближалось два вражеских звездолёта.

– Первый, вас сменили? - спросил бывалый служака с короткой седеющей чёлкой, как у древнего гоплита и прозрачными голубыми глазами.

Увидев мигающий синий огонёк, он включил визуальную связь.

Внизу на пультовом экране появился край ярко-зелёных кустов, синее небо и голова Вилли Мерра. Рядом стоял сменный егерлейтер, а за ним - ещё один солдат в полной экипировке.

Три штабных офицера на секунду оглянулись. Они сидели веером перед общим экраном на стене, а комендант - за ними.

Солдаты Внешней охраны Ульфиласа ещё ничего не знали о Годфри и Скеваце.

– Так точно, - сказал Мерра. - Сменный Лундберг.

Лундберг обернулся.

Это был здоровенный парень с красным лицом и белесыми бровями. После короткого боя Ульфиласу сообщили о замене по болезни командира первого наряда, Годфри.

Пока.

– Егерлейтер Лундберг, - прогудел он густым голосом.

- Смотри там, - сказал Арвидас. - Гляди в оба.

Наблюдательный купол на экране пропал.

Военное командование Станции знало о присутствии на планете вражеского десанта, и об отлёте его звездолёта. А также о строительстве горнопромышленной базы на Виpуне. У врага была обычная вспомогательная когорта, и у неё было мало шансов обнаружить Станцию в глубинах гранитной коры Рюйгенса.

Но сейчас обстановка несколько изменилась. Вдоль степей доисторического Алтая по скалистым холмам с лесами и полями пырея, ковыля и татарника шёл вражеский крейсер класса „А", а к планете подлетали два звездолёта. Они двигались на субсветовой скорости уже где-то за орбитой луны.

А главная задача Станции - не быть обнаруженной.

Остальное коменданта не касалось.

– Подходим, - сообщил офицер в мягкой песочной форме.

– Хорошо, - сказал Шницзекер и вдруг заметил мигающий огонёк спецсвязи.

Раздался длинный звонок вызова.

Но сначала задание уровня «А»…. Белые цифры в углу пультового экрана показывали „10.34". Обер-майор Везилиус и все офицеры КЦ чуть привстали, с напряжением наблюдая за происходящим.

Стальная дверь толщиной в два дюйма была снабжена чёрной резиновой прокладкой. Кристоферссон уже почувствовал некоторую спёртость воздуха. Длина и ширина комнаты была всего полторы сажени. Теперь она была особенно похожа на внутренность недорого чемодана.

Дверной сигнал не работал.

А замок открывался простым ключом длиной с палец. Ключ висел у него на поясе. Су-контролёр пункта А лихорадочно огляделся. Обычно он совершенно спокойно думал о смерти, зная, что его ждут ещё неизведанные возможности. Но теперь его почему-то охватил страх. Он с тоской вспомнил о Наставнике, с которым говорил ещё недавно, сегодня утром.

Это было всего два часа назад...

Он не знал, что его бедная уже погребённая душа не могла быть введена в круг. В детстве у него было прозвище „Джузеппе"...

В руках у офицера Ростмайера был тяжёлый спецлазер. Вырезав место, где был замок, он приказал ваппенмейстеру Вергау пнуть дверь ногой. Она не поддалась.

– Зацепи крючком, - отрывисто бросил он.

Солдат сунул в отверстие короткий зазубренный штык, и распахнул дверь на себя. Везилиус и три оператора застыв, наблюдали эту сцену. Макку было жалко этого тихого и серого человечка.

У майора Везилиуса было ощущение, что у него наконец вытащили маленькую и давно мучившую его занозу, какие бывают от неструганых досок.

Кристоферссон вскочил и забился в округлый угол своей стёганой комнатушки.

- Не надо! - пискнул он и бросил в ближайшего солдата свой карманный разрядник,.

Тот поднял пехотный автомат и всадил в него короткую очередь. Шницзекер по своей инициативе слегка изменил устную формулировку задания. Контролёр получил три пульки величиной с утиную дробь, хотя достаточно было и одной. Они вызывали почти мгновенную смерть.

У пулек были жёлтые вольфрамовые наконечники, похожие на жала.

Ростмайер мельком увидел на экране красную мигающую надпись „Остановитесь!" и не читая, что написано ниже, пару раз провёл по экрану и пульту лучом, оставив от стола груду металла и пластика. Поднялся лиловатый дым.

Так же деловито и быстро была изрезана часть стены.

„Джинн" знал, где находится его соперник.

И старый служака Риминас без размышлений выполнил инструкции на уничтожение.

Туронен посмотрел на время, взъерошив редеющие прямые волосы. Было10.39. В середине общего экрана наверху появился главсоветник Лунц.

- Внимание, - сказал он. - Пункт на особом положении. Расследуется измена. Научному сектору продолжать работу. Выход из своих помещений временно воспрещён.

„Хм", - хмыкнул про себя Туронен. - „Значит, всё кончено? Или это подделка..."

Во рту всё ещё ощущался вкус густой благоухающей наливки.

Он не знал, что Лунц и фон Шницзекер уже пять минут полностью изолированы, а Мюлау убит у себя в приёмной, куда он вышел, чтобы распечь уже мёртвого адъютанта. Логос сообщил ему, что тот спит, а вызов Педерсена с пункта С зазвенел через минуту в уже пустом кабинете с тёмно-ореховой книжной стенкой.

В глубоких полках стояли молчаливые книги.

Туронен погрузился в раздумье.

Конечно, главная тактика „джинна" - делать всё, чтобы не дать себя раскрыть. И изолировать раскрывших. То есть, уничтожить и свалить на измену - в обоих смыслах. Можно убить изменника, и может убить изменник.

...А это значит - врать при необходимости и уничтожить всех, кто может проверить.

„Занятно", - подумал он, увлёкшись этой сложной игрой. - „Жалко, жалко..."

Это было почище шахмат.

Снидур и Хельмар, наверно, убиты... или нет, если причиной „тревоги" был вызов Эйринны обратно на базу. Слишком много неизвестных... Он был словно с повязкой на глазах.

„Интересно, что первичнее, цель или средство?" - подумал он.

Ведь без средства невозможна и цель... Эту загадку бытия ему не суждено было разгадать. В том числе и для данного частного случая.

„Успел ли кто-нибудь связаться с другими пунктами?" - думал он. - „И главное, стал ли?"

В любом случае, „джинн" должен их изолировать и уничтожить. И симулировать связь. Но у начальства и в СД вряд ли есть автоохрана, которая работала на КЦ... как везде. А если Эйринна убила своего хозяина на воле, то что тогда? Сверхсистема спишет на случайную смерть без поисков в условиях общей тревоги, или симулирует возвращение. А может, и смерть внутри базы... Скорее всего, первое.

Поскольку метод - максимальная достоверность внутри базы и изоляция всего, что нарушает её. В том числе реальной внешней связи. А заботиться об Эйринне вне досягаемости своих средств „джинн" не обязан...

„…По-моему..." - неуверенно подумал молодой учёный в бежевой форме, глядя на фигурку своей королевы в алом платье с золотыми блёстками. Что касается других пунктов...

Они не могли знать, что это - организованное действие или случайное, или же просто сбой А от этого зависела и реакция.

„Интересно, через сколько времени они смогут его одолеть", - подумал он. - „И главное, каким образом..."

Об этом он не имел никакого понятия.

И ничего не знал о тракторе Уэрра.

Туронен почувствовал, что что-то изменилось. Словно тень от клочковатых белых облаков нашла на поле в солнечный день.

У него на браслете было 11.45.

Он не знал, что его судьба решалась в невообразимых глубинах Метагалактики. До которых были десятки миллионов световых лет...

Боевой астролёт мог долететь туда только за пятнаддать-двадцать лет. Если бы это было возможно... Хотя такие попытки предпринимались.

Впрочем, это была лишь судьба его бренного тела.

А свою судьбу он решил уже сам.

Так же, как до него Мюлау, Кристоферссон, Снидур и Хельмар. И все, кто был и кто будет. Где бы они ни находились.

В данный момент.

Для пара-связи нет расстояний.

Контролёр Педерсен связался с „чужими", и в 11.45 запредельная система - рефлекторное проявление навечно осуждённого духа, ожидающего от Распределителя своей капли жизни в холоде практического небытия - „обвисла".

Оперативная система пункта вернулась к действию.

Но это никак не отразилось на экране и пультах в круглом зале у Туронена. Оперативная система проводила локализацию точки вторжения.

В 11.53 точка была локализована.

Туронен вдруг снова вспомнил, как он встретил Эйринну сегодня утром в кофейне, и что она ему говорила, и равнодушно налил себе остатки из красивой бутылочки с веткой чёрной смородины.

Просто так, для порядка.

Последние несколько минут у него как-то пропал интерес к происходящему. На душе было тоскливо и одиноко. Спящий Моргентау в кресле напротив давно стал предметом обстановки.

Всё это было уже не важно.

Впечатление словно от тени на поле не проходило. Он наконец отпил глоток из высокого тонкого бокала. В голове было немного легко. Наружная дверь открылась, мягко раздвинувшись. Туронен неловко вскочил, опрокинув бокал, и достав из кармана бежевых брюк транквилизатор Моргентау, выстрелил себе в глаз. Наряд Внутренней охраны во главе с офицером не ожидал этого и не успел среагировать.

«««««««»»»»»»

Крейсер Криса и крейсер Уэрра – встреча

- А зачем у вас чемодан? – спросила Ирина, отступив в глубину широкого коридора перед закрывшимся люком с тонким красным ободком.

„Розарий", - подумал Уэрр, снимая со спины набитый рюкзак с Кириными вещами.

Он знал, что у неё там три коробки с пастилой и плюшевый мишка. Ирина в больших чуть розоватых очках, отступившая в тень широкого "коридора.

В этой мысли было что-то необычное.

Раньше он знал её как оперативницу НС где-то в нижних этажах серебристого колокольчика „Скуллеа". А не как слегка любопытную практикантку в рейтузах и джемпере. Словно в холодный осенний день. Между нижними и верхними этажами звездолёта был технический блок.

− Вы понимаете, Ира, - смущённо сказал ярко-рыжий доктор. - Я бы хотел обсудить это в кают-компании. Если вы не возражаете.

- Не возражаю, - сказала она и повернулась, чтобы проводить их к лифту.

Она уже смыла свои сапоги, сунув их по очереди в стенную мойку.

В конце полутёмного коридора был лифт, и в стороны уходил вглубь трактора ещё один коридор. Он был немного уже, и тоже освещен слабыми аварийными лампами.

В кремовой стенке открытого лифта светились большие клавиши тёмно-сливового цвета. Доктор Уэрр с интересом осматривался по сторонам.

– Как темно... - сказала Эйринна.

В этом лифте помещалось человек десять.

– Крис, мы идём в кают-компанию, - сказала Ирина, встав спиной к стенке.

– Ладно, - буркнул Крис у неё в ухе.

Доктор Уэрр сел с краю, пропустив Эйринну и Киру за стол.

– Ну вот... - сказала Ирина, усевшись на диване напротив.

Некоторое время две молодые женщины глазели друг на друга. Они были чем-то похожи. То ли формой лица с пучком позади, то ли выражением…

– А как твоя фамилия? - поинтересовалась Ирина.

Они уже познакомились снаружи под голубым небом, возле высоких колючек с фиолетовыми головками средь густой полевой травы.

„Действительно", - подумал Уэрр с некоторым смущением.

Он сидел сбоку от них, поглядывая на дверь.

У этих диванов были мягкие спинки и деревянные сиденья с кожаными вкладками, как в столовой. Между тёмно-красными диванами был длинный стол светло-медового цвета. Он слегка поблескивал от матового белого света с низкого потолка.

– Радон, - сказала Эйринна.

– А я Ирина Постышева, - сказала Ирина и погрызла ноготь, посмотрев на рыжего доктора.

Вообще-то она не имела такой привычки.

– Можно я выйду, доктор? - попросила Кира, встав.

– Пожалуйста, Кирочка, - сказал он и пересел на сторону Ирины.

Кира принесла сразу шесть бутылочек сока и поставила их на середину. В пустынном тракторе она была как буканьер в покинутом городе. Она не любила самоограничений.

– Кто хочет есть? - спросила она.

- Подожди, сейчас Тим придёт, - сказала Ирина на диване около доктора. - Он у нас этим славится.

– Здравствуйте, - сказал Крис, шагнув в переднюю часть грушевидной кают-компании из обитой деревом двери рядом с Уэрром.

Расширяющаяся часть комнаты виднелась за полузадёрнутым с двух сторон тяжёлым зелёным занавесом. Оттуда слышалась тихая музыка. Рядом с Крисом был молодой парень с голубыми глазами. Кира ахнула и опустила руки, так и не успев сесть. Она не видела Криса целую вечность.

Уже вторую неделю.

– Ну вот, все и в сборе, - довольно потёр руки Уэрр. - Вы, Тим, садитесь со мной.

– Знакомьтесь, - добавил он.

– Тимофей, - слегка оробев сказал Тим восхитительной незнакомке со смешливым блеском в тёмно-голубых глазах.

Правда, это заметила только Ирина.

Киру он уже видел в день высадки и считал дело исчерпанным. Тем более, что в данный момент та была занята Крисом, лобызая его по очереди в обе щеки.

– А Киру вы знаете? - нагнулся к Тиму доктор Уэрр.

– А это мой Крис, - сказала та, представляя его Эйринне.

– Твой жених? - спросила заинтересованная Эйринна.

– Нет, - чуть покраснев, сказала Кира. - Ведущий стрелок.

В Мака она была чуть-чуть влюблена. Но не в Криса. Но всё это было раньше... До той встречи на «птице».

– Разбирайте сок, товарищи, - сказала Ирина, украдкой взглянув на доктора.

– Мне малиновый, - протянул руку Тим.

Доктор весело посмотрел на него. Его средне-германский был так же простодушен, как и манеры. И в этом было что-то располагающее.

– Доктор, вы обещали нам что-то рассказать о чемодане, - напомнила Ирина, поглядывая на хорошенькую сверстницу с большими голубыми глазами и почти таким же пучком каштановых волос на затылке.

– Крис, я перевожу к вам Киру и забираю Ирину, - сказал Уэрр, пощипывая ярко-рыжую бородку. - Какие у вас будут возражения? И у вас тоже, Ира.

– Киру?.. - проговорил Крис в замешательстве.

Вообще-то он уже привык к Ирине и её воспитательному тону, слегка напоминающему младшие классы школы. Но Кира... Он пожал плечами.

– А почему, доктор? - спросил он и с радостью, и с какой-то грустью.

– Потому что вы с Кирой направляетесь в дальнюю разведку НУ, к мэтру Соколову. Особым приказом командования. Место и время - десант „Скуллеа" на Ильме.

У Криса был такой вид, как будто ему подарили блестящий красный велосипед на день рождения. Но лёгкая грусть всё же не уходила.

– А другая причина - особого порядка, - сказал доктор.

Ирина смотрела на него, ничего не говоря.

– Как я понимаю, возражений нет, - подытожил Уэрр. - А у вас, Ира?

Она только помотала головой.

У доктора возникло чувство чего-то родного и близкого… Сегодня ночью ему приснился очень хороший сон. Только он его позабыл.

– Ну тогда если хотите, Ира, пойдите соберите свои вещи. Вместе с Кирой. Заодно поможете ей разместиться в своей каюте. Её вещи в лаборатории. Только пожалуйста, побыстрее, барышни. Минут тридцать вам хватит?

– Хорошо, доктор, - пролепетала Ирина и поднялась с дивана.

Она была похожа на первоклассницу, впервые в жизни вызванную к доске. И ей казалось, что все на неё смотрят. Отчасти так оно и было.

Крис смотрел на неё, как будто никогда раньше не видел. А Тим допивал малиновый сок. В тяжёлом дне бутылочки был магнит. Месяца два назад Вовка Карпов доказывал, что далёкие потомки будут ломать голову над загадкой высокой бутылочной культуры без признаков стаканов.

Это было на Московии, в скоплении Мера.

– А можно, я тоже пойду, доктор? - спросила Эйринна, видя, что Тим как-то странно на неё смотрит.

Он никогда в жизни не видел внешних германцев. Тем более женщину. И тем более такую... Но она этого не понимала.

Как надо.

– Можно, - сказал доктор, нахмурившись.

Он не знал, когда будет атака.

– Я буду в твоей каюте, ладно, Ира? - сказала Кира, выходя с ней за дверь. - Пошли, Эйри.

Дверь послушно задвинулась с лёгким приятным звоном.

– А теперь обсудим мужские дела, - сказал Уэрр, взяв со стола оставшуюся запотевшую бутылочку с красно-оранжевой наклейкой.

Это был рябиновый сок.

– Дуралей ты этакий, - сказала Ирина. - Кира, проследи, чтоб он принял таблетку, хорошо? Я тебе потом позвоню... Если смогу, - оглянулась она на Уэрра.

Было уже четыре часа.

Солнце начинало клониться к западу. Уэрр посмотрел на солнце, прикрыв глаза ладонью. Порывы ветра гнули к земле фиолетовые головки высоких цветов.

– Я думаю, мы ещё будем ходить друг к другу в гости, - сказал доктор, оторвавшись от солнца в голубой вышине.

Над дальним лесом тянулись рваные тучи.

– Чур, мы теперь пойдём, - сказала Кира. - Правда, Тим?

– Угу, - буркнул тот.

– Ну, пошли? - сказал Уэрр, снова осматривая необъятные голубые просторы.

У него на спине был опять рюкзак, а у Эйринны - жёлтый чемоданчик. Теперь она была не в шляпе, а в защитном шлеме, как у Киры и у доктора Уэрра. По краю ближнего леса бродили два тёмно-рыжих медведя.

– Смотрите, доктор, - сказала Кира, протянув руку.

В другой руке она держала оружие.

Вдалеке в полях за рекой медленно двигалось тёмно-серое стадо мастодонтов. Оно медленно приближалось к пересечению их тропы.

– Крис, разгони их „лепёшкой", - сказал Уэрр, кивнув.

Крис был в рубке трактора.

– Ну пока, Эйри, - сказала Кира, обнявшись с чуть взгрустнувшей Эйринной.

Та подняла жёлтый чемоданчик, из ковыля с фиолетовыми цветами.

– До свидания, Ира.

Поцеловав Киру, Ирина что-то шепнула ей на ухо.

На этот раз она была тоже в защитной полевой форме.

– Да? - слегка иронически сказала та, мельком оглянувшись на Тима. - А у нас наоборот.

Они снова надели шлемы.

На поле и реку набежала лёгкая тень от рваного облака с серым краем. Облака постепенно сгущались, превращаясь в тёмно-серые дождевые тучи.

– Будь здоров, Тим, - сказала Ирина, подержав его за руку.

Доктор Уэрр ждал их в семи шагах в шуршащей о сапоги траве с желтоватыми метёлками, По реке шла мелкая рябь. Он уже попрощался с Тимом и Кирой. Эйринна брела к нему с чемоданчиком, трогая серебристым концом лазера полуоблетевшие шарики одуванчиков.

– Пока, Ир, - сказал Тим.

– Пока, пока, - сказала Ирина и повернувшись, пошла.

Она должна была идти впереди.

Около доктора она оглянулась. За тёмно-зелёными фигурками Тима и Киры высилась матовая чёрная скала. А внизу - чёрные ленивцы и траки исполинской гусеницы.

Собиралась гроза.

С утра зарядил дождь.

По стеклу стекали крупные капли. Небо заволокло низкими серыми тучами. Тёмный бор ещё больше потемнел и нахмурился. Могучий дуб возвышался из поникших метёлок ковыля и стройных свечей шалфея. А дальше простиралось широкое поле, до синей полоски далёкого леса. Где-то там в другом тракторе были Крис и Тим...

Ирина снова взяла себе каюту на общем этаже, но она была уже немного другая. В холодном воздухе слегка пахло сырым деревом и мшанками.

„Как в лесу", - подумала она, чуть потянувшись.

Вместо того, чтобы взять свои записи и идти в лабораторию, она разлеглась на кровати, накрывшись мягким верблюжьим одеялом. Она лежала на животе и смотрела в окно.

В горле слегка першило, и ничего не хотелось делать.

„Поспать бы сейчас", - вяло подумала она.

Но доктор Уэрр попросил её после завтрака посмотреть руку Торстена. Тот сунул её куда-то в гусеницу. Во время землетрясения.

„Олух царя небесного", - подумала она.

Ей захотелось чаю с малиновым вареньем. И совсем не хотелось вставать и вообще двигаться. Она ещё не поняла, что простудилась.

− Ира, вы где? - спросил Уэрр у неё в наушнике.

Теперь приходилось даже спать с наушником в ухе.

„Лёгок на помине", - подумала Ирина.

Ей было грустно одной, и серый дождь навевал грустные мысли.

− Здесь, - сказала она, подняв глаза на серые небеса за окном.

Она лежала, уткнувшись подбородком в вышитую подушку.

- А именно? - учтиво осведомился доктор.

Он не любил общаться с нарукавником.

− У себя, - вздохнув, сказала она.

Она вспомнила утреннюю Эйринну сегодня за завтраком.

- Вы сейчас заняты?

– Не... нет, доктор, - сказала практикантка в рейтузах и дырявой коричневой кофте с воротничком, чуть хлюпнув носом. - Не очень.

В наушнике было молчание.

„Пропал куда-то..." - грустно подумала Ирина.

– Хандрите, барышня? - произнёс голос Уэрра у неё в ухе.

– Просто лежу и смотрю в окно, - сказала она.

– И всё? - недоверчиво спросил доктор.

– И размышишю, - прибавила она.

„Сказать ему, что у меня зуб болит", - подумала она, взглянув на ползущую по стеклу каплю.

Машина делала то же, что и в тракторе Криса.

„Как они там..." - подумала она.

Кроме явной температуры, у неё действительно побаливал зуб.

..Наверно, тридцать семь и пять", - подумала она.

– Сейчас я вас навешу, - сказал мягкий баритон и пропал, как будто его и не было.

Она этого не ожидала.

„Вот ещё..." - подумала она.

Ей не хотелось подниматься и одеваться. В теле чувствовалась разбитость, как после дневного перехода на боевой практике.

„Надо аспирин принять", - подумала она, сев на кровати.

Верблюжье одеяло наполовину сползло на паркет медового цвета. Но ей не хотелось шевелиться, даже самую малость. В дверь постучали.

-\ Можно? - спросил Уэрр за овальной дверью каюты.

С той стороны в ней был круглый плафончик звукового общения. И с этой тоже… Он слегка осветился тёмно-зелёным светом.

– Ага, - сказала Ирина, растерявшись. Он был совсем недалеко.

Дверь открылась.

Уэрр был как всегда в белом с иголочки кителе с алыми нашивками ментора. На него обратились чуть покрасневшие круглые глаза за очками с прозрачной голубой оправой. Стёкла напоминали по форме каплю с хвостиком.

– Вы не плакали? - спросил он тихо.

Ему захотелось что-то для неё сделать, пусть даже неположенное по уставу.

- А что, нельзя? - сказала она, надув губы и нагибаясь за съехавшим на пол одеялом.

– Хм, - сказал сбитый с толку Уэрр. - Позволю себе заметить... Можно мне тут у вас присесть?

„Ну и пожалуйста", - подумала она, кивнув.

До него она явно лежала. но ему почему-то не хотелось уходить. Над бескрайним промокшим полем клубились сизо-серые тучи.

– М-мм... - начал он, не зная, что делать дальше.

Практикантка с чуть покрасневшими глазами смотрела на него в ожидании.

„Опять вляпался", - подумал он. - „Куда ты лезешь..."

– Вы лежали?.. - спросил он.

– Ага, - сказала она.

„Догадайся", - подумала она про себя.

– Просто я заболела, доктор, - сказала она. - Простудилась, наверное.

„А ещё доктор", - подумала она про себя.

Она и не думала плакать.

„А ещё доктор", - подумал он, чуть покраснев. - „Болван."

– Ну-ка ляжьте, сударыня, - сказал он, встав и пересев на её кровать. - На спину.

– Тридцать семь и пять, - сказал он, приложив ей ко лбу руку.

Ирина смотрела на него с подушки круглыми как у Буратино глазами. Она никогда не представляла его в такой роли. Одеяло валялось сбоку у стенки, открывая дыру у неё на рукаве.

„Ну и пусть", - подумала она.

– Дайте-ка руку, - сказал Уэрр.

Она протянула руку.

- Для начала принять два аспирина, - сказал он. - А завтра посмотрим. Да, и обязательно выпить чаю с лимоном. Две кружки. Где у вас тут буфет? Ах да...

Он встал, подошёл к деревянной дверце с фигурными окошечками и открыв её, разложил узкий столик на уровне живота.

– Ну вот и готово, милочка, - сказал он, поставив небольшой поднос на низкий столик у изголовья кровати, под окном обзора.

Поднос тускло блестел зеркальной сталью. На нём стояла белая фарфоровая кружка с крепким чаем и лежали два запасных кусочка сахара. В чае плавал жёлтый кружок подавленного лимона.

– Где же у вас тут... - озабоченно сказал он, осматривая толстый торец столика. - Ах вот она где.

– Спасибо, - промолвила Ирина, снова садясь и опустив ноги в старых вязаных носках на пол.

– Только сначала таблетки, - сказал доктор Уэрр, положив перед ней два кружочка размером с леденец.

Ирина послушно засунула их в рот. Они были нежно-лимонного вкуса. Она вспомнила, что у них в тракторе аспирин был малинового цвета.

– Ну, не буду вам мешать, сударыня, - сказал Уэрр, видя, что она взялась за кружку. - Когда выпьете, я приду и сделаю вам ещё, хорошо?

– А вы... не будете пить? - спросила она, немного растерявшись.

Она вспомнила Эйринну сегодня утром на зарядке. Ковёр здесь в салоне был густой и пушистый, как новозеландская овчина.

Не то, что она…

- Я? - остановился он. - А почему бы и нет, в самом деле? А я вам не помешаю?

– Догадайтесь, - сказала она.

Доктор Уэрр потеребил свой красно-рыжий ус.

– Тогда не взыщите, - сказал он, слегка разведя руками. - Мне тоже хочется чаю. А коньяку у вас нет?

Ирина округлила глаза.

– Ах да... - виновато сказал он, зачем-то посмотрев на ещё не убранный чемодан.

Она хранила в нём всякие ненужные вещи, - вроде запасных очков и толстых маминых носков из желтоватой некрашеной шерсти.

– У меня есть рижский бальзам... - сказала она нерешительно. - Вон там, доктор… в чемодане.

Рыжеволосый доктор покачал головой.

– Вот вы чем увлекаетесь, милочка, - сказал он, направляясь к чемоданчику.

– Это мне один знакомый подарил, в отпуске, - сказала она, чуть покраснев. - Он сейчас в Риге работает.

Это внезапно придало её лицу особую прелесть.

– Откройте крышку, - сказала она. - Он там справа, где тёмно-синяя беретка.

На коричневой бутылке были слова на вымершем латышском языке с латинским шрифтом. Она была довольно маленькая.

– Ну что ж, попробуем, - сказал доктор, бодро поднеся свою кружку к губам.

Практикантка смотрела на него в ожидании, приоткрыв рот. Веснушки стали почти незаметны даже вблизи. Она сидела напротив него за маленьким столиком под окном обзора.

– А что тут написано, Ира? - спросил Уэрр, чуть-чуть отпробовав свой пахнущий душистыми травами чай.

– „Рижский бальзам. Старинный рецепт", - сказала она.

– Вот как, - улыбнулся доктор, потеребив свой бакенбард. - Вы не чужды лингвистике, моя милая?

– Нет, - помялась она. - Просто он мне сказал.

– А, - понимающе кивнул доктор.

Ирина подняла голову, и их глаза встретились. Доктор Уэрр потупил взгляд, посмотрев на подавленный лимон в своём чае.

Он был её куратором по линии ТО. Но она про это не знала. И не имела понятия о главном назначении этой службы. Вообще говоря, он не должен был переводить её из трактора Криса. Но бывают случаи... Шансов выжить у них было не больше одного к семи.

Последние дни он думал о своём назначении в этой жизни. Через месяц-другой, на „Скуллеа" его должны были посвятить в монахи-Наставники. Но он вдруг понял, что желание повлиять на судьбу одного человека у него было сильнее.

В данном конкретном случае.

Собственно, он уже всё решил - ещё там, на тракторе Криса. И для этого заставил себя пойти сюда из верхней рубки. Точнее, не сюда, а в лабораторию. Ему хотелось посмотреть на неё поближе. Но он совсем не знал, чем это чревато.

Лично для него.

- Ира, - мягко сказал Уэрр. - Можно задать вам один нескромный вопрос?

Он никогда не читал личных дел. Конечно, кроме служебного долга. На него ожидающе смотрели круглые зелёные глаза.

– Я вас люблю, - произнесла практикантка, и вдруг скривив губы, горько расплакалась.

– Тогда второй вопрос отпадает, - пробормотал он себе под нос, чуть покраснев.

Долговязый доктор Уэрр поднялся с места и подойдя к Ирине, по-интеллигентски взял и поцеловал её руку. По-другому он не умел.

Она мягким движением обхватила рукой его склонённую голову и прижала её к своему сердцу в коричневой кофте. Сердце Уэрра растаяло.

„Так просто", - подумал он, снимая с себя её руку, чтобы сесть рядом и посмотреть на родное и чуть заплаканное лицо с двумя веснушками у самого носа. В нём была его судьба.

– А откуда ты узнал, что я проснулась? – спросила Эйринна.

– Доктор сообщил, - сказал Торстен у двери. - А ему Кира сказала. Она координатор.

– Ну да, - сказала она.

– Нет, правда.

Он положил руку на дверь.

Док приказал сразу после завтрака идти в лазарет. Речь шла о предыдущей ночи. Хотя ему казалось, что прошла уже вечность.

− Куда это ты торопишься? - спросила она. - На перевязку, что ли?

− Угу, - кивнул Торстен.

Он уже минут пять не мог выйти из столовой на общем этаже.

Она закрыла посуду в мойке прозрачной крьшкой и подошла поближе.

− А ваш доктор случайно не шпион? - сказала она. - Он шпарит по-дански так же, как я.

- Что ты, дура, что ли, - сказал он, снова опустив руку. - Это у вас там на каждом шагу шпионы.

− А у вас троллей выводят, - сказала она, моргнув.

− А у вас... - начал он и осёкся.

„Вспоминайте меня..." - снова услышала она.

Словно в холодную зимнюю ночь. Оба замолчали. Только думали они совсем о разном…

− Ну пока, - сказал он наконец и снова поднял руку к бледно-розовой бархатной двери в квадрате из лакированного дерева.

Он чувствовал себя вшиво, как будто сел в гостях на горячий пирог с капустой.

− А ты здесь будешь? - спросил он, держа руку на двери.

− Как бы не так, - сказала она. - Всю жизнь мечтала.

Белобрысый парень немного растерянно постоял, смотря на неё. На тёмно-голубые глаза с густыми ресницами.

- Не умеешь ты с мужчинами обращаться, - вздохнул он.

Эти слова частенько повторял в шутку его отец. Он был лесником в Уппланде, и мог представить в лицах любого соседа или сказочный персонаж. Причём так забавно, что всегда вызывал у мамы мелодичный смех.

Дверь осталась закрытой.

− Подскажи, - сказала она.

– Ну-у, - пробормотал он, нажимая на бледно-розовый бархат.

Дверь сдвинулась, и он немного боком вышел из столовой, не в силах отвернуться от тёмно-голубых глаз с длинньми ресницами.

В коридоре было совсем прохладно и пахло дождём.

****

Последний день Крейсера Криса

Дождь всё лил, лил, и лил.

Кира читала книжку про пиратов на верхней полке у себя в каюте. Полка была обтянута покрывалом из некрашеного грубого полотна. Вообще-то, книжка была не про пиратов, а про скитания и злоключения одного парня. Иногда они были довольно смешны.

Кира читала, прикусив губу, чтобы не рассмеяться.

Она была в короткой юбке и старой чёрной кофте с длинными рукавами.

„Как почивали? - спросил Джак у молодого маркиза.

„Пренеприятнейше, - ответил тот, стряхая с себя колючки провансальского репея. - Как свинья в жидовском хлеву."

За окном всё лил дождь.

На речной глади были круги от пузырей, а по стеклу стекали в траву крупные капли. Обзор был на уровне мокрой травы, как низкое окно.

„...Роган схватился за ножку увесистой табуретки."

Позавчера, за ужином после лесного пожара, доктор Уэрр назвал её „грозой табуреток". Снаружи густела ночь... Кира подумала о Маке с Питом. Может, они уже совсем близко, в системе... Она радовалась встрече, и это смягчало грусть от предстоящего расставания.

И тогда уже чуть старомодный доктор с ярко-рыжими разбойничьими бакенбардами останется здесь, на этой планете. Наверно, тарелка привезёт им замену с „Ромашки". И когда они ещё встретятся...

„А может быть, он погибнет..." - подумала она.

Но она в это не верила.

Дождь всё лил, лил, и лил.

И грустно ей было совсем не от того. И не от того, что по прозрачному окну стекали капли затянувшегося дождя. Постепенно наступала осень…

„А вот я не желаю, - ухмыльнулся жирный как боров причётник. - Эта девчонка моя."

Этот Тим был неплохой малый. Только всё время улыбался. Он был совсем новичок, только с лунной базы. У старой Земли, в Солнечной системе.

„Хоть завязочки пришей", - подумала она.

Тим был в самом низу, в роторном отсеке главного преобразователя. Пора было делать профилактику всей силовой части. Это была работа дня на четыре, не меньше. Он работал с „книжкой" переносного пульта. Конечно, в основном всё было в ажуре, но сейчас он собирался наращивать слегка изношенный девятый цилиндр. Для этого он надел защитный костюм с лёгкой шлемомаской и разобрал три метра стены в широком осевом тоннеле с вогнутым потолком. Тоннель длиной метров в десять упирался в лифтовую нишу, через которую можно было пройти в главный продольный коридор. В середине стены тоннеля была дверца винтового трапа. Этот тоннель иногда называли „прямой кишкой". В отсутствие девушек.

Длинный прозрачный цилиндр был уже отведён на шарнире в сторону. Тим закрепил на нём распылитель и включил чёрную резиновую кнопку на громоздком инструменте в виде толстого разводного кольца квадратного сечения с двумя „лягушачьими лапами" ускорителей. От „лап" шли в стену металлизированные шланги.

Кольцо поблескивало матовой сталью.

Распылитель тихо зажжужал, замигав двумя индикаторами - зелёным и красным. Бросив на него снисходительный взгляд, Тим пошёл обратно, снимая на ходу неудобные защитные перчатки. Они были белые, как белые резиновые рубчики потёртого пола. На подъём по всему цилиндру распылителю требовалось три часа.

Colonia...

По тёмному океану скользил большой корабль на изогнутых крыльях, со светящимися в темноте большими иллюминаторами. В беззвёздном небе клубились невидимые тучи.

Это был один из последних лайнеров дальнего следования, оставшихся от старого времени.

В могучем лайнере было всего двадцать четыре пассажира, и среди них Иоганн Фальк из далёкой снежной страны. Это был молодой парень в чёрном берете, вишнёво-красной бархатной куртке и заправленных в ботфорты джинсах.

Ему пришлось копить на это долгое путешествие целый год. Только билет компании „Вуастр" стоил двадцать шесть золотых ливонских марок. А ещё почти две недели пути из Санкт-Петербурга...

После безлюдных поросших лесами холмов южной Галлии Арль поражал своей многолюдностью. В нём было почти девяносто тысяч жителей.

По странному повороту судьбы Иоганн Фальк ехал вслед за боярышней Марией Растопчииой не в занесённую снегом Москову, а на грай света в вице-королевство Мальдонадо, где белошерстных слонов было больше, чем людей.

Иоганн сидел в салоне на верхней палубе, сунув вишнёвый чубук в отворот ботфорт, и вспоминал превратности дальнего пути. За всю свою жизнь он никогда не отлучался из дому дальше Ревеля, по делам своего отца.

А теперь...

Молодой парень вздохнул, вспомнив синеглазого старика с чуть покрасневшим словно от вечной простуды кончиком носа.

Последние зимы в Санкт-Петербурге были необычайно суровыми и снежными. В салонах поговаривали о большом Оледенении и замерзании всего Ботнического залива.

Это была самая модная тема.

В освещённом салоне на верхней палубе он был один-одинёшенек. Остальные пассажиры уже ужинали в салоне-ресторане внизу, у самой кромки гладких тёмных волн за большими круглыми иллюминаторами из сверх-прочного ремагита.

Когда-то давным-давно, когда в Швабии и Баварии ещё не рыскали по лесам стаи волков, такой материал делали для воздухолётов.

Но Иоганн про это не знал, а воздухолёты видел только на картинках в старых книгах. И ему не очень верилось, что они и вправду могли летать. Хотя об этом учили в лицее.

Он вспоминал, как за окном некогда бесшумного, а теперь дребезжащего полупустого спального вагона проплывали леса и горы Франконии и Маркоманнии, с изредка виднеющимся вдали над угрюмой зеленью елей и почти облетевшей красной листвой шпилем затерянного замка или церкви в одиноком селении.

Советник Шнитке говорил, что можно добраться и дилижансом или верхом, - но не так. надёжно, как на поезде. И почти с такими же расходами.

А на поезде всегда наберётся человек пятьдесят пассажиров, не считая команды.

На второй и первой палубе не было ни души. На старинном лайнере пустовало около сотни кают. Иоганн спустился в нижний салон с коричневыми кожаными диванами вдоль стенок. За наполовину стеклянной дверью играла тихая музыка. Здесь сохранились даже старинные звуковые аппараты.

Лайнер чинили в Арде мастера Компании, знающие секреты старых вещей. По правде говоря, Иоганн не поплыл на дешёвом паруснике не только из-за трёхмесячного пути и большей опасности от бурь. Ему втайне хотелось своими глазами увидеть чудеса старинной техники.

А парусник с машиной был лишь немного дешевле лайнера. Поэтому он проработал в мастерской отца лишний месяц. Садясь за пустой столик у большого иллюминатора, юноша немного загрустил. Он вспомнил своих родителей и сестру в далёком северном городе у замёрзшей реки под белым снежным покровом.

И глаза тоненькой как былинка семнадцатилетней девочки.

И пожалел о том, что истратил деньги на этот лайнер вместо того, чтобы купить автоматический „ругер". Его новенький мушкетон стоял в двухместной каюте за дверцей зеркального стенного шкафа с блестящими медными ручками.

Его порция была уже на столе. Поодаль за потёртым буфетным прилавком улыбнулась симпатичная полноватая стюардесса по имени Алина.

Сегодня на ужин была жареная треска с картофельным пюре, бутерброд с чёрной икрой и компот из сухофруктов. И по желанию - чай.

...Крис сидел всё в той же нижней рубке. Мелодично звенел сигнал наружного вызова. На обзоре внизу пульсировал сиреневый кружок размером с кулак.

Colonia растворилась в воздухе.

Дождь уже кончился, но трава за окном была совсем мокрая. С неё так и сыпались капли. Небо в углу справа чуть-чуть прояснилось бело-голубыми разводами. Обзор был на уровне человеческого роста. Крис вскочил, схватившись руками за пульт. К наружному вызову присоединился внешний, от доктора Уэрра. Рядом с сиреневым кружком замигал и лазоревый огонёк.

– Здравствуйте, товарищи, - сказал с пульта незнакомый мальчишеский голос.

Крис мигнул от неожиданности.

****

Тарелка НУ, в космосе около точки встречи с крейсером Криса на планете Ильма

Пит задумчиво жевал орешки в шоколаде. Вообще-то он предпочитал просто орешки, но других под рукой не было. После Ильмы они должны были идти снова на Мею, и мэтр Соколов достал свой неприкосновенный запас. Хотя раньше он этого никогда не делал.

Мак ползал где-то в подполе, „вытирая пыль" с ёмкостей, батарей, движков, сердечника и прочего технического хозяйства. Он считал, что это мужская работа. Пит тоже так думал, но был вполне доволен своим положением здесь, в каюте.

В отличие от Мака, ему никогда не было скучно. Он полулежал, прислонившись спиной к прохладной кожаной стенке и наблюдая за безмолвной сменой созвездий на экране обзора. И жалел, что воскресенье только один раз в неделю. Для сверх-приближения машина давала логическую модуляцию, но отсюда из системы Ре Гею и Арес было видно в натуральном увеличении. Как Утреннюю звезду на ночном небосводе. Коротко прозвенел где-то под столом сигнал, и голос Мака сказал:

– Пит, пойди-ка сюда.

– Зачем? - спросил он, не пошевелившись.

– Я гриб нашёл.

– Какой гриб? - удивился он, сев прямо.

– Сам увидишь.

- На урок по рисованию они пришли вместе, и чуть-чуть опоздали.

– Ну-с, как вы это объясните? - спросил мэтр, глядя на них своими синими льдинками.

Пит ещё не прошёл на своё место и топтался вместе с Маком около холодильного ящика. Обе девочки с любопытством оглянулись на них.

– Это он всё, - буркнул он, слегка толкнув Мака локтем. - Со своим грибом...

Мак хмыкнул.

Мария смотрела на него с кресла снизу вверх. Митанни за учителем бросила фантик на утопленный столик сбоку и чуть качнувшись, повернула к ним своё кресло.

- Садитесь, - коротко уронил мэтр, чуть пожевав губами. - Митанни, раздай бумагу для рисунка. Мак, подвинься к Марии.

Мария взглянула на придвинувшегося Мака, как будто впервые его видит.

– Начинайте, - сказал мэтр и повернулся к большому экрану.

У него на пульте лежала толстая кожаная тетрадь. Та самая, которую он получил на Станне. Мак мель:ком увидел красные и тёмно-зелёные записи.

Урок рисунка состоял в том, что Мария рисовала, что ей захочется рукой остальных учеников, а потом они несколько раз помогали друг другу обводить этот рисунок с закрытыми глазами. Пит был в паре с Маком, а Мария - с Митанни.

– А что рисовать, папа? - спросила она.

– Лошадь, - ответил старец, не отворачиваясь от своей толстой тетради.

– Хорошо, папа.

Пит водил рукой Мака по чёрному силуэту скачущей лошади и посматривал на часы над дверью в тамбур. Минутная стрелка была всё ещё возле трёх.

Сегодня был только один урок.

Лошадь была очень красивая, как белочка или мишка на конфетной обёртке кондитерской фабрики „Заря" у них в СССР, в Москве.

„Жалко, не раскрашена", - подумал Пит.

Есть он, правда, совсем не хотел, съев всю свою долю НЗ в виде орешков и развесного „юбилейного" печенья в серой коробке. Коробка была у них на двоих с Маком, и он съел только свою половину. Правда, надеясь, что Мак ему даст ещё. А сейчас… разве что чего-нибудь несладкого.

В животе и во рту было приторно.

„Кто это там?.." - подумал он.

На лошади сидел барон Мюнхаузен, очень похожий на Пита, хотя и с длинным носом. А на ухе лошади сидел какой-то кузнечик. Увидев, что Мак с Питом застряли у себя за шкафом, Мария бросила в Мака скомканной бумажкой, чуть послюнявив её для тяжести.

– Не балуйся, Маша, - сказал старец, не поднимая глаз.

– А чего они, папа, - сказала она нараспев, повернув к нему голову с золотисто-ржаными косичками.

В косичках были бледно-голубые банты.

После обеда Валентин Росгардович читал вслух сказку Евгения Шварца. В середине сказки Мария расхохоталась и посмотрела на мэтра большими глазами на готовом улыбнуться лице.

– Не смеши меня так, папа, - сказала она.

Сказка была довольно длинная. И это было хорошо. Она любила длинные сказки. Но всё кончается в этом подлунном мире…

– Конец, - сказал мэтр Соколов, закрыв .книгу. - А теперь пора спать, девицы и рыцари.

Мак выпустил руку Марии из своей, и оказался снова в рубке, а не в волшебной сказке. Это всегда получалось как-то незаметно.

Она сама брала его за руку.

– Ну во-от, папа, - протянула она.

На экране шёл отсчёт расстояния и времени до точки встречи. Сегодня поздним вечером в десять часов тарелка должна была сесть на равнины Ильмы. В три часа дня по местному времени.

– А мы ещё не пили чай, папа, - сказала Митанни певучим голосом.

– Манную кашу и тёплое молоко, - сказал старик, насмешливо сверкнув из-под седых бровей колючими синими глазками. – Сегодня - до шести часов.

Митанни подошла и поцеловала его в седую голову, как будто получила в подарок вошабную палочку или скатерть-самобранку.

– Спасибо, папа, - сказала она.

Пит скорчил кислую мину.

- Ну-ну... - только и сказал мэтр, не успев встать с кресла.

Он и вправду был похож на волшебника. Взяв толстую книгу и оглядев Мака с Питом и девочек, он ушёл к себе, пробормотав им „спокойной ночи".

– Тебе понравилась сказка, Мак? - спросила Мария, взглянув на него большими как небо глазами тёмного синего цвета.

– Умора, - сказала Митанни.

Она присела на ручку своего кресла, слегка покачиваясь.

– Андерсен тоже ничего, - вставил Пит.

Он устроился в кресле Марии, а Мак как всегда сидел на серой кожаной табуретке рядом. Вообще-то Пит никогда не был заядлым читателем.

– Чепуха на постном масле, - сказала Митанни, покачиваясь.

– Грубо говоря и мягко выражаясь, - сказала Мария, опустившись на ручку папиного кресла, как пушинка одуванчика.

– А вы читали хоть? - съязвил Пит.

– Как же, - сказала Митанни. - Держи карман шире.

– А чего ж ты?..

– А нам папа читал, - сказала Мария. - Чуть-чуть.

Мак уже некоторое время отводил взгляд от фиолетовой бездны в глазах Митанни, а девочка старалась его поймать. Сама не зная, зачем. Он не хотел погружаться в тёмно-синее безмолвие ночного неба. Потому что втайне боялся, что уже оттуда не выберется.

– Пошли лучше чай пить, - сказала Мария.

– Ага, - не мешкая поддакнул Пит.

Он знал, что у них теперь тоже есть чем поживиться. Обе девочки легко встали, словно были почти невесомые. Они были в тёмно-серых байковых костюмах, с красивой нашивкой впереди на левом плече. Прямо у самого сердца. Золотая звезда на малиновом круге. На самом деле это была застёжка широко распахивающегося ворота.

– У нас ровно час с четвертью, - сказала Мария, посмотрев на часы. - Подумайте, как нам использовать это время.

Интонация девочки была тоже точь-в-точь как у седобородого мэтра. Мак даже покосился на неё с подозрением. Но она как ни. в чём ни бывало доставала из выдвижного ящика под своей кроватью банку варенья с тёмными вишенками на наклейке, легко нагнувшись и чуть не коснувшись головой ящика. Золотисто-ржаные косички рассыпались без оставшейся на Станне сетки. Её кровать была слева, где обычно у самого „окна" сидел Мак. Пит услужливо взял из рук Митанни самовар с чайником наверху. Отдав самовар, девочка встала ногами на густо-малиновое покрывало.

– Бери, - сказала она Марии, ступив по кровати и вытащив откуда-то вазочку с вафлями и „юбилейным" печеньем.

Пит не успел заметить, откуда она появилась. Вазочка была из прозрачного стекла цвета болотной тины, на тонкой как сосулька ножке.

„Ого", - подумал Пит, увидев на столе ещё и низкую тарелку в виде зелёного стеклянного листа с конфетами, пастилой и мармеладом.

Но зато орешков у них не было.

„Принести, что ли", - подумал он. - „А, ладно..."

– А каша? - спросил он.

– Ну её, - сказала Мария.

– Сейчас бы котлетки... - задумчиво сказал он. - Надоело одну кашу э-ээ... того. Можно с голоду загнуться.

– Прямо-таки, - сказала девочка.

Мак давно залез на своё место у звёздного окна обзора и ждал, чтобы все уселись. Торможение уже почти закончилось. Он не позволял себе глядеть на Марию слишком часто.

Без особой необходимости.

– А ты хочешь печенья, Пит? - спросила Митанни, усевшись с ним рядом и коснувшись его очарованным взглядом тёмно-синих как фиалки глаз.

Как будто спросила у прекрасного царевича, из какого он царства. Пит не выдержал и стал вылезать из-за стола. Его одолела совесть.

- У меня там орешки, - неразборчиво пробормотал он.

Митанни смотрела на него, не отрывая глаз.

– Ты что, Пит?

– Я сейчас, - сказал он, переполз по кровати у неё за спиной и вышел в свою каюту.

Она так и не догадалась подняться, лишь оглянувшись на него назад.

– Давай имена придумывать, - сказала Мария.

– Какие? - спросил Мак.

– Всякие.

– Тоже мне, игра, - сказала Митанни и косо посмотрела на дверь.

У неё был такой вид, как будто оттуда сейчас выскочит Петрушка. Дверь отворилась, и вошёл Пит с квадратной жестянкой в руках. В ней были оставшиеся орешки.

– А у нас в классе была девочка, по имени Дуринда, - сказал Мак.

– Заливай, - сказала Мария, повернув к нему голову и махнув косичками.

Мак посмотрел на чайник и потянулся к нему рукой.

– Спроси у Пита.

– Ну, - подтвердил тот, ставя свою банку на стол.

– А что там, Пит? - спросила Митанни, моргнув.

– Орешки, - сказал он и открыл банку.

– А Крис такой же, как вы, Мак? - спросила она.

Мария сидела и грызла „грильяж" с перепачканными шоколадом пальцами.

– Не-ет, - сказал Пит.

– Ладно тебе, - сказал Мак.

– Чего ты там, - сказал Пит. - Такой же, как ты, что ли?

– Ну... в общем и целом, - сказал Мак, взглянув вправо.

Девочка смотрела на него, сунув в рот шоколадный палец и раскрыв тёмные синие глаза словно в ожидании тайны. Но тайна была в ней самой.

- Давайте в жмурки играть, - сказала Мария, поставив свою чашку. - Кончайте есть, граждане.

Было четырнадцать минут шестого. До Ильмы было всего шестьдесят девять лун. С такого расстояния её можно было рассматривать как с низкой орбиты. Но в окне обзора чернел космос и сверкали яркие звёзды.

Ре была на другой стороне.

– Хочешь водить, Пит?

– Была охота, - сказал тот, жуя лимонную вафлю.

– А ты, Мак?

– Да ну... - сказал он.

Он как раз налил себе вторую чашку.

– А ты, Митанни?

– Не-а, - протянула она.

– Чур я считаю, - отказала Мария. - Доедайте скорее.

– Почему это ты? - сказала Митанни, чуть толкнув Пита рукой. - Наша очередь.

Льняные волосы были забраны в красную резинку и шелковистым водопадом спадали на шею.

– Ага, - сказал скрепя сердце Пит.

Он чувствовал, что чай останется недопитым. Мак посмотрел на часы и сунул в рот последнюю вафлю. Девушка наискосок от него начала считать певучим голосом, чуть растягивая слова:

– Икетэ пикете цо кото мэ

Абель фабель доманэ

Ики пики грамматики...

– Проглотил кило мастики, - прыснула Мария.

Мак оглянулся на неё.

Она сидела на пкрывале, сложив ноги по-турецки. На бледно-белом овале лица сияли тёмно-синие глаза. Как синяя звёздная ночь.

Кто-то затормошил его в прохладной тёмной каюте. Это были руки девочки. Мак по привычке сразу проснулся, чуть не спрыгнув на пол.

– Скорей, Мак, - сказала она вполголоса, тормоша его за руку.

На потолке горел синий ночник.

– Тревога?! - подскочил Мак чуть не до потолка и сел, не понимая, почему так тихо.

– Тише ты, Мак, - сказала Мария в потёмках звонким мальчишеским голосом. - Пошли скорей..

Он спрыгнул на холодный пол, и тут же вспыхнул чуть приглушённьгй утренний свет.

– Потом оденешься, - потянула она его за собой.

– Да ну тебя, - сказал Мак, посмотрев на чуть заспанное лицо Марии.

Тёмная синь глаз была ясна, как утренняя заря.

Девочка тихонько свистнула словно от удивления, и он выскочил вслед за ней в открывшуюся тамбурную дверь. Пита давно уже и след простыл. На его кровати только валялось тёмно-зелёной кучей одеяло. Наскоро одевшись, Мак не успел нацепить свои тапочки. Около койки был виден только один.

„Опять он своими ножищами..." - разозлился Мак.

Пит сидел в кресле Марии, и тоже без тапочек.

В бездонном чёрном небе висела залитая солнечным светом пенистая, сверкающая, голубая планета в белой пенящейся дымке молодого мира.

– Ильма... - прошептал Мак, встав рядом с Питом.

Мария примостилась на холодильнике.

В углу экрана светились белые цифры „9.55". А понизу, у самого края, шла зелёная оперативная информация. Она дублировалась голосом.

„Вражеских объектов на поверхности и на орбите не обнаружено. Вражеских объектов на Луне и в космосе не обнаружено. Обследовано 72% поверхности Ильмы, 77% околопланетного пространства, 81% поверхности Луны..." - говорил боевой анализатор мягким и приятным женским голосом.

Они называли её „Надеждой".

Голос прервался, и пошло сообщение локального командира, доктора Уэрра. На планете был враг, Мэтр

Соколов оглянулся, держа три пальца на мягком резиновом шарике аналогового манипулятора .

− Проснулся, милый? - сказал он не то приветливо, не то иронически. - Садись здесь.

Он показал на откидное сиденье. В таком положении Мак с Питом ещё никогда не были. Даже теоретически. То есть на уроках по практике.

− А как же... - начал Мак и замолчал.

Там были Крис и Кира...

А Уэрр советовал сразу лететь на Ильменну, к „Ромашке". Но мэтр ждал жёлтого сигнала дальней спецсвязи. На тарелке было спецоборудование, в том числе и треугольник ЛМИ. На экране вспыхнул и замигал жёлтый огонёк, как маленькое солнышко. Оно было в самом углу слева.

− Посадка через полчаса, милые, - сообщил мэтр, поглаживая седую бороду. - Рассаживайтесь по своим местам.

Пит нехотя поднялся и пошёл к себе на „Камчатку".

− Слушайте, - сказал старец, когда все расселись. - Сразу после приземления идём в гости к Крису и доктору Уэрру. Я пойду с Марией, а Пит - с Митанни.

− А Мак, папа? - сказала Мария, повернувшись на кресле к Маку.

- А Мака оставим сторожить тарелку, - проворчал старец. - Вернёмся часа через три, Мак. Остальное ты сам знаешь. С нами будешь держать обычную связь.

− А зачем? - вставил Пит из своего конца около двери в каюту.

− Просто отвлекающий манёвр, мой милый, - назидательно сказал старик своим резким скрипучим голосом. - И более ничего. - А теперь дай нам соку, Мария, - обратился наставник: к девочке. - Для бодрости. Та заглядывала в глаза огорчённому Маку, а он вертел головой.

− А куда мы пойдём, папа? - спросила Митанни, вытянув шею, чтобы посмотреть на Пита.

Мария разливала по бокалам яблочный сок. Он был кислый и непрозрачный. Другого «Онега» не выдавала. Старик считал, что такой сок натуральней.

– Вы - к Крису, - сказал мэтр.

– На, Мак, - сказала Мария, протянув свой поднос.

На нем стояло три длинных бокала с разноцветными линиями. Она взяла последний бокал и отнесла его Питу за зеленоватый шкаф.

– А может быть... - снова начал Мак..

– Нет, Мак, надо идти сейчас, - сказал мэтр. - А Крис с Кирой пока останутся у себя, до завтрашнего утра.

„Ромашка" будет здесь через шестнадцать часов. Мак кивнул. У него на душе скребли кошки. Расчёт старика был довольно прост. Но очень опасен.

– А где они с Крисом будут спать, папа? - спросила молчаливая Митанни.

– Придётся поместить их в вашей каюте, девочка, - сказал седой мэтр, склонив голову набок. - А вы - в маленькую.

- А если вам будет тесно, пошлю вас к тётке Виллине, - добавил он, увидев немой укор в её глазах.

Девочки удивлённо уставились на него.

– Больно надо, - сказала Митанни.

Мария разглядывала его, словно неведомое доселе явление природы.

– Ты что, папа? - с неодобрением сказала она.

Перед Маком была её голова с косичками и белая шея. Она уже успела заплести косички, скрепив их голубыми бантами.

Но Питу понравилась эта идея. Они трое с Кирой - отличная команда для старика. Хотя и к девочкам он тоже привык. Он вспомнил об их клятве… Но это было похоже на детскую игру.

– А чего вы? - сказал он из своего угла. - Вам же лучше. Поживёте себе на природе. У вас там как на курорте. Хорошо...

Он вспомнил крутобокую зелёную гору над ласковым синим морем. Он бы и сам был не прочь. Когда-нибудь после... когда он женится.

Нескоро.

– Когда рак на горе свистнет, - пообещала Митанни, смешно округлив большие тёмно-фиалковые глаза.

– После дождичка в четверг, - безмятежно подтвердила Мария, проведя по нему тёмно-синим взглядом и остановившись на Маке. - Пойдём лучше в гости, папа.

Она знала своего папу лучше, чем Пит.

– Смотри не влюбись там в кого-нибудь, - вдруг ляпнул Мак.

- Жди больше, - сказала девочка со светло-голубыми бантами в золотисто-ржаных косичках.

Этого она от него ещё не слышала.

– Успокойтесь, братцы, - сказал учитель, осматривая их синими глазками из-под седых кустистых бровей.

На экране была сверкающая и пенящаяся голубая чаша неправильной формы. Треть новой планеты скрывалась в темноте Ночи.

– Вон, - показал Пит.

В точке встречи на экране мигала красная звёздочка.

– Пальцем в небо, - сказала Мария мальчишеским голосом. - Одеваться, папа?

– Подожди, Маша, - сказал старец.

****

Тарелка НУ, достигшая точки встречи на планете Ильма

Тарелка опустилась на краю поля у самого леса. Снаружи что-то затрещало, и пол в рубке чуть-чуть наклонился. Они стояли. На длинном вогнутом экране были видны два гладких чёрных камушка размером с ягодку чёрной смородины, один на краю дальнего леса, а другой - у крошечного жёлтого обрыва над речкой. К ней спускалось обширное покатое поле с пыреем, ковылём и васильками.

- Можно, папа? - спросила Мария. Мэтр кивнул.

У Мака на душе скребли кошки. Его мучило неясное предчувствие. Мария и Митанни легко поднялись, как сдунутые ветром пушинки одуванчика.

- Форма номер три, - сказал мэтр.

Пит тоже поднялся с места.

- Я пойду, учитель, - сказал он.

- …Всем говори „вы", Мария, - учил старец в чёрной рясе на краю открытой полянки со слегка качающим белыми зонтиками дудником. - А то тебя неправильно поймут.

Они шли по полю вдоль леса. Пита и Митанни уже не было видно. Они пошли в сторону трактора Криса. До него было километра три.

– Так уж и неправильно, папа, - беспечно сказала семнадцатилетняя девочка, подняв голову к небу.

Был конец августа.

За последние долгие месяцы она изменилась и стала почти земной. Но только снаружи... И то не считая больших тёмно-синих глаз на бледно-белом лице и невесомой фигурки. Как зимняя ночь с первой звездой и шуршащей белой позёмкой.

Митанни нагнулась за цветком на длинном стебельке.

– Подожди, - сказал Пит, снова поправляя свой сапог.

В последний раз.

Они вышли на кривой луг и остановились. В лесу в ста шагах от них чуть неровно валялась гигантская лепёшка серебристо-белого ровера, слегка выступая на край мокрого луга.Толщиной лепёшка чуть-чуть не доходила до верха деревьев, а в поперечнике была метров сто пятьдесят.

У гладко поблескивающего края лепёшки на лугу стояли две фигурки в пятнистой форме и шлемах. Сбоку вдоль кромки леса к ним спешили ещё пятеро.

– Бросить оружие, - сказал на весь луг один из двоих у корабля.

Неприятный резкий голос говорил поверхнегермански. С ближних деревьев слетели каркая чёрные вороны. Пит упал в высокотравье.

Митанни всё ещё стояла чуть впереди.

Не двигаясь с места, она неуловимо для глаза подняла длинную трубку лазера, и пять человек слева от чужого ровера неслышно попадали друг на друга и на землю.

− Не бойся, Пит, - сказала она.

Он понял.

На том месте, где была девочка, чуть хлопнув, вспыхнул язык бело-фиолетового пламени. Луч ровера попал в зарядную часть её лазера. В ту же секунду рука Пита в бурьяне сама собой нажала на спусковую кнопку свольвера, и обе фигуры возле беловатой лепёшки ровера с силой шлёпнулись и покатились по его наклонной плоскости, сползая с неё окровавленными трупами. Через мгновение новый луч прожёг в чуть откатившемся за таволгу Пите дымяшуюся полосу шириной в палец.

− Держитесь! - заорал Кире и Тиму Крис, заметив на боковом экране взметнувшуюся наискосок к серому небу над лесом небольшую тарелку такого же цвета и нажав правой рукой на круглом рычаге быструю комбинацию из защитной и красной кнопок.

Почувствовав перегрузку, он успел ещё надавить и на оранжевую большим пальцем левой руки, Но уже через миг рванувшаяся вверх на перехват чернеющая громада трактора с трёхметровой ярко-красной овальной дырой на вмявшемся корпусе с невыносимо режущим грохотом разбилась о низко летящий ровер, пошедший за Маком в режиме анти-метеоритной защиты, и была отброшена искорёженным чёрным куском в сторону широкого поля перед дальним лесом, в двух километрах за извивом реки.

Повреждённый ровер покачнулся и изменив траекторию, срезал верхушки деревьев над лесом, резко взмыл вверх и взорвался от последней нагоняющей торпеды Уэрра. Сервоцентры ровера были выбиты всего на две секунды - и навсегда.

Доктор Уэрр смотрел на широкий обзор рубки, бессильно сжав белые кулаки. Большой палец утопил до отказа вогнутую оранжевую клавишу общего огня на набалдашнике правого рычага штурвала.

Мак видел всё, что передавал ещё не сбитый зонд Уэрра.

Увидев внизу своего экрана два красных и два зелёных крестика, он с мёртвой душой поднял тарелку с поля на краю леса в ускользающий разгон. Она задрожала, как тогда над Уэльфой.

Однако манёвр не удался, на высоте километра по днищу скользнул расфокусированный луч повреждённого ровера, слегка обнажив часть серой обшивки, и потерявшая управление тарелка с оплавленным корпусом ушла с переменным ускорением в бесконечное серое небо.

Тим у себя в каюте был ещё жив, когда отбитый трактор Криса падал на мокрое от дождя поле далеко за рекой, а Кира ударилась виском о стол кухни во время аварийного взлёта.

««««««»»»»»»

КОНЕЦ

ЭПИЛОГ
(всего ПСН):

Используя все свои высокие связи, Валентин Росгардович искал Мака, надеясь, что он выжил тогда на Ильме – потому что старик просто не мог привести Машу домой без него.

А Виллина ждала.

Планета Лимитерра в системе Роанны в скоплении Войковского, на стадии миоцена

- Я не думал найти тебя здесь, - сказал Мак.

- Мы с папой искали тебя, - сказала Мария, подняв на него тёмно-синий взгляд больших глаз.

В нём было что-то новое, чего он раньше не замечал. Он почти догадался, но не посмел об этом подумать.

- А где Митанни? – спросил он.

- Её нет, - просто сказала она.

Ему вдруг стало зябко... Перламутровая облачная высь расстилалась над мокрой равниной до самого края земли.

На Мака напала робость.

- А папа? – спросил он.

- Там, - махнула она рукой в сторону низкого леса.

В руке был длинноствольный линг... Из тех, что не умещаются в кармане. Мак покосился на оружие.

- Звери? – сказал он.

Она кивнула.

Тёмно-зелёный лес слегка поднимаясь, уходил вдаль. Его край был шагах в ста от стоящего в грязи вездехода Мака. Низкие деревья с переплетающимися ветвями были усыпаны красными яблочками. Они были совсем кислые... Девушка взглянула на свои ноги. Чёрные резиновые сапоги блестели от воды.

Мак так и не решился спросить, сам не зная, почему.

- Пошли? – сказал он.

- А Крис? – спросил Мак, снова взглянув на неё.

Мария не ответила.

Но он понял... Про Пита он не стал спрашивать. Потому что с ним всё было ясно. Они пошли вместе.

С Митанни.

ПОСЛЕСЛОВИЯ

(1)

Автор забыл поместить в конце книги примечание (настолько это у нас в семье подразумевалось само собой), что "жиды" - НЕ национальность, а - типа профессии: есть люди, которые поступают на службу к сатане и в таком качестве (на Зелёных планетах нужны главы племён/объединений племён) - почему именно "жиды" - потому что в ходе нашей ближайшей - христианской – Истории - сначала большинство таких людей нанималось (с договором - и не всегда кровью: это другое) из иудеев, но по мере отпадения христианских Церквей (массового с 17 в.) - национальность этого рода наёмников сатаны стёрлась. К тому же в русском языке есть и совершенно нейтральное (у чистой интеллигенции) слово "еврей" - оно же абсолютно положительно как в ВЗ, так и НЗ - см.: и поэтому стилистически отрицательное имя "жиды" вполне подходит. Но примечание - нужно, это у меня просто типа опечатки. Всё остальное о генетике - тоже вполне справедливо - для отрицательной части еврейского народа - которая генетически же - вообще не имеет ничего общего с древними евреями, а - на 90 проц. - происходит от обращённых в иудейство римских рабов. На этом пока остановлюсь - хотя тема сама по себе очень плодоносна для настоящего историка.

(2)

Действие повести-были происходит в параллельной реальности – то есть, на другом срезе на Круге Вечности – а именно, на его стыке (Конец/Начало). Действие на безлюдной планете Ильма в периоде плейстоцена, со скрытой базой противника. Не зная об этом, на ней случайно оказываются два сухопутных боевых крейсера Флота с минимальным экипажем (вместе 6 человек), в разных концах планеты. Повесть отражает обстановку в Римской Империи в 434 г., но в космическом масштабе. Обе части Римской Империи части действуют согласованно против общего противника – считающего Неузнанного Христа Лжепророком – Федерации (вторая – и негативная Империя, опирающаяся на верующие массы Старой Церкви, не узнавшей ТАЙНОЕ Пришествие Христа) - архетип северной гото-гунннской империи готского короля Аттилы и прочих, с центром в современной Чехии (в нашей цивилизации). По этому окну в иную реальность можно судить о том, кто настоящий Антихрист – Красная Звезда/воплощённый в ней Крест Распятия или Старая Церковь любого вероисповедания? Последняя часть трилогии.

(3)

Конкретная обстановка в месте/сопутствии действия:

Кроме уже упомянутых двух тракторов (крейсеров) Царства ВРИ, на данную планету уже давно и независимо от этого направлена разведгруппа мэтра (военное/официальное обращение к Наставнику) Соколова в составе, кроме него, его двух дочек (17 лет, Мария и Мита'нни) и двух солдат (мак и Пит), случайно присоединённых к этой группе (читать («Царство» - 2-ую часть трилогии), для присоединения по личому ходатайству мэтра Соколова (ввиду дружбы/высокой координации трёх солдат) к этой группе третьего солдата – (капитана: звания Рати, частью которой является Флот, отчасти соответствуют нашим армейским) Криса, оставленного по стечению обстоятельств (военная обстановка в другой системе) командиром одного из наземных крейсеров Флота. После высадки на планете из тарелки НУ двух групп по два человека для посещения обоих крейсеров, Мак остаётся сторожить тарелку, одна из групп (Пит и Митанни - ударение ак в истории, на а) случайно натыкается на уже готовый к бою со всей вражеской для него группировкой ровер Базы Федерации, и погибает, тут же вспыхивает очень короткий ПОСЛЕДНИЙ БОЙ - обоих крейсеров с ровером, с небольшим участием Пита с Митанни и Мака, вынужденного по уставу увести свою тарелку от многократно превосходящих сил - что ему удаётся лишь отчасти. Выживает только крейсер Уэрра и вся его команда. Судьба Мака - неизвестна (в заключении трилогии - он оказывается жив, встречает тарелку Соколова на планете другой системы, в последнем полёте мэтра (выходит в отставку) - у него на борту только Мария, а Мак - в составе малого наземного разведчика Царства (остался во ФЛОТЕ ВРИ, искал через Центр Флота на Гее Марию с отцом – но тот нашёл его первый, записавшись на утверждённую встречу на планете Лимитерра.

Некоторые детали:

1) НУ - Научное Управление Царства - то есть, его самая тайная разведка,

2) треугольник - партком, 1-ый отдел, начальник,

3) НСлужба - УСБ, или Тайное Отделение, в котором есть "Главотдел по выявлению аморальных тенденций",

4) питекантроп и неандерталец - одно и то же, только 1-ое - род, а 2-ое - вид,"хархар" - этот вид произносит только после обучения (от слова херр),

5) на стр 43 - сказано "у вас 20 секунд" - в том смысле, что командир будет ОБЯЗАН поднять машиу через 20 секунд, независимо от готовности команды,

6) геонаводка - искусственное землетрясение,

7) СВЧ - микроволновое оружие/инструментарий,

8) карлики, или мохнатые - то же, что у нас "серые",

9) на 51 стр - их тайный отчёт Базе, как союзной/манипулируемой силе,

10) СИС - госразведка Федерации,

11) СД - ГБ Федерации,

12) домината (мужчин в плен в Федерации не брали - как и наши, обычно) - пленная захваченной планеты/народа, на положении полукрепостной,

13) "Целевая стратегия" - стратегические планы взаимодействия с "Цивилизацией" (а на деле - ГПЦ) после победы над Н-К РИ - ЗРИ - Империей и ВРИ - Царством,

14) магистрат аккордата - выдаётся только тайным Особым научным отделом Министерства по внешним связям, за монографии на уровне доктората в Академии Наук,

15) Медия, Литта, Борусса - мощные в военном отношении главные планеты основных союзных литоязычных систем, в настоящее время перешедшие в "унию" с в основном германоязычной Федерацией,

16) внешняя охрана Базы - в основном из Армейских литоязычных и скандинавоязычных сил,

17) внутренняя охрана - в основном из Белогвардейских германоязычных сил,

18) на 57 стр - если бы не фраза "к тебе шеф идёт" - наблюдатель СИС включил бы повтор разговора, и Эйринна не смогла бы никогда выйти с Базы,

19) Нептун, Плутус и Уранус - три сверхсекретные программы разработки квази-людей для операций на сверхтехнике ГПЦ,

20) НБ: данная параллельная реальность - относится к самому стыку (Шву) Вечности, и поэтому черти (серые) массами переходят в гуманоидное состояние, создавая мощный невоенный конфликт сГПЦ и внутри ГПЦ - где в результате даже часть самих серых приобретает волосяной покров на теле, откуда и название "мохнатые",

21) НБ: разговоры (два) Эйринны и двух солдат - насколько это возможно, иносказательны, так как все они (особенно солдаты) знают о наблюдателях СИС (но почти не знают об СД),

22) Братство - масонство,

23) контролёр - официальная небольшая должность, но - всегда занимаемая масоном (на сверхсекретных Базах),

24) "с ментолом" - с наротиком,

25) Наставник у масонов Федерации - начальник Братства на одном пункте Базы (сама База - на деле - несколько баз на четырёх континентах),

26) "Ку" - условное имя чёрта, каждый из которых представляет из себя винтик в огромной Машине ГПЦ (НБ: в отличие от бесов/демонов),

27) контактор - автономный определитель координат (по движениям/ускорениям),

28) особая связь - нейтрино,

29) Царствие - ожидаемый ЗВ, но с совершенно разными представлениями о том, как он наступит, когда и

какой он, в зависимости от уровня осведомлённости (НБ: ср христиан 5 века н.э. в нашем срезе Реальности),

30) Норра, Герра и проч - планеты Федерации,

31) "надо поговорить" на 84 стр - Уэрр опасается, что домината будет рассказывать Кире и Торстену что-то аморальное или дикое,

32) астролёт - название звездлёта в Федерации,

33) цвета клавиш управления/информации - в основном: красные - оружие, оранжевые - опасность/оборонительное оржие, жёлтые - движение, зелёные - информатика,

34) запредельная система - сверхсистема ЭВМ, неподдающаяся управлению человеком (потусторонний страх одолевает), 35) ЦУ - центр управления,

36) стр 98 - ночью при темп. -20 Мак и Лина стали мужем и женой (через месяц путешествия вдвоём из "Средней Азии" на Север и вдоль снежного Океана),

37) "под буквой Й" - как и всё, еда имеет свои коды в КЦ (контрольный центр),

38) 101 стр - у Торстена родной язык русский, но - также и швецкий: поскольку данный отряд - принадлежит Царству (ВРИ), где главный язык - русский (а в Империи/ЗРИ - аглицкий, где Акирома на старой Земле - то же, что у нас Америка),

39) Вальдини - у нас Вивальди,

40) все диалоги, и особенно экипажа крейсера с Эйринной - учитывать, что во Флоте - запрещены плотские связи, при выявлении даже попыток - списывают на родную планету: то есть, они по сравнению с Эйринной - невинные, как дети (вкл. и старших), в этом смысле,

41) бленгер, свольвер - основные виды индоружия в РИ (свольвер - разрывные заряды от смалой до большой мощности, бленгер - отравленные сверхтоксином минииглы (1000 в одной кассете),

42) со стр 114 и далее - у Тима полная/катастрофическая депресия - от яда трухелозы,

43) на 115 стр 30 змей - симвлически - 30 европейских наций на пройденной около 200 лет назад стадии Содома на старой Земле,

44) В.Розенберг в Центре - в Центре Тайного Отделения на Гее, главной планете ВРИ/Царства,

45) Охранка - Ново-Церковная служба ГБ на планетах ВРИ/Царства,

46) "книжка" - настольный вертикальный складной экран,

47) символика красного и чёрного (красное одеяло и чёрное трико белой девушки) на стр 136: негатив - гуманоиды (в аду) и черти, позитив - Человек и Земля/Чернозём (видимая с Небес Земля),

48) стр 138 - Уэрр догадался об отпечатке Гото-Гунской империи глубокой древности (времена Древней РИ) на нынешней Федерации,

49) со стр 139 и дальше - подлинная история,

50) Розита Армен - у нас Рози Армен (1960-ые) - некрасивая,

51) ЛМИ - логическая модель интеллекта,

52) разговор в 13) - максимально иносказательный, ввиду полного скрытого наблюдения за всеми,

53) в очень малоразборчивой для стороннего наблюдателя записке на стр 161 - излагалась суть проблемы,

54) стр 162 - все заговорщики не сомневались в своей близкой гибели - и гибели Эйринны тоже, кроме самой Эиринны, которая была недостаточно опытна в таких делах,

55) в середине стр 164 - меняется сцена действия (помещение)- Туронен (ударение, как в финской фамилии) - находится в подвале с испытательной запредельной системой, вместе с напарником,

56) на 164 стр сцена снова меняется: Везилиус - сменный начальник собственного КЦ Базы (слабее запредельной системы) - к нему неуважительно обратился ротмистр со связями, но потом сразу пошёл отчёт о бое при задержании двух солдат,

57) автонаводчик КЦ - на площадке перед лифтами все стены были утыканы концами дул местного оружия, управляемого КЦ или спецнаводчиком,

58) одновременно со 168 стр начинается никем невидимый перехват КЦ Базы (данного Пунта, с попыткой перехвата и ЦУ ВСЕЙ базы) "джинном" (пленным духом в

аду - см и повесть Стругацкого под псевдонимом) запредельной системой - исполняющей данную ей Туроненом программу, недостаточно продуманную (наспех) - и до 176 стр происходит подавление реального положения дел виртуальной реальностью запредельной системы - пока её не отключают с помощью чертей ГПЦ,

59) оперативная система - то же, что КЦ, она локализует (после устранения «джинна» запредельной системы его РЕАЛЬНЫМИ хозяевами в аду,

60) точку "вторжения" – т.е., Торстена - и он кончает самоубийством.

ОБЩИЕ ПОЯСНЕНИЯ ДЛЯ ВСЕЙ ТРИЛОГИИ:

(АГНЦЫ)
- (8) Солнечная система –
--- (1) Земля,
--- (2) Марс – земляне/все ветви,
- (1) система Ре –
--- 3) Гея,
--- 4) Арес,
--- 5) Фалла,
--- Гелла – славяне-сарматы (из России),
- (2) система Ри –
--- 6) Рома,
--- 7) Иллирика,
--- Атруска,
--- Тиррена – славяне-фракийцы (из Украины - Австро-Венгрии),
- (3) система Ра –
--- 8) Терра,
--- 9) Марис,
--- Венда,
--- Готта – мидийцы (из ЮАР),
- (4) система Ро –
--- 8) Эрта,
--- 9) Ритта,
--- Рея,
--- Герма – агличане-германцы (из Шотландии),
- (5) система Ру –
--- 10) Гелла,
--- 11) Калливера,
--- Скотта,
--- Бритта – агличане-кельты (из Уэльса);
- (6) система Рю –
--- 12) Согдиана,
--- 13) Белльгарра,

--- Мея,
--- Славия – славяне-;
- (7) система Рэ –
--- 14) Аллиника,
--- Спарта,
--- Геллада,
--- Аттика – греки;
- (8) система Риа –
--- Кариссо,
--- Алли,
--- Эберра,
--- Азарра – израильтяне;

НБ:
Азарра – израильтяне (растворяются)

Союзные ТЕЛЬЦЫ:
- система Лана - Провинция (тевтоны) – Ариане (замки) –
--- 1) Аустра (германцы-моралисты - «Клан»),
--- 2) Фланта (германцы-расисты - «Крестоносцы»),
--- 3) Рела (то же),
--- 4) Альба (то же),

Полусоюзные ТЕЛЬЦЫ:
- Конфедерация (3-я полусоюзная сила, готоны) – СЦ-расисты –
--- 5) Донна,
--- 6) Рокки;
--- 7) Фарисса,
--- 8) Вендалла,

Вражеские ТЕЛЬЦЫ:
- Федерация (главный враг, готоны + готы) – СЦ-моралисты –
--- 9) Скранда (готы - язычники-моралисты),
--- 10) Норра (готоны - язычники-моралисты),
--- 11) Лея;
--- 12) Ка,

КОЗЁЛ (1)

- Герра – союзник Федерации - (германцы - язычники-Л) – Л. –

--- 1) Герра (мощная – никого не пускает в систему),

--- Верра,

--- Ленда;

--- Ринасвальде,

ОВНЫ (2)

- Ось (ариане) – пропала (осколки ушли во все места, и остались тоже)

--- 1) Метта (готы-ариане),

--- 2) Медия (готы-ариане),

--- Линкамелла;

--- 13) Мелла (Конфедерация - Телец).

- Наша основа –

--- тускнеющая зона – Земля,

--- Марс;

- НБ: Земля – разделена между противником, и нами (РИ) тоже – наши постепенно уходят на Гею – особенно ПОСЛЕ повести – с 454 г.;

Общие понятия:

- роль союзников РИ: 1) Провинции (фаранги – моралисты православные, и бурганды – расисты) и Оси 2) (нацхристиане = ариане);

- «чёрная свастика» (незрелые и полузрелые Н – в ЗРИ – против союза с ВРИ);

- аттестат зрелости (18 лет);

- диплом (23 года);

- титул (32 года = научное звание);

- угасание старой Земли (особенно – с 419 года) – природа погибает медленно, население - падает;

- разжалование за аморалку;

- шпионы иностранные;

- сурверсия;

- гуманоиды, гоминиды и обезьянники;

- сверхтехника;
- рус и рос (русский земной и русский марсианский – не считая диалектов, которые подавляются);
- техника – г-ротор А, Б и В;
- Временное Отступление (ВРИ и Н-К в целом) = «1992-1999» = 227-257 гг.;
- Поворот (325 г. н.э.);
- Старо-германская эпоха (1933-2100-66/70);
- Ново-германская эпоха (268-312 н.э.);
- языковая, демографическая, этническая, экономическая ситуация на Гее (главная планета наша – и вообще);
- на старой Земле Америка = Картагена; на Гее = Акирома (язык – Акирома навязала в Картагене свой: аглицкий, а там - гишпанский);
- на старой Земле Европа = Кириана; на Гее – Эуропа (язык – Русь навязала в Кириане свой, а там - ромелльский);
- социальные различия, иногда - скрытые (как в 1964) - трения (Базы и народ);
- свёртывание Вселенной последние 200 тыс. лет, неравномерное по времени;
- пульсация Вселенной (и Творения, т.о.);

(Землю – сейчас пытаются очистить от смешанных рас и восстановить)

КП = церковная сторона будущего ЗВ, а Рать = Рать будущего ЗВ;

(для 434 = 2039 = аналогия 1964)

- базы:
--- внутренние – в своих системах;
--- внешние – в чужих;

ПЛАН 1-ой части Трилогии («Империя»):

НБ: всё – свзязано между собой)

2) ПБ (Политбюро – «Рим» - Курия) – (см. выше)

3) операция на жёлтой планете «Лиана»

4) операция «Каролинг» на враждебной планете (во время войны)

5) ВС (Верховный Совет – «Византия» - Патриархат)

6) операция «Меч» совместно со штурмовыми частями (с покинутыми вещами)

7) увольнение на берег – в столице ЗРИ («Берлин 1939»», только акиромский - романтическое приключение – квартира Гаспара Арнериуса – щит, меч и кувшин с узким горлышком, а в нём – зелёный как трава целебный бальзам от всего – серебряные; материализуется «Меченосец» - драка с мечом и титановой табуреткой – потом нужен бальзам, для Пита – дрались все трое)

8) карательная операция «Смерч» на своей планете

9) ПБ

10) в отпуске (все трое)

11) случайное перемещение в пространстве (в газовой планете – сначала неизвестной системы)

12) ВС

КЛЮЧ ко всему – участие везде (кроме 2 гл.) Мака, Пита и Криса – как группы в составе ОБЕ (Особой боевой единицы) в составе когорты – отдельной боевой части, которая используется более мобильно (перебрасывается с места на место, при необходимости), как приданый когорте спецназ – всего две галеры по две центурии.

НБ:

При этом – номинальная сила когорты – 1200 бойцов (включая девушек) + 400 человек другого персонала (матчасть, научный, боевое и небоевое обслуживание, спецразведка – 3 маленькие группы для тайной высадки на вражеские планеты), а «700» в других частях - просто от потерь.

- НБНБ: в промежутках – уроки в классах по сорок человек, быт на звездолёте, дежурная (небоевая/непоходная) служба.

Звания/должности в ЗРИ/ВРИ:

- претор,*, ректор,*, ликтор,*, проректор, консул, проконсул, стражник, охранник, навигатор, охотник, примул,*, сотник.

- аккумуляторы в тарелках – на случай остановки гравиротора-б, особенно от чертей.

- НБ: под конец: исполнение прорицания о перьях (?) - «я хочу ребёнка» - конец – на Аресе (где больше – у России)

- тонкая нейтридная плёнка (на обшивке) – дорогая, в 1000 раз дороже золота.

- разница между катакомбами (пассивно) и подпольем (активно борятся против нас, как с «Империей Зла» и «Антихристом»); показать казнь «внутренних врагов» - до переворота 327 г. – в лагерях, после – казнят; НБ: АНТИТЕЗА «Гадким лебедям», «О.Острову» и «Т.Быть Б.».

НБ:

Вставить в Псн3:

- Пятно на сиденье/спинке –

- Фиг его отмоешь, - сказал Тим. – Это от шпрот...

- Фу, - скривилась Ирина. – Какая гадость.

ОБЩАЯ ИНФОРМАЦИЯ ДЛЯ ПСН-1, ПСН-2, ПСН-3

- «Калинка» - планетолёт (сгорел в бою) – Уэрр (15 лет), Торстен (тогда, два года назад, Торстен вытащил Уэрра из дрейфующего горящего отсека.

- СП – сверхпроводимость;
- НУ – Научное управление
- ЦУ – целевое уничтожение

- шарики – тайна от Цивилизации, телесвязь – шифровки от Федерации и др.
- путешествия на новые планеты = синхропутешествия во времени: ведь там – прошлое нашего будущего; а какое оно впереди нас – практически неизвестно: ведь время – круглое; а на обитаемые планеты – ана-путешествия во времени (в чём-то – отстают);
- гуманоиды – боятся всех, а обезьянники – как крысы или гориллы;
- отпуск – 30 дней;
- 1 раз в год – В.Р. идёт на Гею, на совещания (21 день); но Мак с Питом этого не дождались – срочно пошли на Ильму.

- геология:

--- конвективные потоки*, икосаэдр*, узел расширения*, восходящие и нисходящие каналы* воронки* и трещины*, (критические) прогибы лепестков воронки, изгибы*, разломы*, активная* и неактивная геотектоника; плутонические породы – сиал (материки), вулканические породы – сима (подкорка = лава, магма); 1,5 км. гор – обычно растёт за 1 млн. лет; от лавы:

--- обсидиан («стекло»),
--- базальт,
--- пемза,
--- риолит,
--- андезит;

- список машин на тарелке:

--- «Свиязь» – анализатор (сундук у стены);

--- «Нева» - опознаватель (мальфакции) – ЛМИ (логическая модель интеллекта) с серебряной оплёткой, около Митанни; действие на уровне суб-структуры;

--- «Ока» - (спец-)классификатор, около Пита (плоды любые);

--- «Печора» - биоградулятор (устранение вредных веществ из еды, работает с порошком: мельница), около буфета;

--- «Кама» - мегасканнер (сам – внутри, а это – приставка независимого обеспечения) – вдоль стены, с другой стороны от анализатора;

--- «Двина» - (мед-)определитель (вредоносных агентов), около Митанни;

--- «Юрюзань» - холодильник;

--- «Ильмень» - полевой ресинтезатор (воды и воздуха), на +4-ёх человек – возле Митанни, с другой стороны;

--- «Тула» - (мед-)универсальный сканнер - в середине, ближе к каюте Мака и Пита;

--- «Онега» - сепаратор (универсальный, полного цикла – с готовой продукцией на выходе) – около двери в каюту Мака и Пита, у стены;

--- «Ладога» - стиральная машина полного цикла, включая порошок;

--- бортовой стерилизатор И-412;

--- бортовой синтезатор 141б – мыло жидкое, антисептик;

- распорядок:

--- подъём – 7 часов;

--- завтрак – 7:30;

--- отбой – 10 часов;

--- вечерний урок – 6 часов;

--- ужин – 7 часов;

- старик предчувствовал, что «третий – лишний» (Крис) – и так получилось: «разбита эта карета» (цельность) – как машина о дерево (или т.п.).

- Маку – 22 года, Питу – 23;

- «Калинка» (сгорел в бою) – Уэрр (15 лет), Торстен (Торстен вытащил Уэрра из дрейфующего горящего отсека);
- штурмовые отряды – для операций против псевдоЦивилизации;
- особые отряды – для действий против тайных баз врага в пустых зелёных системах;
- ударные части – наши германские легионы;
- истребительные части – для истребления жидовских «цивилизаций»;
- карательные части – для истребления восстаний и мятежей у себя;
- экспедиционные части – обычные боевые;

- формы легионеров (обычные) – пустынная, полярная, горная (пятнистая), защитная; - разделяются по уровню защиты и климату = по номерам;
- Стегна = птица; «везделёт» - её новая модель;
- Рэ = трактор;
- Нэ = средний вездеход (12 человек);
- «муравей» - вездеход на мотогусенице;
- сурверсия = сублимация;
- бросок = нападение на базу врага;
- базы:

--- внутренние – в своих системах;

--- внешние – в других системах;

- Главупр, Главное = «Лубянка» - Центр Имперской Стражи;
- «Свеа» - Рябинин, Уэрр, Торстен;
- «Мириа» (погиб) – Мак, Пит, Крис – 3 года, Кира – 1 год;
- «Калинка» (сгорел в бою) – Уэрр (15 лет), Торстен (Торстен вытащил Уэрра из дрейфующего горящего отсека);
- «Скуллеа» - Крис, Торстен, Уэрр, Кира, Мак, Пит (до В.Р.) – после «Мириа» взяли – сразу, через базу на спутнике Риамелло.

--- у нас – «Царство/Империя», но строй – советский – и в ЗРИ, и во ВРИ (ана-Хрущёв - «царь», неформально – как в народе говорят: НБ: это и есть – сходство/отражение РИ); а у них – «Федерация» (НБ: ср. со «Стартреком»), но – короли, герцоги и т.п.;

- Англ. – wife, акиром. – spouse, fam; англ. яз. на старой Земле (= юг ЗРИ; Англия = Карфаген) – вымирающий, но – в пользу германских диалектов; акиромский – на 80 % англ.

- Жиды – изначально от евреев; после 325 – в С.Королевство (которое после 380 = Федерация) – оттуда на Герру и Верру – оттуда на новые планеты: полезные ископаемые + независимая религия (жидовская и отчасти иудейская) --- торговля (кроме РИ), господство над обезьянниками (с извращениями – в этом – подобно земным наёмникам в Преисподней); но на деле – невидимо – они – духовный корень Федерации и Герры: так же, как в 4-5 вв. они были за гото-гуннами, а в 8-10 вв. – за Северным Джихадом (викинги и др.);

- в Рати – в КП – все после 32 лет (титул), + ещё 20 % минимум вне Рати; КП = церковная сторона будущего ЗВ, а Рать = Рать будущего ЗВ;

Борьба с противником/Врагом:

- Актуальная история этого мира толстого среза Реальности):

--- НБ: два потока уходят от Федерации: НХ и расисты (белые христиане и Л расисты;

--- 534: в ЗРИ – частично власть Провинции (германцев); ср. с Валентинианом и т.д. – НБНБ: на самом деле – не 2434, а – 534, так как 34 = 2134 – ЗАМЕНИТЬ (с упоминанием этого равенства, естественно);

--- показать, что ЗРИ – заливается как водой германцами, а ВРИ – арианами, откуда - к 666-700 – момент Хаоса (наивысшая точка – перед Рассветом): так как все 34-700 = после распятия = Хаос;

--- распад Оси: ариане (НХ) и расисты – на Белльгарру, Калливеру, Геллу, Терру, Венду;

--- 419: формальное разрешение готам на поселение в Септимании/Аквитании – от Гонориса;

--- к 700 г. – остаётся меч Божий со своим стадом (белый Народ + коэффициент 5,5) = единая Церковь+Рать = левая и правая сторона Царства = ЗВ;

--- Царство и Империя – на Гею, меньшая часть Царства и Империи – соответственно на Вену и Арес, причём впоследствии Вена – не сохраняется, а Арес – еле сохраняется:

------ Гея --- Благодать = «Царство» = Азраэль + К5,5 --- из Народа – Жизнь --- первенство Партии --- ВРИ + ЗРИ;

------ Арес --- скрытая Благодать = (после уничтожения Правого перевеса) «Священство» = Египет + смешанный народ --- из Партии – Кладезь Знания --- первенство скрытой Партии --- часть ВРИ;

------ Вена --- тающая Благодать = «Рать» = тающий (от Вавилона = Л уклон) Азраэль --- относительно быстрый уход с планеты;

- (космическая) география мира:

--- НБ: Гея и Арес = север РИ (яркий), Земля и Марс – юг РИ (тусклый – точнее, тускнеющий);

--- Силингия на Норре (из бывшей Конфедерации – Л расисты);

--- Пармия на Марисе (из Конфедерации - НХ);

--- Венетта на Венде (из Оси – белые христиане);

--- Леония на Калливере (из Конфедерации – белые христиане);

--- Ровена на Терре (из Оси – НХ);

- независимые (от главных империй) силы (как в «Звёздных войнах») – мораль: неудачи/трагедии;

- НБ: по количеству, Рать = Воинству ЗВ = 2,1 млн. человек; около 700 тысяч – Флот с базами, остальные - на Земле/Марсе и Гее/Аресе;

ОБЩАЯ КОНЦЕПЦИЯ символики ПСН:

1) РИ = образ;
2) Праздники ВЗ = образ;
3) Египет – Вавилон = СССР – США = ВРИ – ЗРИ = (в целом) греки – римляне = Сарра – Агарь (ушла в Федерацию, с 325 года) = НЦ – СЦ: перестановка/рокировка в отражении Дня в Ночи.
4) Свобода = тоталитаризм; Тирания = либерализм.

НБ: дать по три примера минимум –
--- из образа РИ;
--- из образа ВЗ;
--- из отпечарка Египта и Вавилона;
--- из образа Сарры и Агарь.

В реальной Космической эре отражаются те же Историческии реалии (в данном случае – Христианского (то есть, Н-К) расцвета ЗРИ/ВРИ), в 410 году – Германская миграция в Галлию (Бургунды) и т.п.: нацхристиане насильно забирают земли РИ;

- ИП-ские течения:
--- либералы – Герра - Верра
--- нацхристиане = ариане = Ось бывшая (переселились в РИ);
--- белые христиане = расисты-староцерковники К – на старой Земле – захватили Акирому; вышли из Федерации (из бывшей Конфедерации);
--- крестоносцы = моралисты-староцерковники К и Прот. = Уния = Федерация = С.Королевство + захваченные Медия и Литта;
--- Провинция:
------ южане = моралисты-староцерковники Прот. +
------ клан = расисты-староцерковники Прот.
--- староцерковники = внутренние моралисты К (в катакомбах) = идейные союзники Федерации;

--- жидохристиане = моралисты Б – в Федерации – поддерживают её строй/курс;

- на старой Земле – оппозиция донимает – и в будущем захлестнёт:

--- в С.-З.Европе – белые христиане (подполье);

--- в Ю.-З.Европе – староцерковники (катакомбы);

--- в Акиромах – власть у белых христиан и южан;

--- в Ю.Акироме – наше подполье (КП);

- Системы союзные и автономные:

--- Ось (наша) – передвинулась в другие системы: (Венда – Белльгарра) + (½ Гелла – Калливера) (НБ: двойная власть, наша и автономная) – войско называется Ополчение; германцы в системах нашей Оси – подчинены Оси;

--- Конфедерация (наша) – передвинулась в систему (Терра – Марис) (автономия);

------ на Марисе – Заместительство;

--- 3-ое строение, в этих системах: местные (Царство), германцы (формально – Царству, фактически – Оси подчиняются), и Ось сама;

--- Ось – возродилась на новом месте, но уже – идейно разделённая: у нас - наши и нацхристиане, а в Федерации (больше половины ушло) – крестоносцы и вне Федерации (см. системы – найти) - белые христиане; причём крестоносцы Оси в Федерации – главные, потом германцы Федерации, а германцы, оставшиеся на месте после захвата планет Конфедерации

– данники и доминаты;

--- у нас – «Царство/Империя», но строй – советский – и в ЗРИ, и во ВРИ (ана-Хрущёв - «царь», неформально – как в народе говорят: НБ: это и есть – сходство/отражение РИ); а у них – «Федерация» (НБ: ср. со «Стартреком»), но – короли, герцоги и т.п.;

- Англ. – wife, акиром. – spouse, fam; англ. яз. на старой Земле (= юг ЗРИ; Англия = Карфаген) – вымирающий, но – в пользу германских диалектов; акиромский – на 80 % англ.

- Жиды – от евреев; после 325 – в С.Королевство (которое после 380 = Федерация) – оттуда на Герру и Верру – оттуда на новые планеты: полезные ископаемые + независимая религия (жидовская и отчасти иудейская) --- торговля (кроме РИ), господство над обезьянниками (с извращениями – в этом – подобно земным наёмникам в Преисподней); но на деле – невидимо – они – духовный корень Федерации и Герры: так же, как в 4-5 вв. они были за гото-гуннами, а в 8-10 вв. – за Северным Джихадом (викинги и др.);

- в Рати – в КП – все после 32 лет (титул), + ещё 20 % минимум вне Рати; КП = церковная сторона будущего ЗВ, а Рать = Рать будущего ЗВ;

- Рать:

--- Флот (молодёжь, несемейные старшие);

--- базы Звёздной стражи (семейные только) – на пустых планетах;

--- базы Имперской стражи (семейные, отслужившие, молодёжь) – на своих планетах; на Базы – как на работу; иногда – просто здание (как на Лубянке и т.п.);

--- у народа – отчасти рыночные отношения (как в СССР, а в ЗРИ – как в ГГ); в остальном – моральном, политическом, социальном и др. планах – во ВРИ – как в СССР (похоже на 1964 = 2039 = 534);

- нейтрид – делают в невесомости, на дорогих установках: у птиц, вездеходов (кроме особых) – нет;

- Федерация:

--- отборные войска в Федерации – в основном «белые муджахеды» (пуритане), с бородами; но есть и жидохристиане, и либералы - без бород; а также и «гуны» - жёлтые дикие либералы – держат их без жён – для пущего стимула;

--- гос.язык Федерации – медийский, официальные – медийский и верхнегерманский;

--- особые части – бритые;

--- звания: поручик, хорунжий, корнет, ротмистр, вахмистр, егерь, капеллан, (советник, куратор; неофициальное - контролёр);

--- Герра – Л и не анти-семитская (викинги), а Федерация – анти-семитская, и нас обличает в «сговоре с евреями»;

--- НБ: соответствие: «правая рука» и «правый глаз» - НБ: не левый.

--- Федерация = (Медия (после раскола) + Норра) + (Герра + Верра) = «крестоносцы» + Л --- Сатана (НБ: вместо Сканды – другую назвать);

- челночная система (для отпусков);

- Скелетор – взлёт - 375-454 гг., падение (с борьбой) – 454-700;

- благословение на брак (до 32 лет) - «треугольник» = КП + 1-ый отдел + Начальство;

- наполнение сосуда на Гее:

- 1) в целом - более чистый и более совершенный (раса) – ЗРИ – уходит в Акирому (а начиная с середины СВ – в Европу (Хорватия) --- идёт к суду --- Европе --- новой Гее (в период Рождества-Н.Г. = то же, что Кущи; НБ: в отличие от Пасхи и др., Кущи – с переходом в новую систему каждый космический День; = гл. 29 Числа: полностью – о Рождестве-Н.Г.: НБНБ: в отличие от Пасхи – ср. с Православием; а гл. 28 Числа – все остальные праздники, включая «Разведку» = первые плоды; НБ: некоторые (или все) праздники повторяются в других местах ВЗ);

- 2) в целом – более чистый и более совершенный (религия) – ВРИ – остаётся в Евразафрике – идёт к милости --- России --- новому Аресу (в период Рождества-Н.Г.) - сильнее и светлее (Ночная рокировка) – НБ: с теми же расовыми законами, конечно;

- для урока:

--- Неделя (Суббота): 2 жертвы (агнца) --- Народ идёт на Марс --- на Фобос («ФБР/О.П.-США») и Деймос («КГБ/КПСС-СССР»);

- три ступени Знания:

--- старец Варсонофий 83 года - «всё» знает;

--- В.Р. 64 года - не совсем «всё» знает;

--- доктор Уэрр 45 лет – догадывается обо «всём»; - как-то связать их, упомянуть в этом контексте;

- «Особая эвакуация» (только своих) своего города – для удара звездолётом (ср. Аквилея = Прага на Гее);

- о войне Федерации: медийцы и германцы --- «крестоносцы» = «пуритане»: «братья» - против безбожников и еретиков (молитва);

- для разговора – Кумранские свитки;

- у нас – новости очень тенденциозные: простой народ мало что знает о Флоте и подспудных процессах мощных (ср. с 534 РИ и СССР 2039 = «1964»;

--- Флот – неженатые; Звёздная стража (базы космические) – в основном - женатые до 32 лет; Имперская стража – в основном - женатые после 32 лет (детям – в школу надо, на улицу, на природу);

--- Походный Флот – свободные от дозора силы: около 8 легионов по 3 звездолёта (когорты) – из всего 100 легионов;

--- полулегендарные основатели – А.Гувер и С.Дзержинский

--- германские легионы (наши) – конунг, сентурион;

--- легион, когорта, центурия

- Всего – около 300 обезьяньих планет (до -65 млн. лет) – мало исследованы за 2134-534 (400 лет) по причине войн и т.п.

- ВРИ:

--- Солодов, Колесов, Рябов, Хрящин,

- ЗРИ:

--- Бюро – старинное название Рати;

- по 1-2 страницы – Верховный Совет и различные ступени управления/командования; сводки, приказы, донесения, указы и т.п.

- НБ: русский и аглицкий язык – как во ВРИ и ЗРИ

- принцип: Наставники – 1-ая каста, Солдаты – 2-ая белая каста, механики – 3-я белая каста;

- описать отдельно Партию и Рать; в 534 году – Рать – во главе;

- принцип образования Царства ЗВ:

--- «Партия» --- священство --- монахи и священники (Призвание);

--- «КГБ» --- аристократия --- пророки и воины (Призвание);

--- но Сам Господь в ЗВ - возглавляет Аристократию: так как сверх-Аристократ = Царь – ибо там (в Священстве) Он уже есть, скрыто (монахи + священники);

- 534 год:

--- Ось – нацхристиане;

--- Конфедерация – белые христиане и нацхристиане – наши союзники;

--- Провинция – православные моралисты и расисты – наши союзники (как тевтоны);

--- Федерация - «крестоносцы» (протестанты – на 1-ом месте, католики – на 2-ом) и Л;

CPSIA information can be obtained
at www.ICGtesting.com
Printed in the USA
LVHW081623070922
727797LV00005B/190

9 781794 707535